长篇小说

心灵摆渡

婕妤 ◎ 著

中国言实出版社

图书在版编目（CIP）数据

心灵摆渡／婕妤著. -- 北京：中国言实出版社，
2025. 1. -- ISBN 978 - 7 - 5171 - 5057 - 2

Ⅰ. I247.5
中国国家版本馆 CIP 数据核字第 2025 YT2896 号

心灵摆渡

责任编辑：王君宁
责任校对：王建玲

出版发行：中国言实出版社
  地 址：北京市朝阳区北苑路 180 号加利大厦 5 号楼 105 室
  邮 编：100101
  编辑部：北京市海淀区花园北路 35 号院 9 号楼 302 室
  邮 编：100083
  电 话：010 - 64924853（总编室） 010 - 64924716（发行部）
  网 址：www. zgyscbs. cn 电子邮箱：zgyscbs@ 263. net

经 销：新华书店
印 刷：北京荣泰印刷有限公司
版 次：2025 年 6 月第 1 版 2025 年 6 月第 1 次印刷
规 格：710 毫米 ×1000 毫米 1/16 21.5 印张
字 数：310 千字

定 价：88. 00 元
书 号：ISBN 978 - 7 - 5171 - 5057 - 2

序一 | 灵魂在摆渡中苏醒

——读婕妤长篇小说《心灵摆渡》

　　婕妤，是陕西秦都古城——咸阳一位沉静持重、有才情的女作家。在她的中篇小说《荼蘼花尽》改编成电影《青丝》的新闻发布会上，她内敛、质朴、真诚、谦虚的感谢发言，给我留下了良好的印象。她的这部长篇小说《心灵摆渡》写好后寄给我，邀我写一段读后感，置于卷首。我既感谢她的信任，又有一些压力，怕因时间和精力的关系，对这部作品的阅读不够深入，言之有失公允和恰当，但又不能推却她的信任，便有了此文。

　　《心灵摆渡》通过爱情表现人性、人伦、人欲、人爱，呈现了在生与死的道路上，人心陷入两难境地的复杂状态。作者在飞速发展的现代科学技术和传统家庭道德观念发生强烈碰撞的背景下，审视现代生活中的一些追名逐利、弄虚作假、移花接木、张冠李戴、名不副实的社会现象；表现现代人在情与理、义与利、灵与肉、欲与爱、道德与价值、现实与理想等两难境界的艰难选择：既留恋于现代工业文明为人类提供的优越、先进的科技文明，又留恋于传统农耕文明固有的人与自然的融合——田园牧歌式的审美情趣。这就使得这部作品具有一种现代主义小说的意味。

　　小说中的陈默，本是一位善良、纯真、正直、仁爱的女性，却遭到命运捉弄，使她在美变丑、丑变美的人生体验中，饱尝生活的酸甜苦辣、悲欢离合。在她通过手术，由丑变美，代替影视演员陆梦婕以后，她既震惊又喜悦，既欢欣又悲哀：阳光下，她尽情地展现着妩媚，彰显着成熟女性特有的风韵和魅力。子夜时，她内心深处又腾起"寒夜惊被薄，泪与灯花落"的苍凉、孤寂、凄凉之感。她整夜整夜地沉浸在噩梦之中。整日处于处处设防、提心吊胆、担惊受怕、风声鹤唳的状态，行走在真与假、虚与实、物质与精神、传统与现代、良知与背叛之间。

　　作品中的向辉，是一个由善变恶，连接电影导演韩沙和陈默的人。他在爱孩子与爱爱人的矛盾之中，迫不得已走向了恶。陈默第一次离家出走后，他软缠硬磨地请她回家，他误认为，只要陈默能安下心来和他一起安安稳稳地过日子自己就心满意足了，殊不知陈默产后破相医治无效，致使心力交瘁的向辉在日常生活中对陈默的态度越来越冷，最终同一个屋檐下的一对夫妻形同陌路。这为陈默第二次离家出走以及改头换面做了铺垫。

　　韩沙是一个电影导演，他有才华，有事业心，对艺术创作非常执着，很能讨女性的欢心。但他爱钱好色，追名逐利，自私贪婪。他代表了一种功利主义。

　　康成是一个柏拉图式的理想主义的人物形象。他是创造美的形象的美容师。他默默地祈祷于漫漫长夜，期盼着人类世界充满美好。正是这个人物光辉形象的存在，更深层次反衬出了韩沙的卑鄙与虚伪。

　　周晓璇是一个单纯、善良、正直、乐观、健康、向上的人。她看人、看事、看问题，总是从与人为善的角度出发，从好的、正面的方面去看待。

　　桑妤是一个编剧，她心中充满仁爱与善良，这是一个自带阳光的人物形象，她给予陈默生存的勇气和力量。

　　江依琳是一个反面的艺术形象。她自私阴险，惯于坑蒙拐骗、无中生有。她演技平平，徒有一张美人脸。她认为，女人单凭一张美人脸，就可以打遍天下无敌手。她对假扮陆梦婕的陈默明察暗访，绞尽脑汁地进行指控、算计、打击和陷害，为己上位而不择手段，最后甚至发展到使用阴谋陷害韩沙，结果聪明反被聪明误，害人不成反倒害了自己。

生性纯良，而后欲望膨胀的陈默，终在康成人格魅力的感染与良知道义的感召下，麻木的灵魂渐渐苏醒，她将罪大恶极的韩沙送进监狱，将自己意外破相、以假乱真、冒名顶替、包庇罪犯以及心灵忏悔等心路历程，以文章的形式公之于众，还正义于天下，做回了真正的自己。这正是这部小说所要表达的核心思想与精神价值所在！

这部小说具有强烈的现实主义色彩，它在对人性的分析中，透射出一种复杂的现实关系和人生景观。这种人生景观、人生况味可以延伸到每一个生活者的心灵深处。

这是一部表现灵与肉、情与理的爱情小说。可贵的是，作者携情带韵的叙事，始终没有脱离理性的制约，情欲的燃烧始终在理性的笼罩之下，散发着道德判断的审美光彩。

总之，这是一部带着作者的生命体验，带着作者的情感期盼，表现社会人生的小说；这是一部有生活容量、有情感含量、有艺术分量的小说。当然，作者还年轻，仍行走在文学创作的路上，其创作的潜力还有更加广阔的挖掘和提升空间。希望作者在今后的创作当中，以精益求精的态度，为读者奉献出更多优秀的艺术作品。

常智奇

中国作家协会会员、文学评论家、陕西省文学院原院长

序二 | 荣华年代的灵魂拷问
——读婕妤长篇小说《心灵摆渡》

　　大约是在六年前的五月，我在为婕妤的中篇小说集《荼蘼花尽》撰写序言时，惊异地发现，作者对于女性心理的探微和表现，已经成为一种带有自觉性的美学追求。我在欣喜之余，鼓励她沿着这条道路继续走下去。在这个"何以消烦暑，端坐一院中"的夏日，读完她的长篇新作《心灵摆渡》，掩卷沉思，我不能不说，在我所接触的女作家中，婕妤属于那种执念专注的艺术行旅者，她不仅在心理现实主义的创作道路上高怀远步，行稳致远，而且无论是对生活的认知，还是对题材的选择；无论是对思想深度的开掘，还是对对象的审美表达，都上升到了一个新的高度。

　　表现经济和文化繁荣背景下作为"此在"人的心理和灵魂的复杂，使得婕妤的创作不仅面临许多挑战，而且表现出少有的胆识和勇气。作家选择的是一个在受众眼中神秘莫测、色彩缤纷的领域——星辉璀璨而又不乏话题的影视界。一方面，它像一个寒暑表，最敏锐地反映着现实生活的日新月异，勾勒着时代风云的潮涨潮落；另一方面，它所携带的"名利"双存的职业利益特征，又使得进入这个圈子的每一个生命个体在耀眼的名利诱惑面前，最容易使情感天平倾斜，心理机制蜕变，灵魂世界扭曲。这也是作家给予作品中男主人公韩沙和女主人公陈默的艺术承载。诚然，作品情节的起伏跌宕、案情的扑朔迷离，构成了一个个看点。然而，作者并不过分地专注于故事回转曲折的猎奇探幽，而是首先将他们置于时代的聚焦视域。就艺术使命而言，他们镜头下所表现的都是我们时代的骄子或者精英，从扎根山区数十年，将青春奉献给贫困地区的"山花"云朵，到带领群众致富，改变山区面貌的女村委会主任杨柳，她们身上所展现的高尚品德，所具有的博大胸怀，所承载的时代精神，不仅应该成为全社会的楷模，而且首先应该使它的创作者灵魂受到洗礼。然而，恰恰是这个"人品与艺品"统一的亘古定理，在韩沙、陆梦婕、江依琳、陈默等导演、演员那里遭遇了背离的尴尬。以这一带有根本性的矛盾为起点，婕好在三个层面展开人与存在、人与人、人与自身的灵魂冲突。

一是"真"与"伪"的灵魂交易。才情横溢的导演韩沙将影视公司视作个人挥洒私欲的舞台。自以为"没有人敢拂我的意，也没有人敢逆我的鳞"。当他的暗里情人、又即将成为《火花》女一号的陆梦婕在两人情感冲突中被他失手致死后，为了掩盖罪行，他不惜掷重金，通过为患了"衰老病"而陷入绝望的陈默整容再造出一个"陆梦婕"，并且在陈默面前编造了陆梦婕出国的谎言。正如作家所说，一个谎言，需要一百个谎言来掩盖。从那一刻起，他就把灵魂交给了虚伪和罪恶。他冷酷地看着对假陆梦婕心存疑义的杨旭在自己面前死去，将怀疑杨旭之死与他有关的江依琳排斥在《青山作证》剧组之外，又以成功后一同出国骗取陈默的信任，甚至不惜杀了陈默的丈夫向辉，一步一步地走向罪恶的深渊。然而，假的就是假的，一支录音笔揭穿了他的虚伪面目。谎言一旦破灭，他最终跌落尘埃，沦为身陷囹圄的罪犯。

二是"欲望"与"虚荣"的灵魂炙烤。在《心灵摆渡》中，女主人公陈默是作家倾情刻画的艺术形象。生活就像一把无情的刀，将她的美丽和青春切割得粉碎。生下女儿向云霓之后，竟然一夜之间变成"面部皮肤松弛，眼窝塌陷，皱纹剧增""奇丑无比的老太婆"。如果说，她最低的欲望是躲开那些嘲笑和指指点点，为此，而宁愿抛下丈夫和女儿，两次外出打工，孤独地漂泊。那么，自从遭遇了韩沙，特别是当她整容之后，以

"陆梦婕"的面目出现在片场或者受众面前，尤其是因为《火花》剧的成功被鲜花、荣誉包围时，她的心就一直被一种朴真与虚荣的消长与揪扯折磨着。一方面，她知道自己是陈默而非陆梦婕，常常因为怕人看出破绽而陷入恐惧之中；另一方面，因整容而收获来自各方面对自己容颜的赞美、韩沙卿卿我我的爱情絮语、因出演《火花》而获得的巨大经济利益，都使得她的虚荣心如横枝斜叶，毫无节制地疯长，以致最后拒绝与自己亲生的女儿相认，认定"既然我已经踏上了一条不归路，那么就只能把这场只有我和韩沙知道的'狸猫换太子'的闹剧继续堂而皇之地演下去"。表面看来，这样的刻画未免残酷，然而，却正注入了作者的现实思考。正如美国心理现实主义作家欧茨所说："真正最有价值的自我潜藏在人的灵魂中。"

陈默毕竟有过教师经历的底色，良知虽然一时被俗尘掩盖，然而，一旦遭遇阳光雨露，它仍然会再吐新枝，重现光彩。这种阳光和雨露来自天使美容院的美容师康成。他那种看似无意的侃侃而谈，如春风化雨一样沁入陈默的心田。这才有了陈默发现事实真相后，前往公安局报案的举动。

显然，作者是从社会意义上看待康成这个艺术形象的，拂去他早年曾经暗恋过陈默的"私下"自我，他代表着我们这个时代"真诚""友善"的主流价值取向，也反映出作家对"文学他律性"的敬畏和遵从，小说"是心灵接受检验的而且由此找到其本质的历险故事"（卢卡奇语）。

三是"义"与"利"的灵魂搏杀。中国古代的著名思想家荀子说："义与利者，人之所两有也。"这说明，"义"与"利"是人生观的重要组成部分，是人的灵魂世界的两个侧面。作品中另一个重要人物陈默的丈夫向辉的人生悲剧，正缘于"义"与"利"非理性置换。向辉身上有着赓续于父母的"道义"品格。因此，面对妻子陈默的病变，他一如既往地守望着曾经历经风雨洗礼的爱人，为了能治愈妻子陈默因生小孩而导致的皮肤松弛症，跑遍了全国各地有名的医院和诸多街巷的诊所；在她试图通过怀第二胎治愈顽疾而不能时，"向辉一直守在她的身旁，为她煮饭煲汤，为她嘘寒问暖；在妻子先后两次离家出走之后，他宁可成为城市的外卖小哥，也要带着女儿霓霓寻找妻子，其行为举止不可谓不令人震撼。然而，就是这样一个为爱坚守、为爱寻找的生命个体，面对二十万元银行卡，人格防线却轰然倒塌从而走上了欲壑难填、敲诈勒索的不归路。他死于韩沙之手固然是一个悲剧，但作者的主体意念显然是要追寻其背后的社会和文化原因。

这样，婕妤就以冷静而又理性的创作姿态，在读者面前揭开了生活的另一面。婕妤作品的文化和美学价值就在于，始终将人的"灵魂"置于道德和法律的审视之下，完成了对人的本质力量的美学肯定，从而在坚持文化批判的同时，为自己的作品注入一种正能量的价值引领。

对人的"心灵"的密切关注，赋予《心灵摆渡》以强烈的诗性品格。

著名美学家朱光潜先生说："一切纯文学都要有诗的特质。"它不仅表现在作家在铺展叙事时对审美意象及其隐喻、象征、反讽、复义等的充分运用，更表现为随着人物命运沉浮，作家叙事的旋律感，从而使得作品字里行间涌动着浓浓的诗意。因此，在某种意义上，《心灵摆渡》就是一首心灵的颂诗。

它体现在整体构思上的诗情洋溢。作品以韩沙与陈默情感与事业的起伏嬗变为第一条主线、以向辉与陈默的悲欢离合为第二条主线、以康成与陈默的心灵互入为副线展开叙事。值得注意的是，作家汲取了推理和侦探小说的艺术精华，不注重三线平行，而总是将之置于相互交织的状态，当韩沙与陈默在玫瑰色的氛围中享受浪漫和畅想之际，向辉总是以陈默追忆往事的姿态进入她的意念深处，使她的灵魂分为两半，在过往与现实中游离徘徊；当陈默独守寂寞或者陷入困惑时，她总能在康成那里获得暂时的解脱和安慰。这样，陈默就始终被置于矛盾的焦点，时而山重水复，时而柳暗花明；时而风雨滂沱，时而云开日出；时而相对微语，时而潸然泪下。依偎在韩沙的怀抱，心头却回环着曾经与向辉在一起的幸福与烦恼。而副线作为主线的补充和延伸，则为读者提供了广阔的审美空间。与康成的心灵碰撞成为陈默涅槃更生、战胜自己的潜在的力量，从而构成一部五味杂陈的命运交响曲，每一个音符、每一个乐章都演绎着"灵魂"的高尚与卑微、圣洁与龌龊，流溢着丰富的哲理意蕴。诚如小说理论家约翰·盖利肖所说:"构思和表现两者缺一,小说就不存在了。不过,构思先于表现……"

它是纷纭多姿的意象锦簇。美国作家辛·刘易斯说:"同诗人一样,小说家也用意象来达到不同程度的效果。"而意大利学者克罗齐则将之具体化为"艺术是幻觉和直觉,艺术造就了一个意象和幻影"。这就是说,艺术借助于意象来实现对生活的诗化呈现。婕妤是一位诗人,深知意象在文学作品中的地位和价值。因此,作者在强化小说诗性的创作实践中,采撷和排列了丰富的意象丛组。

读《心灵摆渡》,总是有一首歌曲与一首诗,灼心悦耳地回荡在故事的缓缓清流中,一首是美国歌曲《雪绒花》,一首是普希金的诗《致凯恩》。前一首既象征着童年的"心灵"像雪花一样"小而白,洁而亮",不染纤尘,又是连接女主人公与女儿之间情感的媒介,传递着母爱的深长和悠远;后一首穿越岁月的风尘,象征男主人公康成对陈默炽热的、真诚的爱,尽管那只是青春期的一种"暗恋",然而,它犹如一颗种子,在康成的心野上破土、抽枝、发叶。即使人到中年,当他的手指拂过陈默的肌肤时,仍然"常记得那个美妙的瞬间/你翩然出现在我的眼前/仿佛倏忽即逝的幻影/仿佛圣洁的美丽天仙"。经过波谲云诡的生活磨砺,当陈默以新的人生姿态出现在天使美容院时,康成满怀深情地为她朗诵诗的最后四句:"我的心儿啊,欢喜如狂/只因那一切又徐徐重现/有了神性,有了灵感/有了生命、眼泪和爱恋。"作家将诗中"灵魂现在开始苏醒/你又出现在我的眼前"的情景以新的故事呈现在读者面前,有着丰富的艺术内涵,它既象征陈默灵魂的苏醒,又预示着康成爱情的"苏醒";既蕴含了真爱的坚韧和挺拔,又反衬出韩沙、江依琳等虚伪情感的苍白。正如欧洲现象学代表人物克尔恺郭尔所说,所有我们看过的诗歌,都背负着我们自身的价值。

善于刻画人物心理,构成了《心灵摆渡》的一个亮点。这一点,主要表现在对女主人公陈默的心理刻画上。一是将人物自问作为展示心理的平台。作品中处处留下没有答案的诘问,把一个处在人生旋涡中的女性的两难思绪跃然纸上；二是通过细节外化人物心理。如在第 45 章，当康成以韩沙是自己哥们儿，认为与陈默之间不需要客气时，作家写道："她不敢直视康成的眼睛，因为她害怕他那双深邃而犀利的眼睛，会将她巧妙伪装的躯壳一眼望穿，直至逼她原形毕露。"三是通过情景交融深化人物心理。所有这些，都大大增加了作品的质感。

总而言之，这是一部思想价值、艺术价值较高的文学文本。祝愿它早日问世，以飨读者。

杨焕亭

中国作家协会会员、咸阳市作家协会原主席

01

阳春三月，万物复苏。

中国北方的汉阳市已俨然一位娇羞的少女，翩翩舞动起了自己那一袭绿色的纱衣。

啊！春天来了！

放眼望去，满目春景就像是一位伟大的画师，一不小心打翻了自己的调色板，将整个山川河流晕染得桃红柳绿、五彩斑斓。伴随着春天律动的节拍，人们鼓起对自己未来事业走向的大胆畅想与无边渴望。

在汉阳市南郊一幢二层小洋楼的书房里，大导演韩沙正一本正经地坐在一台电脑前，不断地更换着显示屏上一位漂亮女子摆拍各种姿势的靓丽玉照。他一边更换照片，一边流利地讲道："陈默，我们天骄影业这次千方百计才争取到了电影《火花》的商业投资，所以你绝对不能出任何的差池。"

"我知道，韩导。"

坐在韩沙身后的那位名叫陈默的漂亮女人低声应道。

"看！这就是当代影视四小花旦之首！就是我们这次要使出浑身解数，

既要模仿到位又要成功超越的影视演员陆梦婕!"

陈默有些迟疑地问道:

"韩导,我们这样做可以吗?"

"有什么不可以!你是庸人自扰!你简直就是杞人忧天!她陆梦婕在关键时刻给我掉链子。在电影《火花》即将开机时办了出国护照,而且去了国外之后音讯全无。像这样自以为是,将演艺事业视作儿戏的演员我们不用也罢。还好有你,你简直就是一个翻版的陆梦婕!不!你就是一个比陆梦婕更有前途的影视演员!但是,你陈默在今后的日子里,都必须以陆梦婕的名字以及身份重现江湖。或者说,你这一辈子,就只能做陆梦婕的替身,懂吗?"

那位叫陈默的女演员轻轻点了点头说:

"我懂,韩导。可是,可是,万一陆梦婕在国外看到了关于自己的宣传信息,打上门来怎么办?"

"这个……这个……你还是放一百二十个心吧。她是不会知道的,而且永远不会知道。"

"为什么?"

"原因你就不需要知道了。"

"那好吧。"

陈默将信将疑地斜睨了一眼韩沙,不再言语。

紧接着,韩沙又指着显示屏上一位五十多岁男子的半身照说道:

"这是咱们的制片人,也是电影《火花》的投资人雷烨。"接着他又指着显示屏上两位年轻俊秀男子的照片说道:

"左边这一位叫张鹤,出演这部电影的男二号。右边这一位叫杨旭,出演这部电影的男一号。剧中戏是男二号追求你,而你却与男一号产生了爱情。"

接着,韩沙又指着一位四十岁左右的女士照片说道:

"这位是青姐,是你的私人化妆师。记着她给你化妆的时候,你什么话也不要说,只需说一句话就可以,那就是'按照我以前的习惯就好了'。"

接着，韩沙又调出了两个中年男子的照片，很是随意地说道："左边的叫孙艺，是设计师；右边的叫周凯，是道具师。你没有必要记住他们的名字，只要记清他们的长相和职务即可。"

随后，韩沙又指着一位二十多岁的美艳女子照片说道：

"这个人物你可一定要认清楚。她是这部电影的女二号，名叫江依琳。她演技不算高超，但运作能力却不可小觑。要不是陆梦婕这么多年的风头过盛，当代影视四小花旦的名单里恐怕早就有江依琳的一席之地了。这个人你可得多留心，她平时与陆梦婕来往甚密。当然，你以后和她除了必要的搭戏之外，私下里最好不要相处，因为她对陆梦婕的一些生活习惯还是比较熟悉的。不和她相处，会省去好多不必要的麻烦。听清楚了吗？"

这时候，坐在韩沙身旁的陈默才直了直身子，露出一副极不自在的表情说道：

"韩导，我们现在放弃还来得及。"

韩沙忽然将自己的转椅扭了过来，用严厉的目光直视着面前的女人，厉声喝道：

"不行！你疯了陈默！你在这个时候打退堂鼓，不是在坑我吗？我为了你可是耗费巨资，何况我们是签过协议的，公司的损失你能弥补吗？再说了，你只要沿着我们既定的目标一直走下去，你光明的演艺前途将不可限量！而你，隐去的只是你原来的名字。陆梦婕原先拥有的一切你照样可以拥有，甚至，你拥有的将会比她更多……"

女人轻轻点头：

"那好韩导，既然有你的大力支持，我陈默上刀山下火海也在所不惜。"

"好，这才是我想要看到的你的样子！"

韩沙因为激动轻轻拍了拍陈默的肩膀。

"好了好了，不要有太多的顾虑，这个五一黄金周就要举行开机仪式了，我们接着往下看。"

韩沙又面带喜色地将自己的转椅转了过去。于是，电脑显示屏上出现了一位白衣素裙的清纯少女。韩沙说道：

"这位是女三号周晓璇，做人低调，为人厚道，在剧组里人缘特好。在演艺技巧上更是刻苦钻研，不耻下问，风头虽然盖不过陆梦婕和江依琳，但她未来的演艺事业也是不可估量的。"

陈默没有接话。韩沙又指着显示屏上闪出来的一位风韵犹存的中年少妇的照片继续说道：

"这位就是本部电影的文学编剧——大名鼎鼎的桑妤女士。因为你这次出演女一号，有关一些剧情的细节与一些演技的把控问题，她很有可能会和你单独做一次深入交流。值得庆幸的是，她和陆梦婕接触的次数不算太多。为了能使《火花》这部电影一炮打响，剧组决定在近期召开一个集导演、编剧、制片人、所有演职人员及所有工作人员参加的大型讨论会，还会邀请加盟此片的各路人马到场，让所有与会人员做一次开诚布公的经验交流。"

陈默激动地说道：

"这个讨论会太重要了，我很乐意参加。"

"请欣赏最后一张。这位就是你的专职整容医师康成先生。"

这时电脑显示屏上出现了一位三十岁左右，丰神俊朗，身着天蓝色手术服的男子。

陈默在目不转睛地欣赏了一会儿那位男医师的照片之后，将自己略带忧郁的眼神迅速收回，旋即低下了自己高昂的头：

"拆掉纱布的时候，我已经看到他了，很帅气也很阳光！真是难为他了，真不愧为中国第一整容高手！"

"你从灰姑娘到白天鹅的艰难蜕变，本应是康成先生作为一名美容医师在整容行业最为得意的手笔，只是整件事情只能对外界保密，只能我们仨知道。"

"韩导，我们真的能瞒天过海吗？"

"当然！我送给你的那些关于表演艺术的网络课件以及陆梦婕的那些影视光碟，你可一定要抓紧时间、不惜一切代价地学习领悟啊。"

"这个我自然知道，您就不必为此担忧了。"

韩沙听罢，微微一笑，随即关掉了电脑，又将自己的身子跟着转椅一起转了过来，很是深情地看了一眼陈默，便微笑着将女人拉到了自己的怀里，轻抚着女人柔顺的长发说道：

"我和所有的人都说是因为陆梦婕近期身体不好，导致开机仪式一拖再拖，所以一旦有人问起，你可一定要和我口径一致。还有，陆梦婕是个孤儿，她的父母亲在她年幼的时候出了车祸双双离世，她从小是在一个叫'方舟'的孤儿院长大的，老家很少有人跟她联系，这一点你不用担心。"

"知道了。"

"记住，后天的讨论会上，你将见到所有该见到的人。战胜自己，就是成功！"

陈默自信满满地看了一眼韩沙，轻轻点了点头。

韩沙说完后，便捧起陈默的脸颊开始轻吻。

陈默并没有拒绝，开始默默地迎合。紧接着，陈默的亲吻如雨点般肆无忌惮地落在了韩沙的唇上，甚至比大导演韩沙的情欲之火燃烧得更为炽热，因为此时此刻的陈默已完完全全沉浸在大导演韩沙为她所设置的炫目迷离的情网里难以自拔。

韩沙更是难以自持，一把抱起了在自己怀里千娇百媚娇喘喘息的女子，缓缓地走进了隔壁的卧室，双双躺倒在了松软的大床上。

韩沙附在陈默的耳际深情款款地说：

"陈默，我是爱你的。陈默，从我在网上看到你照片的第一眼我就已经深深地爱上了你。"

"是吗？我感觉这一切都好像是在做梦。"

"不是梦，是真的，这一切都是真的。陈默，相信自己的眼睛，也请你相信我对你真挚的爱情。陈默，请你相信，我们俩一定会搏出一个光明的未来！"

陈默不再言语，她轻轻地闭上了自己那双美丽的眼睛，任凭那个叫韩沙的男人在她的身体里攻城略地。

晚上，华灯初上，霓虹亮起，整个汉阳市沉浸在一片乐曲缭绕的曼妙意境里。

韩沙开着一辆黑色豪车，将陈默送到了一片高档小区的一所高层三居室豪华住宅里。欣赏着这所张贴着陆梦婕本人和许许多多国内国际知名演员各种各样大幅的艺术剧照的房子，女人将沉重的身子紧紧贴在了门板上，从嘴里发出了一句低声的反问：

"人家陆梦婕能有今日之如此殊荣，我陈默又有何德何能鸠占鹊巢呢?"

02

四月的某一天清晨，天公作美，万里无云。

参与电影《火花》拍摄的所有演职人员开着各自最得意的座驾，先后驶进了距离汉阳市区约五公里的大汉帝陵生态园林风景区内。下得车来，大家微笑着握手、拥抱、寒暄。

陈默是坐着韩沙的车最后一个到场的。当她跟着韩沙一起走下车时，大家纷纷拥了过去，跟他们俩热情地打招呼、握手。陈默不敢多说一句话，只是向每一个走到她身边、嘴里亲切地喊着她"梦姐"的人面露浅笑地点头示意，或者仅是轻轻地握一下手，因为临走前韩沙对她是千叮咛万嘱咐：轻易不要和他们说话。因为陆梦婕在大家的眼里是很孤傲且不善言谈的。

这一点陈默心里很清楚，所以她一言不发，只是凭着惊人的记忆力，把眼前的每一个人的面孔和韩沙在电脑里展示的面孔逐一辨析重叠。

这时，一位身着墨绿色露肩长裙的妩媚女子，扭动着纤柔的腰肢，面带微笑地来到了陈默的面前：

"梦姐，好久不见，您可好啊？以前的事……您不会……还在生气吧？"

陈默听得一脸蒙，但她立刻回过了神：

"啊哈，那算个什么事啊。过去的事就让它过去，还提它干什么？"

"那敢情好！姐姐，多日不见，你的气色可比往日红润多了呢！在哪家美容院做的护肤保养啊？改天我也去那里捯饬捯饬。"

陈默继续应付：

"依琳呀，姐姐我还能上哪儿呀？还不是用我自己常用的那老三样：水分保湿、粉底增白、粉扑上妆。"

"梦姐，可不可以把你常用的化妆品牌子发我呀，我闲来无事，也可以试着用用。这样的话，不就省下了我常去美容院打发掉的时间和金钱了嘛。梦姐……"

眼看着江依琳对陈默死缠烂打，韩沙急中生智，对江依琳说：

"我的大小姐，还是省省心多琢磨琢磨这个电影里的角色应该怎么把握吧。真受不了。"

韩沙说完后，拉起陈默的一只手，便朝着会议室的方向匆匆而去。

陈默低声问道：

"刚才江依琳说的什么事？"

韩沙敷衍道：

"没什么。是之前她和陆梦婕之间发生的一点误会。"

陈默轻轻"哦"了一声，没再追问下去，便和韩沙大大方方地走进了会议室。

众人彼此寒暄之后，在一张椭圆形会议桌周围纷纷落座，会场终于安静了下来，于是，一场关于电影《火花》的讨论会，在导演韩沙的主持下徐徐拉开了帷幕。

韩沙最先发言：

"各位同人大家好！今天，我们因为电影《火花》而聚在了一起。因为大家都彼此熟识，所以我也就不一一介绍了。下面我就电影《火花》的剧情以及所有到场人员的分工情况做详细部署。大家有什么不同的意见、建议或者别出心裁的创意，等我讲完话后再各抒己见。如何？"

众人纷纷鼓掌，并点头表示赞成。

韩沙继续说道：

"本部电影《火花》是著名作家桑妤女士，根据自己所著的励志情感长篇小说《大音希声》亲自操刀改编而成，由汉阳市大汉帝陵生态园林风景区董事长雷烨先生投资赞助。我很荣幸，能够担任本片的总导演。此刻，我恳请大家和我一起，向这两位为我们提供精神食粮和物质基础的重量级人物表示最真挚的谢意。"

韩沙起身，向着会议桌旁站起来的剧作家桑妤和制片人雷烨深鞠一躬，众人也都面带微笑地点头致谢，跟着韩沙一起鼓掌。剧作家桑妤和制片人雷烨相视一笑，也都很礼貌地拍手鼓掌，向大家点头示意。

韩沙继续自己的演说：

"这部影片讲述的是一个师范学院毕业的女大学生云朵，在得知自己身患绝症之后，毅然决然地逃离繁华的都市、逃离富裕的家庭以及自己挚爱的男友，义无反顾地奔赴贫困山区支边支教，在临死之前，将父亲赠予自己名下的钱财一分不留地捐助给了支教学校和贫困学生的感人故事。饰演本部影片一号女主角的是，'当代影坛四小花旦'之一的著名影星陆梦婕。其他演员的角色我也早已都安排了下去，且剧本是人手一册，想来大家都领会得差不多了。为了能把这部影片拍出国际水平，我想让大家当着编剧和制片人的面畅所欲言。总之，我韩某人对此部影片拍摄之后的票房以及获奖是充满了信心与把握的！"

大家哂笑。韩沙凝眉：

"怎么？不相信？凭我韩沙的本事，这部影片拿个华表奖金鸡奖百花奖或者是奥斯卡奖那也说不定！好了，大家开始轮流发言，演员可以向后台工作人员提要求，后台工作人员也可以向演员提要求，大家各抒己见取长补短，相同的见解和意见不做重复表述。从江依琳开始。"

听到导演韩沙点到自己的名字，饰演女二号的江依琳惊慌失措地收起了自己正在补妆的粉底盒，娇声说道：

"我嘛，啥意见也没有。建议嘛，就是拍戏的时候最好能让我们大家住上好一点的宾馆如何？那里可是山区！"

"当然，我会尽量让大家住得舒服些。还有吗？"

"没有了，就这一点要求。"

"很好，依琳可能也说出了大家的心声。周晓璇开始。"

坐在一角，如同一枝百合花般静默的周晓璇站了起来，微笑着说道：

"大家好！我没有任何的意见和建议。我初出茅庐，在座的各位都是我的老师，我只有跟着各位前辈老师努力学习的份儿。谢谢大家！"

周晓璇说完后，向着在座的人群微笑着频频点头：

"还有还有，我会为大家服务好，做好大家的后勤工作。我一不怕苦二不怕累三不怕半夜三更开始睡！"

大家拍手哄笑。

饰演男一号的帅小伙杨旭说道：

"我曾在山区里拍过片，最熟悉农村的生活了，正好我在影片里饰演驻扎在山村学校的民办教师，这个角色倒是蛮适合的，但是我还需更加努力，体会剧中人物的情感纠葛。当然，到了拍戏现场以后，我也会照顾好大家的日常生活的。"

饰演男二号的演员张鹤紧接着笑着说道：

"我就说一句话，演好《火花》剧，不辱使命！"

紧接着，在座的所有演职人员按照座次逐一发言。

有的人说自己是第一次到山里去，怕水土不服；有的人说自己在影片里有一个被打的戏份，希望搭戏的人下手轻点，总之说什么的都有。陈默坐在座位上沉默不语，犀利的眼光就像是两束追光灯一样，跟随着每一个发言的与会人员。她尤其仔细地审视了与她搭戏的男二号张鹤与男一号杨旭。因为这两个玉树临风的美男子将在影片《火花》中扮演与她的情感生活有着千丝万缕联系的重要角色。她必须通过这次短暂的言语交流，对他们的演艺水准以及综合素养有一个初步的了解与把控，以便在以后的合作中能做到滴水不漏。

是的。没有人知道陈默的心里压着一块多么沉重的石头！

她已经完完全全认识了他们。而他们却不知道她陈默哪怕一丝一毫的信息，他们只是单纯地把她当作他们心中那位光芒万丈的影视演员陆梦婕。这是一件多么可怕的事情。但是她不能说。

韩沙又开口了：

"现在我想请本部电影的编剧桑好女士就演员如何能更好地塑造成功的角色，与大家做一次深入的交流。掌声欢迎。"

随着大家的掌声渐落，编剧桑好表情严肃地开始了自己的发言：

"大家好！在座的诸位呢，都是专业人才，演技方面不用我多说，但是我要强调一点，这次拍片你们是去山区，进农村下基层，那里的条件肯定比不上城里这般优越，所以我唯一的希望就是，大家能为了艺术、为了能通过影片向社会弘扬这种人间大爱的奉献精神，克服一切艰难困苦，好吗？"

"好！好！好！"

大家群情激昂，异口同声地回应着桑好的号召。

"同时呢，我要感谢我们年轻有为的韩沙导演，有能力、有魄力、有毅力、有决心，将《火花》这个剧本以电影的艺术形式搬上银幕。我更要感谢大汉帝陵生态园林风景区董事长雷烨先生风险同担的投资赞助精神！"

桑好讲完话后，向着邻桌的雷烨点头致意。她的发言再次引起了众人热烈的掌声。韩沙继续点名：

"最后我想请《火花》的制片人、投资方法人、热爱支持文化事业的大汉帝陵生态园林风景区董事长雷烨先生讲话。"

韩沙话音刚落，掌声雷动。

此时，约莫五十多岁、留着大背头、皮肤略显黝黑的雷烨先生露出了一脸憨厚的笑意，他站起了身子，清了清嗓子：

"很荣幸！诸位文艺界名家能在今天这个重要的时刻，光临我们大汉帝陵生态园林风景区，鄙人深表欢迎。我是一个商人，也是一个非常热爱文化艺术的人，尤其喜欢我们脚底下这块有着厚重历史文脉的关中平原，所以我才开发创办了这个大汉帝陵生态园林风景区。我作为一个商人，愿意以自己的绵薄之力回馈社会。而桑妤女士的原创小说《大音希声》深深打动了我，时值大导演韩沙正在为影片的资金一筹莫展，于是我们的想法不谋而合。因此，才有了我们大家今天的相聚。我想对诸位说的只有一句话，那就是：珍惜当下，珍惜我们的缘分，我真心希望能与诸位精诚合作，拍出能永留电影艺术长廊的经典艺术片！"

掌声！雷鸣般的掌声！经久不息的掌声！

会场气氛空前热烈。一直侧耳倾听的陈默不知怎的，竟被雷烨真诚而富有魅力的讲话惹出了激动的泪花。

原来，世界上还有思想境界如此之高且无私奉献的人！

主持人韩沙再次发话：

"大家都已经说得很全面很到位了，我也就不再啰唆了，还是那句老话，众人划桨开大船，同心协力闯难关！我今天也给大家表个态，我有足够的信心与决心拍好这部《火花》，争取票房突破一个亿！"

"哇！"

"好！"

"天哪！"

会场里一片欢呼。

编剧桑妤女士忽然冒出了一句话：

"女一？女一？小陆？小陆还没有发言。"

"哦？是吗？因为太过高兴，竟然把我们最最重要的头号角色给漏掉了。好吧，那就有请我们最美丽最耀眼的陆梦婕女士做最后发言。"

韩沙说完话后，用眼睛的余光扫了一下陈默的眼睛，暗示着她。陈默惊慌收回了自己已经放飞了很远的思绪，定了定神，面无表情地扔出了一句简短的狠话：

"各位好！实在抱歉，因为前一阵子我身体出了点状况，延误了影片的进度。现在好了，我的身体已经完全康复。今天，我只想说一句话，那就是为了演好角色，我会赴汤蹈火！"

众人在短暂的面面相觑之后拍手鼓掌。

03

会议结束后，众人在大汉帝陵生态园林景区内开始午餐。只见宽敞的餐厅里人头攒动，觥筹交错，众人推杯换盏，互道祝福。

陈默正在为是否起身与大家互动而为难之际，身旁的韩沙在她耳际低声说道：

"不要动，只管吃好你的饭！"

陈默的心绪刚刚平复，张鹤与杨旭两位帅哥一前一后走了过来。

"诸位前辈老师，我们哥儿俩敬大家一杯。"

众人举杯相碰。

"梦姐，你看你多有福啊！我在影片中是你的追求者，杨旭是你的暗恋者，真不知道你到底更爱谁多一点呢？"

陈默认出了说话的人，是张鹤。

"那还用问吗？当然是我们的掌门人韩沙老兄了。"

众人哄笑，陈默一眼就认出了接话的人，是杨旭。但杨旭的玩笑令陈默的心里瞬间产生了不悦的情绪。

韩沙却是一副毫不在乎的表情，甚至还流露出了一丝得意的神色。他用自己的酒杯使劲撞了一下杨旭的酒杯，佯装怒道：

"再这样贫嘴下去，看我到山区里怎么给你穿小鞋！"

"岂敢岂敢。"

张鹤和杨旭端着酒杯乐呵呵离去。

其实，韩沙与陆梦婕私下里的感情虽然没有对外公开，但早已成了剧组里公开的秘密。他们两个人这几年来在演艺圈里表现出来的珠联璧合，在拍戏之时表现出来的对彼此体贴入微的关怀，尤其是在众人面前毫不避讳的浓情蜜意的缠腻，所有熟识的人都能感觉出来这样的信息：他们俩恋爱了！所以剧组里的人偶尔也会当着他们俩的面打趣开玩笑，他们二人都不会介意。而且换句话说，影视圈里的爱情又有多少对能长久呢？已年过四十的韩沙，因为和合作过的女演员传出绯闻而致使和原配妻子离婚。即使和陆梦婕私下里相处得再甜腻，在众人面前还得装得若无其事。

听到此类调侃，韩沙的心里非但不生气，甚至还充满了喜悦。他觉得这是他作为一个导演、一个成功人士所应享有的荣耀与自豪。

韩沙正自忙间，却见衣着鲜丽的江依琳和周晓璇端着高脚杯，走到了他们的餐桌前。江依琳开口了：

"诸位前辈老师好！我俩借这个机会给大家敬杯酒，预祝我们剧组拍摄顺利，收视长虹！"

"收视长虹！"

众人微笑着举杯相碰并齐声附和着："收视长虹！"

这时候，江依琳端着酒杯转向了陈默，低声说道：

"梦姐姐，我和晓璇说好了，想在这个周末邀您一起吃个便饭，顺便给小妹我一个负荆请罪的机会，不知姐姐可否赏光？"

"负荆请罪？我看就不必了吧？"

"哦，我明白了，姐姐是大人不记小人过，宰相肚里能撑船呀！"

"哦，依琳说的是那件事呀！姐姐我早已忘得一干二净了，以后还是不要再提的好。"

"姐姐能不怪罪小妹，那就再好不过了。不过姐姐，这个周末的小聚您可否赏脸？"

"不行不行，姐姐我这个周末已经有约了。"

陈默不假思索地回应着。

"那您哪天有空知会我一声，我们专等您的电话。怎么样，陆姐姐？"周晓璇不知怎的，忽然就闪到了陈默的面前，提高了自己的嗓门。

"那好吧，到时候我约两位妹妹，姐姐做东。"

"好嘞!"

江依琳爽快地应了一声。于是，三只盛着红酒的高脚杯很清脆地撞在了一起。

午餐结束后，众人边走边聊着来到了停车场。

董事长雷烨说桑好女士是他开车接来的，自然要再开车送回去。于是，雷烨开着自己的豪车先一步出发，去送女编剧桑好了。

其余人等互相道别后，也都驾驶着各自的小车纷纷离去。

韩沙的座驾是最后一个离开的。他的车上毫无疑问只坐着他最喜欢的女人，陆梦婕的替身——陈默。

以目前的处境来看，他对陈默的喜欢是情不自禁的，毕竟陆梦婕那个曾萦绕过他的优美的幻影早已随风而去。

坐在车上，韩沙先开了口:

"刚才在酒桌上，江依琳、周晓璇她们都和你说了些什么?"

"没有啊，没说什么呀!"

"不对。我看她们两人神秘兮兮的。"

"哦! 她们说想找时间约我和她们一起吃饭。"

"仅仅是吃饭这么简单吗?"

"哦，我看那个江依琳神秘兮兮的，说什么还要向我负荆请罪，她和陆梦婕之间到底发生过哪些不愉快的事情呢?"

"啊! 陈默，我太大意了，忘了告诉你，江依琳和陆梦婕之间发生的那件非常尴尬的事情，而且这件事情是因我而起。"

"那一定是三角恋情?"

"也是，也不全是。那已经是半年前的事情了。大家都知道，当时《火花》的女一号已经内定为陆梦婕了。某一天的黄昏，我一个人坐在客厅的沙发上追着韩剧，没想到在这个时候，江依琳却独自一人来到了我的家里，起先是声泪俱下地说自己家里很穷，父母亲过得不好，自己的片酬又低，接着又说她本人太热爱电影事业了，想在《火花》剧里替换掉陆梦婕自己当女一号，看我能不能给她通融通融开个绿灯什么的。我说这个绝对不行，以你目前的名气和演技都无法跟陆梦婕相提并论，你以后还是应该好好在演技上多下点功夫。我以为她听了我的劝告会识趣地离开，没想到她竟然当着我的面开始脱衣服，我情急之下大声呵斥她把衣服穿好，可她竟然毫不知耻，飞速地冲进了我的怀里，搂着我的脖子狂吻起来……

"那时，我整个人都蒙了。江依琳简直就像是一条疯狂的蛇，将我缠绕得死死的，怎么推搡都推不开。正在这个时候，陆梦婕推门而入，看到眼前的情形，她大发雷霆。"

"所以事发现场呈现的实况就是，你和女二偷欢，被女一抓了个正着，而这个女一也正好深爱着你？"

"那个时候，我真是纵有百口也莫能一辩。"

"韩大导演，您可真是艳福不浅啊！之后呢？"

"之后，江依琳仓皇逃走，只剩下我一人抵挡着陆梦婕唇枪舌剑的射杀。好了好了，陈默，你可别再取笑我韩某人了。眼下最要紧的是你以后见到江依琳，该如何面对她，将那个场面圆过去？"

"这可有点难了。我以后再见到江依琳，是仇人见面分外眼红，还是强装笑脸云淡风轻？"

"虽然你不知内情，但是你今天在江依琳面前的表现却是恰到好处。一副高高在上永远立于不败之地的赢家姿态！"

"是吗？"

"不是吗？所以，江依琳她们的饭局还是推辞掉为好！"

"我已经当面拒绝了，可她们依然死缠烂打。"

"不行！影片的开机仪式就定在五一黄金周，眼看就要到了，你近期最好抓紧时间再仔细阅读一下剧本、再深入了解一下剧情，把主人公的表情、心理、语言，以及动作再用心地斟酌一番。虽然你有先天的表演天赋，但毕竟还没有熟稔的演艺经验。再说了，非常时期，你去和她们会面，难免会露出蛛丝马迹，万一让她们俩发现一丝丝的破绽，后果将不堪设想。而且江依琳不是一盏省油的灯，这几年里，她一直死死地盯着女一陆梦婕，总想找一个机会毁坏她的名声从而盖过她的风头，所以……"

"您已经和我说了多少遍了，还不放心？您还不相信我的能力吗？"

"不是我不相信你的能力，而是你根本就无法预料到，她们两人在饭桌上会跟你谈到什么使你无法应对的话题。"

"哦？这么说的话我还是不去小聚的好？"

"当然。你这几天的日程由我来亲自安排，你除了窝在房子里练习基本功外，我还会给你安排一次与编剧桑妤女士的单独会面，毕竟你对于主人公形象的塑造与个性的展现，还需要原作者鞭辟入里、深入浅出的点拨与指引。"

"那好！韩导，我听您的。只是……"

"只是什么？"

"只是影片中女主人公云朵的故事实在是太感人了，她让我自惭形秽。"

"故事是故事，现实是现实。"

"不！韩导，我们这样偷梁换柱是不是有点不地道？"

"你又来了！陈默，我告诉你，现实可比故事残酷得多了去了，你就别再无事生非了。我们现在已经是箭在弦上不得不发，你就等着和桑妤见面吧。"

"那好吧。"

陈默轻柔地回应了韩沙的提议，将身子轻轻靠在了椅背上，闭上了有些倦怠的眼睛。

04

当身着天蓝色丝质连衣裙的陈默坐在《火花》编剧桑妤家的客厅沙发上的时候，她才明显地感觉到了一丝丝的拘谨与局促。虽然桑妤并没有察觉出什么，依然热情地接待了她，可她的心里还是有些惴惴不安，生怕一不小心露出马脚。

穿着一身粉色碎花棉布衣裤的桑妤，把一杯沏好的茶水放到了陈默面前的茶几上，自己也顺势在陈默的一旁坐了下来。

"小梦，这部影片能由你来主演，我真是太高兴了！大姐一直非常关注你，也非常喜欢你！"

"谢谢桑妤大姐。我也是，能和您这样有名的大编剧合作，我荣幸之至。"

"小梦，我们可是合作了好几次了。怎么？不记得了？"

"怎么会呢！大姐，每一次的合作我都记忆犹新，而且终生难忘。"

"那就好！那就好！不用着急，先喝点茶水润润嗓子。咱们还是按照以前的练法，你在剧本里找一段比较精彩的人物独白，当着我的面表演出来，我也好感受一下你对剧中人物的把控。"

"好的，桑妤大姐。我就选主人公云朵去山村支教之前，和男友产生矛盾后开始向男友心灵告白的那一段吧。"

"行！就那一段。"

陈默端起茶水喝了几口，又从手提包里取出了纸质版的电影剧本，很快就翻到了自己将要演绎的那个段落。陈默将剧本顺手展开在桑妤面前的茶几上，然后优雅地站起来，走到客厅的中央，面向桑妤，很快便进入剧情当中：

"林泉，毕业以后去山村支教，是我这几年来思考了很久才做出的决定。我虽然生在大城市，长在富裕家庭，但是我实在不忍心看到贫困山区里的孩子上不起学，实在不忍心看到那些孩子艰苦的学习环境，我渴望用自己的绵薄之力改变这一切。我既然已经决定了，就不会有任何后悔。虽然我也非常非常爱你，但我更倾向于奔赴山区献身支教事业，因为它是燃烧在我胸中永不熄灭的理想之火！林泉，你不也是从山区里考出来的吗？为什么就这么固执？为什么就不能和我一起回到你的家乡，把我们的青春和智慧奉献给脚下的土地和亲爱的父老乡亲呢？林泉！"

陈默演完之后已是泪花闪动，情难自已。她久久地站在原地，眼睛似乎在注视着墙壁上的一幅画，又似乎跟随着女主人公云朵的思绪，已飞到了遥远而美丽的山村校园……

桑好坐不住了。她早已被"陆梦婕"表演所打动。桑好轻轻站起身，慢慢走到了陈默的面前，很温柔地拍了拍陈默的肩膀，激动地说道：

"太棒了！真的是太棒了！小梦，大姐没看错你！我都被你感动了。来，来，坐下歇会儿，咱们再聊聊，再聊聊！"

"我也是被影片中的女孩感动得一塌糊涂。"

两个女人手拉着手，重又在沙发上坐下来。此时的陈默似乎才把自己的思绪从剧中的角色中抽离出来，她端起了茶几上的茶水轻轻喝了几口，说道：

"桑好大姐，我一直在想，世界上果真有像云朵那样，放弃大城市富足的物质生活，放弃自己最爱的人，而一腔孤勇地奔赴贫困山区学校，实现自己人生价值的奇女子吗？"

"怎么，你不相信？我这可是从一个真实的故事改编而来的。而且这个女孩最后因身患绝症死在山区也是真实的。"

"是吗？"

两个女人同时低下了头，似乎在为那个亦真亦幻的美丽女孩云朵深深地默哀。

"小梦，文学作品就是要弘扬真善美，就是要感化身边的人，使他们都能拥有既真诚善良又美好的心灵。要不然的话，我苦思冥想地写，你们大费周折地演，雷总不惜余力地投资，是为了什么呢？不就是为了让更多的人看到它，看到美！"

陈默坐不住了，她真的坐不住了，她感觉桑好的每一句话，都好像针尖一样，一针一针地扎在她内心深处最柔软的地方。那个地方有一个由来已久、备受煎熬的东西叫"良知"。

陈默知道自己该走了，再坐下去的话，非穿帮不可。

"大姐，您看，我还有哪些地方需要调整？"

"不错！真的不错！独白很富有感情，抑扬顿挫、轻重缓急也把握得很好，就是，表情似乎有一点点僵硬，一点点。"

"好的，大姐，我回去以后再加把劲，好好练练，直到能把台词记到心里为止。那大姐，我就不坐了，改天再来拜访您。"

"好的好的。小梦，就这样演练下去，效果会非常好！我相信这部影片一定会大获成功！"

两个女人几乎同时站了起来，微笑着握手道别。

走在大街上的陈默，已全然没有了在桑好面前时的惴惴不安，她不知道自己哪来的勇气，可以在大编剧桑好面前表现得如此镇定自若。

她不知道，自己包裹在胸腔里那个备受煎熬的灵魂，何时才能卸下这沉沉重担？

05

陈默成长于汉阳市北部山区一个农村家庭。少年时代的她，不但人长得漂亮水灵，学习成绩也不错，更值得炫耀的是，她天生一副好嗓子，歌唱得好，舞也跳得不错，俨然成了县立一中全校同学追捧与羡慕的对象。

然而，天不遂人愿，高考时她的成绩以两分之差名落孙山。窝在家里的陈默每日以泪洗面。母亲说没啥，补习补习，明年再考。父亲则说还补个啥，越补越差。你没看老二都快长得跟高粱秆一样高了吗？

从陈默的内心来说，她还想再拼搏一年，因为她深知自身的优越条件以及别的女孩不曾拥有的艺术才华，她明白，对于一个土生土长的农家女孩来说，考上大学是实现自己人生梦想的唯一出路。然而，家庭的现状、父亲的阻挠、母亲的泪水，都让她重新燃起的信念之火彻底熄灭了。可是，农村的女孩子一旦高中毕业回到家里，那即将面临的让人头疼的头等大事就是谈婚论嫁了，陈默也不例外。

好在有一个在县政府工作的远房表舅，给陈默的家里带来了一个好消息，说他一位同事朋友的儿子向辉，二十四岁，未婚，长相英俊，因没有考上大学，就在县城里上了一所职业技术学校，毕业之后在县城一家工厂里当技术工。还说向辉已经留意陈默许久了，只要两人能谈成，向辉的爸爸就找熟人让陈默立马到县城机关幼儿园当临聘幼儿教师，等以后有空出的正式编制，便可以让陈默补上这个空缺。陈家父母听后喜出望外，连连点头道谢，并将此事告诉了女儿。陈默长久地注视着稍显憔悴的父母，沉思了片刻之后，忽然趴在了母亲的肩头，"哇"的一声大哭起来。

"不管怎么说，人家可是城镇户口。"

母亲唯唯诺诺地向女儿说出了这句话，又仿佛是在自言自语。陈默原本对自己目前的处境一筹莫展，不知人生的道路该通向何方，这下好了，有个县政府干部的儿子看上了自己，还能给自己谋得县城机关幼儿园幼儿教师的差事，何乐而不为呢？加之听说那位干部的儿子向辉长得也不赖。嫁到城里，先安定下来，这何尝不是她陈默目前的最优选择呢？

就这样，在一个落霞满天的秋日黄昏，陈默和向辉第一次见面了。

"哇！向辉简直就像是饰演佐罗的阿兰·德龙！"

这是陈默在见到向辉的第一眼时，从心底里迸发出来的一句心动的呼喊。

向辉很机灵，他早早就预订了一家非常有情调的餐厅，准备与陈默共进晚餐。向辉说："陈默，你很美，你在县城读书的时候，我就已经注意到你了。"陈默说："是吗？那你可是街边的小混混，一天到晚不好好上班，专门留意女孩子。"向辉笑着说："那可一点都不假。漂亮女孩如过江之鲫，但唯有你陈默的芳影永驻我心底！"陈默笑了，向辉也笑了，两人心有灵犀地同时举起酒杯轻轻相碰。

走出餐厅，已是华灯初上，霓虹闪烁。陈默与向辉在忽明忽暗的人行道上慢慢地走着，向辉开口了：

"我爸妈就在政府大院里居住，住的是两居室。"

"那你呢？"

"我？有时回家住，有时忙得太晚了就住在单身宿舍里。"

"那……"

"我上了几年班攒了一些钱，到时候父母也会赞助我一些，先帮我买上一套两居室的小房子。等再过几年，我攒够了钱，再换一个大一点的房子，好吗？"

"那当然好。"

"那我们俩的事情？"

"我们俩？向辉，我们俩以后还可以继续交往啊！你都没有嫌弃我，我还嫌弃你什么呀？只要你人品好就行。"

"那太好了，陈默！"

此时的向辉由于太过激动，一下子攥住了陈默的双手。陈默没有挣脱，而是低下头来任凭他把自己的手攥在那双宽大的手掌里抚摸着……

后来，陈默又去了向辉的单身宿舍几次，两个人相谈甚欢。于是，两家父母正式见了面，商定了婚事。婚礼在那年的春节前夕顺利举行，之后，两人便开开心心地住进了工厂附近一套两居室的商品房里，在所有亲朋好友的注目与祝福中，开始了甜甜蜜蜜的小日子。

06

正如导演韩沙所说，电影《火花》的开机仪式，在五一黄金周的某一天中午，于大汉帝陵生态园林风景区如期举行。

开机仪式上，制作方为全剧组人员依次发放了红包。整场开机仪式，众多的媒体记者扛着"长枪短炮"，颠前跑后地抢镜头、拍照片、录影像。

仪式结束，导演韩沙和当红影星陆梦婕的替身陈默正欲离去，却被一群口齿伶俐的记者挡住了去路。

"敢问陆梦婕女士，您对自己在这部戏中出演女一号有什么感想？或者说您以前走的是职场范儿，现在却出演纯情派，您对自己这次的角色转换有什么不同的感受？或者说……"

陈默被问蒙了，她一改往日的气定神闲，急匆匆回了一句：

"对不起！我无可奉告！"

"陆梦婕女士，我是电视台的记者，您就不想给观众在荧屏上……"

陈默无言以对，迅速从包里掏出咖啡色遮阳镜，慌乱地戴在了自己的脸上：

"实在对不起，我今天还有约。"

"实在抱歉，记者同志，陆小姐身体有点不舒服。瞧那边，你们可以去采访一下我们的江依琳和周晓璇两位大美女啊！"

就在记者们转头张望之际，韩沙向陈默使劲摆了一下头，陈默瞬间会意，推开拥挤的人群，夺路而逃。

迎面而来的江依琳和周晓璇瞬间便被记者们蜂拥围住。江依琳向一旁的周晓璇低声问道：

"梦姐今天这是怎么了？她平日里面对记者的追问可是对答如流啊！"

"是啊是啊！梦姐今天这是怎么了？可能是身体不舒服吧，我看她脸色好像有点不对劲呀。"

"也许吧。"

三十分钟后，韩沙的车子停在了汉阳市西郊天使美容院的大门前。坐在副驾上的陈默打开车门，径直走进了天使美容院二楼的诊疗室。接待她的是半年前给她进行整容手术，且极负盛名的美容医师康成。

陈默躺在一张干净的诊疗床上，脸上敷着一层白色的药膏，只能看见她一双黑色的眼睛和一张紧闭的嘴巴。

康成穿着一件整洁的白大褂，坐在一把距离手术台有一米远的椅子上，口罩和帽子遮住了他原本英挺的面庞，只有一双睿智的眼睛向着似睡非睡的陈默投射出两道饱含关爱却又极为隐晦的复杂目光。

"现在感觉怎么样了？"

"好多了。"

"你的心理负担太重，加之睡眠不好影响药物吸收，从而导致面部肌肉疼痛，所以保证足够的睡眠时间很重要，尤其是你……"

"可能吧，我近期确实压力很大……它压得我……几乎……喘不过气来……"

"是啊，作为一名颇具实力的当红影视演员，遭遇如此大难，真是太让人痛心了……"

"是的。谁能想得到呢？谁又能料得到自己漫长的一生里会遇到什么样的大悲大喜呢？你能吗？"

"哦……不能。"

"所以……"

"所以，还请你不要太过忧郁，我会全力以赴地治愈你。"

"遗憾的是，你可以治愈我身体的伤疤，却治愈不了我内心的伤痛。"

康成沉默了一会儿，伸出戴着医用手套的双手，轻轻揭掉了粘在陈默脸上的药贴，又用蘸着药水的药棉在陈默的脸上轻轻涂抹着。

"其实，你也可以活得很轻松呀。"

"那已经是不可能的事了。这种事情放在别的女人身上，她可能连生存下去的勇气都没有。"

陈默说着，竟有两行晶莹的泪水从腮边滑落了下来。

康成看见后，急忙重新取了块干净的纱布，手法很轻柔地为陈默擦拭腮边的泪水，劝慰道：

"小陆，你能坚持到现在，还能坚持拍电影，已经很了不起了。只是，我最近查阅了不少关于你这种病症的资料，也咨询了国外著名整容医师，但对于你这种没有任何外因也没有任何征兆，却在一夜之间真容尽失的状况，我至今仍然是一筹莫展。"

"康医生，发生这样的事情，我也是始料不及。这对于我这样靠颜值来打拼前途的演员来说，简直是毁灭性的打击。"

"小陆，请你放心。我已经尽了自己最大的努力，把前期的整容手术做到了最好，我还会为你把后期的全身理疗和脸部护理工作做到最好，虽然可能比不上你……你之前的美丽容颜，但就目前的面貌来讲，绝对没有人会认为你做了整容手术。相信我，小陆。"

"我相信您！我一直都相信您，康医生。"

两个人说话间，陈默的皮肤护理也顺利做完了。康成迅速地将使用过的药棉和手套扔进了一旁的医用垃圾桶里，而此时的陈默也从诊疗床上撑起身子，站到了康成的面前。

"无论如何，我都要谢谢您！"

"小陆，以后这感谢的话就不要再说了。还你一张最原始、最真实的脸，就是我作为一名整容医生最大的心愿。"

"康医生，再过几天，我们剧组就要到偏远山村拍电影了，麻烦您给我多带一些口服的药和外敷的药。"

"这个还用得着你再叮嘱，韩导早就在电话里向我指示过了。你需用的所有药品，我都已打包好了，你出门时带上即可。"

"谢谢您！"

陈默说着，从大衣口袋里掏出了一个天蓝色口罩，快速戴在了自己的脸上，向外走去。

康成带着陈默来到了他的办公室，将一个装满药品的塑料袋递给了她，说道：

"各种药物的吃法和用法，这里面都写得清清楚楚，还用我再重复吗？"

"不用了，不用了，康医生。"

陈默不好意思地浅笑了一下，很主动地向康成伸出了自己的手。两个人目光相遇，随后便将手握在了一起。

"小陆，那我就不送你了。预祝你们这次拍摄的电影《火花》火爆全国。我一定会坐在影院里为你鼓掌喝彩！"

"谢谢！"

陈默轻快地走出了天使美容院的大门，在大街上随手拦了一辆绿色出租车，一头钻了进去。车子就像是一条滑腻的鱼儿一样，很快便消失在了茫茫无际的车海中。

07

结婚之后的陈默，看上去更显年轻漂亮。然而，命运之神却在此刻，让她经历了一场人间惨剧。

那时，她还在县政府机关幼儿园里当老师，因为向辉的家人确实没有失言，在她和向辉度完蜜月后不久，她就接到了公公打来的电话，让她抽空去幼儿园面试。她听后很是开心，感觉自己在这个县城里，即将有一份体体面面的工作了。于是，第二天一大早，陈默便穿上自己最喜欢的一条白底绿花的连衣裙，一路哼着歌曲《外婆的澎湖湾》，跨进了距家仅有一站路之隔的机关幼儿园，满面春风地旋进了园长的办公室。

女园长看她身材匀称，长相甜美，加之又能表演一些简单的歌舞，便笑着说："园里人手紧张，你今天就开始上班吧。大一班老师休产假，你就带大一班。"

就这样，陈默在园长的带领下，走进了机关幼儿园大一班的教室。一群像喜鹊一样叽叽喳喳欢呼雀跃的孩子，看见园长领着一位陌生阿姨进来，顿时安静了下来。

"孩子们，这是你们新来的陈老师，大家向陈老师问好！"

于是，几十张小嘴异口同声地喊道：

"陈老师好！"

"小朋友们好！"

园长刚一走出教室的大门，便听到陈默高声唱起一首轻快悦耳的儿童歌曲《采蘑菇的小姑娘》，之后孩子们也一起跟着大声唱了起来。园长不由自主地回过了头，看见讲台上新来的女教师陈默，整个身子已经和着她那一袭白底绿花的长裙，像一只轻盈的燕子一样，在讲台上欢乐地飞了起来。

瞬间，园长的脸上露出了一丝满意的微笑。

可以说，陈默嫁给向辉后，每天都被甜蜜的感觉包围着。很快，陈默就发现自己怀孕了，这无疑给向家带来了无与伦比的喜悦。

随着陈默的肚子一天天大了起来，向辉对她的照顾与体贴更是无微不至，除了每天早送晚接之外，还亲自下厨为陈默翻着花样做羹汤。公婆更是乐不可支，隔三岔五给怀孕的儿媳妇送来各种各样的补品。那时的陈默，觉得自己简直是掉进福窝窝里了。她每天晚上上床后，都会把光滑的肚子贴在向辉的怀里，一边和丈夫说一些脸红心热的软语，一边在心里畅想着宝宝出生后，一家三口快乐的时光。

然而，命运之神似乎存心要和陈默开一个天大的玩笑，存心要将她这份短暂的欢愉撕碎、践踏直至摧毁。

就在陈默熬过了怀胎十月的艰辛，顺利分娩出一个健康的女婴后，时隔一个晚上，天大的劫难突然降临在陈默身上。

是的，谁也无法相信，这样一个温柔善良的女人，却在生完小孩之后的第二天，面貌突变，面部皮肤松弛，眼窝塌陷，皱纹剧增，说话的声音听起来也比以前略显沙哑一些，俨然成了一个奇丑无比的老太婆。

当时，躺在床上的陈默并没有觉察出任何的异样，只是满目含情地注视着一旁熟睡的女儿。而当向辉一进门，看到病床上那个老太婆似的女人时，不禁大吃一惊，只听"砰"的一声脆响，竟然将手里的热水瓶打碎在了地上……

"你怎么了，向辉？"

"你是谁呀？怎么会躺在这里？"

"向辉，你怎么了？我是谁？你说我是谁？我是你孩儿她妈呀！"

床上的女人顿时露出一脸的诧异。

是的，无论一个人的样貌怎样变化，她的眼神和声音大抵是不会有太大的变化的。向辉从面前这个女人似曾熟悉的眼神和声音里辨认出，这个看似五六十岁的老太太，其实就是自己年仅二十岁的结发妻子陈默。

向辉大惊失色，他疯了一样冲到病区的走廊，声嘶力竭地喊着：

"医生！医生！医生！"

医院的专家教授经过研究会诊，陈默的病变最终被诊断为产后皮肤松弛症。医生说这种病极为罕见，在全国人群中只有千万分之一的发病率，以国内目前的医疗水平，即使花再多的钱也是无法治愈的，就算是进行整容手术花上几百万元，也不见得会恢复原貌。

这个消息就像是一声闷雷，把刚刚沉浸在初为父母喜悦中的夫妻俩炸了个身心俱碎。

经过陈默的死缠硬磨，向辉才把一面小小的镜子递到了陈默的手里。当陈默看到镜子中那个老巫婆般丑陋不堪的自己后，旋即晕倒在了病床上，紧跟着的，是"噼啪"一声响，那面镜子以迅雷不及掩耳之势粉身碎骨到了地上。

之后的日子里，陈默整天以泪洗面，看着小狗一样蜷缩在自己怀里的女儿，却一点也高兴不起来。怎么办？自己以后该怎么办？医生已经说过了，这种病是很难治愈的，何况就是想治，家里又哪来那么多的钱呢？我的命怎么会这么苦呢？这个千万分之一的悲剧，怎么就让我陈默给撞上了？

相比于陈默，丈夫向辉虽然心里苦涩，但是他从不在妻子面前表现出明显的沮丧，他贴心地为妻子打饭、打水、喂药、擦身，偶尔还会劝慰妻子几句：

"不要太消沉了，等你坐完月子，我带你去北京、上海那些权威医院再看看，说不定还会有转机的。"

陈默听后依旧沉默不语，只是将身旁的女儿霓霓，紧紧地抱在了自己的怀里，任由女儿粉嘟嘟的小嘴，贪婪地吮吸着乳汁，一任自己的泪水哗哗而下。

一周以后，到了陈默出院的时间，夫妻俩选择了一个夜晚，在医院专车的护送下回家。

从走出医院病房，到被专车送到小区楼下，陈默没有忘记用一块大大的方巾包住自己整个头部。

公公婆婆老早就赶了过来，一直在楼下等着。

车门打开之后，婆婆接过包裹严实的小孙女，公公接过一大包行李，向辉搀扶着步履蹒跚的妻子陈默，向车上的医务人员道了声谢谢后，一大家子便进了单元门。

进屋以后，陈默被向辉搀到了卧室的大床边，她躺在床上，目光呆滞地望着头顶的天花板，一言不发，就连脸上裹着的方巾也懒得解下。

向辉伸出手，试图帮她解下方巾。

"到家了，卸下来舒服。"

"不！"

陈默仿佛被毒蛇惊吓了一般，急忙伸出双手，挡住向辉，且声嘶力竭地呐喊了一声：

"不要！我不要卸掉！向辉，我不想让人看到我丑八怪的样子！"

"可是，可是，这是在咱的家里呀。"

"可这个家里，还有你的爸爸妈妈。"

"他们是自己人。"

"自己人也不能看。我现在这个样子，会把他们吓坏的。"

"刚才妈妈喊咱们出去吃晚饭了。"

"我不会出去的。向辉，我不饿，一点也不想吃。"

"不行的，陈默，你得补充营养，还得喂孩子……"

"那好吧。你把霓霓抱进来，让爸妈先吃饭，等他们吃完饭回去后，我再出去吃。"

看着一味执拗的妻子稍微有了点妥协，向辉这才轻轻卸掉了裹在妻子脸上的方巾，帮妻子在床上躺平展，并为妻子盖上了被子，然后才走出卧室，将女儿霓霓抱了进来，轻轻放在了妻子怀里。

"你看，小公主可乖了，一点也不恼人，还笑呢!"

陈默搂过女儿的一刹那，眼泪止不住落了下来。

"好了，我没事了，有霓霓陪着我，你去吧，先陪着爸妈吃晚饭吧。"

"好的。"

向辉出了房间以后，陈默解开衣襟给女儿哺乳。瞬间，有一股强大的母爱的暖流电击一样传遍了她的全身。她想不明白，为什么自己在得到这样一个乖巧的女儿的同时，还要面临如此的厄运!

不知何时，女儿霓霓已经在她的怀里酣然入睡。

这个时候，向辉手里端着一碗热汤走了进来。

"快坐起来，咱妈熬的鸡汤，趁热喝，爸妈刚走。"

这个时候，陈默也确实感觉有点饿了，便把孩子轻轻放到了一边，撑着身子坐了起来，接过向辉递过来的汤碗，慢慢喝了起来。

站在一旁的向辉，满眼关爱地看着陈默喝完了鸡汤，接过空碗，又拿起一块干净的热毛巾，帮陈默擦了擦手，低声说道:

"爸妈临走时说了，咱家以后就是砸锅卖铁，也要给你把这个病看好。"

陈默听了，感动万分。她情不自禁地把自己的脸埋在了向辉的怀里，低声抽泣。

08

　　终于，在七月中旬的某一天，导演韩沙带领着影片《火花》摄制组所有演职人员向着位于汉阳市西北部的永安县城浩浩荡荡地出发了。摄制组一行三十余人，韩导除了租一辆大巴车让人员乘坐外，还租了一辆中型货运车专门载运道具、服装、设备和行李箱。

　　车子刚一驶出汉阳市区，一股暖风夹杂着田野里青草的气息迎面扑来，车里原来昏昏欲睡的人们一下子活跃了起来。也不知是谁起的头，一首《在那桃花盛开的地方》，被大伙儿齐声合唱了起来。

　　陈默与韩沙坐在最后一排的座椅上沉默无言。

　　陈默穿着一身白色运动装，搭配咖啡色太阳镜和遮阳帽，再加上她披散在肩头的大波浪鬓发，那张原本就靓丽的脸庞被衬托得更加妩媚。而脸上挂着一副黑色墨镜的韩沙，则像一位保护神一样，怡然自得地坐在陈默的身旁，紧紧地攥着陈默的一只手，仿佛整个车厢里的喧哗与骚动与他们两人没有任何关系。

　　"嗨，高兴一点嘛！"韩沙晃了晃陈默的手，低声说道。

　　"我高兴不起来，你可以跟着他们一起嗨，我想睡一会儿。"

　　"那好，你就靠在我的肩头睡一会儿吧，我也想点别的事情。"

　　于是，陈默把自己的头靠在了韩沙的肩头，看着窗外婆娑的树影像默片一样从窗玻璃上飞速后退，慢慢闭上了眼睛……

　　在一间两居室舒适的卧室里，陈默和向辉相拥而坐。

　　"陈默，妈说了，让咱们一家三口搬回去和她一起住，说是把咱们的这个房子先卖了，给你看病。"

"不行！这绝对不行！再说了，咱们不是已经咨询了好几家医院的专家了吗？他们都说这个病无药可治，而且咨询的所有的医学美容专家根本就不敢接诊。"

"我觉得咱们应该先把钱准备好，等以后有机会了，去北京、上海一些大医院再看看。"

"向辉，医学专家不是已经跟我们说了吗，花再多的钱也治不好。"

"可是陈默，无论如何，咱们……总得抱有一丝希望吧。"

"向辉，我知道，你还是嫌我变丑了。"

陈默说着，又伤心地抽泣起来。

"你别多心，陈默。我也是为你的身体着想。"

"我的身体怎么了？我的身体怎么了？不就是一夜之间成了丑八怪了吗？向辉，说到底，你还是打心底里嫌弃我了。"

陈默的嗓门忽然间提高了八度，之后便将身子躺下去哭出了声。

"你的声音这么大，就不怕隔壁邻居们笑话？"

"他们笑话我什么？我已经是这个样子了，还怕个什么？"

向辉不再言语了，他知道，在这个一碰就着火的话题上再讨论下去，弄不好会出人命的。

他深知，自从妻子生完女儿相貌大变之后，她所承受的心理压力与灵魂煎熬有多么沉重。

陈默的临聘幼儿教师是当不了了，就算幼儿园不解聘她，她还会有勇气走到那个温馨的校园吗？还会有勇气走到那一群群天真无邪的孩子的面前吗？不会，绝对不会！

但被逼到绝境的陈默没有放弃生的希望，在经历了一番苦苦的内心挣扎之后，终于在闲暇之余和丈夫用婴儿车推着女儿走出了家门，上街买菜、购物、遛弯儿了。她为自己终于能迈出这勇敢的第一步喜极而泣，然而，世人并非如她想象的那样温和善良。

周围人的指指点点与窃窃私语，仿佛是一柄柄闪着寒光的利剑，向着她的后背一剑剑刺来，直刺得她千疮百孔、肝肠断裂……

这天，向辉看见妻子双肩微微抖动，感觉到妻子在无声地抽泣。于是，他紧贴着妻子坐下，伸出手轻轻地抚摸着妻子那一头乌黑的长发，轻声道：

"其实，陈默，天无绝人之路。我最近听有经验的接生婆说，既然你是因为生完小孩才变了脸，不如再怀一个孩子，等到第二个孩子出生，说不定你的脸会变回去呢……"

"这怎么可能呢？"

"还真说不准。我已经和爸妈说过了，他们表示赞同，还说到时候孩子由他俩带。"

陈默沉思了几分钟之后，忽然掉转身子，朝着向辉说道：

"如果真的可以的话，我愿意试试。"

说罢，陈默伸出手臂，将丈夫轻柔地揽在了自己酥软的怀里。

"张鹤，你这次来永安县不会再逢桃花运吧？"

坐在车上的人开始与张鹤打趣。

"怎么可能！等到咱们到达山里的时候，桃花早已落了，树上的桃子都已被摘完了，我哪里还能遇到桃花运？"

"你就是遇着桃花运，江依琳也会把你的桃花撕得一瓣不留。"

坐在张鹤前排的帅小伙杨旭扭过头来，露出一张英气的笑脸。

"就是的，就是的。"

有人跟着起哄。

"哪里哪里，他张鹤遇着桃花运，那是他的本事，关我江依琳何事？"

并排坐在一起的张鹤和江依琳被大伙儿开着玩笑。江依琳佯装怒怼之后，车里的嬉笑声此起彼伏。周晓璇忽然站了起来，向着窗外高声呼喊着：

"永安，你好！我们来看你了。"

一直沉湎于回忆中的陈默被周晓璇的尖叫声惊醒，她慢慢睁开一双惺忪的睡眼，用一只手撑着韩沙的膝盖，缓缓地坐直了身子望向窗外。

是的，永安县城到了，而此时已是霓虹初上，暮色四合。

09

陈默果真没有让韩沙失望。

影片《火花》开拍后，陈默很快便进入了角色。她尽情施展着自己的表演才能，凭借着自身对表演艺术的领悟，以及对陆梦婕表情动作的模仿，将不贪慕物质享乐、宁愿与男友分手也要义无反顾地到贫困山区支教的大学毕业生云朵的美好形象，演绎得淋漓尽致。尤其是她和男友林泉分手以后，很是失望地从男友手里抢过了行李箱，转身离去，任长长的秀发和红色的风衣在风中随意地飞舞，任伤心的泪水从光滑的脸颊上悄然落下的美丽画面，撼人心魂。

也许只有陈默才可以与剧中人物云朵发生如此强烈的共情。她近年来遭遇的所有不甘、屈辱与愤懑，通过影片，通过花季少女云朵悲欢离合的命运才得以发泄出来。陈默忽然觉得，做一名演员真好！因为可以在演戏中把自己最真实的面目完完全全地包藏起来。多好啊，我再也不用做回那个原来的陈默了。

陈默除了把自己所有的戏份演得精彩，和所有初次搭戏的演员也都配合得十分默契，深得大家的赞许。所有的演职人员也都是尽心尽力，顾不得大西北山区里狂风尘土的侵袭，将自己的任务完成得无可挑剔。

时间过得真快，眼见着一个月的忙碌宣告结束，影片《火花》成功杀青，大导演韩沙更是喜上眉梢。

"这阵子大家都辛苦了！今天下午早早收工，回酒店休息一下，我们晚上设庆功宴犒劳大家！"

"韩导辛苦了！"

大伙儿喜不自胜地呐喊了几声，便各自收拾着家当纷纷离场。

周晓璇和陈默住一个房间。起初入住时她就一个劲儿地喊：

"我要和梦姐姐住一个房间，我要和梦姐姐住一个房间。"

后勤保障人员一般都会尽量满足大家的要求，与"陆梦婕"对视了一眼，就意会了她的态度，便顺水推舟地把她和周晓璇安排在了一个房间。

周晓璇还真是勤快又好学，那一段时间里，不仅抢着为她的"梦姐"洗衣服，还利用一切可以利用的空闲时间，有意无意地向"陆梦婕"讨教表演的深层技巧。

她的极力表现与努力钻研并没有引起陈默的反感，反而赢得了陈默莫名的喜欢。是啊，有一个欢快如小燕子一样的女孩子整天在她面前，一向内心孤僻且郁郁寡欢的陈默有什么理由不暗暗地欢喜呢！

记得有一天晚上，在宾馆的房间里，两人洗漱完毕，都穿着碎花的丝质吊带睡裙，慵懒地斜倚在宽大的沙发里，周晓璇便开始了和自己偶像天南海北的闲谈。

"梦姐，你说作为一个演员，首先最应该做什么？"

"当然是演戏了。"

"那你说，一个演员最应具备的素质是什么？"

"当然是全心全意俯下身子把自己的戏份演到最好。"

"可是姐姐，我一直都是这样做的呀，为什么我总是不温不火的？"

"晓璇，只要你付出了，只要你为了你所挚爱的理想努力奋斗了，不管结果如何，就是无悔的人生。"

"可是姐姐，我实在是不甘心。你看你们的片酬多高啊，广告费多高啊。像我这三流的小演员，能接到戏就已经不错了。"

"晓璇，无论何时何地，你都要相信，是金子总会发光的！"

"姐姐，我之所以仰慕你，就是因为你一路走来，行得端、走得正，凭借着自己高尚的品格和过硬的才艺才赢得了极高的荣誉以及粉丝的喜爱。"

说这话时，周晓璇的眼眶里似有泪花涌动。陈默的内心似乎被什么东西轻轻戳了一下，便情不自禁地抓住了周晓璇的一只手说：

"好妹妹，别再伤感了，早点睡吧，明天一大早还要去山里拍戏呢。相信面包会有的，一切都会有的。"

周晓璇瞬间又被她"梦姐"的温暖言语感动得一塌糊涂。她笑看着陈默郑重其事地说道：

"谢谢姐姐，你是我这辈子永远追随的荧屏偶像！"

那晚以后，陈默和周晓璇的关系似乎更加亲密了起来。陈默拍戏的时候，周晓璇帮她拎外套；陈默休憩的时候，周晓璇会第一时间把一瓶打开的矿泉水递到她的手里。

此时，在她们两人居住的宾馆房间里，陈默裹着一条白色的浴巾，刚从卫生间里走出来，周晓璇便把桌子上一杯凉白开递到了她的手里：

"梦姐，赶快喝点水，歇息一会儿，再化个妆，我们就要下楼去赴庆功宴了。累死我了，真的是累死我了。"

看着周晓璇一摇一晃地走进了卫生间，伴着卫生间里哗哗的流水声，陈默大喊一声：

"晓璇，姐姐好喜欢你！"

"你说什么？我听不清楚。"

陈默端着水杯走到了卫生间门口，将头往门边凑了凑，一字一板地说道：

"姐姐好想有一个像你这样的妹妹！"

"我本来就是你的小妹呀。"

旋即，两个年轻的女人不约而同笑出了声来。

半小时后，两位打扮时尚且气质高贵的美女手牵着手，面带微笑地走进了宾馆一楼铺着红毯的宴会厅。宴会厅人头攒动，人声鼎沸，包括韩沙在内的所有演职人员都已经到了。

毫无疑问，"陆梦婕"依然是人群中的亮点，大家纷纷举着酒杯来到她的面前，向她祝贺并与她碰杯。

"梦姐，你这次可是超常发挥。我从没有见你在戏中哭得如此伤心、如此动情。连我这负心人都快被你融化了。"

与陈默在影片中搭戏的男二号张鹤，率先和陈默碰了一下酒杯。

"哪里哪里！关键是桑好大姐的剧本好。说真的，我确实是被云朵的奉献精神深深感动了。"

"梦姐，我本来是想和你一起住的，也沾沾你的光，哪知道让那个周晓璇抢了先。看来这以后不管遇到什么事，还是得削尖了脑袋往里钻，要不然的话这机会可是转瞬即逝！"

说这话的人便是被韩沙介绍过，一心想抢陆梦婕风头，且传言正被张鹤狠命追求的女二号江依琳。

不知怎的，陈默打从见到江依琳的第一面起，就对这个打扮妖艳且个性张扬的女人心生厌恶，总觉得江依琳对她不怀好意，说起话来酸不溜丢。感觉她就像是一条隐藏在草丛中的蛇，只要稍有机会，便会窜到她的身上，狠咬她一口，然后再迅速逃窜。

"难得依琳妹妹这样倚重姐姐，我十分荣幸，不过不要紧，以后有的是机会。"

"那敢情好！梦姐，咱们一言为定！"

"一言为定！"

陈默优雅地举着酒杯，和江依琳的酒杯在空中轻轻撞了一下。这一声相撞，仿佛是两个强势女人心照不宣地从内心发出的一较高下的宣言。陈默虽初出茅庐，但是她自身的才艺以及所经历的磨难，足以使她将陆梦婕独有的高傲与淡定模仿到位，且将这场酒局奉陪到底，或者说她有足够的信心与智慧将自己这场人生的赌局一压到底。

"好了好了。大家请各就各位，庆功宴现在开始，大家边吃边聊。"

这时，导演韩沙拿着话筒在高声讲话，于是大家便依次落座开始用餐。

宴会上气氛浓烈，大家开怀畅饮、举杯相庆。

陈默坐在韩沙的身旁用餐，待她抬头的刹那，透过熙熙攘攘的人群，她忽然看见端着酒杯的江依琳走到了周晓璇的身旁，一边用狐疑的眼神朝她这边张望，一边在周晓璇的耳边窃窃私语。随即，周晓璇也用同样狐疑的眼神望向她。然而，周晓璇在与她对视的瞬间便将目光飞速移开，这一举止不得不让泰然自若的陈默心生疑虑。莫不是她们发现了什么？还是，我的哪些言行举止引起了她们的疑心？

陈默忽然感觉到自己平静的心湖里仿佛被扔进了一枚石子，而这枚石子所溅起的一层层涟漪也许将扰乱她日渐平静的生活。

10

晚宴结束以后，大伙儿簇拥着韩沙和陈默刚一走出宴会厅，就有一群不知埋伏在哪里的记者，肩扛"长枪"、手拿"短炮"，一窝蜂似的向他们拥来，"咔咔咔"地抢着镜头拍着照片。

"陆梦婕女士，我是省台西部影院专栏记者。可否向我们描述一下《火花》杀青之后的感想？"

"陆梦婕女士，我是永安文化娱乐板块的记者王珂。鄙人对您可是仰慕已久，今天见到真容，可真是丰姿美艳、气质非凡啊！不过我听说您和韩导是恋人关系，不知可否把您二位的近况透露一二？我好给您发个头条。"

"陆梦婕女士，请问您是怎么走上演艺之路的？"

"韩大导演，您来到我们永安县拍戏，感觉这里的景色如何？对我们永安的印象如何？"

还没等韩沙和陈默说上一句话，后面的记者又开始向前挤着、拥着。慌乱中的陈默定了定神，连声说道：

"无可奉告！无可奉告！"

韩沙随即抢先说道：

"永安是个非常美丽的县城，山里的风景更是美不胜收，山坳里、村道旁随处可见紫色的槐花，真是人间仙境。这次拍戏也取了不少的镜头。"

"韩导，你们能来永安拍戏，我们倍感荣幸。待影片一上映，全国各地的人就都能看到永安的紫槐了，就会纷纷来到永安欣赏紫槐！真是太好了！太好了！"

"是的！我们的影片除了宣扬永安人的人性之美，还要宣扬永安的山水之美！"

"韩导真是有眼光！永安人民感谢您！陆梦婕女士！陆梦婕女士！"

韩沙看到记者们对陈默摆出一副不依不饶的架势，赶紧向挤在人群中的周晓璇使了一个眼色，周晓璇多聪明，立刻心领神会，拽起"陆梦婕"的一只手，飞速挤出人群，走进了电梯。回到房间后，两人踢掉高跟鞋，光着脚丫子，仰躺在了自己松软的卧榻上，长长地吁了口气。周晓璇顺手拿起了桌旁的遥控器，打开空调的开关。瞬间，一股凉爽的轻风向她们二人徐徐吹来，随之而来的，还有两人回荡在房间的咯咯咯的笑声。

"梦姐，韩导对你可真好。我还从没见过他对哪个女人如此上心！"

"真的吗？"

"当然是真的了。怎么姐姐，你不知道他以前有过很多女朋友吗？这在咱们这个圈里可是人尽皆知的秘密，而且韩导还常常以此为荣呢！"

陈默瞬间觉得自己刚才的反问太过愚蠢，便表现出一副无所谓的态度，极力掩饰道：

"我从不在乎他以前有过多少故事，也从不苛求他对我用情多深。不求天长地久，但求曾经拥有！"

"姐姐，你可真大度。这个世界上哪个女人不希望与自己所爱之人长相厮守、白头偕老？"

"相伴一生固然好，但是又有谁敢保证自己所拥有的爱情会一成不变呢？你敢保证吗？"

"姐姐说的哪里话？我虽然不敢确保一成不变，但是我一旦选择就会始终如一地对他。"

"谁人不想呢？问题是你爱的人的想法会和你一样吗？"

"不管别人怎么想，我都会用一颗最最温柔的心去呵护他。"

"小妹是不是喜欢张鹤呀？那个小伙子挺不错的。"

"姐姐真会开小妹的玩笑，小伙是不错，可是人家一直在向江依琳献殷勤呢。"

"那有什么，喜欢就大胆地去追，总有人会看到你闪光的一面。"

"可我对自己是一点信心也没有。姐姐，在这个世界上，爱上一个人很容易，被一个人爱上也很容易，最难的是你爱的人也刚好爱着你。唉，好难啊！"

"好了好了，晓璇，咱们不谈这个复杂的话题了，我先去冲澡。"

陈默说着，便从床上坐了起来，刚想走向卫生间，却听见放在一旁的手机铃声响了起来。陈默一看是韩沙来电，便接通电话，走到了窗边，小声问道：

"你那边解决了？"

"解决了。你呢，现在咋样？要不咱们一会儿去之前那所宾馆？今晚我陪你。"

"不用了韩导，我已经很累了，再说我们明天一早就要离开永安县，我还有一些东西需要整理一下。"

"你可真够狠心的啊！就好好折磨你的韩郎吧。看我回汉阳怎么收拾你！"

陈默被韩沙略带霸气的幽默逗乐了，莞尔笑道：

"别闹了，我今天真的很累。等回去以后我天天陪着你，直到你厌倦了为止。"

"厌倦？这怎么可能呢！亲爱的，你刚才是不是酒喝得太多了，开始说胡话了？你那么漂亮又那么善解人意，我爱你还爱不够呢，又怎么可能会厌倦你呢？"

"对不起，是我不好，是我多心了。晚安！"

"晚安！"

陈默挂断了电话，随手将手机扔到了床上，略有所思地走进了卫生间。紧接着，一阵接着一阵的水花如雨点般倾洒在她的身上，而她的眼泪也跟随着水花默默流淌。

陈默心里明白，她在电话里向韩沙说的一些莫名其妙的话，皆是对刚才和周晓璇探讨的关于爱情话题的进一步延伸。她原以为，自从她与丈夫向辉不辞而别以后，这辈子就与所谓的爱情永永远远地绝缘了。不承想，就在她万念俱灰、濒临死亡之际，大导演韩沙就像是一束明亮的光，不仅拯救了她脆弱的生命，还使她重新燃起了生存的信心与生活的勇气。

然而，陈默以陆梦婕的身份高调地生活，真的能安心吗？想想自己最近在影片《火花》中扮演的女主角云朵，人家的思想境界多高啊，为了到山区支教不仅离开了深爱自己的男友，而且在自己生命弥留之际，将父亲赠予自己的财产全部转赠到山区希望小学的名下。而我呢？我可以心安理得地假扮着陆梦婕招摇过市吗？

管它呢！我不假扮陆梦婕，我怎么活得下去？我又该以什么样充分的理由活下去？她云朵献爱心支教、捐助希望小学，那是因为她原本就生在一个富裕的家庭里，因为她从一生下来就没有遭遇过厄运。我怎么能和她相比呢？

就让我继续以这种见不得光的方式在这个世界里踽踽独行直至死去吧。

洗漱完毕，陈默裹着一条白色的浴巾走出了卫生间，她向似乎已经睡着的周晓璇轻轻喊了一声：

"晓璇，赶快起来，去冲个热水澡，明天一早我们就要打道回府了。"

周晓璇"嗯"了一声，起身进了卫生间，匆匆冲了冲便走了出来，盖了一条毛毯在自己身上。

"好舒服啊，姐姐。我们终于可以回家了，终于可以不再吃这儿的黄土了。"

"是啊，晓璇，这次来山里拍戏，我还真得感谢你对我无微不至的照顾，回去以后姐姐请你吃大餐。"

"姐姐你不是说过咱们以后做亲姐妹吗，怎么还跟我客气？"

"再亲的姐妹，也要感谢。到时候想吃什么随你点。"

"那好吧，姐姐，不说了，咱们睡觉吧，再聊下去准失眠。"

"哎，晓璇，刚才晚宴的时候，我怎么看见江依琳在你身旁奇奇怪怪的？"

陈默终于把憋在心里的那句话问了出去。

"姐姐，我也觉得她怪怪的，她竟然在我面前说你……说你……"

"说我什么了？"

陈默的心悬了起来。

"哎，其实我觉得没什么，可她江依琳就是不依不饶。"

"到底是什么事啊，如此大惊小怪！"

"姐姐，你别多心，江依琳刚才和我说，觉得你和以前不太一样。你以前端着酒杯的手，一直翘着兰花指，可今天却没有。还有，你以前面对各路媒体记者的发问，即使话语不多也镇定自若，可现在呢？不是一言不发就是仓皇溜走，给人的感觉就是，仿佛你做了什么亏心事似的……"

原本就没有睡意的陈默瞬间清醒，对周晓璇此时传递出来的信息感到了隐隐的不安，她不禁在心里怨起了粗心大意的韩沙。

"江依琳怎么那么多事，我自从前一阵患病以后，手指就不怎么灵活了，所以兰花指也就不翘了。还有，面对那一群群记者，我已经从内心里彻彻底底地反感他们了。他们很少有人从电影的思想上和艺术上解读剖析，却偏偏爱暴露演员的绯闻和隐私以博得受众的眼球和青睐，这种人我现在一看见就感到头疼，就更懒得回答他们的问题了。"

"我就说嘛，梦姐之所以这样做，肯定有她不得已的苦衷，她江依琳竟还不信，非说现在的你和以前的你判若两人，唉，睡吧姐姐，不要再胡思乱想了，明早七点准时叫醒我啊。"

周晓璇说着，将毛毯往脖颈上披了披，翻过身子，不再言语。

仰躺在另一张床上的陈默是怎么也睡不着了，她的心不觉一阵阵突突乱跳。是啊，即便你觉得自己做得再怎么万无一失，可漏洞还是被那个心怀不轨的江依琳窥视了去。都说细节决定成败，看来我以后要更加谨言慎行，若是再被江依琳抓了小辫子去，她非把我置于死地不可。

11

当室内的温度渐渐降下来以后，陈默仍然没有睡意。她起身关掉空调，慢步来到窗前，随手拉开落地窗帘，推开一扇玻璃窗，向外张望。对面的居民楼已漆黑一片，而街道两旁的霓虹灯依旧流光溢彩，远处槐山的轮廓随着灯光的闪耀而忽明忽暗，整个县城的夜景美丽而神秘。

陈默忽然觉得，永安县城就像是一个熟睡在槐山怀抱里的无忧无虑的婴儿，耳畔没有一丝一毫的嘈杂与喧闹。只可惜，时间已经到了八月，满山满城的紫槐花，仿佛是在一夜之间悄然凋谢。多可惜呀！光顾着拍戏，竟然都没有和伙伴相约到紫槐开得最绚烂的地方去欣赏一下，去感受一下。不过好在拍摄影片的整整一个月里，大家就算坐在车上走马观花，也把怒放在公路边、山道旁、山坳里的一排排、一树树、一串串、一朵朵紫槐看了个够，把紫槐馥郁的花香闻了个够。想到这些，陈默便觉得自己能在有生之年，以这种特殊的身份来到这里真是分外幸福。此刻，陈默完完全全沉浸在这个小城优美的夜色里了。

这时，一股清凉的微风夹杂着几声夏虫尖细的鸣叫，从窗口扑面而来，陈默轻轻打了一个哈欠，感觉到瞌睡不请自来了。于是，她抬手拉上窗帘，转身踱步到床边，躺下身子很快入睡。

在丈夫提出用生育第二个孩子来医治自己因生育第一个孩子而导致的后遗症这种不科学的方法后，陈默稍作考虑便答应了，因为她知道事已至此，所有专家面对她的疑难杂症已经是束手无策了。好在公公婆婆没有嫌弃她，丈夫向辉对患病后的她照顾得更是无微不至，这一切的一切都令她万分感动和无地自容，所以为了他们的这个小家能有一个幸福的未来，无论如何，她都愿意尝试一下这个道听途说的"妙药良方"，就算是死马当活马医，她陈默也愿意拼死一搏。于是，陈默的肚子渐渐地大了起来。这无疑为这个布满阴霾的家庭带来了一缕希望之光。

一个春日的下午，陈默挺着大肚子，坐在阳台的一把竹椅上晒太阳，手里捧着一本《外国经典诗歌选》。书中收录了许多名家的诗作，有拜伦的、雪莱的、歌德的、聂鲁达的、狄金森的，还有阿赫玛托娃的。陈默一页一页地翻阅，还时不时地轻声朗读着。读着读着，陈默的眼眶里涌出了激动的泪花，因为她读到了普希金的那首人尽皆知的诗歌《假如生活欺骗了你》。

> 假如生活欺骗了你，
> 不要悲伤，不要心急！
> 忧郁的日子里需要镇静，
> 相信吧，
> 快乐的日子就要来临！
> 心儿永远向往着未来，
> 现在却常是忧郁，
> 一切都是瞬息，
> 一切都将会过去，
> 而那过去了的，
> 就会成为亲切的怀恋。

是的，生活是欺骗了我，可是，我该这般肆意沉沦吗？不，普希金不是在诗里劝慰我吗？忧郁的日子里需要镇静，快乐的日子就要来临。我现在已经怀上第二个孩子了，等到我的第二个孩子顺利生产以后，我的样貌说不准真的会复原呢！就暂且相信普希金大师的一句劝吧，一切都是瞬息，一切都将会过去，而那过去了的，就会成为亲切的怀念。

受普希金这首《假如生活欺骗了你》的感染，陈默记忆的闸门随之打开。她回想起了自己的高中时代，那段充满了浪漫与激情的青春年华。明亮的教室里，紧挨的后座上，有一个长相并不帅气，有点羞涩的高个子男孩，常常会在课间休息或者晚自习时分，手里捧着一本薄薄的有点褶皱的《普希金诗选》，然后轻声朗诵着其中的一首诗。陈默如今还依稀记得那首诗歌的名字，叫作《我记得那美妙的一瞬》。而那个男孩子低沉而略带磁性的嗓音，就像是一阵阵撩人的清风时时拂过陈默锦瑟年华的心。也许是那个成熟且富有诗意的男孩对于文学经典的朗诵和引导，才使得陈默对文学艺术的热爱与追寻的心更早趋于成熟。只是她早已忘记了那个男孩的长相，只依稀记得那个男孩的名字叫杜康。

自打从幼儿园回来以后，陈默就再也没有摸过一本书，唱过一支歌，跳过一支舞了，就在自己莫名其妙变老的那一刻，对于任何一门艺术曾抱有的幻想也随之破灭了。

当夕阳的余晖渐渐被窗外的楼层淹没的时候，向辉把女儿霓霓从幼儿园接了回来。向辉刚一走进客厅，便看见了仰躺在阳台上的妻子，他一边往沙发上放女儿的小书包，一边说道：

"霓霓，快去给妈妈背诵一下今天刚刚学会的唐诗，我给咱们做晚饭去。"

向辉说完，便拎着一袋蔬菜进了厨房。

陈默的心情因丈夫和女儿的归来瞬间舒朗了起来。她慢慢坐直了身子，扭过头，用一双温和的慈爱的眼睛看着女儿霓霓，想象着她会像一只欢快的小鸽子一样扑到她的怀里。可是，一切都不是她想象的那样，霓霓就站在离她不远的地方一动不动。

"霓霓，你怎么了？快过来，到妈妈这边来。"

霓霓还是一动不动，眼神里充满了不安。

"怎么了霓霓？快过来，到妈妈这边来，让妈妈好好看看你，这一周都住在了爷爷奶奶那边。"

说话的时候，陈默的眼里涌出了泪水。她很清楚，此刻，在女儿霓霓的眼中，她的妈妈就是个怪物。僵持了足足一分钟之后，霓霓才挪着碎步，缓缓地走到她的面前。

"妈妈!"

当女儿脆生生地喊出了一声"妈妈"的时候，陈默竟再一次激动地落泪了，她张开双臂，把娇小的女儿轻轻揽进了自己的怀里。当她试图用自己的脸颊去蹭女儿红扑扑的小脸的时候，霓霓竟然把身子使劲一拧，"哧溜"一下从陈默的怀里挣脱了出去。

陈默惊愕了。她看到站在自己面前的女儿眼眶中蓄满了泪水，且正在用怪异的眼神紧盯着自己，那眼神中充满了委屈与不解。陈默紧紧握住女儿的手，低声问道：

"霓霓，告诉妈妈，是谁欺负你了?"

霓霓没有说话。

"霓霓，告诉妈妈，你到底怎么了?"

霓霓依然没有说话。

陈默不再发问了，她似乎已经猜到了女儿有如此异样表现的深层原因。忽然间，霓霓像一头发怒的小兽一样，大哭大叫起来：

"是你，都是因为你，我才在小朋友们面前抬不起头！他们都笑话我，说我有一个可以当'狼外婆'的妈妈。"

瞬间，陈默感觉自己的心被人狠狠地划了一刀。陈默无言以对。她这才感受到，自己的面容，已经给女儿年幼的心灵带来了不可预知的影响与伤害，而这个伤害来得是如此迅猛而始料不及。

霓霓忽然扭过了身，发疯似的向大门口跑去。陈默一看事态不妙，一边大声喊着"霓霓"，一边捂着肚子，强撑着站起身来准备追赶出去。不承想，因为在慌乱中用力过猛，脚下一打滑，一个趔趄，她的整个身子重重地摔倒在了水泥地板上，陈默只觉得腹部疼痛难忍，下身鲜血直流。

即将分娩的陈默流产了……

"霓霓！霓霓！霓霓！"

"梦姐！你醒醒。梦姐！你快醒醒。杨旭死了。"

昏昏沉沉的陈默在周晓璇的推搡下猛然睁开了眼睛。

"什么？怎么会呢？"

"就是，就是，是江依琳刚才在电话里和我说的。她还说杨旭是和……是和韩导……住一个房间……"

"你想说什么？"

"我没想说什么，只是告诉你杨旭和韩导住一个房间。"

"晓璇，别磨蹭了，我们赶快收拾东西，接咱们回城的车可能快到楼下了吧。"

"梦姐，着急也没用。你也不想想，已经出人命了，咱们还能按原计划返城吗？杨旭的尸体还在永安县医院呢。还有梦姐，霓霓是谁？我听见你一直在不停地喊着'霓霓'这个名字。"

"啊？可能是梦到了一个儿时的小伙伴吧，她掉到了水里。啊，我记不清楚了。"

陈默知道自己在周晓璇面前失态了，便胡乱编了一个谎，赶忙起身走进了卫生间开始洗漱。此刻的她心烦意乱，她不明白，那个和自己搭档的帅气小伙儿杨旭怎么会在一夜之间莫名其妙地死去呢？这件事情会不会和韩沙有关？她越想越害怕，她不清楚，自己为什么会在潜意识里把杨旭的死和韩沙联系起来。

12

整个摄制组的成员无法如期返程了。

虽然医护人员竭尽全力，但最后还是没能挽救杨旭的生命。韩沙说他是在后半夜起夜时，发现杨旭晕倒在卫生间的门口，便急忙拨打了"120"，然后拿杨旭的手机，通知了杨旭的父母。

杨旭的父母是在当天下午三点钟赶到出事地点的。当他们看到儿子的遗体后老泪纵横，却强忍着悲痛，在晚辈的搀扶下坐到了医生的面前。

"我的儿子是怎么死的?"

杨旭的母亲强压着悲痛，声音喑哑地问道。

"杨旭是因为突发心肌梗塞，他患有先天性心脏病。"

一位戴着眼镜、身材魁梧的中年男医生低声回答道。

杨旭的母亲不再发问了，只是哭声似乎比刚才更加悲怆与凄凉。她用一双失神的眼睛望着丈夫说道:"小旭……他从来都没有告诉过咱们呀!他还那么年轻……那么年轻……"

医生站了起来，握住两位老人的手说:

"请二位节哀! 保重自己的身体要紧!"

当天晚上，杨旭的遗体被运往汉阳市火葬场，这是韩导与杨旭父母商量后做出的决定，追悼会安排在汉阳市殡仪馆。所有的演职人员同坐在一辆返城大巴车里，整个车厢里鸦雀无声。窗外婆娑的黑色树影像一个个幽灵一样飞速地向身后掠去，只有天上那些明灭可见的星星追赶着飞驰的车厢。陈默依然坐在最后排的椅子上，她用一顶黑色的遮阳帽把自己的脸遮得严严实实，没有人能看得见遮阳帽下那张已挂满了晶莹泪珠的面容。是的，陈默在哭泣，为杨旭，也为她自己! 生命如此脆弱，命运如此无常。前一天还踌躇满志，后一天却魂归西天。唉! 这个世界上最难以掌控的就是自己的生命，人啊，到底该选择一种怎样的生活才能算是不枉此生呢?活着，是一件多么平凡而又艰难的事情。因为只要活着，你的心里就永远是欲壑难填。

韩沙陪同杨旭的父母乘坐一辆黑色轿车，一同返回汉阳市。韩沙用一只手紧紧攥着杨父的一只手，表情凝重地说:

"伯父伯母，你们一定要保重身体。杨旭这次的意外，也是我们始料不及的，大家都很悲痛。"

韩沙停顿了一会儿继续说道:

"杨旭是一位非常懂事的孩子，也是一位非常有前途的演员，这次我和他住一个房间，我们相处得很好，他也对我非常照顾。我发现他晕倒的时候，第一时间打了120，但最终还是没能将他救回，太可惜了……"

韩沙哽咽了几秒钟之后继续说道：

"我们这次外出拍戏，影视公司和所有的人都签了合同，包括人身意外险合同。虽然杨旭去世属于个人身体健康因素所致，但是伯父伯母，我们公司还是会给家属一定金额的赔偿的，这一点还请伯父伯母放心。"

一直沉默不语的杨父开口了：

"人已经没有了，我们还要那么多赔偿金干什么？只怪我们家杨旭明明身体不好，却还要圆他当演员的梦想，所以关于赔付一事，你们看着办。"

"伯父伯母真是明事理的人。回去以后我会立即着手操办杨旭的追悼会，有什么要求请尽管提出来，还望您二老节哀顺变。"

听到这里，一旁的杨母坐直了身子说道：

"都怪我，都怪我，我知道他身体不好，可还是由着他的性子去当电影演员。早知会出状况，这次外出，说什么我也不会让他……"

杨母边说边抹起了眼泪。

杨父转过身子直视着韩沙说道：

"我们家小旭没少给你添麻烦。以前在影视公司里有你提携，现在出事了还是你忙前忙后地照应，真是难为你了。"

"伯父说的是哪里话，这么多年的交情下来，我们也处得如亲兄弟一样。你们二老以后有什么困难，尽管找我。"

晚上九点钟左右，所有的人都安全返回了汉阳市。韩沙安排大巴车的司机把每个人都送到各自的小区门口，自己又带着张鹤把杨家父母送到了家里，安慰好了两位老人的情绪，这才急匆匆地回到了自己的住处。匆匆上楼放下行李，又匆匆下楼开上自己的座驾，一脚油门，直奔陈默的小区楼下。

是的，无论如何，他都要在今晚见到陈默。不仅仅要与她倾诉这段时间的离别相思之苦，更重要的是，与他数度合作且情同手足的年轻演员杨旭，竟那样突然地、毫无征兆地在他眼前离世，这对于韩沙来说，无异于一次情感的摧残与灵魂的震颤。

然而，这场午夜的约会注定是充满争执的，因为关于杨旭的死因，敏感的陈默已经在心里反反复复揣想了千万次。

韩沙刚一进门，便一把抱住了前来给他开门的陈默。

"想死我了，想死我了。陈默，你这个狠心的女人！"

韩沙说着，便在陈默的脸上狂吻起来。陈默很是随意地应付了一会儿，旋即，一把将韩沙推开，表情严肃地问道：

"韩导，告诉我，杨旭是怎么死的？"

"怎么连你也这样问我？医生不是已经给出诊断结果了吗？是心梗！是心梗！"

"韩导，我要听你的真心话。"

"陈默，你今晚到底是怎么了，竟然这样对我！杨旭死了，你以为我心里就好受吗？他可是我一手扶持起来的青年才俊！"

韩沙一边气愤地说着，一边坐到了客厅的沙发上，随手倒了一杯凉白开大口地喝着。

"你和杨旭住一个房间，他在你面前没有说过我什么吗？这次外出，我们俩可是搭了一个月的戏啊。"

"陈默，我看你简直就是杯弓蛇影。他杨旭能跟我说什么？再说了，他一个毛头小伙子，又能看出什么呢？难道你在他面前暴露什么了吗？"

陈默缓缓移到了韩沙的身边，紧挨着韩沙慢慢地坐了下来。

"应该没有暴露什么，但我总感觉杨旭的眼睛里有一种异样的东西，让我不寒而栗。"

"既然没有暴露，那你担心什么？陈默，我看你简直就是有些神经质了。再说了，即便杨旭发现了什么，他也已经不在了，就在今天凌晨五点钟，他已经不在了，我的姑奶奶。"

"韩导，我怎么觉得，杨旭不在了你反倒有几分幸灾乐祸的感觉。"

只听"啪"的一声，韩沙将手里的玻璃水杯狠狠地摔碎在地板上。

"陈默，我看你今天分明就是在和我过不去，在找我的茬。杨旭死了，难道是我杀了他不成？我已经说一百遍了，杨旭死于心梗！心梗！"

"好了好了，韩导，是我不好，是我多心，是我不该多想……"

看到韩沙如此生气，满心忐忑的陈默终于软了下来，她把自己的身子轻轻伏在了韩沙的怀里，一脸无辜的样子。

韩沙的怒气渐渐平息，他把一只手放在了女人的头上，轻轻抚摸着女人柔顺的长发，温柔地说道：

"陈默，我这么晚来就是想和你亲热一下，我们早点休息吧，明天还要为杨旭的追悼会四处张罗呢。"

女人急忙起身道：

"不要再生我的气了，我给你放热水去。"

陈默说完，便匆匆走进了洗漱间，拧开了淋浴头的手阀，瞬间，一股温热的水花扑面而来。久久凝视着肆意飞溅的水花，陈默刚刚平复的心绪又莫名其妙地烦躁了起来……

13

陈默流产了。

她的样貌非但没有出现任何改变的迹象，整个身体状况反而比以前更加糟糕，陈默虽伤心欲绝却是欲哭无泪。那段日子里，她感到委屈极了，也伤心极了，这种伤痛不仅来自身体，更来自心灵。最让陈默心寒的是：我因生霓霓而破相，而霓霓却因我破相而厌弃我。是的，厌弃。从霓霓那天的所有表现中，她唯一能读出来的情绪就是厌弃。可是她有什么办法？毕竟霓霓是从她身上掉下来的一块肉啊！

如果不是向辉一直守在她的身旁，为她煮饭煲汤、嘘寒问暖，她连自杀的念想都有了。向辉每天除了白天洗衣做饭收拾家务，晚上为陈默擦洗身体，还要在每天临睡前俯在陈默的耳边，像哄小孩子一样安慰着以泪洗面的妻子。如此悉心照料几个月后，妻子的身体渐渐康复了。

花开花落，春去秋来。自然界里的万物更迭从不因为某个人的痛苦而停止，亦不会因为某个人无法承受悲痛而为他减轻分毫。因此，陈默仍然深陷失落的情绪之中。

秋夜，月凉如水，夜风习习。两个人躺在床上相拥而卧。

"老婆，不要再难过了，等过了今年，等你的身体彻底调养好了，我再带你到南方的大医院去看看。"

"不用了向辉，我不想再折腾了，也实在不想让你为了我而奔波劳累了，再这样折腾下去的话，咱们这个家迟早会被我拖垮的。"

"可是陈默，我已经跟爸妈说好了，他们也同意……"

"不要再说了！你们一家子还不是嫌我变成了现在的丑样子，就连四岁的霓霓也开始嫌弃起了自己的妈妈。"

陈默忽然间大声喊了起来，喊完之后又猛地用被子捂住了自己的头部，开始抽泣起来。

向辉不再言语了。因为他知道，自从妻子遭此劫难之后，变得比以前更敏感了，就算他是为了她好，但是在她那里的第一反应也是：你们就是嫌弃我丑，所以才千方百计地要带我到医院去。向辉是聪明的，几年相处下来，妻子的矛盾心理他时时刻刻都能感知得到，他只是不想挑明了说而已。世界上有哪一个女人不想漂漂亮亮地走在大街上、站在人群中，接受熟识的、不熟识的人们投来的艳羡的目光？更何况是以前曾拥有过那么美丽容颜的陈默呢？而四岁的女儿霓霓都有了来自外界的心理压力，作为丈夫，他所承受的心理压力又该是何其的沉重？妻子难过了可以靠在他的肩头肆无忌惮地哭出来，他呢？他的委屈、他的心酸、他所有的愤懑又该向何人哭诉呢？就算你向别人说了，别人又能帮上你什么忙呢？所以向辉只能是打掉牙齿往肚里吞。妻子这几年来在各地医院的兜兜转转和无效治疗，已经把他作为一个男人的胆量和魄力磨损得越来越不成样子了，甚至于连正常的夫妻生活也在灰暗心情的笼罩下变得越来越没有情趣。虽然患病后的陈默似乎更在意自己的样貌变化而表现出对两性生活的淡漠，然而，向辉还是感觉到了自己对妻子越来越冷淡的情感抚慰可能也有伤害到妻子自尊的地方。

于是，他轻轻掀开被子，一把将哭泣的妻子搂在了怀里。

"别哭了，我的好老婆，看病的事我以后再也不提了，今后的事情你说咋办咱就咋办。"

识趣的陈默见好就收，她知道自己的这一场劫难已经把这个家庭和向辉带到了一个万劫不复的地步，走到这一步，向辉还没有抛弃她就已经是不幸之中的万幸了。陈默即刻停止了哭泣，一个转身，将脸使劲地埋到了向辉的怀里。

14

橘红色的床头灯下，韩沙和陈默在柔软宽大的床上翻云覆雨。

起初，陈默在韩沙的怀里嘤嘤喘息，继而又轻轻地抽泣。

聪明的韩沙瞬间意识到了陈默心底里的不悦，随即翻身平躺在床上，两只眼睛直勾勾地望着头顶的天花板，一动不动。

"你怎么了？"

陈默没有言语。

"又想起不堪的往事了？"

陈默依旧没有言语。

"是不是因为杨旭？"

"是的，是因为杨旭，他死了，他死了。前几天还好端端的一个人怎么说没就没了？"

陈默忽然翻了个身，扑进了韩沙的怀里，继续抽泣。

韩沙伸出一只手，很是温柔地抚摸了一下陈默柔美的长发。

"杨旭的离世，我也很伤心。但是陈默，人生有时候就是这么残酷，而且生老病死这种与生俱来的自然规律，将陪伴我们每一个人的生命旅程，我逃不掉，你也逃不掉，全世界的人都逃不掉，不是吗？"

"我只是觉得杨旭他还那么年轻，太可惜了。"

"所以陈默，正因为人生苦短世事无常，我们才要在有限的生命里尽情地享受，享受这个世界上所能够享受到的美好的一切。"

"可是韩沙，我现在正在享受的不是陆梦婕的一切吗？我现在难道不是在堂而皇之地上演着鸠占鹊巢的闹剧吗？韩导，我心里好害怕……"

"你又来了，陈默。我不是和你说过好多次了，不要担心不要害怕，你就只管扮演好陆梦婕，别的什么都不要想，就等着我们的《火花》这部电影上映以后票房大卖吧。"

"可是韩导……我感觉那个江依琳看我的眼神好古怪，总觉得她好像察觉出了一些什么似的。"

"是吗？那个江依琳，本身就是一个心机女，你离她越远越好。"

"这个我心里自然明白。"

"好了好了，陈默，早点睡吧，这两天还要去忙活杨旭的葬礼。"

陈默终于停止了发问，把自己的身子从男人的怀里轻轻挪了出来，独自睡去。不一会儿，男人的鼾声渐渐响起，可焦躁的陈默又如何能安然睡去？

是的，陈默自己都不清楚，从什么时候起，她和韩沙在一起的时光早已没有了当初的羞愧与芥蒂，甚至连背叛丈夫向辉的那一丁点愧疚之心都荡然无存。她觉得自己沉浸在韩沙怀里的时候是那般的幸福，她在深夜里接受着韩沙轻抚的时候又是那般的妩媚，她不用像在向辉面前那般自卑而扭捏，她可以在韩沙面前尽情展示一个成熟女人特有的风韵与魅力，是的，她要用自己独有的方式迷住韩沙。尽管她曾无数次地因陆梦婕的身份而自责、煎熬，但是，只要一想到韩沙，这个在危难之际拯救了她的男人，她内心的煎熬便会慢慢消失，甚至，她已经听不到女儿霓霓呼叫"妈妈"的清脆喊声。原来，生活可以如此这般轻易地改变一个人的命运，麻痹一个人的心灵！

可是，如果她真的可以忘记一切，那么为什么当丈夫向辉和女儿霓霓出现在她梦里的时候，她还是会被噩梦惊醒而偷偷地哭泣？

当清晨的第一缕阳光照耀进卧室的时候，陈默迷迷瞪瞪地睁开了眼睛，才发现韩沙已不知去向。她感觉自己这些天在外地拍戏的疲劳和困倦还没有完全消退，加之杨旭的早逝让她悲痛万分，一点也打不起精神，便又继续赖在床上睡起了回笼觉。虽然已是八月底了，空气里还夹杂着沉闷的暖风，可韩沙不在，陈默竟然生出一种"夜寒惊被薄，泪与灯花落"的孤寂凄凉之感。

当她再次醒来的时候，已是日上三竿了。她旋即撩开了身上的毯子，洗漱、做早餐。

早餐很简单，一块原味面包片外加一个煎鸡蛋，再配上一碗甜藕粉。填饱了饥肠辘辘的胃之后，她把厨房里许久未用的餐具又用洗洁精统统清洗了一遍，然后开始在这处原本属于陆梦婕的屋子里慢慢参观了起来。是的，她已经在这里住了好长一段时间，却从没有仔仔细细地观赏过这里的一切。

这是一套约一百平方米的两室两厅两卫的房子，屋里的摆设及家电和普通人家的物什没什么两样，唯一让陈默大开眼界的，是阳台上那处靠墙的通天柜里悬挂的各式各样漂亮的时装，每一款都尽显大牌演员优雅与尊贵的气质与气派。而书房的书架上陈列的那些文学艺术方面的经典书籍，又让陈默感觉出陆梦婕并不是一个靠着颜值混迹于娱乐圈的花瓶似的女人，也不是一个有了钱就大肆挥霍四处炫富的物质的女人，而是一位极富内涵和思想的演艺人才，她不觉打心眼里对陆梦婕肃然起敬。

可是，她在哪里呢？她和韩沙之间到底经历了一场什么样的不为人知的爱恨情仇呢？一阵疑惑之后，陈默苦笑着摇了摇头。

当她走进卫生间，来到玻璃镜子前时，她再一次看到了自己那张酷似陆梦婕的姣好脸庞，她情不自禁地用双手轻轻摩挲起来。是啊，正是因为这张脸，韩沙才不惜掷下重金把她整成了影星陆梦婕的模样。如今，她不仅享受着陆梦婕的财富而且享受着她的爱情。由于这些天在县城郊外拍戏时风餐露宿，加之因杨旭英年早逝的伤心流泪，陈默面部有些不适。于是，她打开了一个又一个的瓶瓶罐罐，把护肤品一层又一层地往自己的脸颊上涂抹，最后又把一张薄如蝉翼的白色面膜敷在了脸上，然后走出了洗漱间，来到书房。几秒钟的浏览之后，陈默从书架上抽出了一本名为《表演艺术》的书籍，随即坐在书桌旁的转椅上，开始认认真真地翻阅了起来。

15

青年演员杨旭的葬礼在汉阳市殡仪馆如期举行。

前来吊唁的亲朋好友、领导同事个个表情凝重。而数不尽的挽联、黑纱和花篮则将葬礼上的气氛衬托得更为悲怆。悼词宣读之际，人群里传出压抑不住的悲怆哭声。

所有参与《火花》拍摄的演职人员均到场，来送他们的小兄弟杨旭最后一程。陈默夹在送葬人群中间，两只眼睛始终紧紧地盯着相框中杨旭那张英气逼人的脸庞，心如刀绞却欲哭无泪。

陈默跟随着大家一起来到了陵园。众人在杨旭的墓碑前肃立，又向着墓碑的方向三鞠躬之后，纷纷离去。

穿着黑衣戴着墨镜的周晓璇，不知从什么时候跟上了陈默，她用低低的嗓音，突然冒出了一句莫名其妙的话：

"梦姐，有人传言说，杨旭的死是一个永远无法破解的谜。"

陈默没有立即回话，只是抬起了头，望了一下站在不远处打开车门的韩沙。

"你从谁那儿听到这些闲言碎语的?"

"是依琳姐告诉我的。"

"那就让我们一起期待真相。好了小妹,快回去好好休息,别再为一些道听途说的消息而自寻烦恼了。"

"好的梦姐,你也多多保重身体。我不蹭你的车了,那边还有依琳姐姐的车在等我。"

看着周晓璇俏丽的背影渐渐远去,陈默拉开了韩沙的车门。待陈默在车上坐定,韩沙一脚油门,车子便驶出了肃穆的陵园,直奔汉阳市区而去。

"刚才,周晓璇和你在嘀咕什么呢?"

"她呀,就是问了问我最近的身体状况,她看我脸色不好。"

韩沙扭头看了一眼陈默,说道:

"就是啊,蜡黄蜡黄的,一点光泽都没有。有空去康成那里保养保养。"

"她还说,江依琳放出谣言,说杨旭的死永远是个无法破解的谜。"

"是吗?看来那个江依琳又不安分起来了。"

说这话时,陈默从韩沙阴郁的脸上感觉出了一丝丝隐隐的寒意。

"那这会对你有什么影响吗?"

"当然没有了。好了好了,世上本无事,庸人自扰之。咱们只管做好自己的事。你还是考虑一下,咱们一会儿去吃点什么东西吧。"

陈默没有立即回答,仿佛还沉浸在葬礼的悲情之中。

"就算我们再怎么难过,这饭还是得吃呀。"

"原谅我韩沙,我只是一时半会儿回不过神来。"

"逝者长已矣,生者当珍惜。苟活者在淡红的血色中,会依稀看见微茫的希望。真的猛士,将更奋然而前行。"

陈默透过车窗玻璃,看着近处的树木快速地向后移去,心中不觉袭来一种望远皆悲的虚无之感。可是当她听到韩沙随口念出的那句铿锵有力的话语时，心头不觉一热，积压了好几天的泪水终于夺眶而出。

她知道，韩沙刚才随口念的那句名言，出自大文学家鲁迅的名篇《记念刘和珍君》，这句话犹如一团明艳的篝火，温暖了陈默那颗失神落寞的心。

"想好了没有，咱们一会儿吃什么？我下午可不能陪你呀，你也知道，《火花》刚刚杀青，后续的剪辑、配音等工序还多着呢。吃完饭后，我还要回工作室用功呢。"

"那就先到我们小区楼下，那儿有一家四川炒菜馆。咱们在那里吃完饭后，我回家休息，你回去继续加班如何？"

"这个安排还不错。好了陈默，马上就到饭店了，把情绪调整一下，不要再吊个苦瓜脸了，想象一下咱们这部《火花》公映以后，票房将不可估量。到时候，你这个主演一号陆梦婕，将会给影视界带来怎样的狂涛巨浪，那可不是你我所能左右的。陈默，你就等着迎接那大把大把的鲜花与经久不息的掌声吧。"

看着开车的韩沙一脸神采飞扬的模样，陈默轻声问道：

"那我该怎么感谢你呢？"

"你就是最好的感谢呀，傻瓜！"

韩沙的话音刚落，两个人都心照不宣地浅笑了一下，不再言语。

车子到达饭店门口后，两个人下车走进餐馆。

在一个幽雅清静的小包间里，两个人点了四份炒菜、一份羹汤、两碗米饭，韩沙给自己点了一杯冰啤，给陈默点了一杯果汁。

两人相对而坐，四目含情，欲言又止。

还是韩沙先端起了酒杯，和陈默盛着果汁的玻璃杯轻轻相碰。

"一桌两人三餐四季。来，陈默，愿我们长久相伴，共创美好的明天！"

陈默再一次被韩沙的话语感动得眼眶一热。

"谢谢你，韩导。"

"为什么总叫我韩导呢？就不能喊一声我的名字吗？难道在你心里，

我们之间还是那么生分吗?"

"哦,不,不是的,沙!不知从何时起,我已把你当成了我生命中最重要的人……"

"还有,我和你说过多少次了,以后不要再说谢谢我的话了。咱俩谁跟谁呀,还用得着天天说谢谢吗?"

"我当然要说谢谢了。因为你不光拯救了我,还成全了我,给了我一场想都不敢想的轰轰烈烈的爱情。"

"你又见外了,陈默。我不止一次地说过,我们两个人现在已结成命运共同体了,一荣俱荣,一损俱损。我拍摄的影片离不开你这根台柱子,而你想要取得更大的成就也离不开我这个导演的帮扶。所以,我们俩只有相互扶持相互支撑,才有可能把我们的利益最大化,懂吗?"

"我懂。"

"所以陈默,我此生最大的愿望,就是和你一起赚足够多的钱,然后一起去看东海日出,再一起去看长河落日,那该是一番多么迤逦的景致。"

不知怎的,陈默被韩沙的这一句话又惹出了几滴咸咸的泪珠。与此同时,这个动人的场面又让陈默想起了遥远的往事,让她想起了自己的丈夫向辉那张憨厚朴实的脸,想起了女儿霓霓那脆生生喊着"妈妈"的声音。陈默的心里瞬间涌起一阵难过,她生怕坐在对面的韩沙觉察出什么,便赶紧抽出一张纸巾,擦干了脸上的泪珠,笑着说道:

"沙,咱们赶紧吃饭吧,我早都饿了。"

用餐时,陈默一句话也不说,她掩饰着复杂的情绪,只顾低头吃着面前的饭菜。而韩沙也是风卷残云般地用着午餐,看来着实是饿坏了。

走出饭馆,两人告别后,韩沙叫来代驾,开车去了自己的工作室,陈默则上楼回家休息。经过这段时间的操劳,陈默发觉自己的脸部越来越干涩枯黄,她决定好好睡上一大觉,然后再去见天使美容院的康成医生,把这张脸好好地保养一番。

试问天底下所有演员,没有了一张美艳面庞的加持,还能凭借什么立于不败之地?

16

　　自从陈默不小心摔倒而致流产后，她的身体每况愈下，浑身皮肤也变得更加松弛。于是，这个用生小孩的方式来缓解病症的民间偏方夫妻俩再也不敢试了，加之给陈默治病的妇产科专业医生也曾当着他们夫妻俩的面，明确指出了他们使用这一民间偏方的举措是多么的荒唐。

　　就这样，夫妻俩回到家里以后，便安分下来，不再东奔西跑求医问药了。陈默对病症的治愈彻彻底底死了心。那高达几百万元的整容费，他们一家子即使砸锅卖铁也拿不出来。就算向辉一家人没有意见，她自己也不会同意，因为她已经欠不起更多的人情债了。向辉似乎也对妻子的病症不再抱有希望了，五年下来，他为妻子治病的耐心几乎被残酷的现实一点点地消耗殆尽，所以两人决定，还是先将就着过正常人的日子，走一步看一步。

　　接下来，两个人安安稳稳地过起了平常人家的小日子。女儿霓霓也在爷爷奶奶的劝说下，回到了父母身边，每天上下学由爸爸按时接送，每天回到家里的家庭作业，则由妈妈检查辅导，时间久了，母女俩之间的感情日渐加深，毕竟血浓于水，即使陈默再丑也是向云霓的亲生妈妈。向辉看到母女和谐相处，便心无旁骛地到工厂上班了。

　　辅导完女儿作业，待女儿睡熟以后，陈默便陷入了长久的思虑中，怎么办？老待在家里也不是个办法。为了给自己看病，家里的存款基本掏空了，难道我就忍心看着丈夫一人打拼养家糊口？我必须出去打工赚钱贴补家用，哪怕是为女儿买回一条漂亮的花裙子，那也是我作为一位母亲所尽到的责任。

　　于是，每天早晨，陈默都早早起床，做好一家三口的早餐，看着吃过早餐的父女俩高高兴兴地出了门，自己再快速地换上一身行头，捂一个大大的口罩，然后带上装有个人简历的手提包出门——是的，她要外出找工作了。

陈默走到街上，感受着头顶明媚的阳光，她感觉此刻的自己，浑身上下散发着能量。是的，让一切的不幸见鬼去吧，让一切的嘲讽见鬼去吧，让一切纠缠多年的烦恼统统见鬼去吧，我有心爱的丈夫和女儿的最为真诚的爱，即使全世界都背叛了我，还有他们两个人对我不离不弃！

陈默专门穿了一双运动鞋，她没有搭乘公交车，而是一家挨着一家地在街上寻找，寻找大门贴着"招聘启事"的门店或餐厅。以她目前的状况，只能去酒店的后厨洗菜刷盘子，或者到某个单位、小区里做保洁员，其他需要露脸的工作，她是连想都不敢想的。

然而，事情并非像她想象的那么顺利。

陈默一连进了好几家招聘服务员的中小型饭店，也一连进了好几家招聘保洁员的单位和小区，但是，所有的招聘人员仿佛是事先商量好的，用同样的话术推辞：我们这里，从来都不敢聘用像您这么大年龄的老人，这个责任我们付不起。即使陈默拿出自己的身份证，苦苦诉说我还年轻，我只是因为一场变故，才致使容颜大毁，我什么活都能干，什么苦都能吃……然而，却没有一个人相信她的话。

陈默觉得，自己心底里刚刚唤起来的蓬勃的自信，正被这些陌生而冷酷的拒绝一点点地碾压、撕裂，直至摧毁消亡。

当她迈着沉重的步子，走在回家的路上时，街边的音像店里循环播放着摇滚歌手汪峰的一首歌《怒放的生命》：

> 我想要怒放的生命
> 就像矗立在彩虹之巅
> 就像穿行在璀璨的星河
> 拥有超越平凡的力量
> ……

是的，我陈默何尝不想拥有一次怒放的生命？可是，现在就连不起眼的配菜师和保洁员，我都没有资格去做，遑论其他？

唉！他们哪里是嫌我的年龄大，分明是在嫌弃我长得丑！

陈默明显地感觉到，每一个面试她的人，看完她的简历与身份证件时面带喜色，可是当她轻轻拿掉脸上的口罩，所有面试的人都会大惊失色，仿佛站在他们面前的不是一个女人，而是一个怪物！

陈默再一次陷入了失望里。

晚上回到家中，陈默决定暂时不告诉丈夫和女儿，明天继续出门寻找，等找到工作了，再给他们一个惊喜。

17

身着病号服、头发裹在一次性蓝色帽子里的陈默，斜躺在天使美容院二楼一间诊室的医疗床上，面无表情。院长康成很是专业地给陈默的脸部注射了一针营养药，然后用一双戴着医用手套的手，在陈默的脸部轻轻挤压了几下，一边挤压一边轻声问道：

"疼不疼？"

"不疼。"双眼一直微闭的陈默轻声回了一句。

"可是，我分明看到你的眼睛里流出了泪水。"

"哦？我是伤心，伤心我们团队这次外出拍戏，有一位可爱的小兄弟再也没有回来……"

"是杨旭吗？"

"你怎么知道？"

听陈默这么一问，康成的双手从陈默的脸部移开，回转过身，将卸下来的医用口罩和医用手套随手扔进一旁的垃圾桶里，继续说道：

"我怎么会不知道？汉阳市所有的纸媒和网络平台都在发布着青年演员杨旭意外身亡的消息。"康成在陈默身旁的一个转椅上坐下来，不无惋惜地说道，"真是太可惜了，美好的人生才刚刚开始……"

"是的，我们剧组里所有的人都非常痛心。"

"所以小陆，人生短暂，世事无常，我们都要在自己有限的生命里，做自己最想做的事，爱自己最想爱的人，这样才不会觉得委屈了自己。"

"是的，康医生。您说的这话简直就是至理名言。可是杨旭他……"陈默说着，又落下泪来。

康成见状，急忙站了起来，从一旁的桌上抽出一张纸巾，递到了陈默的手里。陈默擦拭了一下腮边的泪珠，止住了悲伤。

"你此刻的心痛，我都能理解。可是，小陆，我和你说过多少遍了，每天要保证足够的睡眠时间，每天都要保持轻松愉悦的心情，你非但没有做到，反而因为过度悲伤难而影响了面部肌肉弹性和药物吸收效果。真是拍戏不要命啊。"

陈默听出康成加重的语气里带有一丝埋怨，便不无委屈地回道：

"好的。我以后全听康医生的话，每个月来你这里一次，做一次专业的理疗。"

"现在感觉怎么样了？"

"好多了，已经没有了先前胀痛的感觉。康医生真是神人，我可得好好谢谢您！"

"你还是先别谢我了，要谢就谢你的那位韩大导演吧。要不是他死缠烂打地让我给你做这个整容手术，就算是给我十个胆我都不敢揽下这个差事啊！你是谁啊？你可是大名鼎鼎的当红女星啊！手术成功了那还好说，万一失败了呢？我的声名毁了是小事，关键是你的身价。好了好了，以后不要再说这些感谢之类的话了。时间到了，你现在可以下床走动走动了。"

康成说着，便站起了身，走到陈默的床边，伸出一只手，扶着起身的陈默下了床。看她走路平稳了，才松开了手说道：

"好了小陆，回去以后，所有外用和内服的药剂都必须按时使用，还有我反复叮嘱你的日常注意事项，你可千万不能当耳旁风啊，这半年来的辛苦坚持，绝不能因为任性和随意而前功尽弃。"

"我知道了，康医生。您的殷殷嘱咐我也全部都记到心里了。"

陈默说完，向着一旁的康成报以一个明朗的微笑。

"康医生，咱们说好了，我下周末请您吃大餐以示谢意。到时候发地址给您。"

康成听罢，微笑着说道："哎，陆梦婕，我什么时候答应你下个周末去吃大餐了？"

"康医生，明明是您刚才在给我打针的时候，咱们俩约好的呀！您怎么这么快就忘记了？这可不行！君子一言驷马难追，您可绝不能反悔啊！"

陈默边说着话，边从诊室走了出来，康成紧跟其后。正当康成还想再要解释几句的时候，陈默忽然停下了脚步，伸出手，"哗"的一声，一把扯下了裹在头顶的蓝色医用帽，在空中做了一个很是潇洒的手势，随手推开了一个房间的门，快速而敏捷地闪了进去，只听"啪"的一声，那扇门被快速地关上了。

康医生看着房门上贴着的"女士更衣男士止步"的标牌，摇了摇头，露出了难以察觉的微笑。

18

时间是神奇的创伤膏，人世间一切的伤痛与悲戚，都会被它悄然抚平，渐渐消弭。哪怕是面对死亡带来的创伤，也不例外。

一周过后，杨旭的离世带给陈默的悲伤一点一点地消散，陈默的面部也因美容专家康成的精心调理而更显润泽与光滑，于是，她原本沉重的心情变得轻松了起来。韩沙时不时地给她打来电话，讲述着他在剪辑影片时看到的大家精彩的表演，对陈默更是赞不绝口，还说这几天有空聚聚，他忙得都快成苦行僧了。陈默听后淡淡一笑道：

"那好，周五晚上，我去你那儿，咱们在家里吃饭，我亲自下厨。"

韩沙立马回道：

"那太好了！能品尝到小默你的厨艺，可是我韩沙无上的荣耀啊！"

电话这头的陈默回道：

"你就别贫了！"

双方几乎是在同一时间挂断了电话。

赴约的日子终于到了。陈默精心打扮了一番后，去超市采购了一大包食材和酒水，然后匆匆来到了韩沙的住处。出门时，她没有忘记给自己戴上一个蓝色的大口罩。

待她打开房门，刚一走进韩沙的工作室，正在书房里埋头苦干的韩沙便一脸堆笑地迎了出来。他一边接过陈默手里拎着的袋子，一边调侃道：

"但不知您今晚会用什么样的盛宴犒劳我呀？"

陈默笑了笑，转身欲去卫生间洗把脸，谁料把食材放到一旁餐桌上的韩沙，快速地走到了陈默的身边，一把把她抱在了怀里，将嘴唇狠狠地贴在了她的唇上，开始疯狂地亲吻。

"陈默，我想死你了，你太让我动心了。"

陈默没有回话，只是热烈地回应着……

此时，夕阳西下，倦鸟归巢，窗外的树叶在微凉的秋风里摇晃。一阵缠绵过后，两个人就像是被抛在河岸上的两条干涸的鱼儿一样，微微喘着粗气。

"陈默，和你在一起真是太美好了。"

"谢谢你，韩沙。"

陈默说着，竟止不住落下了激动的泪水。

"谢我什么呢？"

"谢谢你，让我找回了女人的尊严，谢谢你帮我治好了……"

"好了好了，陈默，这样的话你已经在我面前说过一百遍了。以后这样的话就不要再说了，显得生分。"

"好吧，沙。"

陈默说完，将脸蛋在韩沙的胸膛上蹭了蹭，笑道：

"你先小憩一会儿，我去准备晚餐。"

夜幕降临之时，灯光柔和的餐厅里，一支悠扬的轻音乐，就像是一条清澈的小溪，在房间的每一个角落流淌。餐桌上几盘色香味俱全的菜品和小吃，外加两杯红酒，在灯光与乐曲的衬托下更显出甜蜜与浪漫的气息。

"沙……"

女人先举起了高脚杯，刚准备开口说话，自己却不好意思地笑了一下，直视着对方的眼睛。

"打住！陈默，我知道你想说什么。"

男人说着，很是心有灵犀地举起了面前的高脚杯，和女人手里的杯子轻轻相撞。

"干杯！"

"干杯！"

"谢谢你的晚宴，陈默。"

"你不是说我们俩之间不用再说谢谢了吗，还跟我客气。"

"必要的礼节还是要有的，这是对有过恩情的人最起码的尊重，即使是关系再近的两个人。"

"什么意思？为什么双标？"

"不说了，不说了！以后咱们之间谁也不许说'谢谢'两个字。"

韩沙再一次朗笑，女人则笑而不语。两个人不约而同地拿起了筷子，开始进餐。

"哎！沙，你看我最近的气色怎么样？"

"不错不错，真的不错！我忘记夸你了，其实刚一见面我就觉得你今天特靓丽，所以就没忍住。"

陈默有点羞赧地低头夹菜。韩沙继续问道：

"江依琳和周晓璇她们，最近没和你联系了吗？"

"自从杨旭那事以后，我们就再也没有见过面。可能最近大家的心情都不太好吧。"

"也许吧。没事的话还是少和她俩亲近，你不知道，她们俩，那可是没事找事型的。"

"我觉得江依琳是个心机女，周晓璇人还不错，热心单纯。"

"你可别轻看了现在的那些小姑娘，把你的肉吃了你还不停地说着谢谢。"

"至于吗？"

"怎么不至于？总之为了能更好地保守咱们的秘密，你还是不要去招惹她们，不光是她俩，还有剧组里的其他人。"

"这些我都知道。但是我觉得康医生是一个可以信赖的人。"

"即使他再值得信赖，你也不能把你假扮陆梦婕的事向他透露半个字，懂吗？"

本来愉快的气氛忽然间变得沉闷起来。陈默灵机一动，岔开了话题。

"还是你帮我找的康医生厉害！他非但帮我做成了这么难的手术，还把我的皮肤调养得这么水润，我得好好感谢他。"

"可不是嘛，是得好好感谢一下。"

"我已经和他约好了，明天请他吃顿大餐。你能不能作陪一下？"

"明天没时间，你一个人请他吃饭就可以了。不过，我可提醒你啊，你和他泛泛而谈可以，可千万不要做深入地交流，以免露出马脚。那康成是什么人啊？老奸巨猾且能洞若观火。好在他现在已完完全全相信了你就是他心目中仰慕已久的女神陆梦婕。"

"有这么严重吗？搞得神神秘秘。"

"当然了。你不知道你险些被……"说到这里时，韩沙忽然欲言又止。

"险些怎么了？"

陈默拿着筷子的手凝滞在了半空中，诧异地看着对面的韩沙。

"没什么，没什么。是我自己总有一种杯弓蛇影的感觉。"

"沙，我忘了告诉你，这次外出拍戏的时候，周晓璇传递给我的江依琳对我的一些怀疑，都被我巧妙化解了。所以你啊，不要太过敏感了，也不要再杞人忧天了。"

"那就行。总之一句话，万事小心为好。"

"知道了，我的韩大导。"

"哦，陈默，我忘了告诉你正事。是这样的，影片的剪辑和配音已经完满收官了，我准备搭乘明天中午十点的飞机飞往北京，去和相关部门商榷一下，咱们的电影《火花》进入全国院线播出的情况。在这之前，他们在审核这个剧本的时候，就对这个影片非常感兴趣了，充满了期待。"

"是吗？没想到我们的韩大导演这次真的要在中国影视圈炸响一枚惊雷喽！"

"可不是嘛！陈默，我这次外出可能需要十天半个月，你在家里好好待着，安心等待我的好消息吧！"

即使陈默的心里早已心花怒放，但她依然保持着自己喜怒不形于色的作风。她也明显地感觉到，坐在自己对面的韩沙虽然只有几杯红酒下肚，却早已是飘飘然且昏昏然了，但是她仍然没有去扫男人的兴致，而是继续给两只杯子添上了酒。

"来，韩导！我预祝你这次的北京之行旗开得胜马到成功！"

"那是自然！"

两只酒杯再一次轻轻地碰到了一起。

19

第二天早晨九点钟，戴着墨镜的陈默站在汉阳市国际机场航站楼的入口处，为韩沙送别。她顾不得周围熙熙攘攘的人群，忽然就伏在了韩沙的肩头，韩沙顺势搂住了她的腰，继而在她的后背轻轻拍了几下，说：

"怎么了，不就十几天嘛，还这么难分难舍？"

"沙，你走之后的这些日子，我一个人该会有多么的孤独和寂寞。"陈默说着，从韩沙的怀里挣脱了出来，站直了身子，"飞机落地以后记着给我报声平安。我会想你的，每时每刻！"

"那是一定的。而且我会在每天晚上的十点钟，准时给你打电话或者发微信，告诉你我每天的工作进程，顺带再与你说上几句只有我们俩才能听懂的悄悄话。好吗？"

陈默轻轻点了一下头，笑道：

"时间差不多了，该过安检了。"

"那好吧，我进去了。你就等着我们大获全胜的好消息吧！另外，桑好已经完成了另一部长篇小说《青山作证》的创作，我和雷总看了，都对这个故事很感兴趣，如果《火花》能大获全胜的话，雷总很有可能还会为《青山作证》改拍电影继续投资，弄不好明年秋天就能开机。小说的电子版我已经发到了你的邮箱，没事的时候你可以先阅读一下，到时候你应该还是演女一号。"

"真的吗？"

"当然是真的，我什么时候骗过你？等我从北京回来，咱们再好好交流交流。"

"那可太好了！沙，你总是给我带来惊喜。我真是太高兴了！"

看着女人一脸的喜悦，韩沙又将女人轻轻抱了一下，然后附在女人的耳际轻言细语：

"记着陈默，我韩沙会用毕生的精力来呵护你、成就你。如果可以的话，我想向全世界昭示并炫耀我们的爱情！"

激动不已的陈默还没有从甜言蜜语中回过神来，韩沙已拉上行李箱，转身离去。还没走几步，又回过头来，对陈默郑重其事地说道：

"找个理由，把康成的答谢宴取消，等我从北京回来以后再说。另外，看完小说后，有时间的话可去和桑好交流一下，相信她对你会有更大的帮助。"

"那……好吧。我等你。"

陈默小声应了一声，直到注视着韩沙的身影渐渐消失在茫茫人海，才转过身子往候机楼外走去。

陈默计划回家后的第一件事就是打开邮箱，静下心来把《青山作证》这部小说仔仔细细地阅读一遍，为饰演好下一个女主角而做好充分的准备。当然，大编剧桑好那里是一定要去拜会的。

可是，当她坐在返回汉阳市区的出租车上，望着窗外一闪而过的绿树、繁花、飞鸟和白云，她的内心又不禁掠过了一丝忧愁与不安。为什么我要以那个素未谋面的陆梦婕的身份招摇过市？为什么我霸占着陆梦婕的名字和身份一路高歌猛进，却能如此心安理得？

"不是的！完完全全不是的！我的心里无时无刻不充满着深深的愧疚与负罪感，我无时无刻不在担心那个叫陆梦婕的女人来指证我、揭穿我，把我这丑恶的罪行公布于天下，那时的我即使身败名裂，也毫无怨言，因为是我首先违背了做人的底线，是我首先出卖了作为女人的道德与尊严。可是，我也只是一个平凡而卑微的女人，一个有着七情六欲，渴望享受繁花似锦人生的女人，是这个世界容不下我的丑陋与不堪，才导致我剑走偏锋。"

在陈默思绪万千之际，出租车已到了小区门口。陈默付费后漫不经心地往家里走，走着走着，突然想起了韩沙的话，于是从包里掏出手机，拨通了美容医师康成的电话。

"康医生您好！还记得我们的约定吗？本来说好了这个周末我请您吃饭，韩导要亲自作陪，可是他今天去了北京，我也是刚知道，所以康医生，我们的答谢宴往后再拖一拖，真是抱歉。"

"不用那么客气，小陆。正好我这个周末有点忙，一时半会儿走不开。"

"实在不好意思，康医生。"

"没什么的，小陆。"

"那我们等韩导回来聚，再见康医生。"

"好的，再见。"

双方几乎是同时挂断了电话。

陈默挂断电话的那一瞬间，心里不觉有了一丝轻松的感觉。自己为什么那么鲁莽，竟然没有和韩沙提前沟通，就向康成发出了答谢宴的邀请，多亏韩沙提醒了自己，万一被康成察觉出什么，那不就前功尽弃了吗？以后去天使美容院做保养，和康成谈话，一定要慎之又慎，千万别露出马脚。

20

草草吃完了午饭，陈默走到卫生间洗漱了一番，然后打开一盒褐色的膏药，将整片膏药贴到自己的脸上，只露出嘴巴、鼻孔和眼睛。

膏药贴好以后，陈默对着镜子里人不像人鬼不像鬼的模样自语道：

"陈默呀陈默，你如此处心积虑地扮演着陆梦婕的角色，这又是何苦呢？放着陈默这个身份不好好做，偏要借着陆梦婕的尸还你陈默的魂。"当"借尸还魂"这个成语从陈默的脑海里没有来由地蹿出来后，陈默不禁打了一个冷战，"为什么会出现这么个恶毒的念头来诅咒陆梦婕？我是不是在做人处事上近乎无耻了？可是陆梦婕，你到底身处何地？

"好了，不能再胡思乱想下去了，既然我已经踏上了一条不归路，那么就只能把这场只有我和韩沙知道的'狸猫换太子'的闹剧继续堂而皇之地演下去。"这样想着，陈默转身来到了客厅，随手拿起桌上的遥控器，打开了电视。江苏卫视正在播放电视剧《我的前半生》，陈默便将身子斜靠在客厅一角松软的贵妃椅上，开始追剧。

当看到剧中罗子君被丈夫抛弃，带着六岁的儿子平儿，居住在一间陈旧而简陋的小房子里的时候，也许是想到了与平儿几乎同龄的女儿向云霓，陈默眼眶中那些不听话的眼泪，随即被勾引了出来。陈默意识到，原来潜藏在自己内心深处的温暖与柔情从不曾远离。但是现在不是可以流泪的时候，因为脸上正敷着膏药贴。于是陈默即刻侧身，从茶几上抽出几张纸巾，轻轻拭去了眼中涌出的泪水。

调整好自己的情绪后，陈默追着剧情往下看。看着看着，便迷迷糊糊地睡着了。

"妈妈，我刚才在放学的路上，听到街道的音箱里播放着《雪绒花》，太好听了，可是我听了好几遍都没有学会。妈妈，你会唱这首歌吗？"

霓霓扬起一张稚气的脸，望向自己的母亲。

"《雪绒花》呀，这首歌妈妈不仅会唱，还非常喜欢。妈妈以前在幼儿园当老师的时候，还教过孩子们呢！"

"那可太好了，妈妈，你能不能也教教我呀？"

"当然可以了。"

令陈默没有想到的是，自从上一次流产事件发生以后，女儿霓霓似乎在一夜之间长大了，也懂事了。女儿不再拒绝她的一些亲昵的爱抚了，相反，还有意无意地在她面前撒娇，甚至看到她坐在沙发上看电视的时候，会故意蹭到她的怀里坐一会儿。这些细小的举动令原本已经心灰意冷的陈默，又燃起了对未来生活的无限希望。

尤其是当女儿向她问起《雪绒花》时，萦绕在她心头的那份自豪与欣喜简直无法比拟。对于那首叫作《雪绒花》的歌曲，她是再熟悉不过了。

"霓霓，妈妈不但会唱这首歌，而且还把这首歌的歌词抄在了笔记本上。我这就去取来给你看。"

"那太好了，妈妈真能干！"

听到女儿的夸赞，陈默更是喜不自胜。她快步走进卧室，不一会儿，便又轻快地走了出来，将手里那本小小的笔记本，展开在女儿霓霓的面前。

"来！霓霓，你先看看歌词，有没有不认识的生字？"

懂事的霓霓接过妈妈递过来的笔记本，仔仔细细地浏览了一遍歌词，自信地说道：

"妈妈，歌词里没有我不认识的生字，要不然，我先把歌词朗读一遍吧。"

"那当然再好不过了。"

于是，六岁的向云霓用充满稚气的嗓音，开始大声朗读起《雪绒花》的歌词：

> 雪绒花，雪绒花
> 每日清晨迎接我
> 小而白，洁而亮
> 向我快乐地摇晃
> 含苞待放的雪绒花
> 也学你会开花生长
> 开花生长到永远
> 雪绒花，雪绒花
> 永远祝愿我的家
>
> 雪绒花，雪绒花
> 每日清晨迎接我
> 小而白，洁而亮
> 向我快乐地摇晃
> 含苞待放的雪绒花
> 也学你会开花生长
> 开花生长到永远
> 雪绒花，雪绒花
> 永远祝愿我的家

霓霓的朗读真是清丽婉转，声情并茂，就连做过幼儿教师的陈默也不禁暗自叹服：这个小家伙什么时候练出了这么好的童子功！尤其是最后那一句歌词"永远祝愿我的家"，令一向敏感的陈默一阵阵动容。

朗读完歌词的霓霓把小脸儿仰向了妈妈，一副信心十足的样子，好像是在等待着妈妈的夸赞。陈默忙道：

"我家霓霓朗读得真是棒极了！"

陈默边说着边向女儿竖起了大拇指。

"好了，那咱们现在就开始唱歌吧。我先把这首歌完整地唱一遍，你可以小声地跟着我唱，然后呢，我唱一句，你跟着唱一句，直到学会为止。"

听妈妈这么一说，霓霓便正襟危坐在一旁，跟着妈妈开始学唱歌曲《雪绒花》。

看着女儿一脸稚气的模样，听着女儿奶声奶气的声音，陈默忽然有了一种绝处逢生的感觉，忽然有了一种庄严的使命感和自豪感。原来，我还不是一个一无是处的人。在家里，我还可以发挥我的特长，教女儿唱歌曲，多好啊！能和女儿如此近距离地相处与交流，是一件多么美好而又幸福的事情！她巴不得女儿天天喊着她、缠着她、腻着她，也似乎只有在这种时刻，她才能感觉到自己在这个世上生存的乐趣与继续活下去的勇气。

可是，当母女俩兴高采烈地即将完成这首经典歌曲的二重唱时，卧室的门突然"咣当"一声被踹开来。只见向辉睁着一双迷离的眼睛大声喊道：

"你们娘儿俩是犯神经了还是脑子进水了，声音这么大，还让不让人睡？还让不让人活？"

正在唱歌的陈默和霓霓扭过头来，都被那个平日里温文尔雅而现在却如同一头野狼般一脸凶相的男人唬住了。

21

那个下午，丈夫向辉那一声歇斯底里的吼叫声，着实让近年来小心翼翼生活着的陈默更加胆战心惊。陈默已明显地感觉到了，丈夫向辉对她的热情与耐心在慢慢退却，甚至从心底里已经对她产生了淡淡的疏离。是的，疏离。当"疏离"这个陌生的词汇猛然间出现在陈默脑子里的时候，她不禁大吃一惊。用它来描述一对夫妻的亲密程度，该是一件多么可怕的事情。而他们俩一月几次的夫妻生活，也因向辉工作忙、身体累等各种理由推脱而渐渐没有了。陈默是一位敏感而又聪明的女人，她能感觉到丈夫在长期面对自己这位异类妻子时所承受的压力和深深的无奈，她也预感到他们的婚姻即将出现巨大的裂痕。

那个下午，那一声如同野狼一般的咆哮已经说明了一切，已经将一个男人多年来压抑在心底里的无尽愤懑与委屈暴露无遗！

设身处地为丈夫着想，他偶尔表现出来暴怒情绪陈默可以理解，但是，令她实在无法忍受的是，他竟当着女儿霓霓的面向自己肆意发飙。

陈默也曾在丈夫面前有意无意地表露过，说要出去打一份零工，多多少少挣点零用钱，好贴补家用。

丈夫在沉默了很久以后，从牙缝里挤出一句话：

"你还是待在家里的好，做做饭、收拾收拾屋子，顺便给女儿辅导一下功课。"

陈默听后说道：

"可我觉得你一个人挣钱养家太辛苦了。我总不能一天到晚无所事事坐享其成。"

"可是……陈默，我觉得你还是待在家里的好。我最近也涨工资了，虽然不多，但是还算过得去。"

陈默听出来向辉这段话里隐藏的潜台词，那就是：像你这种相貌的人是不会有单位用你的，还有就是你别再出门给你老公我丢人现眼了。

可是陈默依然不依不饶：

"向辉，我想好了，无论如何，我都要寻到一份差事，哪怕是当保姆或者扫马路都行。你看能不能帮我托个熟人问问？"

"行了陈默，你就别再给我添乱了。我已经说过了，你就待在家里，我不嫌弃你！我也不嫌弃养着你！"

话虽如此，可是聪明的女人早已从丈夫向辉那句不咸不淡不高不低的话语中听出了太多的不满和太多的无奈。

"霓霓，你先回自己的房间去，我和你爸爸说会儿话好吗？"

霓霓多乖巧啊，一看家里的气氛不对，便赶忙站了起来，回到自己的房间，顺手关上了房门。

这个时候的向辉，正准备转身回卧室继续他的午睡，却听妻子陈默向他低声说道：

"向辉，你能不能陪我在客厅坐一会儿，咱们俩好像许久都没有说过心里话了。"

"是吗？至于吗？夫妻之间还需要这么客气？说个话还需要这么庄重？"

"当然。即便是再亲密无间的夫妻，相处时间久了，适时也是要有一次心与心的交流与沟通的。不然，夫妻俩的感情只会越来越淡，两个人的心也会离得越来越远。"

"是吗？有这么严重吗？"向辉没想到在自己莫名其妙的怒吼之后，妻子竟然还能以如此冷静的口吻和他说话，而且是想与他做更深层次的交谈，便不好意思地说道，"那好吧，让我泡一壶茶水。睡了一个下午，越睡头越疼。"

向辉泡好茶后，在沙发的一角斜靠了下来，长长地叹了一口气，望向陈默。阳台外稀疏的树叶在斜阳的照射下慵懒地打着卷儿。

"说吧，你有什么不满就说吧，我洗耳恭听。"

"那好吧，既然咱们是夫妻，我也就不藏着掖着了。"

"你不用藏着，也不用掖着。"

"向辉，我想问一下，你刚才是从哪里来的无名火？这个火，你可以私下里冲着我发，为什么要当着女儿的面发这么大的火呢？难道你看不出来，我和女儿刚刚建立起来的感情是多么的珍贵和来之不易，何况，你这么一喊，会给女儿的心里带来多么大的阴影？"

"阴影？我给女儿带来阴影？笑话！女儿心里的阴影不是自从她懂事时起就已经烙在心底了吗？你为什么要把这个罪名加到我的头上？"

"向辉，你终于说出真心话了。这一切一切的根源还是来自我，你的已经破相的妻子，而且你对现在的我早已是忍无可忍了。"

"陈默，你怎么又来了？"

向辉说着，情绪有些激动，便猛地坐直了身子，直视着一旁的妻子。

"我怎么了向辉，难道我说错了吗？我承认我们从起初的相识相恋到结婚成家，确实有过一段美好而甜蜜的日子。我也承认自从我生下霓霓破相以后，你对我的万般呵护、千般照顾甚至不惜散尽家财带我四处奔波求医问药都是出自你对我的真情，都是出自你对我们这场爱情的承诺。可是向辉，这种事情发生在任何一个家庭里都是一个天大的灾难，任何一个男人如果一天到晚面对像我这样一个女人，都是会望而生厌的，你也不例外。"

"陈默，你为什么会这样想我？"

"向辉，和我这样的女人过日子，一天可以，两天可以，一年可以，两年也可以，但是时间久了，即使再相爱的夫妻都会产生厌倦和疲劳，恐怕你早已经是心灰意冷了，不是吗？"

"我？我没有，我们不会的，陈默，是你太多心了。"

向辉说完，急忙端起茶几上的水杯，在边沿快速吹了几下，吸溜了几口有点发烫的茶水。

陈默突然语气坚定地说道："我想好了，咱们离婚吧。"

向辉听到这话，先是一愣，随后惊讶地说道："离婚？这不是在开玩笑吗？"

"向辉，你看我像是在跟你开玩笑吗？我又怎么会拿离婚这么重要的事情和你开玩笑？我已经想了很久了，我不想再拖累你了。"

陈默说完这句话，忍不住流下了伤心的泪水，坐在一旁低声地抽泣起来。

向辉见状，急忙站起来，挨着妻子坐了下来，并抓住妻子的双手，轻声道：

"说句实话，陈默，你的事情确实已经令我焦头烂额了。但是无论如何，我都不能失去这个完整的家呀，再说了，你和女儿的关系也已经慢慢好起来了，她还那么小，就更不能失去妈妈了。所以，陈默，离婚这个词以后还是不要再说了。"

"不是这样的，向辉，你不知道我心里有多么的痛，因为你看不到别人看我时的异样眼神，那眼神就像是一把把明晃晃的刀子，把我的内心割得支离破碎。"

"陈默，你为什么要那么在乎别人的眼光？你不是还有我和霓霓吗？"

"不！向辉，等霓霓长大以后，她会因为拥有这样一位母亲而永远抬不起头；而对于你来说，常年苦守着像我这样的妻子，是一个男人一生里最大的耻辱。向辉，离婚这件事情，我是经过慎重考虑的，也希望能得到你的理解。"

陈默伏在丈夫的肩头，一把鼻涕一把泪地哭诉完了以后，慌忙站起身，急匆匆跑进卧室又快速地关上了房门，继而，又伏在松软的大床上轻轻抽泣。

这时她听到客厅传来了向辉歇斯底里的吼叫声：

"离婚就离婚，谁怕谁！我早因你散尽家财，身心俱疲，更因你失去了作为一个正常男人应有的自信与骄傲！离就离！"

陈默清楚地听到，在向辉大喊大叫完之后，一个玻璃水杯被摔碎的声音。

"爸爸，你怎么了？爸爸，你和妈妈到底怎么了？我好害怕。"

紧接着，陈默听到了女儿霓霓惊慌失措的哭喊声。

陈默很想起身出去，哄一哄受了惊吓的女儿，可是她没有一点力气，身子在持续发抖。她使劲咬着枕巾的一角，睁着一双模糊的泪眼望向窗外。此时，窗外的夕阳已经西沉，淡红色的光晕也在逐渐黯淡，树叶在狂风的吹拂下肆意飞舞，几根摇摆的枝条胡乱拍打着窗棂，啪啪作响。

陈默心里默念道：

"起风了！"

22

时间过得真快，转眼间，韩沙去北京已十天左右，他果真没有失言，正如在机场和陈默说的那样，每天晚上十点钟，他都会拿起手机打开语音，向陈默诉说每天的工作进程，然后再压低声音和陈默说一些肉麻的情话，诸如"想我吗？""我想你了。""我一个人在宾馆睡一张大床好寂寞。"而电话另一端的陈默总是言简意赅地用一两个字回答着，比如"好""好的""行""想"，惹得电话那头的韩沙总装作生气地说道：

"我说陈默呀，你的语言怎么会这么贫乏，我叽里咕噜和你说上几十分钟的话，你就只会这么简单地回答我？你就不能多说几个字？我都想死你了。"

虽然隔着屏幕，谁也看不见谁的表情，但已过而立之年的陈默在听到如此煽情的相思言语之后，还是不由得一阵阵地脸红心跳，有时还会落下几滴晶莹的泪，那是激动的泪，更是感动的泪。她心里很清楚，作为一个劫后余生的女人，还能有一个如此优秀且能力超强的导演痴迷着、追随着、牵挂着，此生无憾。

当韩沙在电话那头把她逼得无言以对的时候，她便会假装嗔怒道：

"别闹了沙，我只希望你尽快办完差事，早早地回来。"

"我恨不得现在、立刻、马上就飞到你的身边。"

"沙，天凉了，注意保暖，千万别感冒了。"

"知道了，我又不是三岁的小孩子。桑妤的原著小说《青山作证》你看了没?"

"当然看了，我都被感动得哭了好几次了。"

"那可别忘了，有空去拜访一下桑妤，跟她好好聊聊。"

"这个你不用操心，我已经想到了。"

"那好，相信以你的资质，下一部影片会更加精彩。"

"那是一定的!"

"晚安!"

"晚安!"

挂断电话以后，一直处于亢奋中的女人依然没有睡意，于是，她迅速将电话那头的男人抛到脑后，让自己的思绪沉浸在对小说《青山作证》故事情节的思忖中。

说句实话，陈默确实算得上一位优秀的演员，虽然只是冒牌货。按照韩沙的指示，这段日子里，她把自己狠心地关在家里，老老实实地坐在电脑前，把小说《青山作证》的电子版反反复复看了三遍。她觉得看一遍有一遍的认知，看一遍有一遍的收获。

《青山作证》讲述了科级女干部叶绿青肩负使命，经组织选派踏上扶贫征程。她以担任乡长为起点，在贫困山村的土地上深耕细作，以脚步丈量民情，以担当践行初心，在脱贫攻坚的战场上书写着基层干部的赤诚与坚守。

农村生活于陈默而言是再熟悉不过了，但是她知道，要想演好这位女干部，必须去拜访一下桑妤女士，她相信这一定能让自己获益匪浅。这一点，从她前一阵主演《火花》前与桑妤的那次重要谈话得到了有力的证实。

于是，陈默在临睡前毫不犹豫地做出了决定，无论如何，明天一定要去拜见桑好女士，就原创小说《青山作证》以及对女主的把控做更深层次的交流。这样想着，陈默迷迷瞪瞪地睡着了。

睡梦里，她看见女儿霓霓穿着一件大红色的毛衣外套，身后背着一个小小的双肩包，一路走一路跳着，嘴里还轻声哼唱着《雪绒花》。

> 雪绒花，雪绒花
> 每日清晨迎接我
> 小而白，洁而亮
> 向我快乐地摇晃
> ……

在深秋的黄昏里，在喧闹的大街上，在飘着黄叶的秋风中，女儿的歌声显得是那样的哀婉。唯有她身上那件红色的毛衣，如同一团跳跃的火焰，随着她缓缓向前移动。而悄悄跟随在霓霓身后一声不响的陈默早已是泪流满面。

然而，就在霓霓快要穿过马路时，一辆大卡车呼啸而来，忘情的霓霓似乎并没有注意到即将发生的危险，仍然一蹦一跳地往前，陈默大惊失色，大喊了一声"霓霓"，便一下从睡梦中惊醒过来，且吓出了一身的冷汗。她瞬间坐直了身子，一双空洞的眼睛环视了一下几束街灯照进的卧室，很是茫然。

几分钟的镇静之后，陈默的思维完全清晰了。她知道肯定是女儿想她了，而她也确实想念女儿了。可是她心里很清楚，那个小城，那个居住着自己曾经的爱人和亲人的小城，是自己再也回不去的地方。

"呼啦"一声，陈默拉开了被子，将自己的身子快速地蜷进了被窝里，紧接着，一阵紧似一阵的抽泣声，从绵软的被窝里缓缓地溢了出来。

23

第二天下午，身着一袭毛料连衣裙的陈默，手拎一大袋新鲜的水果，敲开了桑妤女士工作室的门。

开门的桑妤，一身毛衫长裤，显出文艺女性的一种与众不同的气质与风韵。在看到站在门外的陈默时，桑妤一脸欣喜，她急忙伸出一只手，接过陈默手中的水果袋，然后将陈默拉进了客厅，示意她坐下。

"桑妤大姐，我……"

"小陆，姐真是太佩服你了，你这次出演《火花》真是太成功了！你饰演的支边教师云朵简直就和我想象中的人物一模一样。啊不是，简直比我想象中的人物还要传神、到位。"

还没等坐在沙发上的陈默开口，桑妤便一边倒茶一边狠劲儿地夸着陈默。

陈默微笑着说道：

"桑姐，您这么夸我，我都不好意思了。"

桑妤把沏好的茶水放到陈默面前，很是随意地在沙发上坐定之后，兴奋地说道：

"韩导在把《火花》剧剪辑完之后，第一时间就拷贝给了我。所以，你们每一位演员的表现与演技，我都一目了然。而且前几天我也收到了韩导的消息，说《火花》剧已得到北京影视界专家的一致好评，上报审批的程序将会一路绿灯，而且下一步打入全国院线或者在电影频道放映也不成问题。"

"那简直是太好了，桑姐！这真是一个振奋人心的消息。"

"是的，小陆。这对我来说真是一个意外的惊喜！"

说到这里，两个女人不约而同地端起了自己面前的茶杯，很是优雅地碰了一下，以示庆贺。

其实在与韩沙晚上十点通话的时候，韩沙已把北京的情况统统告诉了陈默，只是没有桑好说得这样详细而已。他总是一言以蔽之：一切都很顺利，请静候佳音，勿念。也许，韩沙之所以没有花费更多的时间向她汇报有关《火花》的情况，是因为想腾出更多的时间与她在电话里软语呢喃卿卿我我。想到这里，陈默不禁微微一笑：

"那还得感谢桑姐，在我出演这部剧之前，您对剧中女主心理矛盾的深入分析、人物形象的塑造以及轻重如何把控的关键指导，都对我演好云朵这个角色起到了至关重要的作用。所以，桑姐，您真是我演艺生涯中的贵人。"

"小陆言重了。你原本就是一个悟性很高且精益求精的人。你能有今天的成就，是你努力打拼的结果。姐姐就喜欢像你这样，有才貌有艺德有名声却从不骄纵的女演员！"

被桑好一阵猛夸之后，陈默有点坐不住了，她的内心开始翻江倒海：

"桑姐，如果你知道此刻坐在你面前的女人，不是演员陆梦婕，而是一个冒名顶替的丑女人陈默，你会不会直接上来扇我一个巴掌，或者义正词严地大喝一声，你给我滚出去！你这个心如蛇蝎的女人，你这个不折不扣的骗子，不但愚弄了我，还愚弄了喜爱你的观众！你卑鄙无耻，我现在就要把你的丑行公布于众，让你身败名裂！"

如果真的是那样的话，她陈默又该如何巧妙应对呢？不过还好，这只是她陈默一人的胡思乱想。

即使此刻，即使陈默的内心再怎么焦灼不安，她依然清楚，自己今天是来干什么的。于是，她即刻调整了话题：

"桑姐，我今天来还想和您谈一谈您的新作《青山作证》。"

"哦，这个我知道。韩导在电话里已经跟我沟通过了。他说鉴于你在《火花》这部剧中的超常发挥，推荐你担任《青山作证》的女主角，这和我的想法不谋而合。你今天能来就此事和我交流，我真是太高兴了。小陆，你先坐着，姐去洗点水果，咱们边吃边聊。"

桑妤说着，便起身走进了厨房，不一会儿就将一个盛着苹果、葡萄、石榴和大枣的果盘放在了茶几上，挑选了一个大红枣递给了陈默：

"来！小陆，跟姐不要客气，边吃边聊，边吃边聊，我给你削苹果吃。"

陈默也不客气，接过来大枣放进嘴里咬了一口，瞬间，一股凉凉的、甜甜的蜜汁浸润了整个口腔。

"桑姐，不瞒您说，我近期窝在家里把《青山作证》的电子稿连看了三遍，实在是太感人了，有时候看着看着就哭了。桑姐，您小说写得真好，不是我恭维您，是真的好，桑姐。"

"那可能是因为你在阅读的过程中已经入戏了，把自己当成小说中的女干部叶绿青了。"

"桑姐，我之所以能被这个故事深深吸引，主要还是因为您把叶绿青这个人物写得太生动了，尤其是她作为一个女人，竟然不顾自己县城小家的安逸，弃夫别子，为了改变农村老百姓的生存环境而长年累月驻扎在遥远的贫困山区，仅就这一点，我想当下的很多女人都做不到，何况她的善举还不被当地老百姓理解和支持，真是四面楚歌。"

"是的，小陆，你对女主角的艰难处境与精神境界理解得非常到位。这一点我很欣慰。"

"可是桑姐，您说像这样不管不顾拼着性命干事的女人，在现实生活中有吗？"

"小陆，姐之所以选定这个题材，就是因为这个女主角的人物原型是真实存在的，我也是因为在听到了她的动人事迹之后被深深感染，夜不能寐，于是才有了这部小说的构思雏形。"

"还是桑姐厉害！在选材上不光有眼光，而且眼光还这般独到。不光能写小说，还能改编剧本，真是全方位的人才。"

"其实我觉得这个没有什么值得夸耀的。作为一个作家，一个为人民大众服务的文化人，就要把最好的精神食粮奉献给读者。像你一样，作为一个电影演员，就要发挥自己的演艺才华，在荧幕上塑造出鲜活的有血有肉的艺术形象。"

"桑姐，您说得真是太好了，让我受益匪浅！桑姐，那您觉得在下一部剧的演绎中，我应该着重关注哪些情节与细节？"

"听说你是在城里长大的，从小到大可能没有接触过农村人。而这部戏里的下乡女干部叶绿青，虽然是城里姑娘，可是她在下乡期间为了进村摸底，与群众打成一片，已经完完全全忘记了自己城里人的身份。而我在创作小说的时候，有些场景和环境纯属虚构，所以……"

"怎么了，桑姐？"

"所以，我近期准备开始进入《青山作证》的剧本改编阶段，很想到周边县区所辖的乡镇农村蹲点一个月，顺便体验体验农村的生活。我想给你提的建议就是，你是否也考虑一下，和我一起去乡下体验生活，这样的话，你在人物的塑造上将会更加得心应手，相信你的收获会比从任何一本书里获取的更加具体而丰盈。"

陈默一听这话，激动得差一点从沙发上蹦起来。她赶忙站起身，欣喜地握住了桑好的一只手，说道：

"真是太好了，桑姐！去农村蹲点，我真是求之不得！不过，我去真的合适吗？"

"这个问题不用你担心，我已经和叶绿青原型所在镇的党委书记联系好了，吃住都在那里，我只要再和那边打个电话，说这次蹲点我再带一个人过去，不就好了，就这么简单！"

"桑姐想得这么周到，我真是感激不尽，为了咱们在剧里能有更好的合作与发挥，桑姐，我们这次去乡下，一定要做足文章。"

桑好一边紧握着陈默的手，一边激动地说道：

"姐就喜欢你小陆身上这股子不到长城非好汉的倔劲儿。那好，咱们说好了，一起下乡蹲点，共同体验生活。"

"好的，桑姐，咱们聊了这么长时间，你看，天都快黑了，我也该回家了。"

"那好，小陆，姐就不留你了，你回去后安心等我的通知吧。不过，千万不要忘了，农村的条件艰苦环境恶劣，去的时候一定要多带几件厚外套。当然，现在后悔还来得及。"

两人边说着，边走到了房间门口。就在陈默拉开房门准备出去的那一瞬间，她忽又转过了身，伸开双臂将桑妤轻轻抱了一下，在桑妤的耳际低声说道：

"桑姐，相信我！我从不会为我人生中的任何一个决定而感到后悔！"

24

回到家后，陈默又利用好几个下午的时间，把《青山作证》电子版看了一遍。这一次，她看得很慢也很用心，因为她要把下一部影片中的人物塑造得更加丰满而真实，同时远在北京的韩沙给她传递来了振奋人心的消息，说圈内大咖对这部剧的评价还算不错，尤其是对饰演女一号的演员陆梦婕的演技大加赞赏。陈默听后，一丝喜悦之情涌上心头。她决定把近期计划和桑妤去农村体验生活的事情告诉韩沙：

"沙，你那边怎么样了？什么时候能回来呀？"

"还说不准。快则一周左右，慢则十天有余。因为不光是影片审核的事情，还要和影视界的大佬们联络一下感情，顺便洞察一下以后的影视走向。"

"哦？是这样的……"

"怎么了？有事吗？"

"嗯，是有点事想和你汇报一下。我前几天去拜访桑妤了，深入探讨了《青山作证》的剧情，她说她为了把剧本改编得更好更成熟，已经和叶绿青原型所在镇的领导说好，去下乡驻村体验生活一个月，还说想邀请我陪她一起去。"

"你答应了?"

"当然。这么好的机会,我怎么会轻易放弃呢?何况,还是和大作家桑妤结伴同行,我何乐而不为呢?不是有人说过这样的话吗,与智者同行,会不同凡响;与高人为伍,能登上巅峰。"

"呵呵!真是士别三日当刮目相看。陈默,我为你这一果断的决策而深感欣慰。一个人最值得自豪的不是他取得了多么骄人的成绩,而是在他取得了骄人的成绩之后依然能清楚地知道自己的优势与不足。你能那么爽快地答应和桑妤一起下乡驻村体验生活,真是太好了!这无疑是你演好下一部剧的一个再好不过的铺垫。陈默,你真是一个既聪明又有责任心的女人!"

"嘻嘻!沙,你把我夸得都有点不好意思了。可是,我在下乡之前还是盼着你能回来聚一聚……我有点想你了。"

陈默说着,竟止不住在电话这头哽咽起来。

"傻瓜!我是在这里给咱开辟康庄大道呢,你就放一百个心在肚子里吧,我会尽快赶回去和你团聚。当然,如果我回去以后你已经下乡了,那么我会马不停蹄地飞奔到你所在的乡镇去,只为第一时间见到你……其实,我也想你了。"

"那好,沙!我知道了,你不用为我操心,在那边先把你的事情办好再回来。两情若是久长时,又岂在朝朝暮暮!"

"好的陈默,顺便提醒你一句,下乡之前别忘了去康成那里复查一下,让他给你多带一些养颜护肤的药物。天凉了,山里的风头高,气候干燥,环境又不好,恐怕对你的脸部伤害比较大,另外再多带几件加厚的外套。无论如何,你首先要做的就是照顾好自己。好了,我也不啰里啰唆了,再见!"

韩沙那边的电话突然间就挂断了。陈默虽然已经说了要挂电话,但是她依然紧紧地握着手机举在耳旁,她多么希望电话那头的声音永远都不要消失,因为她一个人的生活真的是太寂寞了。虽然她有时也怨恨自己莫名其妙地成了陆梦婕的替身，莫名其妙地又做了韩沙的地下情人，但是，怨恨过后，她对这个虚假的身份以及这个虚假身份给她带来的无上荣耀的生活又是多么的迷恋啊！即使这是一场可怕的噩梦，她也宁愿这场噩梦能迟一天醒来，或者永远都不要醒来。她更希望那个为她鞍前马后的大导演韩沙能乐此不疲地围着她转，为他所谓的爱而痴狂，即使他对她的爱里也许还隐藏着一些不为人知的成分。

还好，桑好还没有通知她下乡驻村的具体日程，所以，她还有足够的时间去天使美容院，让康成医生再把自己这张脸好好瞧瞧，顺便给她带一些高级的护肤药品，好让她无论何时何地都葆有一副美艳而姣好的容颜，以便她更轻松地瞒天过海。

想到这里，陈默不再犹豫，旋即换上一身休闲运动装，一双白色运动鞋，再戴上帽子和墨镜，急匆匆向天使美容院而去。

25

躺在天使美容院诊疗室的床上，接受着康成一丝不苟的药水按摩，陈默忽然有了一种异样的感觉，感觉这一年多来，康成就像是一位自己的老朋友一样，那娴熟的指法、和蔼的态度，还有每次叮嘱她敷药时满含诚恳的语气，都让她感觉到了朋友般的情谊与亲人般的关爱。她记不起从何时起，对康成医生有了这样亲切美好的印象。也许是从她被韩沙第一次带到康成诊室的那一刻开始；也许是在康成每一次对她无微不至的治疗中；也许是在她每一次离开诊室，康成医生给她事无巨细的叮嘱时……总之，她已经从心底里对这位叫作康成的医生充满了信任与依赖。她甚至觉得，自己见到康成的那一刻，就好像是《红楼梦》里的神瑛侍者贾宝玉见到了绛珠仙草林黛玉那般：哎？这个人我好像在哪里见过的。以至于在后来频繁的诊疗护理中，她对康成的这种奇妙的感觉越来越强烈。这种莫名的感觉常常令她一头雾水。至今，她依然能清晰地回想起与康成医生第一次见面的情景。

当时，她已是身心俱疲，甚至已经到了崩溃的边缘，是韩沙将她送到了整容医生康成的面前。陈默觉得自己就像是一个被韩沙掌控在手中的傀儡，没有一点拒绝的余地。"整容之后，你就是影视演员陆梦婕，即使你现在就坐到整容医生康成的面前，你也是影视演员陆梦婕，至于康成问起影视演员陆梦婕因何缘故而毁了容颜，这个问题就不为难你陈默了，我可以应付康成的询问。"陈默无言以对。她无路可走，更是无从选择，因为她要活下去。

至今，她还清楚地记得，当她在康成面前卸掉脸部口罩的那一刻，康成所表现出的惊恐万状的表情是多么的可怕。这种可怕的表情传递到陈默的心里之后，令失魂落魄的她感觉到了更深层次的绝望，因为康成所流露出来的情绪给她传递过来的信息就是——这个整容工程难度太大了。好在经过韩沙的软磨硬泡，康成终于接下了这个棘手的活儿。

终于，一场关于影视演员陆梦婕的整容手术，在天使美容院康成医生的精心策划下秘密展开了。好在康成没有辜负所有人的期待，整容手术非常成功，加之康成医生在手术之后的精心护理，陈默面部创口恢复得非常好，拆开纱布以后，观其效果，比预期还要令人满意。只是仍有一点麻烦，那就是每隔一个月的时间，必须再到天使美容院找康成医生复查一次，根据全身情况以及肌肉变化再做进一步的药物调理，以免出现意想不到的状况。

总之，这场整容手术成功了！韩沙的喜悦更不必说，当他在病房里看到揭开纱布之后的陈默那张酷似陆梦婕的脸时，他的心脏几乎要跳出来，不禁惊喜地赞叹道：

"这简直就是奇迹！这简直就是人间奇迹！康成，真是好样的。陈默，你更是没有辜负我对你的期盼。我们的计划可以开始了。"

"什么计划？"

看着美艳无比、一脸茫然的陈默，韩沙忽然意识到自己刚才在得意之时竟意外喊出了"陈默"的名字，便慌乱地环视了一下周围，好在没有别人在场。于是，他走到病床前，将陈默紧紧地揽在了自己的怀里，低声说道：

"这真是上天在紧要关头赏赐给我的又一份贵重的礼物。太好了！太好了！等你的身体完全康复以后，我们就可以扬帆起航了。"

一脸欣喜的陈默如小鸟般依偎在男人宽大的怀里，虽然她暂时还不太明白韩沙话里所深藏的丰富含义，但是她能隐隐地感觉到，眼前这个拥她入怀的男人，不仅为她整容慷慨解囊三百多万元，而且很有可能在她未来的人生征程上，给她带来意想不到的甚至是前所未有的惊喜与荣耀。

此刻，陈默静静地躺在天使美容院的诊疗床上，看着身着白大褂、戴着大口罩的康成医生在为自己的脸部认真敷药，她的内心又止不住一阵感动。是的，就是这位医生，为了能医治好她的病情，顶着巨大的心理压力，就她的疑难杂症，通过网络与远在国外的导师日夜交流，才制订出了一整套适合她的整容方案，最终取得了让所有人满意的效果。从这一点来说，陈默无疑在内心对康成医生怀着另一份深深的感激，而这份感激之情，亦将随着康成医生对她每一次的精心治疗与用心关照而日渐浓烈。

26

夕阳向晚，落日余晖下，整个美容院沉浸在一片宁静的氛围里。诊疗室银灰色的窗帘在秋风的吹拂下轻轻晃动，窗外高耸的白杨树上，枯黄的树叶随风而舞。康成依旧专心致志地在给他的患者"影视演员陆梦婕"做着脸部按摩。这个叫陈默的女人，安静地仰躺在舒适的诊疗床上，微闭着一双极其漂亮的眼睛，接受着来自康成医生的理疗动作。看得出来，这个时候的陈默在舒服地享受着这难得的一刻。等到所有的按摩手法用过以后，康成将一张湿漉漉的白色面膜药巾贴在了女人的脸上。

"好了，你再躺一会儿，三十分钟过后，等到药物全部吸收了，你再起来。"

"好的，康医生，您真是太好了！康医生，您还记得我们第一次见面的情景吗？"

"当然，一辈子都忘不掉。"

"我的样子一定吓坏您了吧？"

"也不全是。因为你的这种情况是目前世界各国都非常少见的，我当时有点束手无策。"

"但是，您最终还是迎难而上，把我这个连中国最权威的医学专家都不敢接手的患者给治好了。如果不是因为我身份特殊，我还真想抛头露面为您的美容院做个广告宣传。"

"小陆，这个还真没必要。来我这里美容的人大都是熟人介绍过来的，因为患者就是最好的广告，一传十十传百。"

此刻的康成医生，已经整理完了周围所有的医用垃圾，洗手之后又摘下了口罩，看着自己的患者似有说不完的话题，便颇为随意地坐在了距离诊疗床约两米的靠背椅上，闭目养神。

"康医生，您是我生命中的贵人。"

"不，你生命中的贵人是韩沙，我只是尽了自己的绵薄之力而已。"

"康医生，我一直有一个疑问想问您，但愿这个问题不会让您感到尴尬。"

"没什么的，你随便问。"

"是什么样的动力驱使着您选择了医学美容这样一个既热门又冷门的职业？"

"很高兴你今天能和我探讨这样一个关系着自身利益的专业话题，这个话题非但没有让我感到尴尬，相反，它把我带回到了一段非常值得纪念的关于往事的回忆中。"

"哦，那我是点到您的伤心处了？"

"是的，有那么一点点。但是平心而论，还是快乐多于酸楚。"

"那我猜，这个故事里一定少不了一位美丽的姑娘。"

"那是一定的。只是……这个姑娘她不是一般的漂亮，而是非常的漂亮，我在她面前常常有一种自惭形秽的感觉。"

"看来，这一定是一个凄美而动人的爱情故事了。"

"哪里谈得上爱情，充其量只能算作我康某人的一段不为人知的单相思。"

陈默不再自作聪明地继续探秘了，而是停止了话语等待着康成医生的一大段独白。

"那还是在我读高中的时候，我的前排坐着一位非常漂亮的农村女孩。这位女同学不仅长得漂亮，而且还是个文艺骨干，不仅歌唱得好，舞跳得好，而且还有一定的文学才华。那个时候，她可是我们全班男生倾慕的对象，而每天坐在她身后的我，从不敢在她面前大声说话，只能默默地关注着她，看着她和别的男生一起嬉笑打闹，或是一起参加文艺演出活动。虽然我知道萌生这种不成熟的情感是多么的可笑，可我就是抑制不住地想要天天看着她。我甚至为了引起她对我的注意，隔三岔五地在晚自习时轻声朗诵普希金的一首诗，只为了能让她听到我卑微的、软弱的告白。我至今还记得那首诗的名字——《我记得那美妙的一瞬》：常记得那个美妙的瞬间/你翩然出现在我的眼前/仿佛倏忽即逝的幻影/仿佛圣洁的美丽天仙。"

当康成用那带着磁性的男中音朗诵诗歌时，陈默陶醉了。她感觉自己仿佛一下子回到了那个美好而又浪漫的高中时代。她依稀记得班级里有一位沉默寡言的男生，经常朗诵普希金这首叫作《我记得那美妙的一瞬》的诗歌。她不知道这位叫康成的医生，和当年那位喜欢普希金诗歌的男生杜康是否有某种内在的联系。但，康成绝不是杜康，绝不是。仅从他们两人的相貌来看，简直就是天壤之别。然而，陈默还是被康成朗读的诗歌中所传递出来的美好情愫深深感染了，她竟也情不自禁地小声朗诵起来。

但是，回忆总归是回忆，即使它再怎么美好，日夜不停向前奔跑的时光是无论如何都拽不回来的。

"即使我再怎么费尽心思给她深情朗诵普希金的诗歌，终究还是没有换回那位女生哪怕是一个漫不经心的回眸……"

康成继续若有所思地讲述着，仿佛他自己才是唯一的听众，而陈默的存在已被他抛诸脑后。

沉思过后，康成站了起来，走到陈默身边：

"时间差不多了，药贴可以取下来了，你下床以后，就可以直接用清水洗脸了。"

康成说着，便小心翼翼地摘下陈默脸上的药贴，扔到了身后的垃圾篓里。

陈默翻身下床去洗脸，康成紧跟其后递上了干净的纸巾，陈默擦干了脸上的水滴后，直视着康成的眼睛笑问道：

"康医生，在你们男人眼里，女人的外貌真的很重要吗？"

"这还用我说吗？作为一名当红影星，您的亲身经历已经证明了这一点，外貌对于一个人一生的命运无疑起着重要的作用。不光是女人，男人也同样在乎自己的相貌，而且在乎的程度一点不比女人差。"

"是吗？原来这个世界上的多数人和我一样的世俗而平庸，平庸到从不去关注一个人的灵魂高尚与否，而只是一味地通过外貌美丑，来评价每个人的价值大小。这真是一个极为偏颇且让人深恶痛绝的审美取向。"

"所以，我就想把相貌普通的人变成美丽的人，把美丽的人变得更加美丽。因为美丽有可能使一个人的命运产生奇迹。"

"也许，您说得很对。但是康医生，我不与您玩绕口令的游戏了，时间不早了，我也该回去了。"

陈默说着，拎起衣架上的坤包径直往门外走，康成见状，急忙跟出门来相送。

"小陆，忘了告诉你，我高中时代一直暗暗喜欢的那个女孩子，和你长得非常相像，非常。"

"哦？康成医生，天底下竟有如此巧合的事情，您的故事又一次勾起了我对您的好奇心。康医生，等我这次从农村体验完生活回来以后，一定要和您好好谈一谈关于美丑的问题。"

"好啊，我随时恭候。不过别忘了，这次远行一定要带够外敷的药贴，保护好自己。"

"知道了，再会。"

陈默一边说着，一边转过身，向着身后轻轻挥手告别的康成医生莞尔一笑，飘然远去。

27

从天使美容院回到家中的陈默，一边静心地等待桑好通知自己下乡的时间，一边焦急地盼着去北京办事的韩沙能早点回来，好投入他温暖的怀抱，听他当面讲述那些在电话里已经说过的振奋人心的消息。不知从哪一天起，她已经把韩沙当成了自己生命中的主心骨，她觉得自己已经离不开韩沙了。

陈默忽然想起康成医生在与她分别之时冒出来的一句话：

"我高中时代一直暗暗喜欢的那个女孩子，和你长得非常相像。"

陈默愕然了。当时听到这句话时，并没有引起她太多的疑虑，回家后的几天里静下心来仔细想想，不由得令她倒吸了一口凉气。十年过去了，陈默依然能记起在她的高中时代，确实有一个男孩子经常在教室里轻声诵读普希金的那首诗歌《我记得那美妙的一瞬》。但是，这个仪表堂堂的康成医生，又怎么会是高中时代那个相貌平平且脸上满是粉刺的同班同学杜康呢？他们两个人外貌天差地别，声音也截然不同。无论如何，她都不会把这两个人联系到一起。

　　"还是不要杞人忧天的好，做好自己当下的事情最重要"这样想着，陈默便把康成那句话抛到了九霄云外，开始外出逛街，为自己精心准备下乡采风时所要携带的日常用品及御寒的服装，因为时令已经是深秋的寒露了，虽说时下还感觉不到丝丝的寒意，但是陈默知道，山村里的天气说变就变，你甚至还没来得及充分享受"晴空一鹤排云上，便引诗情到碧霄"的秋之辽阔，便已开始领略"北风卷地白草折，胡天八月即飞雪"的冬之壮美了，而对于像她这样一位曾经经历过身体的严重创伤及整容手术的女人来说，想要在天气渐冷的山区农村里体验生活，首要任务就是保暖，所以，她毫不吝啬地为自己购回了加厚的内衣与外套，只等着桑妤大姐发出集结号令。

　　一天晚上，洗漱完毕的陈默身着一袭紫色的棉布睡裙，躺在客厅的沙发里，慵懒地追着中央六套正在播放的美国大片《罗马假日》。这个时候，手机铃声响了起来，陈默猜想这个电话应该是韩沙打来的，定睛一看，手机屏幕上却显示着江依琳的名字，陈默疑惑地接通了江依琳的来电：

　　"喂，依琳。"

　　陈默刚一说话，电话那端的江依琳便迫不及待地发声了。

　　"梦姐好！我是依琳。"

　　"依琳，这么晚了，有什么事吗？"

　　"当然有了，梦姐姐！我听说韩导正在筹备下一部电影《青山作证》？"

　　"是的。怎么了？"

　　"我还听说在《青山作证》里，他要换掉一批演员，可能还会有我。"

　　"你是听谁说的，我怎么不知道？"

　　"梦姐姐，人常说无风不起浪。而且，我在永安县城拍摄《火花》的时候，已经从韩导对我的态度和言语里洞悉出了一丝丝的危险。所以姐姐，我有点担心。"

　　"那么依琳，我能为你做些什么呢？"

　　"还是梦姐姐对我好。我想姐姐你一定看过《青山作证》原创小说了吧？如果姐姐方便的话，可否把《青山作证》的电子版发给我，也好让我这只笨鸟先飞，趁着空闲时间提前熟悉熟悉剧情，等到剧组要海选演员的时候，我江依琳还不至于被蒙在鼓里两眼一抹黑啥都不知道，那个时候如若被盛怒之下的韩导踢出了局，那我江依琳可就死翘翘的了。"

江依琳在电话里一通诉苦，不禁让陈默心生怜悯，犹豫了几秒后，她回复道：

"好的依琳，《青山作证》的电子版我现在就发给你，麻烦你把电子邮箱号码发给我。另外一点就是，先静下心来熟悉《青山作证》里的人物，外边那些乌七八糟的传言还是不要相信的好。"

"太谢谢梦姐姐了，你真是我的贵人，我会努力的。还有姐姐，我和晓璇商量好了，想最近哪天请你吃个大餐，自从杨旭出事以后，咱们还没有好好聚一聚呢，不知姐姐可否赏脸？正好也让小妹我表示一下对姐姐的感谢之情。"

"依琳妹妹，答谢就不必了，我最近很忙，可能还要到外地去很长时间，等姐姐回来以后咱们再聚好吗？"

江依琳在电话那端沉默了几秒钟后朗笑道：

"好的姐姐，那咱们就后会有期，等姐姐回来以后，我和晓璇为姐姐接风如何？"

"那好吧，依琳妹妹，时间不早了，咱们就说到这里吧。晚安了！"

"晚安了姐姐！"

挂断电话后，陈默正准备把手机放回茶几，铃声又响了，一看是桑好的来电。陈默随即接通了电话，小声道：

"桑好大姐。"

"小梦，不好意思，这么晚了还打扰你，告诉你一声，下乡的日期定了，明天下午三点钟准时出发。不知道你的随身行李准备好了没？你一会儿把你的小区定位发我，镇办派车来接咱们。"

"太好了大姐，随身携带的行李我早就准备好了，单等着您的一声令下呢！"

"那太好了小梦，咱们明天下午三点不见不散，再见。"

"好的桑姐，明天见。"

桑妤的这个电话让方才还有些睡意的陈默兴奋了起来。上山下乡体验生活的日子从明天就要开始了，她要排除一切困难拼尽全力地去感受、去挖掘、去探秘……

陈默沉思之时，茶几上的手机铃声又响了起来。陈默心里笑道：

"这个电话准是韩沙打过来的。"

果不其然，是韩沙来电。陈默娇嗔道：

"这么及时啊，我还想着过一会儿给你打过去呢。"

"刚才在跟谁通话呢？我打了好几个电话都是占线。"

"是桑妤大姐，她说我们明天下午就要出发了，有专车来接。"

"这么快就要去农村了？不等我回去了再走？"

陈默听得出来电话那头的韩沙是在故意撒娇，便笑道：

"那有什么办法呢？自从我和您共事以后，就时时刻刻以您韩某人为做事榜样，不敢有一丝一毫的懈怠，所以我就不等您了。"

"那好！等我回到汉阳以后，就去山村里找你。"

"哪敢劳烦您韩大导演大驾呀！也就是一个月的时间就返程了。"

"那咱们分别的时间可就太长了，陈默。"

电话那头的韩沙故意压低了嗓音唱和道：

"想你想得我心痛！想你想得我心痛！"

"沙，再忍忍吧，你不知道小别胜新婚吗！"

"也只能这样了陈默，你不知道，我已经为你积攒了一箩筐的情话了。"

"那就等到我们见面的时候再说吧。哦，刚才江依琳给我打电话了，她说和晓璇想约我吃饭。"

"陈默，你脑子清醒一点好不好，千万不要单独和她们聚会。"

电话那端的韩沙好像瞬间被蝎子蜇了一下似的，说话的语气一下子就紧张了起来。陈默轻声说道：

"别一惊一乍的，我没答应江依琳她们的邀请。"

"那就好，那就好。对了陈默，天气已经转凉了，你这次出门一定要多带一些厚衣服，千万千万别让自己的身体出了状况。"

"那是自然的。沙，我不跟你说了，我还要整理行囊呢，晚安！"

"那就晚安吧。陈默，你绝对想不到我这次从北京会给你带回去多少惊喜！"

"好的沙，期待你的惊喜。"

挂断电话之后，陈默开始收拾起行囊。

28

第二天下午，桑妤坐着来接她们的专车，准时到达了陈默所在小区的门口。陈默已早早在门口等着了，与桑妤打了声招呼，便与桑妤并排坐在了后排座位上，司机小陈则下车将陈默的行李箱放在了后备厢里。

系好安全带后，车子发动，于是，桑妤和陈默，这两个浑身充满艺术气息的女人，微闭着双眼，各怀着心事，向着各自预设的生活以及不可预知的远方出发了。

此时，斜阳正好，心情正好！

陈默扭过头时，桑妤正微闭着双眼，似乎已有睡意，便不好意思打扰她，于是也紧闭上了双眼，将有些倦意的头再次靠在了靠背上，任无边的思绪跟随着飞驰的车子驰骋，任心酸的往事伴随着流动的白云在她的心头轻轻泛起……

不知在哪一天，陈默已经将两份内容相同的离婚协议书打印了出来，并选择在一个安静的夜晚，放到了丈夫向辉的面前。

"向辉，签字吧。"

向辉用余光将离婚协议书快速扫了一眼，满是委屈地说道：

"怎么？我还没有嫌弃你，你倒先嫌弃起我了？"

"不是你认为的那样……"

"那是什么样？你告诉我，你到底想要我怎样？"

向辉的嗓门忽然就提高了八度，语气中明显带着几分怒气。陈默一脸胆怯地凝望着向辉，眼眶中已是泪花点点。

"向辉，我曾背着你找了好几家打工的地方，但是……却没有一家……用我……所以，我想好了，我不再拖累你了。你就让我一个人走，家中的财物我一概不要。"

"陈默，你怎么这么傻！你让我怎么说你好呢？你找不到工作，我也不会嫌弃你啊。我们能走到今天，也算得上是一对患难与共的夫妻了，我们两个人还有什么困难不能一起去面对呢？"

"其实向辉，我离开你，对你来说是一种解脱，对我来说更是一种解脱。"

"那只是你的一厢情愿。陈默，实话告诉你，就算把我累死困死，我也不会和你离婚，就算你忍心离开我，你能忍心离开我们的女儿霓霓吗？她还那么小，我看得出来，她也是前不久才从内心深处接受了自己的妈妈，你们娘儿俩现在的感情那么好……"

向辉说着说着，竟然有点泣不成声了。看着一脸泪痕的丈夫，陈默坚硬如石的心似乎渐渐柔软了起来，但是她觉得她不能退缩，这张离婚协议书就像是一颗已经出膛的子弹，既然已经射出就不可能再收回了。于是，只听"扑通"一声，陈默跪倒在了向辉的面前，满眼含泪、一字一板地说道：

"向辉，这件事情我已经考虑很久了，我必须离开你！必须离开这个家！我想要让你过上一个正常男人的生活。我求你……还是给我们彼此一条生路吧！"

向辉见状，竟然也"扑通"一声，双膝跪在妻子对面，用一双粗糙的大手攥着女人的小手，哽咽着说道：

"小默，即便以后的日子再苦再累，我们俩也要一起搀扶着走下去，就算你不可怜我，也要可怜可怜……我们幼小的女儿呀……"

看着向辉一脸悲戚地苦苦挽留自己，陈默的心柔软了起来。但是转念一想，还是觉得不能因为自己而连累向辉的一生。关键时刻，她决不能心生动摇，否则她好不容易下定的决心将功亏一篑。

于是，陈默抹去脸上的泪水，站起身来走进卧室，拎出一条毛毯，铺在了客厅的沙发上，背对着向辉躺了下去。

一看妻子这架势，向辉瞬间急眼了，他旋即站了起来，一把抓起桌上的离婚协议书，用力撕了个粉碎，随手一扬，将纸屑扔到了空中，嘴里还愤愤地喊着：

"去他妈的离婚协议书！去他妈的离婚协议书！谁爱离谁离去，反正我是不会签字的。"

向辉发泄了满腔的愤怒之后，快步走进了卧室，紧跟着便是一声很是刺耳的关门声。

黑夜瞬间来临。就在这无边无际的黑暗里，长久积压在这对分房而睡的年轻夫妻心中的痛苦，被残酷的现实无情地撕扯着。

29

陈默陷进了长久的苦闷里，因为自那日离婚协议书事件之后，向辉便和她开启了冷战，这个时候的陈默觉得自己长期无所事事地待在家里简直就是一个废人。和女儿霓霓的关系虽然已经慢慢地融洽了起来，但是她敏感的心依然能感觉得出女儿霓霓在某一刻看见她时，眼神中所流露出来的那一丝不易察觉的胆怯与恐慌。

也许，真到了该离开的时候了。可是，她应该去哪里呢？世界那么大，哪里才是她容身的地方？她忽然想起了秦腔现代戏《祝福》中祥林嫂的几句唱词："天底下哪里是我的归宿？尘世上哪里是我的家乡？"娘家是无论如何都不能回去的了，回去的话，只会给年迈的父母平添更多的烦恼。小时候常听老人说，好死不如赖活着。那好，那就先收拾好自己的行李走出去看看。

这个时候，她忽然想起来，当初给她说媒的那位在县政府工作的表亲，也许能帮上自己一点小忙。于是，她赶紧拿出手机，在通讯录里找到这位表亲的电话号码，随即拨了出去。

"表舅，您好！我是小默。"

"哦，是小默啊！你好你好！"

"表舅……我的脸……"

当陈默在电话这头再一次叫出"表舅"的时候，两行晶莹的泪也瞬间从脸颊上滚落了下来。

"不要哭，小默，你的事情我听你妈说了，表舅我也不好意思问，你有什么需要我帮忙的就尽管说，啊？"

"表舅是这样的。我因为患病的原因，花光了家里所有的积蓄，不但病没有看好，也丢了幼儿园教师的工作。后来，我应聘了好几家单位，都因为我的相貌而被拒之门外，就连保洁的工作，都不要我……"

陈默又一次止不住地哭出了声。

"好了好了，小默，不要难过了，你是不是想出去打工啊？"

"是的表舅，我一个人在家里实在待不下去了，我不能整天坐吃山空啊。我虽然见不得人，但是我有手有脚啊。"

"我知道了，小默。你想找一份什么样的工作？我给你打听打听。"

"表舅，事已至此，我还有什么资格挑三拣四呢？只要是在咱县城里，人家不嫌弃我，能包吃包住，工资给多少都无所谓。"

"是这啊，那好，我知道了，我尽快给你打听一下，过两天给你回复。"

"那太好了，表舅，真是谢谢您了。"

"好了小默，跟表舅我还客气什么呀。不过你也不要太难过，人常说，天无绝人之路，日子还得一天一天地往前过。"

"是啊表舅，我等着您的回话。"

没过两天，表舅就给外甥女陈默联系了一家火锅店后厨配菜员的工作，并把这家火锅店地址、老板姓名和电话，全部发给了陈默。他还和陈默在电话里说，你的一些情况和要求我也和店老板说了，免得去了以后产生一些不必要的麻烦。还有，这位老板是我一位同事的儿子，我已经叮嘱过他要好好关照你。所以小默，你近期准备一下，就安心地去上班吧。

电话这边的陈默对电话那头的表舅又是一番道谢，依旧是泪水盈眶。

既然去处已经定好，那就只有不辞而别了。但愿向辉这辈子都不要找到自己。

当天晚上，陈默没有表现出任何的异常，依旧如往常一样给下班后的丈夫和放学后的女儿做好了晚饭，一家三口坐在饭桌前平静地吃完晚饭，女儿回房写作业，丈夫回房玩手机，陈默收拾餐桌、打扫卫生。

陈默收拾完整个屋子里的卫生，随后洗了个热水澡，然后换上一身干净的睡衣，走进了女儿霓霓的房间。霓霓已经做完了家庭作业，正在往书包里装书本、文具。看到妈妈进来，便说道：

"妈妈，我已经把作业写完了，正准备上床睡觉呢。"

"霓霓真乖！真是妈妈的乖乖女！今天晚上妈妈陪你睡可以吗？"

"为什么？"

陈默万万没有想到，女儿竟会冒出这样一句冷冷的话语反问她，陈默强忍着内心的酸楚，说道：

"霓霓，妈妈就陪你一晚上，一个晚上，可以吗？"

霓霓意识到了妈妈情绪有些低落，于是放好书包，慢慢走到妈妈的身旁，将头轻轻靠在妈妈的怀里，仰起那张粉嫩稚气的小脸，清脆地回道：

"好的，妈妈。"

陈默见女儿同意了，俯下身子，用下颌在女儿的发辫上轻轻地蹭了一下，然后拉起女儿的小手说道：

"走吧，妈妈今晚帮你洗个热水澡。"

于是，母女俩手拉着手走进了卫生间。伴随着一阵阵流水声，母女俩的说笑声此起彼伏地蔓延了出来。

晚上十点，母女俩已清清爽爽地躺进了被窝。女儿霓霓慢慢地将脸贴在了妈妈的胸前：

"妈妈，你可不可以再教我唱一次《雪绒花》呢？"

"当然可以了。"

女儿霓霓关于教唱《雪绒花》的提议再一次让陈默感动得落下泪来，她不知道是因为母女俩的心有灵犀，还是因为女儿已经觉察出了她今晚的别有用心，总之，女儿的请求使她感动万分。随即，那首《雪绒花》的轻柔旋律，在这间亮着灯光的小屋里飘荡开来。

唱着唱着，陈默听不到女儿的歌声了，随之而来的是女儿轻微的鼾声。陈默见状，立马止住了歌唱，扭身关掉了一旁的台灯，轻轻钻进了被窝。随即，又伸开双臂，将女儿柔软如花骨朵般的身体紧紧地搂进了自己的怀里，并将脸颊紧紧地贴在女儿散发着香味的秀发间，泪水簌簌而落。

她不想离开女儿，但是她又不得不离开女儿。她知道，她若在这个家里继续存在，只会使丈夫向辉的心理压力变得更为沉重，而周围人们投到他们一家三口身上那种嘲弄和鄙夷的眼神，也会给年幼的女儿的心理带来不可预测的后果。

想到明天一早，等到丈夫和女儿出门，自己就要拎着行李离家出走的场景，陈默又忍不住流下了伤心的泪水，她把怀里的女儿搂得更紧了，生怕一松手，女儿便会被这可怕的黑夜吞噬。

这天晚上，陈默无论怎样强迫自己不要胡思乱想，却始终难以入睡。经过一夜患得患失的内心煎熬，终于等到了天亮，她知道，不用照镜子，自己的眼睛已经肿成两个核桃了。

即使内心再怎么翻江倒海，陈默还是一如平日，准备好早餐，然后帮女儿戴上漂亮的帽子和围巾，微笑着目送女儿和丈夫离去。父女俩离开后，陈默随即匆忙收拾了餐桌上的碗筷，又匆忙整理好自己简单的行李，然后换上外套，戴上一个大大的棉口罩，裹上一条长长的厚围巾，最后将这间房屋大门的钥匙，连同一张写着"我走了，不要找我"的纸条，一起轻轻放在了客厅整洁的茶几上。

"哐当"一声，房屋红褐色的防盗门被陈默紧紧地关上了。当她拎起行李箱走下楼梯的时候，万万没有想到，自己竟然可以坚强到没有掉下一滴眼泪。

30

经过了两个小时的长途颠簸，陈默和桑好终于到达了她们即将蹲点体验生活的目的地——阳平县阳红镇。按照镇办领导的指示，司机将她们两人安排到了距离镇办不远的阳红镇招待所。

当晚，镇办主任一行三人，在阳红镇一家比较高档的餐厅里，为桑好和陈默设了晚宴。

晚餐结束，走出餐厅，夜色已弥漫了整个街道，只有街道两旁尚未打烊的门店里若隐若现的灯光还在为过往的行人照着脚下昏黄的路。两个女人很是随意地裹紧了大衣，慢慢悠悠地往回走。桑好先开口了：

"真没想到，偏远小镇的夜晚竟是如此安静而富有诗意。"

"是不是在你们作家的笔下，再怎么恶劣的环境都能开出绚丽的花来？"

"那是自然！如果一个人一旦陷入了困境或者低谷，连一点抗争的勇气都没有了，那么他注定只能拥有一个失败的人生。而我们这些搞艺术的人，就是要通过文艺作品给他们苦涩的生活以慰藉，给他们绝望的心灵以激励，给他们灰暗的世界以光明。"

"桑姐，您真不愧是大作家大编剧，说得真是太好了。我的心里也瞬间有了一种豁然开朗的感觉。可是桑姐，有些人一旦陷入了痛苦甚至是罪恶的深渊，即使他的内心再怎么苦苦挣扎与煎熬，再怎么渴望灵魂的救赎与美好的光明，他最终还是无法自拔以至于越陷越深，因为他总是一次又一次地被自己对于财富的贪婪以及对名利的追逐打败。"

"那只能说明这个人到目前为止还没有真正地活明白。因为他不知道一个人活在这个世上到底是为了什么，或者换一句话说，他根本就不知道一个人到底是为了什么而活着。"

"那么桑姐，您说人活着到底是为了什么?"

"我觉得一个人活着，首先是把自己的生活过好，然后再在自己力所能及的范围之内照顾好自己的亲人和朋友，然后再不断地丰富自己的学识与技能，在修炼好自己的品行之后去为这个社会做一些有意义的事情，这就够了。你说的那些活在自己贪念里的人，充其量只是俗人罢了。"

"可是桑姐，有些人连自己的小日子都过得一塌糊涂，要怎么去贡献社会?"

"小陆，我已经说得很明白了，在一个人没有任何能力关爱他人的情形下，那就做好一个良民，过好自己的小日子。当然我也不完全鄙视那些一味地追名逐利之人，只要他们是凭借着自己的才华通过正当手段获利，那自然也是无可非议的。"

"桑姐，这个社会上就是有一些人，通过不正当甚至是不道德的手段巧取豪夺，却依然在人前光鲜亮丽。"

"小陆，这种为富不仁的所谓的成功人士，他们的内心会永不得安宁，会永远遭到良心的谴责，有朝一日也会受到法律的制裁。"

陈默听到这里，不由得打了一个冷战。

"桑姐，时间不早了，咱们还是赶快回宾馆休息吧。"

"好的小陆，咱们明天一大早就去走访剧里叶绿青的原型，一位吃苦耐劳的农村党支部书记兼村长杨柳，我已经联系好了。"

"那的桑姐，我一定奉陪。"

"小陆，我一定要让你见识见识这位舍小家、爱大家，不计个人得失，一心一意为老百姓造福致富的农村女干部，和那些一心只知道物质享受与追名逐利之徒相比，她不知高尚多少倍。"

"好的桑姐，相信我们一定会大有收获。"

"我相信，我们的收获不光是来自艺术，一定还有来自心灵的。"

此时，月明星稀，乌鹊南飞，两个女人想着各自的心事，在一片如水的月色中，快步走进了阳红镇招待所。

31

第二天，天刚蒙蒙亮，陈默和桑妤便起了床，在阳红镇招待所简单地用了早餐，便各自背着挎包走出了招待所的大门，出车的依旧是昨天接她们的司机小陈。

初冬的天气已渐显寒冷，窗外一片雾蒙蒙，隔着车窗玻璃向外望去，只能看见马路两边一排排光秃的树干和近处已经冒出头来的一片片青绿的麦苗，偶尔还可以看见树枝上挂着的红彤彤的小柿子，仿佛是这个冷寂的冬天送给人间的一份温暖和炙热的希望。

车子一直是在盘山路上行驶，司机小陈说这个山叫嵯峨山。山体并不很高，山势并不险峻，山路并不崎岖，一个体魄健硕的人只需要三四个小时就可以登到顶峰。只是现在这个季节，山上没有好的风景，春天的时候，满山的油菜花、桃花、杏花和梨花，各种花的香气混在一起，使人沉醉。

听司机小陈这么一说，两个生性爱花的女人便兴奋了起来。桑妤说："看来我们来得不是时候。"

"也不是，其实你们选择这个时候来才是时候，因为你们要走访的那位女村长杨柳，只有在冬天不忙的时候，才能有空闲时间接待你们，春天一到，她可是为了村上的事一天到晚忙不停，哪有时间接受你们的采访啊！"

"也是也是。看来杨柳村长可真是一位一心一意为咱们老百姓谋福利的好干部啊。"

"是呀！你们看，就这山坡上整片整片的果树，都是村民们在她的号召和帮扶下，承包到户开垦出来的。不少贫困户都是靠着栽种果树发家致富的。"

经司机这么一说，陈默也对这位女村长充满了好奇。

不知不觉间，车子拐进了一个干净整洁的村庄里，几分钟后，在一座二层楼房前面停了下来，村长杨柳的家到了。两个女人各自拎起拎包下了车。

笑脸相迎的女村长杨柳，一如她们想象的那样，一袭短发配上一件米黄色羊毛衫和一条深蓝色牛仔裤，尽显女性的洒脱与干练。

原来，女村长竟还长得这般美！

陈默不禁在心里暗暗赞叹。

大家互相介绍，寒暄过后，司机小陈因事先回单位，等到下午再开车过来。于是，三个女人围坐在煮着香茗的茶几旁打开了话匣子。桑好先道：

"杨村长好！关于您的先进事迹我已在网络上和电视上看了好多遍，我以您为原型写了一部长篇小说《青山作证》。现在我准备把这部小说改编成剧本再拍成电影搬上银幕，让更多的读者和观众知道您、了解您，继而也让您这种无私奉献的大爱精神传遍四方，去感染和影响更多的人。"

杨柳在沏好了几杯茶水之后，笑笑说：

"大作家，其实我觉得自己做的这些事情都是再平凡不过的。当初要做的时候，并没有想着要给自己带来多大的名声和影响，就是觉得在农村，把自己的日子过好了，也要把周围贫困的乡亲们带动起来，让他们能过上富裕的生活，这样的话，我才感觉自己活得有价值、有意义。而且现在国家的政策又是这么好！所以大作家，小说你可以写，电影也可以拍，可千万千万不要说我是人物原型，因为我确确实实只是一个微不足道的小人物，只是做了一个普通村长应该做的事情而已。"

看着杨柳一副平和淡然的样子，两个女人互相对望了一眼，都不好意思地笑了。杨柳也跟着笑了笑，给桌上的空茶杯里续上了热水。

"这些年来，您为了村民们牺牲了那么多，也一定受了不少的委屈。"

陈默发现，桑妤的话刚一出口，刚才还面带微笑的杨柳，眼中瞬间涌出了泪花。

"心酸是有的。我家是全村最先买货运车的，农忙时帮村子里的人拉东西，农闲时我丈夫就开着货运车外出跑运输，挣了不少钱，但是村子里还有一些人的日子并不富裕，所以在村里换届时我就自告奋勇当上了队长。丈夫说，你一个女人家，不在家里洗衣做饭，扑着抢着在村子里抛头露面，到底图个啥？我说我啥也不图，就是想活出个人样！丈夫说我看你是好日子过腻了，想抽风呢，看你能把这个穷村子整出个啥样子来，我说就算你不支持我，也不要打击我。其实那个时候，我们的家庭矛盾就已经产生了，只是我还没有意识到……

"但是，我的骨子里有一种天生不服输的倔强，没多想，只是一心扑在了村子的建设上。当时，所有出村的路都是土路，晴天还好，一到下雨天，便满街泥泞，所以我就想着把村里所有的路先修成水泥路。可是资金从哪里来？大伙儿一筹莫展。于是我提出自筹资金。回家后和丈夫一说，他起先面带难色，后经我软磨硬泡再三恳求，他才点头同意捐出两万元。之后，我又在村口张贴了一份'修路捐款倡议书'，没想到，一个月内竟收到了十万元的捐款，还有些村民表示，他们家里穷没有钱捐，但是开工以后，可以来这里免费出工。于是，在全队社员的齐心努力之下，六条通往村外且与主干道交叉连接的柏油马路，仅在一年之内便竣工通车了。从这一点来说我还是很欣慰的，但是我和丈夫却发生了结婚以来的第一场战争。"

"为什么？"

桑妤不解地问道。

"因为他嫌我把太多的时间都花在村里的琐碎事情上，不光操心修路一事，还到处走访贫困户、孤寡老人和留守儿童，时常耽搁给放学回家的孩子做饭。有一次他竟然动手打了我，说我不是嫁给了他而是嫁给了这个穷村子。你们是不知道，我当时的心里有多么难受，因为就连我最亲的丈夫都这样对我，这样不理解我……"

杨柳说着潸然泪下。她急忙起身，在茶几上抽了几张纸巾擦了擦脸上的泪水。

"几年后我顺利当选为我们村的村长，可是我自己的小家却散了，丈夫和我离婚了。从此以后，我把自己的伤心事深深埋在心底，全身心地投入到现代化新农村的建设上，同时也争取到了县政府水利部门、民政局的政策支持与资金扶持，开始修水渠、种果树、精准帮扶贫困户、创办农村技能学校，鼓励村里的有志青年学得一技之长然后回馈社会。"

"杨村长，我也想问您一个您前夫曾问过的问题，希望您不要介意。"桑好接着说道。

"没什么，您尽管问。"

"我想知道，您这么不顾家地拼着命地做事，到底是为了什么?"

"为了什么? 这个问题也一直在困扰着我，你要让我回答得多么深刻，我确实达不到那个高度。我从小就在农村长大，高中毕业后没有考上大学，就又嫁到了农村。我的心中对农村对家乡充满了热爱。通过电视和网络，我深知我们国家近年来有了突飞猛进的发展，政府出台的农村惠民政策越来越多。当我看到村子里那些游手好闲的青年、上不起学的孩子和村外闲置了多年的荒山，就感觉特别的心痛。有时我在心里暗想，难道我就不能凭着自己的智慧为家乡的父老乡亲做一点有意义的事吗? 所以，我鼓起勇气，在队里毛遂自荐当队长，再者在农村生活这么多年，我也意识到了一点，那就是: 在农村，女人绝不能逆来顺受，一定要自强自立，只有这样才能活出尊严。"

"可是杨大姐，您因为大家而丢失了小家，您不觉得这是一件得不偿失的事情吗?"桑好再次发问。

"其实，有一段时间，我确实也因为和丈夫的矛盾而想着要放弃，可是我想了很久还是舍弃不了。我也曾试图说服丈夫，不求他的理解与支持，但求他能容忍和谅解我所做的一切，可是一切都是徒劳，这段婚姻已无法挽回，因为他已有了外遇。其实，人生在世，既然想着要做好一件事情，又何必在乎它到底值得不值得呢？"

听完杨柳的讲述，两个不远百里前来探秘的女人，此刻都沉默了。随即，两个女人的眼圈渐渐地湿润了。

两个小时的采访结束了。桑妤和陈默靠在沙发上小憩，而能干的杨柳只用了四十分钟的时间，就端上了几盘色香味俱全的农家小吃，三个女人围坐在茶几旁，愉悦地用完了午餐。餐后，杨柳很是利落地收拾了碗筷，笑道：

"你俩困了的话可以在这个屋里睡一会儿，我睡隔壁房间。下午有空的话，还可以四处走走。"

杨柳的话正好说到了两个女人的心里。于是，她们各自回屋休息。

三点时分，大家先后醒来，吃了一点水果后，桑妤和陈默便在女村长杨柳的陪同下，参观了村里的技术培训学校。之后，来到村外一条通往嵯峨山的田间小路旁。杨柳用手指了指远处山坡上成片成片光秃秃的果树，浅笑道：

"看，那片山坡上的果树就是村民们承包开垦的，如果你们夏季来的话，准保让你们尝个鲜，吃个饱。"

话音刚落，三个女人爽朗地笑了起来。

杨柳继续说道：

"其实在山坡上承包开垦果园是一件令大家比较开心的事情，但是最难的，是迁坟一事，有些村民扬言要对我动粗，不得已，请了派出所的人出面协调，才实施下去。等到果树结了果子卖了钱，村民比谁都高兴。"

"杨大姐真是受委屈了，为村民们操碎了心。"桑妤由衷地说道。

这个时候，女村长杨柳的电话铃声响了起来。杨柳接完电话后笑道：

"真不巧，我原本想陪着两位妹妹再走走看看的，可是村里打来电话说，有一对结婚十几年的夫妻吵架正闹着离婚呢，让我赶紧赶回去调解。唉！都老夫老妻了，还闹腾个啥?"

桑好忙说道:

"没事没事，杨大姐，那您就赶紧回去吧。我们两个人再随便走走看看，司机也已经联系好了，两个小时以后到这里接我们。"

"那好，姐就先忙去了，如果还有什么情况想要了解，姐随时欢迎。"

"好的大姐，您多保重!"

杨柳和桑好、陈默分别握了握手，转身离去。

32

女村长被一个电话叫了回去，只剩下桑好和陈默两个人，沿着崎岖不平的小路向着嵯峨山的山顶慢慢地走着。

"桑姐，当今社会，像杨柳这样的人真是不多见。"

"是不多见，但是这种人却是真真实实地存在着的。"

"在她面前，我有一种自惭形秽的感觉。"

"既然这样，那我们在努力把自己的本职工作做好之余，尽所能地多为这个社会做一点有意义的事情，岂不更好?"

"桑姐，我非常赞同您的观点。"

"其实小陆，到目前为止你还是做得很好的，既没有绯闻也不要大牌，演技好人品又好，是姐姐喜欢的那一类人。"

"谢谢桑姐的鼓励，我会把下一部影片中的叶绿青演得更好。"

"这一点姐完全相信。首先你有这方面的天赋，其次你还有不怕苦不服输的拼搏精神。就像刚才，我在采访杨柳的时候，你观察她一举一动时的眼神是那么的用心而专注。所以我想，这次的走访活动对于你对剧中人物的把控一定大有裨益。"

"那是一定的桑姐，多亏了您的鼎力相助，我才有了这次下乡之行。我还是得好好感谢一下桑姐您。"

"不用那么客气，小陆。其实演员、编剧和导演这三种职业的关系，本身就是相辅相成、相得益彰、互利共赢的。所以小陆，以后呀，那些感谢之类的话就不要再说了。而且，人与人之间有缘能在一起合作共事，本身就是要互相帮助彼此成全的，不是吗？"

"是的桑姐。听了您今天的一番话语，我真的要对您顶礼膜拜了。桑姐，您真了不起！"

"呵呵！能听到'大明星'的美誉之词，我桑好今天可真是受宠若惊了。好了好了，小陆，今后咱们俩呀，再别这么互相吹捧了。"

两个女人对望了一眼，微微一笑，继续前行。

嵯峨山看似很矮，但是要想爬到山顶，却不是那么容易的事。桑好和陈默走了好久，才走到了半山腰，而此时她们都已觉出腿脚的酸痛，都有点体力不支了，看来今天下午想要体验一下"会当凌绝顶，一览众山小"的感觉是难以实现了。于是，两个人不约而同地停下了脚步，对望一眼，掉转了身子往回走。

此时，冬日的太阳就像是一个红红的小柿子，腼腆而又羞涩地依偎在峭拔的山尖，慢慢地西斜。这般静谧而温情的时光，也进一步拉近了两个女人的心灵距离，增进了她们的感情。

"小陆，姐还是忍不住想要关心你一下。你和韩导的地下恋情也有好几年了吧，不知道何日才能修成正果？"

陈默不好意思地笑笑说道："您让我怎么说呢？桑姐，虽然我们目前处得很好，也还算恩爱有加，可是娱乐圈的爱情又能存活几年呢？某某今天是谁谁的新欢，没过几天谁谁又成了某某的旧爱，移情别恋真是比翻书还快。尤其是作为导演的韩沙，面对的诱惑与陷阱就更多了，有那么多想要一夜成名的既年轻又漂亮的女演员们，对他虎视眈眈着。所以我……还是心有余悸的。"

"小陆，你的担心姐能理解。可是如果人人都像你这样，无论什么事情，还没有去做就因为预测了它不好的结果望而却步，那么这个社会是不是就停滞不前了？听姐一句劝，有些事情你一旦认准了方向，就要义无反顾地走下去，就像我们刚刚采访过的杨柳那样，即使到了最后，自己被伤得遍体鳞伤，却绝不后悔，反而活出了自身的光彩与生命的意义。更何况，哪一个女人不想在自己最美的年华里嫁给她最深爱的男子呢？"

桑好一番苦口婆心的劝说，让陈默面露愧色。因为只有她自己知道，以她的真实身份和复杂的背景，很难与韩沙有一个光明的未来。于是，她惭愧地低下了头，极不自然地搪塞道：

"谢谢桑姐的开导，等这一次韩沙从北京回来以后，我就和他开诚布公地谈谈。"

"那就好小陆。和我打过交道的导演也不少，我觉得韩沙还算是一个不错的导演，尤其在男女关系方面还是比较专一的。所以，'花开堪折直须折，莫待无花空折枝'。好了小陆，咱们打道回府吧。小陈的车已经停在那边的路口了。"

陈默抬头望去，早晨送她们的那辆小车果真已经安安稳稳地停在了远处的山道口，便向桑好微笑着说道：

"好嘞！桑姐，我真庆幸这次能和您一起下乡采风，仅今天第一天出门，我就收获颇丰，听您说话真是令人茅塞顿开。姐，晚上没事的话，我还会去您的房间里和您谈心唠嗑的，欢迎吗？"

"当然欢迎了！我哪敢怠慢呀，我的陆梦婕女士！"

几声朗笑之后，两个女人快步向着停在山脚下的小车走去。

33

晚上八点钟，桑妤和陈默在阳红镇招待所吃过晚饭，回到了各自的房间，桑妤写着自己的剧本，陈默想着自己的心事。

陈默并没有忘记下午在嵯峨山上，自己曾和桑妤说的晚上去她房间聊天一事，但是现在的她实在太累了，加之女村长杨柳的感人事迹，给她带来的震撼实在是太大了，她需要时间来消化情绪。她甚至自负地认为，通过今天对女村长杨柳的观察与了解，她有绝对的把握演好剧中女一号叶绿青。可是，为什么那个叫杨柳的女人可以那般任性地活出一个大写的人？为什么这个叫陈默的女人却只能如此卑微地活成一只在黑夜里出没、永见不了光的老鼠？为什么？

一想到自己的真实身份与当下虚假的面具，陈默不禁悲从中来。

她静静地躺在床上，再一次陷入了对自己不堪往事的苦涩回忆中。

时至今日，她还记得，那个冬天的早晨，在送走上班的丈夫向辉和上学的女儿霓霓之后，她拎着自己简单的行李箱，按照表舅给的那家火锅店的地址，急匆匆赶到了火锅店，并见到了店里那位姓胡的老板。

好在她赶到的时候还没有到吃饭的时间，店里的顾客并不是很多，等到她自我介绍之后，胡老板热情地接待了她，不但领着她把火锅店的里里外外、前台后厨看了一遍，还把店里其他几位正在忙碌的员工与她互相介绍了一下，之后，把她领上了二楼靠墙角一间虽然简陋却非常干净的小房间，告诉她说：

"你以后就住这里吧，吃饭是和大伙一起在店里吃工作餐。吃住都是免费的。当然你如果想去外边吃，那我们店里可就不管了。还有，你的情况你表舅给我大概说了一下，你就先在我这里干着吧，工资不高，吃住费用减掉，每月三千块钱，一个月休两天假。"

听老板这么一说，陈默不禁在心里暗自欢喜：像我这样的人、这样的处境，能有一个安身之地就已经谢天谢地了，何况房间的床上连被褥枕头都已准备妥当，我一个离家出走的女人还奢望什么呢？于是，陈默赶紧向胡老板鞠了一个躬，说道：

"谢谢胡老板，我会好好干活的。"

"那好小陈，你先休息一会儿，熟悉一下周围的环境。等中午吃完饭后，你就去后厨开始干活吧，会有人安排的。"

陈默再一次点头致谢，胡老板说完后转身离去。陈默关好房门，摘掉厚厚的口罩，又脱掉身上的外套，长长地松了一口气。坐在床边小憩了一会儿，便又起身打开了行李箱，把装在箱里的日常用品一一摆放出来。好在这个房间还带有一个小卫生间，看来这里还是可以洗热水澡的，陈默不觉在心里更加感激起那位热心的表舅来。

这个位于城北的火锅店与位于城南的家的距离很远，看来丈夫向辉要想找到自己绝非一件容易的事。一想到这些，陈默在这家火锅店里安营扎寨的决心就更加坚定了。

"笑话！向辉怎么可能找我呢？绝不会的！他巴不得我离他而去，他巴不得我隐入尘烟。"

等到陈默利索地收拾好了屋子，她的手机提示有短信，打开一看，是胡老板让她下楼吃饭的信息。她立马回复：知道了，马上来。

陈默随即穿上外套，把手机和钥匙装进衣兜，又拿起桌上厚厚的口罩戴在脸上，然后带上了房门，匆匆下楼。

来到楼下，胡老板笑脸相迎。

"小陈，走，咱们先去后边的员工餐厅，跟大伙儿一起吃饭，等到店里一会儿忙开了，你就在后厨给她们打打下手吧。"

"好的，胡老板。"

等到胡老板领着陈默来到员工餐厅，已经有几个身着红色工装的女孩子围桌而坐，桌上也已摆上了五六盘冒着热气、飘着香气的各式炒菜和一大盆白花花的大米饭。

两个人落座以后，胡老板率先端起了茶杯说道：

"我给大家介绍一下，这位是咱们店里新来的员工陈默，你们几个以后就叫她陈姐吧，其实刚才你们都已经见过了。咱们今天就以茶代酒，欢迎一下新员工。"

几位小女孩很是机灵，纷纷端起茶杯和胡老板碰杯。陈默也缓缓站了起来，端起茶杯，低声说道：

"谢谢大伙儿这么热情。谢谢！"

等到大家落座以后，胡老板再次发话：

"那好，我们现在就开吃了，一会儿吃完饭后，顾客一来你们可就要忙活了。"

听到胡老板发了开饭的号令，大伙儿也不拘谨，开始大快朵颐起来。

哪知坐在一旁的陈默一动不动，就连捂在脸上的口罩也没有摘下来。大伙儿正诧异着，陈默突然站了起来，向胡老板说道：

"不好意思胡老板，我想盛点菜和饭，回自己的房间里吃。因为……胡老板……我……"

见此情景，聪明的胡老板随即笑道：

"当然可以，当然可以。小宁，快去拿几个包装盒来，趁饭菜还没怎么动，赶紧给陈姐打个包。还有以后啊，记着给陈姐打包饭菜带回宿舍吃。"

"好嘞！"

很快，那位名唤小宁的女孩帮陈默将桌上的各种菜肴挑拣着装满了两个盒子，然后装进了一个袋子，很是礼貌地递到了陈默的手里。

陈默接过装着饭菜的塑料袋，向小宁投去感激的目光，然后如同一只惊慌失措的老鼠一样仓皇逃离。

34

陈默所在的火锅店规模并不算小。一楼大厅整整齐齐地摆放着二十多张餐桌，上到二楼后，还有十几间装修考究的豪华包间。非但如此，不知是哪一位高人给火锅店取了一个非常燃情且诗意的店名——十里飘香，而这个火锅店的生意一如它吉祥的店名一样红红火火。

陈默记得，诗人席慕蓉曾用"七里香"三个字作为她一部诗集的名字。这常常使骨子里充满文艺气息的陈默，在许多个辗转难眠的深夜里，情不自禁地回想起那本诗集中一段非常凄美且动人的诗句：

> 匍匐于泥泞之间
> 我含泪问你
> 一生中到底能有几次的相遇
> 想但丁初见贝德丽采
> 并不知道她从此是他诗中
> 千年的话题，也并不知道
> 从此只能遥遥相望
> 隔着地域
> 也隔着天堂

今夜，离家一个月的陈默躺在被窝里，又开始反复默诵《七里香》中的这段诗句时，每念一次都会心如刀绞。因为她想家了，她想幼小的女儿霓霓和丈夫向辉了。陈默翻了一个身，将自己身上的被子裹得更紧些。她一会儿想到了自己体弱多病的母亲，一会儿又想到了年迈苍老的婆婆，喉咙里像是被骨头卡住了般难受，但是她无能为力。目前的她能管好自己，不给亲人们添任何的麻烦，就是对他们最大的回报了。她想象不出来，当丈夫向辉回到家里，看到她留在茶几上的纸条和钥匙，会有一种什么样的反应，会是一种什么样的心情。也许，他开始还会有一点点吃惊，但是时间久了，可能就会慢慢地适应下来，适应没有她这个丑八怪老婆的日子。那么霓霓呢？她应该不会再被同学背地里讥笑了吧？她应该再也不会因为家里有一个丑陋的妈妈而感到委屈难过了吧？可是，可是，放学回家后的饭菜谁给她做呀？身上的衣服穿脏了谁给她洗呀？晚上睡觉的时候一不小心蹬开了被子谁帮她盖呀？还有，这么久找不到自己的丑妈妈，她会不会伤心地哭泣？毕竟，妈妈再丑也是妈妈，如今，她已经成了一个没有妈妈的孩子，一个没有妈妈呵护的孩子行走在尘世上显得是那样的形单影只。可是，她又能怎么做呢？是生活凶狠的浪头将她无情地卷到了黑暗的深渊，使得她不得不走上了这样的道路。

好在这家火锅店的老板和员工都对她非常友好。尽管她整天只待在后厨的操作间里，但从进店门的那一刻起，她就给自己的脸上捂一个厚厚的大口罩，即使脸上冒出了汗，她也绝不会摘下口罩透个气，所以时至今日，没有一个员工见过她真正的面貌。时间一长，大伙儿不禁在私底下议论：

"这个陈姐可真够神秘的。"

"就是的，从不摘下口罩，也从不和大伙儿多说一句话。"

"也许是遇到了什么过不去的坎儿吧。"

"可能是遭遇家暴，被赶出了家门吧。"

空闲的时候，大伙儿就这样聚在一起，你一言我一语地小声嘀咕着。还是胡老板仗义，他踱步来到大伙儿的中间低声说道：

"别一天到晚胡乱八卦，每个人都有自己难言的苦衷。赶快散了，各忙各的去吧。还有，以后多照顾照顾陈姐。"

年轻的服务员们小声应答着四散离开。当然，这个场景与对话陈默是永远也不可能知道的。但是，她却从每一个员工对她的话语和态度里，感受到了友好与善意，这给她单调孤寂的生活平添了一份久违的慰藉。原来，萍水相逢的打工人遇到一起，也还能有如此简单而平凡的暖意。

两个月的打工时光如流水般匆匆而去。转眼间，时间就来到了腊月二十三，店里一派张灯结彩的节日景象，员工们更是喜上眉梢，大都利用自己的换休时间，将采买好的各种年货，大包小包、大箱小箱地往回运，离家远的人也已经在网上买好了回家的车票。然而，陈默依旧像一只陀螺一样，整日独自运转在原地，仿佛周围一切的喧闹、欢腾和喜气都与她毫不相干，直到有一天，陈默正坐在二楼小屋的床上默默发呆时，听到了服务生小宁脆生生的喊声：

"陈姐，有人找您，已经上楼了。"

陈默迟疑了一下，快速站起了身，满目凄然地走到门口，轻轻打开了房门。待她看清楚门口站着的两个来人，惊得目瞪口呆。

35

来找陈默的不是别人，正是曾和她冷战的丈夫向辉和自己牵肠挂肚的女儿霓霓。向辉把女儿拉进屋子之后便迅速关上了房门。

望着眼前的场景，陈默的心仿佛被刀割一般疼痛。因为，站在她面前的父女俩灰头土脸，穿着邋里邋遢，陈默的眼泪哗地一下涌出了眼眶。此时此刻，她一句话也说不出来，只是颤抖着转过身去，伏在自己的床上失声痛哭。

"陈默，你好狠心，你让我们好找啊！"丈夫向辉极力克制着自己悲伤的情绪，说了一句饱含辛酸与埋怨的话。此刻的霓霓，流着泪，很是懂事地走到了妈妈的身旁，用自己的两只小手拉住了妈妈的大手，奶声奶气地说道：

"妈妈，跟我们回家吧，跟我们回家吧，我要妈妈！我要妈妈！"

霓霓一边轻轻摇着妈妈的胳膊，一边大声地动情地哭诉着。即使再铁石心肠，也不会无动于衷，母爱如汹涌的山洪般在陈默的身体里泛滥开来，她急转过身，将自己日思夜想的女儿霓霓一把搂进了怀里，一任母女之间的浓浓情谊在这间简陋的小屋里漫溢、激荡、回旋。

"小默，不要再怄气了，跟我回家吧，年关了，爸妈还等着你回去做年夜饭呢。我……我不会再惹你生气了。"向辉说罢，一脸虔诚地等待着陈默的回应。这个时候的陈默已经止住了悲伤，她松开了怀里的女儿，望向眼前的男人。

"向辉，这段时间里，我考虑了很久，也冷静了许多。你还是……还是让我一个人就这样……就这样孤独终老吧。再说了，我已经习惯了一个人的生活。"

"小默，你真的这么狠心吗？就算你不心疼我，也该心疼一下咱们的女儿霓霓……"

陈默听得出来，向辉越来越低的嗓音中已带着压抑了许久的哭腔。但是她依然不为所动：

"向辉，就算我这次跟你回去，时间一长，我们之间还是会因为这个无法更改的问题而继续争吵、冷战、闹矛盾……至于霓霓，我想，等她长大后，会理解她妈妈的苦衷的。所以向辉，你还是放过我吧，就让我安静过完我的后半生吧。"

话虽如此，可陈默的眼眶早已泛红，她强撑着才没让眼泪流下来。

看着离家出走的妻子没有一点回家的意愿，向辉"扑通"一声，跪倒在了陈默的面前：

"小默，就算我求你了，求求你跟我回家吧。上天把你给了我，这就是我的命，我认了，我以后会好好待你的，真的。快，霓霓，求求你妈妈，让她跟我们一起回家！"

霓霓多聪明呀，瞅瞅一脸窘相的爸爸，再瞅瞅一脸愁容的妈妈，再一次用自己的双手抓住了妈妈的手使劲地摇晃着：

"妈妈，妈妈，跟我和爸爸回家吧，我再也不惹你生气了，再也不会让你不开心了。妈妈，爸爸为了找你，连工作都没了。"

女儿霓霓的话戳中了陈默心底最柔软的地方。她没想到，丈夫向辉为了找她竟然连工作都没了，那么他在她离家出走之后所受的磨难与心酸便可想而知了。瞬间，她自认为坚不可摧的抗拒心理渐渐瓦解。

向辉感觉出了妻子内心此刻的挣扎，急忙站起身，双手抓住陈默的双肩，温柔地说道：

"小默，我们回家吧。只有你回去了，我们的家才算是一个真正的家。"

小羊羔一般温顺的霓霓，把自己的头使劲蹭进母亲柔软的腋窝下，娇声娇气地说道：

"妈妈，我还想跟你一起合唱《雪绒花》呢。"

陈默还能说什么呢？她还能找出什么样冠冕堂皇的理由来拒绝这份来自亲人的苦涩而盛情的邀约呢？于是，她用满含泪花的双眼直视着向辉，说道：

"好！向辉，我答应跟你回家。但是，我不希望我们以后再为这个老生常谈的问题而产生矛盾。如果还是那样的话，我可能连活下去的勇气都没有了。"

"我答应你小默，我都答应你。霓霓，你妈妈答应跟我们一起回家啦！"

就这样，陈默在第一次离家出走之后，在即将到来的春节之前，跟随满面风尘的丈夫和女儿回到了那个属于她的家里。

36

时间过得飞快，转眼间，桑妤和陈默在阳红镇已待了将近一个月，而春节急促的脚步也在一天天逼近，两个女人都有点待不住了，而此时桑妤潜心创作的电影文学剧本也即将完工。陈默在桑妤闭门创作的时候，也会安排好自己的日程：要么一个人待在房子里读小说《青山作证》，要么独自一人到郊外、田野或者村庄里走一走，看一看，偶尔也会与田地里挖红薯、挖萝卜的大叔大婶们唠唠嗑，聊点庄稼收成、家长里短之类的话题。

虽然陈默从小生长在农村，但自从她懂事起，就一直在学校里读书，只有偶尔在寒暑假下地干活时，才体会到父母亲作为农民的辛苦。而这次，当她以一位电影演员的身份走进农村体验生活，尤其是在女村长杨柳向她讲述了发生在农村的种种事情之后，她才真真切切地感受到了农民生活的艰辛与不易，也更加能理解作为女村长的杨柳之所以能如此果敢地俯下身子舍弃小家之乐只为大家谋幸福的深层原因。

然而，每当凄冷的夜晚夹带着呼呼的北风不期而至的时候，她的内心还是会时不时地闪过陆梦婕的名字。是的，那个陆梦婕，那个被她莫名其妙替代了的陆梦婕，她在哪里？自己怎么可以这么明目张胆、大张旗鼓地将陆梦婕这个人物心安理得地扮演下去？然而，她内心也为自己因祸得福做了电影演员这一职业而暗自庆幸，因为如此，才可以在戏外把陆梦婕这一人物扮演得滴水不漏。可真的就滴水不漏吗？这个时候，她想起了半年前在永安县拍电影的时候，跟她同住一个房间的周晓璇，向她透露一些来自江依琳的怀疑；想起了这次来阳红镇的前夜，江依琳和她在电话里说韩沙要踢她出局的忧虑；还有，周晓璇曾不止一次地说起杨旭的死因不明值得怀疑。这一切，绝不会只是空穴来风吧？这一切，和她陈默替代陆梦婕一事到底有多大的关联呢？如果真有千丝万缕的关联，那她陈默将来可真的就万劫不复了。

如此这般想着，陈默日渐升腾起来的膨胀欲望便在瞬间消失了，如同一条已经修炼千年的蛇精在一夜之间被打回了原形，她惊恐万状，她万般沮丧。

这个时候，一个短信铃声打断了她的思绪。她急忙打开一看，短信来自康成医生，短信内容大致为：

> 小陆好！你去乡镇那边大概已一月有余，不知身体状况怎么样？带去的药物应该够用吧？只是北部乡村的冬天，气候寒冷，黄沙漫飞，对皮肤的伤害还是蛮大的。你出门的时候一定要穿暖和一点，可千万要记着戴好围巾、口罩和手套。睡前洗脸，也一定不要怕麻烦。节前回来以后，请一定要来我这里，再给你做一次全面理疗。康成问好！

陈默读完短信后，不知怎的，竟有一种想要落泪的感觉。那个叫康成的整容医生，远在汉阳，整天接待患者，却还要在百忙之中挤出时间，给她发来这么一个满是关切、满是牵挂的暖心短信，真是令她感动万分。原来，在这个世上，除了韩沙，还有一个叫康成的男人在关心着她。

每晚十点钟左右，远在北京的韩沙都会雷打不动地给她发来微信语音，韩沙除了和陈默说一点工作进展的情况外，还会在电话那端放低了声音，说一些让陈默脸红心跳的软语。如若陈默久久不应，那边的韩沙便进一步挑逗：

"怎么了，都老夫老妻了，还有啥害羞的？"

一听这话，陈默更是一脸绯红。好在是手机通话，谁也看不到谁的表情。这个时候，韩沙便说道：

"小默，我想看看你的脸，想看看你现在的样子，我们开启视频通话好吗?"

还没等陈默回复,韩沙便挂断了微信语音,即刻向陈默发起了视频通话。这个时候的陈默更窘了,她不想让韩沙看到她在屋里蓬头垢面的样子,更不想让韩沙看到她卸妆以后憔悴不堪的面容。所以,在韩沙的视频通话铃声响了十几下之后,她依然没有接通。

身处热恋之中的女人,真是奇怪而复杂,总是口是心非、言不由衷。

那边的韩沙觉出了自己的无趣,便在微信对话框里给陈默发来了信息:

> 好了好了,我知道你累了,就不再打扰你了。西北农村,条件真的很苦,你这次能义无反顾地去体验生活,真的让我刮目相看,但愿你和桑妤两人都能有所收获。另外,我可能再过几天就回汉阳了,你们什么时候返城?顺便代我向桑妤问好!想你的韩沙。

韩沙的短信如一股暖流,瞬间流遍了陈默所有的血管。于是,陈默很是兴奋地给韩沙回复了她和桑妤返城的具体时间,又将韩沙的短信反反复复地默读着,并在心里一遍又一遍地轻声呼唤着:

"心中的他,快归来吧!心中的他,快归来吧!"

没过一会儿,陈默便在默读韩沙短信的喜悦与幸福之中沉沉睡去。

37

陈默与桑妤在阳红镇为期一个多月的基层体验生活即将结束,镇办领导极其热情地说晚上给她俩安排一个简单的晚宴饯行。桑妤婉拒道:

"谢谢书记和大家的盛情邀请,我们俩还想利用最后一天的时间,把周围没有转到的地方再转一转，把没有品尝到的小吃再品尝品尝，所以真的不用麻烦了。"

书记听后，微笑着说："那也行，既然这样，就请二位美女在这里好好地逛上一逛，我就不作陪了。还有，明天的车我已经安排好了，司机还是小陈。"书记说完后，便和两个女人依次握手道别。之后，桑妤和陈默便轻松地走出了乡政府的大门，来到了行人熙攘的街上，而此时的街头巷尾，已经有了浓郁的节日气氛。陈默挽上桑妤的胳膊，像一个撒娇的小妹妹一样，对桑妤说道：

"还是姐行！走，咱们去最繁华的街道上溜达溜达。"

哪知桑妤却一脸严肃地说道：

"还是你一个人去溜达吧。你大姐我还要回宾馆，赶在明早返程前，给电影剧本画上最后一个圆满的句号呢！"

"姐姐真是业精于勤啊！可您刚才不是说想要逛街吗？"

"我刚才在书记面前是故意那样说的，要不然的话，他非得给咱们安排晚宴不可。已经够麻烦人家的了，客走主安。"

"也是啊，还是姐姐想得周到。那好，我就一个人悠哉悠哉去了。"

"好的，我可就不奉陪了，明早见。"

"大编剧请自便。"

"去哪里呢？到底该去哪里呢？"虽然刚才叫着嚷着要桑妤和她一起逛街，可是当她可以自由自在无拘无束地活动的时候，她的心里却是一阵阵的茫然。从她内心来说，她什么也不想买，哪里都不想逛，只是想着在回程前，再拉着桑妤大姐一块儿溜达溜达，说说心里话，没想到桑妤竟是个拼命三娘，无论如何也要在临走前把电影剧本搞定，难怪桑妤年纪轻轻竟能有如此建树，真是令陈默心生敬意。

这个时候，天空纷纷扬扬地飘起了雪花，雪下得并不是太大太急，而是舒缓的、悠闲的、打着旋儿慢慢飘落下来。陈默情不自禁地伸出双手接起了雪花。

正沉醉于眼前的景象，陈默猛一抬头，看见马路对面一个花店的门口，摆放着一簇簇鲜艳的玫瑰，玫瑰的花瓣上被一片片洁白的雪花轻轻覆盖着，玫瑰的红与雪花的白交相辉映，简直就是一幅美妙无比的油画！陈默不觉向着对面的花店慢慢地走了过去。

就在她刚走到花店的门口，在那一簇簇漂亮玫瑰花旁边缓缓蹲下身子轻嗅花香的时候，忽然，从她的身后传来了浑厚的男中音：

"请问美女，那个玫瑰花怎么卖呀？"

陈默慢慢地扭过头，循声望去，只见在距离她三米之处，停着一辆黑色高级轿车，透过降下的车窗，陈默看到了那张熟悉的英俊且喜悦的脸。

"韩沙！真的是你！"

韩沙看见陈默，也是一脸惊喜，急忙下车，快步走到陈默面前，攥住了她的一只手：

"这么巧，竟然在这儿遇见了你！我是专门来接你们返城的。"

"是吗？"

"当然了。今天中午刚下的飞机，便马不停蹄地赶来了。"

"你怎么不提前告知我一声？"

"让你提前知道有什么意思，就是想给你一个惊喜。"

"这个惊喜太大了，我都有点把控不住自己的情绪了。"

陈默说着，竟止不住地抹起了眼泪。

韩沙见状，径直走进了花店，没过几分钟又走了出来，抱起身旁的一束玫瑰花，递到了陈默的手里。陈默接过花后把脸颊贴在了落有雪花的花瓣上甜甜地笑着。韩沙满脸柔情地说道：

"亲爱的小默，请接受我最为真挚的发自心底的歉意，小默，委屈你了。"

"沙，看到你，一切的苦都不算苦。"

"好了好了，赶紧上车吧。你看，雪是越下越大了。"

旋即，韩沙拥着陈默上了车。

"我说过小默，只要我回到汉阳，我一定会在第一时间奔赴到你的身边。"

"沙，真是难为你了。"

"咱们俩还客气个啥！说吧，现在想去哪里？距离晚饭的时间还早着呢。"

陈默将整个身子重重地靠在了车座的靠背上，看看窗外鹅毛般的雪花，又看看人群稀少，越来越冷清的街道，问道：

"你以前来过这里吗？"

"没有。"

"距离阳红镇十几里处有一嵯峨山。前一阵为了体验生活，我和桑好姐去了好几次，现在下雪了，我想那里的雪景一定很美。"

"既然我的小默想去嵯峨山赏雪，我当然愿意驱车奉陪，遂了你的心愿。"

说罢，韩沙一脚油门，车子便稳稳地驶出了阳红镇街道，向着城外那座已经落满了雪花的嵯峨山疾驰而去。

38

就在这个寒风萧萧雪花飘飘的黄昏，一对久别重逢的恋人，驱车十几里，来到了久负盛名的嵯峨山脚下。在车里，他们聊着温情的话题，任久别的相思之苦与重逢的喜悦之情在温暖的车厢里肆意地氤氲。

"小默，你说你已经来这里好几次了，是吗？"

"是啊，为了能演好下部剧的女主，我和桑姐把女主的原型，那位叫杨柳的女村长采访了好几次，她家就住在这附近。"

"哦，是吗？那你们可是精神可嘉啊！不知你对窗外的这座嵯峨山可有了解？"

"嵯峨山？哦，我们只把精力放在了英雄人物身上，偶尔来这里欣赏一下风景，没怎么关注这座山，看来韩导对这里并不陌生啊。"

"我也只是略知一二罢了。"

"请赐教！"

"嵯峨山，乃关中之名山也。山不算高，峰不算峻，游人极易攀登。五条主要山梁向东北方向延伸，形成以东北坡为主的扇形地貌；五峰为五条山梁的最高点，峰的南坡陡峭，势如刀劈斧砍。登顶嵯峨山南眺，泾渭分明，关中平原尽收眼底。"

"哈哈！韩导不愧是韩导，不仅对这嵯峨山的山貌如此了然于胸，就连讲述的文辞都如此华美。"

"好了好了，你先别夸我了，你往窗外看，远处那模模糊糊此起彼伏的山形就是最高处的五峰，虽不险峻却也壮美。"

于是，陈默将自己的目光投向了玻璃窗外的更远处。果然，隔着迷离的雪雾，她看到蜿蜒曲折的山峦像一条白色的巨龙一样静静横卧于苍茫的雪天之下，那般肃穆庄严且巍峨壮观。

"哇，真是太美了！沙，真是太美了！"

陈默越说越激动，越说越来劲，竟轻轻摇下了身边的玻璃窗，并将自己的脸伸向了窗外，一任飞舞的雪花撒落在她的脸上、脖颈间、发间，一任清新的气息浸入她的肺腑、她的血脉、她的神经。

"啊！这里的雪景真的是太美太美了，沙，我真想大声喊出来，让全世界的人都听到啊！"

"我的大小姐，你还是安静一点的好，别再发神经了。其实嵯峨山真正吸引人的地方在于深厚的历史文化积淀。前人曾有诗曰：'终南之北太华东，千仞嵯峨峙其中。峦突峰兀丘壑壮，山明水秀民物雄。'"

车子依旧在铺满雪花的山道上缓缓前行着，开车的人依旧在车里滔滔不绝地讲述着：

"鬼谷子就曾隐于此地传授兵法。相传老子亦曾在这里有个讲经处，大家只知道楼观台是老子的根据地，却不知道另一个根据地就是这座嵯峨山了。不光这些，还有许多诸如跑马梁、桃花井、青龙洞等地方流传着许多美丽而神秘的传说。所以，这座山里的宝藏可是取之不尽用之不竭的。"

"你不仅是位大导演，还是位地理专家啊。那你以后拍《青山作证》这部剧的时候，会不会把这座嵯峨山当作一个重要的、必不可少的画面背景通过荧屏重点呈现呢？"

"那是当然了，我要通过拍《青山作证》，不仅让国人看到我们西北地区的人是多么的勇敢，还要让全国观众看到我们西北地区的风光是多么的迷人。"

"相信以您的胆识和魄力，一定会达成所愿。"

说这话时，陈默用含情脉脉的眼神望向韩沙，而韩沙也同样回赠了陈默一句温情的话语：

"小默，看来你这次的基层生活体验，不仅磨炼了你的意志，而且还增长了不少的见识，真是收获颇丰啊！只是这段时间，我太想你了。"

韩沙说着，将车子停在了山路一旁的空地上，情不自禁地将陈默拉进了自己的怀里轻吻。

就在这美妙的时刻，车子里播放的那首《雪落下的声音》，又是多么应景。

> 轻轻落在我掌心
> 静静在掌中结冰
> 相逢是前世注定
> 痛并把快乐尝尽
> ……
> 我慢慢地听雪落下的声音
> 闭着眼睛幻想它不会停
> 你没办法靠近
> 决不是太薄情
> 只是贪恋窗外好风景
> 我慢慢地品雪落下的声音

仿佛是你贴着我叫卿卿
睁开了眼睛 漫天的雪无情
谁来赔这一生好光景
……

长久沉浸在幸福时光里的陈默，一边享受着爱人缠绵而热烈的拥吻，一边倾听着音箱里播放的那首轻盈而又深情的歌曲，不禁泪如雨下。

一阵长久而热烈的拥吻过后，两个人的情绪都慢慢地平复了下来。韩沙发动车子准备回程，陈默则将自己有些倦怠的头，紧紧靠在了座椅的靠背上，将一双迷离的眼神投向窗外。

恍恍惚惚间，陈默仿佛看到了一个穿着大红色风衣的小女孩，唱着那首熟悉的《雪绒花》，在漫天飞舞的雪中慢慢地行进着。那个稚嫩而略带忧伤的声音，似乎已经穿越了近旁美丽的山峦，穿越了山峦上皑皑的积雪，穿越了积雪中刺骨的严寒，向着她几近麻木的心底轻轻地飘来……

陈默心如刀绞，此时此刻的她，对于远在家乡的女儿霓霓的思念之情几近破防，但是她心里很清楚，她必须控制住自己的情绪，尤其是在韩沙的面前。于是，她从大衣口袋里掏出了一个厚厚的棉布口罩，捂在了自己淌着泪水的脸上。

39

等到韩沙开着车，载着陈默回到阳红镇招待所的时候，天色已经完全黑了下来。

两个人下车后，陈默很是随意地挎上了韩沙的胳膊，微笑着说道：

"走！我带你去马路对面，吃这里最地道的羊肉泡馍。吃过吗？关中最好吃的美食之一。"

"当然吃过了。我在汉阳打拼了这么多年，犄角旮旯里的美食，就没有我没尝过的。"

"大导演，您还别说，这家的羊肉泡馍确实跟别处的不一样，今晚就请您吃个够。"

"那好啊！只是……咱们要不要把桑好大姐也邀请过来一起享用啊？"

陈默听罢，扭头朝对面招待所的楼上看了看，说道：

"还是别打扰她了吧。我下午约她逛街她都没同意，还说今晚要熬夜，要在离开阳红之前，给《青山作证》的剧本画上一个完美的句号。"

"看来这个桑好还真是个拼命三娘。那好吧，就咱俩。"

于是，陈默和韩沙两个人亲密地依偎着，走进了路边一家亮着灯光的泡馍馆。

一阵风卷残云之后，两个人的身体渐渐暖和了起来。用完餐后，两人手拉着手走出了餐馆，穿过了落满积雪的马路，快步回到了陈默的房间。

可想而知，这一次的阳红会面，该有一场怎样激情大战，只是等到他们俩都精疲力竭地仰躺在松软的床上微微喘息的时候，陈默竟忽然号啕大哭起来，韩沙顿时一头雾水。

"怎么了小默？这么长时间没在一起，你竟激动成这样？"

"不是的，沙！不是的。"

"那因为什么？是在抱怨我吗？"

"没有的事。"

"那是什么？"

"沙，你还是不要再问了。"

"你都伤心成这样了，再不说出来的话，我今晚恐怕要睡不着觉了。"

陈默没有应答，哭泣声越来越小，越来越小，直至慢慢地停止。之后，便是一阵无声的沉寂，死神一样的沉寂。这种沉寂让原本激情四溢的韩沙感到了几分前所未有的可怕。

"小默，你到底怎么了？"

陈默没有回答，而是一脸茫然地望着头顶的天花板。

无奈之下，韩沙一把将陈默揽进他宽大的怀里，又在陈默的耳际轻声说道：

"你是要急死我吗？"

陈默终于按捺不住了，她把自己的脸紧紧贴在男人温软的脖颈上，一本正经地说道：

"我准备放弃了。"

"放弃什么？"韩沙大吃一惊。

"我是说，我不想再演《青山作证》了。"

"你是不想演《青山作证》了，还是不想再扮演陆梦婕了？"韩沙的嗓门又一次提高了很多，"不行！这绝对不行！小默，我还没来得及告诉你，我这次从北京带回来的惊人消息，以及我在北京斡旋的这些日子里，取得了多么大的成功。小默，你刚才不经大脑冒出来的这句话，让我觉得你就是天底下最大的傻瓜。"

"韩沙，你不知道，自从我改头换面，以陆梦婕的身份苟活于世，我没有一个夜晚能睡安稳觉，也没有一个白天能真切感受到自己活在这世间。尤其在我饰演了云朵，也接触了叶绿青的原型杨柳之后，我的这种负罪感越来越深。我觉得，只有像她们那样光明磊落的人生才叫人生，像我这样苟且偷生的活法还不如死去……沙，我实在是……实在是……坚持不下去了……也不想再坚持下去了。"

"你简直是胡闹！简直是乱弹琴！"

韩沙这一声愤怒的咆哮，在这个原本静谧的雪夜里显得更加震耳欲聋。陈默轻轻动了动身子，继续无声地抽泣。

"可是，韩沙，这样的日子我实在是熬不下去了，我想我的女儿了，她还那么小……"

"那好吧，你就做回你的陈默吧。等明天回到汉阳市，我就立刻请来所有的媒体记者，到时候，你当着所有人的面告诉他们，你是陈默，不是陆梦婕，你是一个被病痛折磨得没有人样的丑陋的女人，是导演韩沙出资帮你做了整容手术，又让你假扮陆梦婕攫取名利。这样做可以吗？"

陈默渐渐停止抽泣，胸腔起伏，透出沉重的呼吸，思忖片刻后，自言自语道：

"可你总不能让我背负着这么沉重的十字架前行啊。"

此刻，韩沙的怒气已渐渐消减了下去，他用手轻轻抚摸了一下陈默散落在枕上的长发，柔情地说道：

"小默，你让我说你什么好呢？我刚一下飞机，就急急忙忙地来看你，没想到，你竟然给我来了这么一出戏。唉，女人啊，真是头发长见识短。你都不动脑子想一想，等你做回了陈默，你即刻就会成为全国公民关注以及热议的对象，将成为所有粉丝人肉搜索、围追谩骂的目标，而咱们精心设计的大好前程也会因此毁于一旦。"

"可是沙，咱们俩还会有未来吗？"

"当然有了小默。我还没来得及跟你说呢，《火花》已经被国家广电总局批准作为今年春节的贺岁片在全国院线放映了，还有不少专家对你的演技大加赞赏，竟然还有人预言说，只要这部影片投放市场，票房飙升至五个亿那也说不定呢。"

"真的吗？真的吗？"

聪明的韩沙已明显地感觉到陈默有了一点小小的兴奋，又接着说道：

"不仅如此，小默，如果《火花》真的赚到了一大笔钱，我就在国外买上一幢漂亮的别墅，等再拍上几年电影以后，我就给你办理出国护照，带着你远走高飞，可好？也省得你一天到晚提心吊胆地活着。"

当韩沙把一幅又一幅美好的蓝图展现在陈默面前的时候，原本心灰意冷的陈默似乎又看到了一丝丝希望的曙光，便喃喃自语道：

"虽然我内心万般煎熬，却没有一点勇气做回自己，因为那对我来说简直就是人间地狱。"

"好了好了，我亲爱的小默，不要再伤心难过了，有我韩沙一碗饭，就少不了你陈默一口汤。等着瞧吧，等过了这个春节，你就只管张开口袋收钱吧。"

陈默长长地舒了一口气，将自己的一只臂膀环在了韩沙的胸膛上，又用自己的手指在韩沙的脸颊上轻轻划拉了几下，轻声说道：

"沙，对不起，是我没有控制好自己的情绪，惹你生了一个晚上的闷气。"

"请问我的大小姐，你要怎么向我赔罪呢？"韩沙问道。

陈默一脸羞赧，韩沙见状急忙转身，将自己苦苦思念了一个月有余的女人抱在了怀里。

40

第二天一大早，身穿棉袍、头戴棉帽的桑妤，拉着自己的行李箱，兴冲冲地走出了阳红镇招待所大门。早已站在路边的韩沙和陈默，便笑逐颜开地迎了上去，陈默拉住桑妤的手，而韩沙则眼尖手快地接过桑妤手中的行李箱。

桑妤看了看面前的两个人，一脸坏笑地说道：

"老实说，什么时候到的？"

"昨天晚上。"

韩沙刚一答复，桑妤便大声说道：

"好啊！小陆，真有你的。这才是'舞低杨柳楼心月，歌尽桃花扇底风'啊。难怪你昨晚都没过去看我呢，原来是'金屋藏娇'啊！理解理解。"

"不是这样的桑姐，我昨晚本来是想邀您一起吃个晚饭的，可听小陆说您必须要在回城前让剧本完美收官，所以，就没好意思叨扰您。这不，今天专车来接您大驾。"

看着韩沙一脸真诚的样子，桑妤不再打趣下去，便一本正经地说道：

"你从北京回来了，也不提前告知我一声，也好让我高兴高兴。"

"桑姐，我就是想给你们一个惊喜。"

"这个惊喜，恐怕是韩导专门送给小陆的吧。我嘛，充其量是陪着小陆搭个顺风车。"

桑妤说着，又向韩沙使了个眼色，三个人不约而同地笑了起来。

"好了桑姐，咱们还是先上车，一会儿在车上慢慢聊。"

韩沙说着，将桑妤的行李箱放进车子后备厢，两个女人坐进后排座位，韩沙坐进驾驶位后系好安全带，发动了引擎，向着汉阳市的方向一路驶去。

此时大雪已停，天上的太阳就像一个婴孩红通通的脸庞，悄悄探出了厚厚的云层，霞光洒向山野，将雪后的北国大地装点得银装素裹分外妖娆。

"真是太可惜了，这么美的雪景，我们却无暇观赏。真不知道等到明年冬天拍戏的时候，还能不能碰上这么美的景致。"正在开车的韩沙最先感慨。

"应该可以的，韩导。北方年年都会下大雪的。这个，我比你熟悉，因为我就是北方人。"坐在后排的桑妤轻声回道。

"但愿吧。"

"那是一定的，韩导。上天一定不会亏待那些不计得失默默奉献的人。"

"是的桑姐，就像您！小说是一部一部地出，剧本是一部一部地写，我们公司都有些应接不暇了。"

"桑姐您真不愧是汉阳市文艺界的领军人物，是我们学习的楷模。"

"哪里哪里！我只是不想虚度此生罢了，别给我头上戴桂冠了，我可承受不起。"

"桑姐，看得出来，您这次的下乡之旅可是收获满满呀！可否与我们提前分享一下呢？"

"这只是完成了一稿，回去以后还要进行二改三改呢。所以呀，暂时保密。你呢大导演，还不把北京之行的战果说来，好让大姐我也开心开心。"

"桑姐您还别说，我这次的北京之行确实是大获全胜。不仅结识了京城影视界顶流的导演编剧、演员大腕，而且与相关专家结下了深厚的友谊，所以……"

"所以什么？咱们那个电影《火花》的命运到底咋样？急死我了。"

"别急别急桑姐，听我给您慢慢道来。是这样的桑姐，咱们那个《火花》已经被批准作为今年春节的贺岁片在全国院线放映了，还有，已看过《火花》拷贝版的专家和教授都对这个片子赞不绝口，有不少专家对剧本里的情节与台词大加赞赏，还说这部剧的剧情太感人了，能写出这么优秀剧本的人一定是一位心怀大爱的人。还有人说，如今荧屏上充斥着玄幻剧、宫斗剧和武打剧，观众对此早已产生审美疲劳，像《火花》这样催人泪下的主旋律影片，一旦投放市场，一定会在观众中引起强烈共鸣。"

听到韩沙滔滔不绝的讲述之后，原本兴致高涨的桑妤忽然间却不言语了，她重重地靠在椅背上，脸上竟然滑下了两行闪光的泪珠。坐在一旁一直沉默不语的陈默看到此情此景，急忙伸出自己的双手，紧紧攥住了桑妤的一只手，说道：

"真是皇天不负有心人！祝贺桑姐！等到《火花》上了院线之后，一定会一炮而红！"

桑妤从坤包里取出了纸巾，擦了擦泪水，调整了一下激动的情绪缓缓说道：

"红不红都无所谓，我只是想要把我们中华民族优秀的传统美德通过影片传承下去，这样就心满意足了。"

"不仅如此桑姐，还有人预言，只要这部影片一投放市场，票房飙升至五个亿那也说不定呢。"

"票房多少亿都跟我无关，那就是你们演职人员的事了，我已经拿够了我的版税。但是不管怎么说韩导，我还是要好好感谢你们，一会儿回到汉阳市，我请你们二位吃大餐。"

"请客吃饭当然可以了，只是桑姐，今天就不必了，因为我还给你们二位准备了一场更大的惊喜，一会儿到了汉阳，你们便可以大饱眼福了。"韩沙有点喜不自胜了。

"行了韩导，你就别卖关子了，就算我不着急，可千万别急坏了小陆，她可是你朝思暮忆的人啊。"

"桑姐，您就别拿我们俩开涮了。秦皇大酒店就快到了，谜底马上揭晓。"

41

当韩沙将陈默和桑好带到酒店二楼的一个大包间时，刚一进门，便有一大包五颜六色的彩纸由头顶散落，飞舞至他们三个人的身上、头上，还没等到陈默和桑好回过神来，便有一群人蜂拥而上，有和韩沙握手拥抱的男士，也有和桑好、陈默拥抱握手的女人，大家嘘寒问暖，热情有加。每个人的脸上都洋溢着喜悦的笑容。这个时候，陈默和桑好才如梦初醒，到场的人都是《火花》拍摄组的演职人员，原来韩导提前通知了大家来赴宴。

还没等韩沙发话，桑好笑着打趣道：

"敢问这个场面是哪位高人设计的？弄得就像是来参加一对新人的婚礼似的。"

大家一哄而笑。

韩沙和陈默被桑好揶了个大红脸，极为尴尬地笑了笑，然后向已经摆好菜品的餐桌旁走去。众人见状，纷纷落座。十几个人不多不少，刚好围了一大桌。江依琳、周晓璇、张鹤等人一个不落，却唯独没有看见投资人雷烨。桑好向韩沙问道：

"怎么没有看见雷总呢?"

"哦!他呀,他哪有时间陪我们呀!一到年底,他各种各样的应酬多了去了。生意人嘛,我不说你懂的。"

韩沙说着,率先端起了酒杯,发表祝酒词:

"各位辛苦了!我今天之所以有这样的安排,原因有三。其一是为欢迎桑好和小陆凯旋;其二呢是想把我这次北京之行,为咱《火花》这部剧赢得的可喜战果分享给大家;这其三嘛,就是咱们一年又接近尾声了,咱们大伙儿聚在一起热闹一下,忘记一些不愉快的事情,展望一下来年……"

说到这里时,韩沙稍稍停顿了一下,继续说道:

"因为,人总得往前看,我们必须要不断地打拼,不断地奋斗。来,各位,为了我们在新的一年里,能拼出一个光辉灿烂的未来,干杯!"

随着十几只高脚杯撞在一起发出清脆的声响,整个饭局的气氛似乎也渐渐地高涨了起来,大伙儿边吃着饭边和身边的人聊着天。

韩沙继续说道:

"现在,我要告诉在座的各位一个天大的好消息,那就是咱们的《火花》,即将作为今年春节的贺岁片,在全国院线上映。"

"哇!"

众人一片欢呼。

"不仅如此,还有专家预言,这部剧的票房将会突破五个亿。"

"哇!"

又是一片更大的欢呼声,一片热烈的鼓掌声,其间还夹杂着酒杯响亮的碰撞声。

韩沙摆了摆手示意,各种声音便戛然而止。

韩沙接着道:

"此次《火花》能大获全胜,全仰仗各位的精彩出演以及鼎力相助。当然,我韩沙是不会亏待每一位同人的,请大家相信我。"

众人听罢更是喜上眉梢,同时端起了酒杯,向着韩沙连声致谢。

这个时候，不知是谁猛然间冒出了一句话：

"韩导，听说您已经在筹划改拍桑姐的下一部作品《青山作证》了，到时候，是我们原班人马齐上阵，还是会走马换将？"

"走马换将？这是听谁说的？我们可是在一个战壕里摸爬滚打出来的铁杆兄弟，我哪能轻易不要谁呢？只要大伙儿跟着我干，不给我惹是生非，那我们就有福同享！"

"韩导，跟您打拼这么多年了，大伙儿的脾气您又不是不知道，都是死心塌地一条道跑到黑的人，谁又敢给您惹是生非呢？除非不想混了。"

这个时候，有人把目光投向了端着酒杯的江依琳。江依琳怪笑道："看我干吗，好像我就是那个惹是生非的人。梦姐，你给说句公道话，我江依琳什么时候不安分守己了？又什么时候惹是生非了？啊？我不就是说了一句，杨旭他妈妈一直还……耿耿于怀吗？"

韩沙被江依琳逼得没办法，低声说道：

"杨旭的事只是个意外，而且警察局和医院已经给出了结论，我不希望再听到任何未经证实的猜测或议论。我希望，每个人都能扮演好自己的角色，心往一处想，劲往一处使，组成一个和睦幸福的大家庭。"

"是啊是啊，我也觉得咱们就像是，就像是一首歌中唱到的那样，我们是一家人，开开心心的一家人。"

有人随声附和着，有人低头吃饭。

韩沙见气氛有了缓和，便清了清嗓子说道：

"这样最好！只要大伙儿能踏踏实实做人，齐心协力做事，我相信属于咱们的未来会更加绚烂。所以今天，当着桑妤编剧的面，我在此郑重宣布，下一部《青山作证》的演职人员，我仍然会起用在座的每一个人，请大伙儿放心，我韩某人决不食言，除非他另攀高枝。"

"好！"

"谢韩导！"

"敬韩导！"

大伙纷纷离座，端着高脚杯，向着韩沙和桑妤逐一敬酒。

酒会在一阵热闹和谐的氛围中结束，众人纷纷走出餐厅。细心的陈默发现，有两名身着警服的警察，不知什么时候来到了韩沙的身边。

陈默和众人相拥着出了包间，来到了一楼宽敞的大厅里，与大家握手道别，最后一位与她道别的是编剧桑妤。两个人不约而同地轻轻抱了抱对方，松开之后桑妤抱怨道：

"这警察是怎么回事？杨旭的事都过去半年多了，怎么还没完没了了？"

"可能是杨旭的父母亲心里有梗追着不放吧。"

桑妤又在陈默的肩膀上轻轻拍了几下，柔声说道：

"放心吧，小陆，韩导不会有事的，他的为人我很了解。"

"但愿如此吧。"

陈默见桑妤要走，忙道：

"要不再等等吧桑姐，等韩沙出来好送您回家。"

"不用了小陆，好久都没有在汉阳市的商场里溜达了，姐去买点东西。"

"那好吧桑姐，您路上注意安全。"

桑妤走后，陈默在大厅一角的沙发上坐了下来，还没等她理清自己杂乱的思绪，就看见韩沙走出了电梯，朝着她这边走来。陈默急忙起身迎了过去：

"沙，没事吧？"

韩沙一把拽住陈默的一只胳膊，快步走出了酒店的大门。

"能有什么事？我已经说了八百遍了，杨旭是半夜突发心梗，我因为睡得死发现得晚，仅此而已，仅此而已，警察就是揪着不放，仿佛我才是害死杨旭的罪魁祸首，只有把我千刀万剐，他们家属方能解恨！"

"与你无关就与你无关，你干吗那么激动啊？"

"我不激动能行吗？这警察如果三天两头来找我调查情况，我这以后的事情还做不做？这电影还拍不拍？真是莫名其妙，简直是无理取闹。"

"好了好了，别生气了。人家儿子莫名其妙地出事了，作为父母亲心存疑虑这很正常，警察来核实情况是职责所在，你作为事故的亲历者，提供重要线索也是应尽的职责。"

"这些大道理我都懂，只是他们这帮警察，如果隔三岔五地来找我，会影响到我的名声，甚至还会干扰到我们下一部电影的拍摄。这些你都考虑过吗？"

"那我能为你做些什么呢？"

"你什么也不要做，静观其变，我相信事情总会有水落石出的那一天。走吧，我先送你回家。"

两人坐上车，韩沙一脚油门，车子便像离弦的箭一般，驶向了车水马龙的闹市区。

42

两人并没有直接回家，整个下午，韩沙陪着陈默连逛了几家商场，各自购买了几件高档的衣服，又逛了一家大型超市，购买了一些喜爱吃的年货，直到七点钟左右，他们才开着车，回到了陈默所居住的小区楼下。

进得屋来，两个人把购置的衣物搁置到客厅的一角，洗过手后，分别换上了家居服。韩沙看了看身旁一袭红装的女人，本想亲热一下，哪知陈默莞尔一笑，将韩沙推搡至客厅，摁倒在沙发上，随后拿起茶几上的遥控器打开电视，又抓起一个发卡，把自己的长发束起：

"烦请官人暂时忍受一下饥饿，看一会儿电视，小女子这就下得厨房，给咱做羹汤。可好？"

韩沙被陈默这一连串的表演逗得嘿嘿直乐，顺势惬意地往沙发背上一靠，望着面前一脸娇羞的女人故意嗔道：

"那就烦劳小娘子给本老爷拼得五两牛肉、半斤猪蹄、一盘皮蛋、四两花生，外加一瓶红葡萄酒，限你半个时辰端上桌来。否则的话，杖责五十。"

女人再次哂笑，侧身轻弯腰，如古代女子般柔声细语地应了声"遵命"，便轻移莲步，飘然离去。

果然，半个时辰的工夫，所有的菜品都已上桌。两个人相对而坐，眉目传情。

当两只高脚杯相碰时，陈默深情地说道：

"沙，能和你坐在一起，享受这难得的静谧时光，真是一件甜蜜而又幸福的事情。"

"是啊，像这样动人的场面，我可是在心里幻想过无数次了，确实难得！小默，新年快乐！"

"新年快乐？新年可还没有到呢！"

韩沙很是绅士地抿了一口红酒，然后放下酒杯，拿起筷子开始吃菜。

"我就是想把最美好的祝愿提前送给你。不好吗？"

"那当然好了。我求之不得！"

女人微微一笑，开始用餐。

于是，韩沙向陈默讲述着他在北京的光辉战绩，陈默也向韩沙讲述自己在下乡期间的点点滴滴。就这样，一顿并不丰盛却可口的晚宴，在轻松愉快的气氛中结束了。

睡觉前，韩沙靠在床头说道：

"我还没有告诉你，小默，这个春节我可能陪不了你了。因为我要回东北老家去。"

听此言后，陈默脸上难掩失落之色：

"沙，这可是咱们俩交往以来的第一个春节，你真的忍心将我一个人落在汉阳这边？"

"实在对不起，小默。老爷子已经催了好几遍了，再说我也好几年没回老家了，离婚这些年，儿子一直由我父母带着，他们年老体弱……"

陈默明显感觉到身旁的男人已有些哽咽：

"那好吧。你准备什么时候动身？"

"春节前两天吧，机票已经预订好了。"

陈默侧身，将脸颊贴在韩沙胸口说道：

"真没想到，我们才刚刚见面，却又要分别了。沙，我真想天天守着你，就像我们现在这个亲密无间的样子。"

"我又何尝不想天天和你待在一起。小默，你是一个坚强的女人，我相信你一定会照顾好自己。"

"你不用担心我，沙。只是春节期间《火花》在影院放映的时候，我们两个人不能坐在一起观看了，真是遗憾。"

"那倒没什么的。初五一过，我就会即刻飞到你的身边，那个时候，我们再共同欣赏仅属于我们两个人的杰作。"

"不，韩沙，我们不去影院观看，我要你把电影的拷贝拿回家里，放到咱们的电脑上观看。就像我们现在这样，相偎相依在床上，慢慢欣赏我们的片子。"

陈默在男人怀里撒娇的声音越来越小，越来越轻，撩拨着男人渐已熄灭的欲火。这个时候，韩沙急切地俯下身去，向着怀抱里的女人再次发起进攻。

43

返城以后，陈默和韩沙整天腻在一起，俨然一对恩爱的夫妻。

可是人生有相聚就会有分别。"小两口"再怎么缠绵悱恻，也总会被残酷的现实切割得支离破碎。

韩沙要回东北老家了。

腊月二十九下午，天空晴朗，整个汉阳市已沉浸在一片祥和热闹的节日气氛里。在一辆疾驰的绿色出租车上，陈默和韩沙两个人并排坐在后排的靠椅上，手拉着手，肩靠着肩，一副依依不舍的样子。

"小默，初五一过，我就回来陪你。大年初一中午十点钟，咱们的《火花》在全国院线全面上映，你可以约上桑姐一起去看。当然，如果你不想去影院，那就等到我回来以后，咱们一起在家里看。"

说话间，他们乘坐的车子已来到了机场，韩沙快速下了车，陈默欲起身下车，却被韩沙拦住了。

"你不用下车了，外面风大，你直接坐这辆车回去。别忘了，有空去康成那里看看。"

陈默没有强行下车，而是很乖巧地听从了韩沙的安排。直到看着韩沙拉着行李箱，渐渐融入了熙熙攘攘的人群之后，她才向着前排的司机小哥说了句：

"走吧，原路返回。"

春节，是一个能勾起众多在外游子思乡之情与归家之意的字眼；然而，它又是一个能让众多无家可归的人瞬间陷入极度惶恐与孤独无助境地的词。因为不是所有的人都会有人惦念，也不是所有的人都能找到避风的港湾，眼下的陈默便是如此。

陆梦婕的皮囊让她光芒万丈，而撕下伪装后的陈默却足以让她遍体鳞伤。

此刻，疾驰的车子载着陈默疲倦的身躯，伴随着西下的夕阳飞速地驰骋，赭红的光束穿过路边光秃秃的树干，将一道道光影毫无秩序地散落在陈默的脸颊、头发和外衣上，而思乡的情绪又将她回忆的闸门狠狠撞开，她回想起那年冬天，丈夫向辉和女儿霓霓把她找回家去，一家人聚在一起过春节的场景。

其实说起持家来，陈默还真是一把好手。她充分利用节前的几天时间，打扫卫生、清洗衣物、清除垃圾，并且蒸包子、炸丸子、烧猪蹄、做甜饭，忙着准备各种美食佳肴，整个屋里飘散着各种各样的香味，也弥漫着喜气洋洋的节日氛围。向辉父女俩更是喜笑颜开，穿戴整齐，一会儿品尝着陈默从厨房里端出来的刚做好的美食，一会儿又把各种各样的美食打包装盒，给居住在附近的父母送过去。最后，父女俩亲昵地挤在沙发里，观看电视里播放的动画片《大头儿子和小头爸爸》。而一直在厨房里忙碌的陈默，早已是泪眼婆娑。她觉得只有此刻，才是她作为一个普通女人想要过上的最幸福最安逸的生活。

丈夫向辉，更是懂得此刻能拥有这样一份安静的生活是多么的来之不易，所以无论什么事情，他都会征求妻子陈默的意见，甚至连说话的时候，也还要偷偷看一下陈默的表情。因为他明白，妻子之所以离家出走，确实是自己在某些方面做得过分了，才伤透了妻子的心。所以，他千注意万小心，生怕哪一句话没说好，又引起妻子不悦。就连妻子这次不辞而别外出打工的点点滴滴，陈默不说，他也从不问起，就当什么事也没有发生一样。可是，他们的生活，真的能回到从前吗？唉，怎么可能？最是人间留不住，朱颜辞镜花辞树。所以，横亘在两个人心中的那道疤痕，谁也不敢去碰触，谁也不能去提及。否则，可能会在他们这个渐已安逸的小屋里再次引起一场轩然大波。就这样，一家三口像中国大地上千千万万个普通家庭一样，度过了一个算得上愉快的春节。陈默也在春节的某一天里，鼓起勇气出了门，在丈夫和女儿的陪同下，回了趟娘家，看望了尚在人世的二老双亲。当父母看到女儿的面容时，不禁潸然泪下，母亲拉着她的手说道：

"听妈话，别再做傻事了，一定要把霓霓拉扯大。你上次走后，向辉为了找你，把咱家的门槛都踏破了。看着他恓惶的样子，我都忍不住抹泪啊。"

原本开心的团聚，没想到又惹得家人伤心起来。陈默见状，便欲离去，于是三人穿戴整齐，拿上一些母亲为她做的年糕、花馍之类的面食，匆匆赶去乘坐进城的班车，在天黑之前回到了城市的家里。

春节过后，冰雪消融，天气回暖，南雁北归。所有的上班族都已回到了工作岗位，所有的学生都已回到了各自的校园，该出发的出发，该赚钱的赚钱，可是陈默呢？又剩下她一个人孤零零地守在小屋里无事可做。可是，那个小屋，又如何能锁得住陈默那颗狂放不羁的心？

44

等到陈默乘坐的出租车从机场返回汉阳市区，西天的残阳不知何时已被高高的楼层吞没，街市两旁的霓虹已如繁星般亮起。

这个时候，陈默忽然想起了韩沙刚才提醒她的一句话："有空去康成那里看看。"是的，是应该去看看康成医生了。啊，不，是应该去天使美容院让康成医生看看她了，何况在阳红镇的时候，康成医生不是还偶尔给她发短信关心她的身体状况吗？于是，陈默急忙拿起手机，拨通了康成医生的电话。

"康医生您好！我是陈默，我已经回到汉阳了。现在想去您那边看看，您在吗？"

"哦，小陆，真的很不巧，我前几天回老家了。"

陈默听罢，不禁一阵失落，就好像刚刚点燃的小火苗瞬间被大风吹灭。她拿着手机的手停在了半空，一时之间不知该说些什么。

"小陆，你怎么了，是不是很着急？是不是哪里不舒服了？"

"啊，不是，就是，就是，想让您帮我复查一下。"

"哦，我知道了小陆。外敷的药贴还够用吗？"

"够用够用。就是……就是……"

"就是什么？"

陈默一时语塞。

电话那端的康成似乎感觉出了陈默的失落，忙道：

"快过年了，该高兴起来才对。保持愉悦的心情，对你的身体是有益而无害的。"

"我知道，康医生。"

陈默迟疑了片刻之后低声说道：

"韩沙回老家了，过完年才能回来，只剩我一个人了。"

连陈默自己也不清楚，为什么要把韩沙回老家的消息和自己这份难以掩饰的落寞传递给电话那头的康成医生。康成在那端沉默了几秒钟之后，平静地回道：

"那好，小陆，我赶在大年初一回到汉阳，到时候再和你联系可好？"

"那多不好意思，康医生。让您连个春节都过不安生。"

"没什么的，回老家和父母待上几天也就够了，再待下去的话，就要开始逼婚了。"

"逼婚？"

陈默惊讶地反问之后，电话两端的两个人都不好意思地笑了起来。

"好了小陆，高兴起来吧。想吃什么我给你捎点回去。"

"不用了不用了，康医生。我是可以下厨的，不至于过了个春节饿死在家里吧。"

"要是那样的话，媒体可有噱头炒作了。"

电话两端又是一阵爽朗的笑声。笑声过后，两个人同时道了声"新年快乐"，随即挂断了电话。

和康成通完电话后，陈默萦绕在心头的那份落寞似乎减轻了许多，甚至还有一点惊喜，因为康成说，他会在大年初一赶回来联系她，而这次会面，不得不说将会是这个春节里最让她期待的事了。

回到家后，陈默换上家居服，从冰箱里取出一瓶饮料，然后打开电视机，顺势躺在沙发里，追起了宫斗剧。

大约十点钟，韩沙的短信发了过来：

"我已安全抵达，勿念。祝新年快乐！"

"新年快乐！"这个在平日里显得极其普通的新春祝福，此时此刻，却显得尤为珍贵，陈默的眼泪瞬间流了下来。独自伤心了好一阵子之后，迷迷糊糊地睡着了。恍恍惚惚间，陈默似乎看见了一个和自己长得一模一样的女人，蹑手蹑脚地来到了她的身边，一脸委屈的样子，向着她小声问道：

"你是谁？你怎么会在我的屋子里？你是我的同胞姐姐还是同胞妹妹？我们怎么长得如此之像？"

陈默被身旁的女子问得莫名其妙。她稍稍镇定了一下，理直气壮地说道：

"我是谁？我当然是影视演员陆梦婕了。你说什么？这里是你的屋子？怎么可能？这里是我的屋子，我都在这里住了一年多了。我还没有问你，你是谁？你怎么会出现在我的屋子里？"

"我是谁？呵呵！我才是这间屋子真正的女主人陆梦婕。"

"那我是谁？我怎么会在这里？"

"你是女强盗，女土匪。是你冒充了我的身份，是你霸占了我的房子。你赶紧给我搬出去，赶紧做回那个丑八怪。"

"丑八怪？谁是丑八怪？我才不是呢！你才是！你赶紧给我滚出去，滚出我的房间。要不然的话，我就要报警了。"

"那正好啊！正好让警察来查查清楚，看一看你到底是谁，再看一看我到底是谁，谁才是这间屋子真正的主人！"

一听到对方说要叫来警察，睡梦中的陈默忽然打了一个激灵，她在沙发上扭动着身子，一不小心竟从沙发上滚落至地板，额头不偏不倚重重地磕在茶几棱角上。这下，陈默疼醒了过来，她强撑着困乏的身体，在地板上坐了起来，用一只手揉了揉发疼的额头，还好，没有流血。她又四下里惊慌地望了望，墙上钟摆的指针正指向凌晨三点钟，她这才回想起来刚才那个模糊的场景，以及与自己怒目对峙的女人，原来只是自己做的一个可怕的梦。

客厅里的灯光泛着温暖的光亮，电视里的人物依然在不知疲倦地斗着，周围的一切如此真切，而梦境里的情景却那般荒诞。此刻，她感觉出了透心彻骨的寒冷。

陈默慢慢站了起来，光着脚，摇晃着身子，走到客厅一角，接了一杯冰水，大口大口地喝了个精光，手中的纸杯"啪"一声跌落到了地上，陈默失神地看了一眼滚动在茶几旁的白色纸杯，苦笑了一下，然后晃晃悠悠地走进了自己的卧室，一个趔趄，躺倒在了松软的大床上。可是，她却无论如何都无法再次入眠了，刚才在梦境中和一个女人争斗的场景，是如此的荒诞却又是如此的真实，是如此的虚幻却又如此的清晰。这真实且清晰的场景，着实让头晕脑涨的陈默不寒而栗。

45

　　这个春节对陈默而言，充满着无奈与酸楚，因为没人能真正理解，她作为母亲对女儿那痛彻心扉的思念之情。女儿霓霓在见不到妈妈的春节里该是多么的孤单和难过啊！还有向辉，一想到向辉，她的胸口就仿佛被针扎了般疼痛，疼痛到几欲窒息。陈默之所以再一次下定决心离家出走，是因为她不想让自己成为他家庭以及精神上的双重负担。唯其如此，他才可以轻松地活着，而她自己，也可以求得暂时的心安。此刻的陈默，有耀眼光环的包围，有韩沙迷人爱情的诱惑，还被国外的豪华别墅吸引，所以，即使她再想念女儿霓霓，再觉得对不起向辉，都不会回头了，因为她面对的是一条布满鲜花与香槟的辉煌之路。"即使这条路的尽头是悬崖峭壁，我陈默也绝不后悔。"这样想着，她觉得自己在这处房子里更加心安理得。

　　除夕之夜，即使一个人面对孤独与寂寞，陈默也没有亏待自己，她很是利索地拼了几个凉菜，又开启了一瓶红酒，特意换上了一袭橘红色棉布睡衣，然后打开了电视。陈默喝得酩酊大醉，她就像是一只被人遗弃的小狗一样蜷缩在宽大的沙发里，流着无法向任何人倾诉的委屈的泪水。

　　第二天一大早，陈默就被远处传来的噼里啪啦的鞭炮声惊醒了，她揉了揉酸疼的眼睛，拿起手机，打开了微信。嗬！微信圈里的新春贺词简直要挤爆了。她快速浏览了一遍，大都是《火花》剧组演职人员发来的，当然更少不了韩沙和康成两个人发来的祝福词。她不禁从心底叹服，平日里看似普通的伙伴们，发来的祝福词都文采斐然，彰显出极高的文学水准。她也顾不得去洗漱更衣，开始给微信圈里的朋友回信息。

一阵忙碌过后，陈默随手将手机放在了身旁的茶几上，然后起身在客厅里伸腰踢腿。她想起来了，康成说，他会在大年初一从老家赶回汉阳然后和她联系。那么，他现在是不是已经从老家出发了？正在疑惑间，康成的短信发了过来：

> 小陆新年好！我已出发，大概中午十一点钟即到。你可来我家里，我们共进午餐。饭后我可以给你做理疗和外敷。因为简单的仪器和所需用药家里平时都有备用。我的住址随后发给你。

看到康成发来一条这么暖心的短信，陈默的内心不由自主地被感动了一下，可是去他家里，这合适吗？一个女患者去到一个男医生的家里做理疗？也许，康成这样安排自有他的道理。而且现在正值春节期间，去给康成医生带些礼品拜个年、道一声感谢又有何妨？这样想着，陈默便又觉得去康成家里也是无可厚非的事情了。

于是，她开始洗漱更衣，梳妆打扮。装扮已毕，又在镜子前照了又照，这才拎起坤包悠然下楼。

她先是乘车来到一家超市，买了一瓶红酒、一盒白茶、一盒营养品，一包软中华，然后搭乘出租车，前往康成医生所在的小区。

说来也巧，就在陈默走下出租车的同时，一身西装革履、精神抖擞的康成医生也正好出现在了小区的大门口。两个人几乎同时看见了对方，即刻露出了微笑，康成一脸欣喜地走到陈默的面前。陈默将带给康成的礼品从后备厢中拎了出来，又向着康成努了努嘴：

"康医生，正好当一回苦力吧。"

说话间，便将一大包沉甸甸的东西递到了康成的手里。

"你看你，人来就行了，还带这么多东西！早知道如此，还不如让你直接去美容院呢！"

"就是去美容院，我也不会空手的。人们不是常说，春节期间，走亲访友，进门不空手。"

"没看出来啊，你这位'大明星'还这么懂礼数呀！"

"你以为呢！"

两个人边说边笑着朝康成家走去。康成家装修风格之独特、装潢摆设之别致，着实让陈默耳目一新。

两个人在客厅的沙发上落座后，康成先是给陈默泡了一杯红茶，然后打开了电视机，向陈默笑道：

"你先在这儿休息一会儿，一刻钟，就一刻钟，咱们的午餐就好了。只是你不要动，都是现成的，都是从家里带来的。"

听康成这么说，陈默便心安理得地靠在沙发上，一边端起茶杯品着香茗，一边观看康成给她调好的电视节目。

脱去西装外套穿着银灰色毛衫的康成，俨然成了一位大师级的厨师。分分钟的时间，一桌丰盛的午餐摆上了餐桌。有素拼、酱肉，还有小吃和红酒，而最让陈默感到惊喜的是，桌上还有一盘冒着热气的香喷喷的饺子。康成先开口了：

"家里带的，冷冻的。临走前老娘硬是给塞进了包里。"

"过年能吃上饺子，真好！"

康成端起酒杯向陈默微笑着说道：

"真是荣幸！您能到鄙人寒舍里来真是蓬荜生辉啊！来，新年快乐！"

"愿新的一年里，我们所有的烦恼都一扫而光！"

"是的，愿所有的烦恼都一扫而光。"

两人碰杯之后，便开始随意地边吃边聊起来。

"祝贺你小陆。这次去山村体验生活收获一定很大，真为你的敬业精神折服。"

"康医生过誉了。"

听到康成对自己这般肯定，陈默的脸上顿觉火辣辣的，加之康成一直唤她"小陆"，她的心里更是阵阵发虚。陆梦婕才是他多年来一直追捧的偶像，那我陈默算是什么？什么也不是！假如有一天，康成知道了此刻坐在他面前的女人不是真正的陆梦婕，而只是一个欺世盗名、瞒天过海的丑陋女人陈默，他的内心该是怎样的疼痛？她不敢想象。

"康医生，我敬您一杯。感谢您对我的千般照顾、万般关心，一切尽在不言中。"

陈默端起酒杯，用真诚的目光望向康成，康成也用同样真诚的目光望着她。

不知不觉间，一顿可口且丰富的午餐就在两个人轻松愉快的聊天中结束了。

饭后，两个人坐在沙发上小憩。康成转过头看陈默时，发现她有些昏昏欲睡，便起身说道：

"走吧小陆，到我的诊疗室去，我给你的脸部复查一下，做个全面理疗，再做个全程药敷，你只需躺在治疗床上闭目养神，就是睡着了也不碍事的。"

有点睡意的陈默急忙起身跟随着康成医生来到了他的诊疗室，顺势躺在了铺着白色床单的诊疗床上，轻轻闭上了有些困意的双眼。康成迅速穿戴好医护服，开始为陈默仔仔细细地复诊、注射、敷药、按摩……一系列的专业动作既娴熟又轻柔，几乎在半个小时内便完成了。当康成脱去医护服洗净双手，才发现陈默不知何时已沉沉睡去，他随即拿来一块毛毯，轻轻盖在女人的身上，然后轻手轻脚地走出了房间，斜靠在沙发上开始打盹儿，因为他着实感到有些倦意了。

大约过了一个小时，两个人都已睡醒。陈默脸部的药敷时间也差不多到了，康成手法轻柔地为陈默清洗干净了脸庞上的药渍，又为陈默做了一番面部按摩，然后说道：

"好了，可以下床了。"

陈默起身下床，两个人回到客厅，很是惬意地坐在了沙发上，开始喝茶聊天。

"康医生，我该怎样感谢你呢？"

"小陆，怎么又跟我见外起来了？韩沙是我的哥们儿，你是韩沙的红颜知己，又是我的偶像，我们之间需要这么客气吗？再说了，韩沙已付给我足够的医疗费。"

陈默不好意思地笑了笑，随即低下了头，她不敢直视康成的眼睛，因为她害怕那双深邃而犀利的眼睛，会将她巧妙伪装的躯壳一眼望穿，直至逼她原形毕露。

看到陈默略带羞赧的模样，康成不禁微微一笑：

"没想到'大明星'也有不好意思的时候。其实说真的，小陆，你真的很像我以前的……一位女同学。我以前和你说过的……"

"何必说得那般隐晦，不就是你的初恋吗？"

"不能叫初恋，顶多只能算暗恋。人家……人家从来就没有正眼瞧过我。"

"遗憾啊，那个女孩竟从来都不知道，在这个世界上还有这么一位优秀的男人在痴恋着她，真是一场人间悲剧。"

"何止是人间悲剧，就她看我时那高傲的眼神，仿佛会在瞬间损毁我身上所有的自尊。"

"是吗？康医生，难道这就是你直到现在还孑然一身的真正原因？"

"是的。因为那个女孩给我留下的印象太过深刻了。在我心里，她就像是一位美丽的天使那般纯洁善良，面对她的时候我常常会因为自己的其貌不扬而不知所措，只会捧着一本发黄的《普希金诗选》，为她轻声朗读那首叫作《我记得那美妙的瞬间》的诗歌。然而她却从不被我的殷勤打动，回馈我的永远是一副冷漠的面孔。现在回想起那时的场景，依然历历在目……我在韩国的时候，有一位美丽的韩国女子曾对我爱恋已久，可我却一直无法从心里真正地接受她……"

"也是因为……你学生时代那段刻骨铭心的单相思吗？"

"是的。"

此时此刻，康成医生这段深情的讲述，又让陈默回想起了自己中学时代那段青葱的时光，以及青葱时光里那个幼稚懵懂的青春少年，可是，眼前这位英俊潇洒的康成医生怎么可能会是高中时代坐在她身后整日里为她念读《普希金诗选》的羞涩少年杜康呢？

这个时候，两个人都不再言语了，似乎都陷入了对往昔的回忆里。时光似乎也在此刻凝滞了下来，只有钟摆的嘀嗒声在空寂的房间里一如既往地回响着。还是康成率先打破了沉默，他突然站起了身，在客厅里来回踱着步子，嘴里念念有词：

> 当我忍受着喧嚣的困扰，
> 当我饱尝那绝望的忧患。
> 你甜润的声音在耳旁回荡，
> 你俏丽的面容令我梦绕情牵。

陈默的眼眶湿润了。

康成背对着她，慢慢踱到了客厅的阳台上，稍微转了转身子，夕阳的余晖正好洒在他的面庞上，他宽宽的肩膀、乌黑的短发，还有那泛着光泽的直挺的鼻梁，是那么恰如其分地搭配在一起，犹如一尊精致的人物雕像。

看着眼前这般模样的康成，陈默心中感慨，真是"陌上人如玉，公子世无双"啊！

连陈默自己也不明白，为何面对伫立在斜阳里的康成，竟发出这般诗意的赞美，不禁面红耳赤。她急忙起身，拎起身旁的坤包，向着光影里的康成低声说道：

"康医生，我该走了，谢谢你陪我度过了这么愉快的一天。"

不知是陈默的声音太小，还是康成依然沉浸在美妙的回忆里，总之，在陈默出门前，康成医生既没有回头，也没有转身，仍目不转睛地望着窗外的斜阳默默无语。陈默从衣兜里掏出一个大大的口罩，快速地捂住了自己刚刚理疗过的脸庞。

陈默的开门声将康成从回忆中拉回，他慢慢地转过身走到了陈默的面前，深情地注视着陈默，低声说道：

"走吧，小陆，我开车送你回去。"

"不用了，康医生，已经打扰你整整一天了，我还是自己走着回去吧。再说了，今天在房子里待了这么长时间，也想在街道上走走，透透气，顺便再感受一下汉阳城里的节日气氛。"

"那正好，我也要出去透透气，就陪你走走吧。"

陈默意识到此刻的康成已是铁了心要陪她散心，内心掠过一丝丝莫名的感动，便答应了下来。等到康成穿好了外套，两个人便一前一后走出了房门，走到了热闹非凡的大街上。

此时的陈默心里一阵后怕，因为就在刚刚，当着康成医生的面，她差一点就喊出了"杜康"的名字。

46

看着街道两旁贴满红色春联的门店、各式各样的小吃、在半空飞舞的五颜六色的气球，以及扶老携幼来回穿梭的人群，两个人都被这扑面而来的节日气氛深深感染了。

"小陆，想吃点什么？我买给你。"

"呵呵，康医生，你还真把我当成贪吃的小孩了！"

"哪里，过年的时候逛街、吃零食可是女孩子们必不可少的一个开心环节。"

"难得康医生还是一位如此贴心的暖男。小吃就免了吧，咱们就这样边走边聊边看街景，就很好！"

说着话时，两个人拐进了一条较为偏僻且幽静的街道上。忽然间，陈默向康成问出了一句话：

"康医生，当我第一次被韩沙带到你面前的时候，你一定……很害怕，是吗？"

"是的。何止是害怕，简直是后怕。小陆，我至今都想不明白，你怎么会患上这种千奇百怪的病症。所以，小陆，你能恢复到这样的状态，已经是奇迹了。"

"所以康医生，对我而言，你可以说是恩重如山。"

"小陆，这我可承受不起。我只是在履行作为一个整容医生对每一位患者应尽的职责罢了。好了，我不能送你了，一个同行朋友听说我回来了，非要我现在过去一趟不可，所以抱歉，我不能护送你回家了。"

"没什么的，康医生，你忙你的，咱们就此拜别吧。新春快乐！"

"新春快乐！"

两个人在新年的祝福声中握手道别，向着不同的方向转身离去。陈默不觉想笑，有那么一瞬间，她觉得自己和康成就好像是一对在街角分别的情侣。康成走后，她又回想起了自己童年时代在老家过春节的一些场面。

春节过后，就是元宵佳节了。城市里的人们已开始正常上班，而村里的人们才真正开始狂欢起来。舞狮子、跑旱船、踩高跷、扭秧歌，真是敲锣打鼓震天响，村村寨寨喜洋洋。令陈默至今也搞不懂的是，那个时候的农村生活并不太富裕，为什么过年的时候人们还能有那般高涨的热情？现在的生活条件越来越好了，而年味却在一天天地淡去，甚至连走亲戚拜年这样的传统习俗也逐渐淡漠。当她走过一个推着一车冰糖葫芦的老师傅跟前时，顺手买了一根红艳艳亮晶晶的冰糖葫芦，包好后放进了包里，因为这是她一个农村女孩童年时代对于每一个姗姗而来的节日最大的奢望与期盼。当她第一次被父亲带进城里，第一次看到那一串串光彩夺目的红色圆球时，还以为那是一串串玛瑙，直至看到有的孩子将其放到了嘴里，她才知道那一串串的"玛瑙"原来是可以吃的。从那时起，她知道了那串在一起的红色小球的名字叫作冰糖葫芦。父亲虽然没有买给她吃，但是她可以想象得出，当那一颗颗果肉放进嘴里的那一刻，它流淌出来的蜜汁该有多么的香甜。自此，她对街道上的冰糖葫芦便产生了一种别样的情愫。长大成人后，每每碰到冰糖葫芦，她都会毫不犹豫地买上一根，同那些无忧无虑的少女一样，在大街上、在人群中无所顾忌地吃着。可是忘了从什么时候起，她就再也没有去买过冰糖葫芦了，再也没有勇气拿上一根火红的冰糖葫芦招摇过市了，因为她被上天狠狠地戏耍了一次。

这个时候，放在包里的手机响起了清脆的铃声，陈默急忙从包里取出手机，一看是江依琳的来电，便快速接通，还没等到她开口问候，电话那边便传来了江依琳连珠炮似的话语：

"梦姐，你看到了没有啊，咱们的电影《火花》今天一大早就开始在全国院线放映，截止到现在五点三十分，你知道咱们的票房收入是多少吗？梦姐，我刚刚已在手机上查询过了，《火花》的票房收入已达到五千万，高兴吧梦姐？电影我已经看过了，今天一大早约晓璇看的第一场。梦姐，电影还真不赖！尤其是坐在影院里观看大银幕，那效果可是比在家里看碟片过瘾啊！梦姐，你去影院了吗？梦姐，尤其是你的演技，那简直是太棒了！"

原本一直沉浸在对一串糖葫芦的纷繁念想中的陈默，陡然间被江依琳叽里呱啦一顿讯息炸回到了现实。但是她听清楚了，他们的电影《火花》今天在全国院线上映，截至目前票房已突破五千万，看来还是韩沙厉害！那么如此说来，她和韩沙将来的约定就有可能实现了。

喜不自胜的陈默急忙向着电话那头的江依琳回道：

"谢谢依琳妹妹，给姐姐带来一个这么激动人心的消息。电影成功，也有小妹你的一份功劳。姐姐有空的话一定会去影院里观看的。回见。"

"梦姐，回见。还有下一部片子，姐姐可要帮我在韩导那里多多美言啊。"

"放心吧，依琳，应该没有问题。"

挂断江依琳的电话之后，陈默万分激动。因为她知道，截至目前，全国已经有上万的观众看过了，而且都已看到了她陈默在银幕上的光辉形象以及表演才华!

"活着多好啊!即使做个需要伪装的双面人。"陈默不禁在心里发出这样一声感叹。

于是,陈默三步并作两步,急速地往回赶,她要在回家后的第一时间,把这个振奋人心的消息告诉远在东北的韩沙,并且央求他早点回来,因为她实在是太想让他回到自己的身边,陪着自己度过这个了无生趣的春节。

47

当陈默走进小区的时候,天色已经暗了下来。道路两旁亮起的红色灯笼,以及被光影映照的植被上各式各样的绢花,还有三三两两在一起嬉笑、打闹、追逐的孩童们,无不在提醒着陈默现在正处于春节。

陈默兴冲冲回到房间,拿出手机,一边换着拖鞋一边拨通了韩沙的电话:

"沙,你知道今天一天,咱们的票房收入是多少吗?"

"不知道。"

"五千万啊,五千万了。沙,如果你现在就在汉阳的话,我今晚一定会陪着你一醉方休。沙,你什么时候能回来?你能不能早几天回来?我真想和你一起分享我们共同的成功与喜悦。"

陈默一边说着,一边迈着懒洋洋的步子,走到客厅中央,随手打开了电视机,又松弛地仰躺在松软的沙发上,把手机紧紧地贴在脸庞上,就好像是紧紧贴着远在外地的韩沙的脸。

"真是太好了,小默,只是这个天大的喜讯,我却不能早一天回去与你分享。因为,我母亲生病住院了,今天凌晨四点入的院,心脑血管疾病，挺严重的，今年只能陪着老人在医院里过年了。所以，只能委屈你了。"

韩沙的话，无异于一瓢冷水浇灭了陈默心头正在燃烧的火焰。在停顿了几秒钟之后，她无力地说道：

"那好吧，沙，你就在那边多待几天，照顾好自己的母亲，我一个人可以的。只是，没有你的春节……"

"好了小默，我挂了，有空再和你通话。"

陈默原本还想再说几句牵肠挂肚的话，怎奈那边的韩沙却已经仓促地挂断了电话，但韩沙作为儿子陪伴重病在床的母亲以尽孝道，她是能理解的。所以她将挂断的手机放在了茶几上，如同放下了这个春节里对韩沙所有的思念与期盼。

这个时候，她想起了从街上带回来的那串冰糖葫芦，便起身从包里将冰糖葫芦取了出来，然后又坐回到沙发上，一边吃着糖葫芦，一边想着心事。

过年了，老家的父母可安好？向辉可好？霓霓可好？霓霓一定不好，那是一定的，失去了母亲的孩子该是多么的可怜，春节里没有母亲在身边陪伴的孩子又是多么的孤单。

时间再次闪回到陈默第二次离家出走的那个令她伤心欲绝的秋天。

48

虽然在陈默第一次离家出走被丈夫和女儿千辛万苦找回来以后的日子还算正常，可是过着过着，心思缜密且生性敏感的她却又觉出了生活的异样，而这种异样的感觉首先是来自丈夫向辉。虽然丈夫向辉同意她再一次出去打工的提议，可那家火锅店里的老板已经回话说不再需要人了。再想寻找一份新的工作谈何容易，于是陈默便再次蜗居在家，无所事事。日子一长，与丈夫向辉的关系再一次尴尬了起来。首先是每天晚上回家后，夫妻俩的交流越来越少，甚至于后来，原本就沉默寡言的向辉更加沉默了，而原本就索然寡味的两性生活也由越来越少变成了完全没有。丈夫向辉一到晚上，就总是表现出一副非常疲倦的样子，早早地呼呼大睡，以至于让本已遭受了身心双重磨难的陈默更加感受到了来自亲人的冷落。

当这种想法从脑海里不经意间冒出来的时候，陈默只觉得自己的后背开始一阵阵地发凉。怎么会出现这种可怕的感觉？也许是自己太过敏感了？也许是向辉太过劳累了？不对！像向辉那样直来直去的人是从来都不会掩饰的，他对妻子表现出的所有言行与态度，都源于他对妻子的厌弃，都源于他作为一家之主却又没有能力来改变这一窘境的万般无奈与极度悲哀。陈默太聪明了，她不仅擅长察言观色，更擅长体悟人性的弱点。即使当时那个接她回家的男人向辉跪在她的面前声泪俱下深深忏悔，然而，又有谁能熬得过时间的摧残？毕竟他只是一个挣扎于社会底层的再普通不过的普通人。

陈默再一次感觉到了自己的多余。不仅仅是在家里，而且她还明显感觉到了来自外界的无情嘲讽。不知从什么时候起，每每当她用一个大口罩遮住自己的脸庞走出家门上街买菜的时候，她的身后总会传来熟识或者陌生人的窃窃私语：

"看哪，那就是向辉的媳妇，简直就像是他的老娘了！"

"何止是老娘，简直就是'狼外婆'了！"

"看哪，听说都离家出走了，怎么又回来了？"

"是啊，就她那样子，连打扫厕所都没人敢要。"

"唉，真是可怜啊，年纪轻轻的就老成那样了！"

"唉，真是可惜了，她老公也真是倒霉又窝囊，也不知道出门时敢不敢抬头？"

"抬个屁啊！那向辉每次都是硬着头皮出门。每次遇到熟人，他都恨不得找个老鼠洞钻进去。"

"唉，有啥办法呢，那可是连神仙都看不好的病啊，听说当初家里为了给她看病都快揭不开锅了。"

当这些来自外界的流言蜚语又一次像潮水一样向着破相女人陈默席卷而来的时候，陈默刚刚重拾的生活勇气与直面现实的底气再一次被重重地击垮。她每次都是提心吊胆地出门，而每次又都是惊慌失措、泪流满面地回家。

还有一次，当她强撑着自己受伤的身子去给距离不远的婆婆家送东西的时候，竟然听到了婆婆和一位表姨在卧室里的谈话。瘦弱的老人放声大哭，哭声里满是伤心和悲怆。不仅如此，她还哭诉道：

"也不知道我们老两口上辈子是造了什么孽了，上天竟然这么狠心地报应到向辉身上，给他摊上了这么一个怪物，这让我们家向辉以后可怎么过活呀！你说她上次走了，怎么又回来了？我们家呀，为了她就只差砸锅卖铁了，可就算我跟他爸出去卖血，也是治不好她的这个绝症啊！"

婆婆这一腔积蓄已久的怨恨对于陈默来说如同五雷轰顶，她慌忙将手里的袋子放在了客厅的地板上，匆匆关上房门，然后摇摇晃晃地来到了烈日炎炎的大街上，一路狂奔。

她万万没有想到，自己如今的这种状况，不但令丈夫向辉的处境如此艰难，还把整个家庭拖到了万劫不复的地步，细细想来，自己真是一个一无是处的害人精。这能怪婆婆吗？婆家人为了她已经竭尽全力了，她总不能让他们就这样度过余生吧？可是，她该怎么办？再一次离家出走吗？可是无论她逃到哪里，到处都潜伏着挤对她嘲讽她以及伤害她的充满偏见的人。

"天底下，何处是我的归所？尘世上，哪里才是我的家乡？"

她又想起了《祝福》中祥林嫂的几句唱词。

陈默不觉又一阵心酸，自己竟然沦落到和祥林嫂一样悲惨的境地，甚至比祥林嫂还悲惨，毕竟祥林嫂还有一副完整的容颜。难道，自己真的要再一次背井离乡四处流浪吗？

不能！起码目前是万万不能的，因为刚刚升入小学一年级的女儿霓霓马上就要放暑假了，无论如何，她得让女儿霓霓过一个有爸爸妈妈陪伴的踏实的暑假，何况，她无法再一次残忍地割舍掉与女儿霓霓好不容易建立起来的这份十分珍贵的母女情谊。

也许，是她自己把事情想得过于糟糕了，也许她需要和向辉再开诚布公地深谈一次，她陈默并不只有离家出走这一条路可走。

她想好了，在即将到来的暑假，不管向辉以何种态度对待她，她要极力克制自己的情绪，无论如何都不要发作，唯一要做的就是陪伴女儿度过一个有意义的暑假，只要是女儿需要的，她都会不惜一切代价地去满足。

女儿霓霓终于放暑假了，陈默是尽一切可能满足女儿在家里的诉求。从吃饭穿衣到日常琐碎，她都是不厌其烦地满足着女儿，就连暑假作业，也被她安排得有条不紊，甚至还列出了每周的课程表。总之，女儿在家里的全部生活细节，作为母亲的陈默都是悉心照顾。而在周末女儿提出想出门上街游玩的时候，陈默就会悄然走开，这时一旁的向辉便会拉起女儿的小手说走吧，爸爸带你出去玩。于是，一场尴尬便轻松化解。看着霓霓一路小跑地跟着向辉出了屋门后，陈默便开始了家务时光。当一切收拾完毕，陈默静静地斜靠在客厅柔软的沙发上，望着这个被自己收拾得井井有条且一尘不染的小屋，望着纱帘上透过来的绯红色的斜阳，听着窗外传来鸟雀欢快的啁啾时，她不禁感慨万千，想起了张爱玲那句爱情宣言：唯愿现世安稳，岁月静好。

然而，现实世界果真岁月静好吗？陈静不敢想丈夫向辉那张整天如南方天气一样阴云密布的脸，不知会在哪一天的哪一刻对着她电闪雷鸣、倾盆大雨。

49

当酷暑退去，夜晚的风带来了一丝丝凉爽的秋意，女儿霓霓的暑假终于过完了，她和所有的孩子一样，背上了自己崭新的小书包，一蹦一跳地进入了离家不远的学校，正式开始了小学一年级的系统学习。作为父亲的向辉，依然是雷打不动地早送晚接，偶尔出现下班晚点的情况，女儿霓霓便独自走回家，因为学校距离他们家只有一二百米的路程，且不用过马路，所以他们夫妻二人对于女儿上学路上的安全问题没有过多担心。

每当父女俩一大早收拾完毕出门以后，孤身留守在家里的陈默便又坐不住了，一颗多愁善感的心又开始胡思乱想了。其实，她完全可以什么都不想，过一种平淡安逸的生活，哪管外边世界的风雨雷电，哪管外边世界的冷眼旁观。当陈默矗立在窗前，久久凝望着窗外凋零的树叶，被过往的行人无所顾忌地踩踏着时，她的心里便会袭来阵阵莫名的疼痛与悲伤。是啊，万物皆如此，何况人乎？难道，我的生命也要像这枯黄的秋叶一样遭万人践踏吗？树叶还曾有过青碧葱茏的美丽盛年，而我呢？连一点点生命光辉的瞬间都不曾有过，就要被时代的车轮碾压而死吗？不！这不是我所期盼的人生，我必须为自己的后半生寻找到一个突破口！

谁承想，还没等陈默开口，向辉却出事了。

这天晚上，女儿已酣然入睡，丈夫向辉却还没有回家。陈默在客厅边看电视边等丈夫，看着看着，不知不觉在沙发上睡着了，不知过了多长时间，放在茶几上的手机，铃声一阵紧接着一阵，陈默被吵醒了，她急忙抓起手机一看，是一个陌生号码，接通以后，电话那端传来一位陌生男子的声音：

"请问你是向辉的妻子陈默女士吗？请你赶快到乐福路派出所来一趟，

你丈夫向辉惹事了。"

陈默听后心里不觉一惊,忙问道:

"是现在吗?"

"是的,就是现在,立刻,马上。顺带三千元现金。"

放下电话,陈默心里一阵惊慌,但是她顾不得多想,急忙在卧室里找寻自己出门时的衣服,一番忙乱之后,终于穿戴完毕,然后随手在衣柜的抽屉里拿了一沓现金揣到了自己的手提包里,匆匆出门。出门时,她没有忘记给自己的脸上捂一个厚厚的大口罩,并用余光扫了一眼墙上的挂钟,此时已是凌晨一点钟。

出得门来,站在大街上,并不太强劲的秋风却已将陈默吹得浑身颤抖,她急忙拦了一辆出租车坐了进去,没过几分钟,她便飞也似的来到了派出所一间办公室里。她的丈夫向辉正满脸伤痕地蜷缩在靠墙角的一张长条椅子上,表情淡漠,目光呆滞,俨然受了重创。

陈默见状,赶忙小跑到向辉的身旁,拽住他的一只胳膊,失声喊道:

"向辉,你怎么了?向辉,出什么事了?"

这个时候,一位民警走到陈默的身边,严肃地说道:

"这位女士,您先别着急,先坐下来。事情呢,我慢慢告诉您。"

原来事情是这样的,深夜十一点左右,喝得醉醺醺的向辉独自一人摇摇晃晃地往家走,当他走进一条偏僻的小巷时,一个妖冶而靓丽的女郎出现在了他的视野里。据向辉交代,不知是因为酒精的作用一时半会儿乱了神,还是那位女郎在故意引诱他,总之事情的结局就是,向辉最终没有把持住自己,像饿虎扑食一样将那个女郎扑倒在地,继而撕扯着女郎的衣服,对女郎进行冒犯。那位女郎受到惊吓,不仅在他的脸上狠抓了一把,还大声喊起了"救命"。这女郎的一声声喊叫,不仅引来了几位过路的男士,还吸引来了一辆在夜里巡逻的警车。于是,两个人便一同被带回了派出所。警察最终问明了情况,断定向辉是酒后乱性,加之女士只是受了一点皮外伤并无大碍,最后警察判定向辉给受害人赔偿两千元,再罚款一千元,交清赔偿和罚款就可直接回家。

陈默坐着，仔仔细细地听完了民警的讲述，望着一旁呆若木鸡的丈夫，许久说不出一句话来。

民警见状，急忙端了一杯热水，递到了陈默的手中：

"别急女士，事情也没有你想象的那么糟。您带钱了吗？受害人还在另一间屋子里等着赔偿金呢。"

唉！真是羞煞人也！真是气煞人也！可是，事情已经发生了，总不能在派出所里当着民警的面和向辉大吵大闹吧？即使心里再怎么撕心裂肺地疼痛，也要强撑着这所剩无几的面子。

陈默缓缓地站起了身，从手提包里掏出早已准备好的一沓纸币，全部放到了民警的桌上。民警清点了下数目，随即拿出一份调解书，让陈默在家属一栏里填上自己的名字。

陈默拿起笔，颤巍巍地写下了自己的名字。旋即，两行委屈的泪水夺眶而出，好在她的脸上捂着一个厚厚的口罩，没有谁能看得清她此刻悲伤的表情。之后，陈默转过身，来到向辉身旁，一脸沮丧地将向辉扶了起来，又搀扶着向辉一步一步地走出了派出所的大门。

当陈默搀扶着向辉站在凌晨四点的街角等候出租车的时候，她内心的伤痛已到了无法抚慰的程度，她纷乱的思绪里唯一能想起的是一句歌词：我的悲伤逆流成河！

50

陈默是费了九牛二虎之力才把向辉安顿到卧室的大床上的。向辉的头刚一挨着枕头，便呼呼大睡了过去，陈默心里尽管不痛快，可也不便发作，只得抱着一个毛毯来到了客厅的沙发旁，开始低声抽泣。她不敢放声大哭，这种委屈和羞辱，只有她自己一个人默默承受，谁也帮不了她，谁也替代不了她。

现在距离天亮还有将近三个小时的时间，还是先睡上一会儿，好起来做早餐，等女儿霓霓出门去学校，再和那个干了破事的向辉谈判摊牌。主意打定之后，陈默便停止了抽泣，迷迷瞪瞪地睡着了。

一切如陈默计划的那样，她早早地起床做好了早餐，然后把女儿霓霓叫醒，看到向辉还在床上蒙头大睡，便没再惊动他，和霓霓匆匆吃完早餐后，帮霓霓把书包背到了双肩上。

"霓霓，你今早自己走吧，爸爸身体不舒服，他今天不去上班了。"

"好的，妈妈。"

"路上注意安全，中午放学自己回家。"

"知道了，妈妈。"

看着女儿瘦小的身影消失在楼梯的拐角，陈默返回屋里，关上屋门，看到向辉还在呼呼大睡，她随即拿起了茶几上的手机，拨通了向辉单位科主任的电话：

"主任好！我是向辉的妻子，他身体不舒服，让我代他向您请一天假。"

"哦，向辉不要紧吧？小陈，如果需要我们帮助的话尽管开口。"

"好的好的，谢谢主任，他没有大碍，吃点药休息一天，明天就可以去上班了。"

"那好的小陈，你把他照顾好。"

"知道了，主任。"

代向辉请完了假之后，陈默便默默地坐在了客厅的沙发上，两眼漠然地凝望着洁白的电视墙。

她在等，在耐心地等候着自己的丈夫向辉睡到自然醒，等到他吃完早餐后，来向她坦白昨晚发生的一切。

她在等，等待着在今天这个至关重要的时刻，和向辉在一场掏心掏肺的甚至是唇枪舌剑的言辞交锋之后，她能走出一条属于自己的哪怕是充满无限凄凉的路，因为她实在无法忍受这种无所事事、寄人篱下、受人歧视的日子了。

快到十点钟的时候，一脸茫然的向辉急匆匆地冲出了卧室，准备开门出去上班。一直坐在客厅沙发上的陈默见状，忙道：

"不用去了，我已经给你们主任请过假了，说你身体不舒服。"

向辉听后，这才将拉开的房门又重重地关上，向着陈默低声回道：

"多亏你了。"

陈默心里明白，昨晚喝醉酒且干了出格事的丈夫向辉终于清醒了。

陈默没有接话，只是用眼睛的余光斜睨了向辉一眼，便把头扭向了一边，她以为刚刚起床的向辉，会按部就班地去卫生间洗漱，洗漱完之后再慢悠悠地坐到餐桌前开始用早餐，等到用完早餐之后，才会坐到她的身边，向她讲述，或者是向她忏悔昨晚发生过的那件荒唐至极的蠢事。谁承想，还没等陈默回过神来，向辉却"扑通"一声，一下子跪倒在了陈默的面前，一边用手击打着自己的脑袋，一边声泪俱下地说道：

"小默，请你原谅我，这次请你一定要原谅我。是我喝醉了酒，是我昏了头，是我……是我……总之我不是个东西，不是个好东西……"

听着向辉声嘶力竭的忏悔，陈默的心里却产生不了一点点的悸动与同情，相反，一股莫名的厌恶感陡然而生。她知道，她现在完全可以凭借着向辉犯案这一件事和他开诚布公地谈判了，在长长的一个暑假里，她为此时此刻的到来已经做足了功课，而向辉的荒诞之举无意间为这场转折性的分裂起到了推波助澜的作用。但不管出于什么样的原因，陈默的心里仍是万分伤痛。

"向辉，事到如今，我并不需要你的忏悔。我们还是离婚吧。家里的东西，我什么都不要。"

"你说什么？小默，我没听错吧，我只是犯了一个天下所有男人都有可能犯下的通病而已。你至于这么上纲上线吗？"

"向辉，我现在在乎的不是你在外边和夜店女发生的不当行为，也根本不在乎你在外边到底干了多少风流事，我现在最在乎的是，你，向辉，对于你的妻子，我，陈默，可还有半分的珍惜与怜爱？可还有半分的尊重与关怀？向辉，我的外表虽只是一个羸弱不堪的老妇，可我的体内却藏着一颗年轻而又热烈的心。我不想苟且偷生一辈子，更不想让你一辈子都背负着这个沉重的负担。所以，向辉，你还是放掉我吧，给我一条生路，咱们各奔东西两不相欠。"

"你是真疯了吗，小默？你怎么可以说出这么绝情的话。我昨晚真的是喝醉了酒才干了傻事的，请你一定要相信我。"

"我是相信你，向辉。但是我更相信，你之所以能做出这么荒唐的事情，根本原因就是你对我的感情已经荡然无存，你每天回到家里，连多看我一眼的勇气都没有；你每晚上床睡觉，连碰触一下我身体的念想都懒得滋生，就更别提对我平日里的嘘寒问暖了。所以，向辉，我并不完全是因为你昨晚犯案一事，而是我们这艘家庭的小舟已经残破不堪无法修补了。在你心里，我还比不上一个夜店女子。向辉，我还是恳求你，咱们离婚吧。"

这个时候，向辉才如梦方醒，他斟酌了妻子所说的每一句话，才真正意识到自己的妻子陈默，此时此刻所说出来的那些话是那么不偏不倚地直戳身体上的死穴。他真是小看妻子陈默了。于是，他赶忙上前一步，坐到了妻子的身旁，一把将妻子抱在了自己的怀里，哭诉道：

"可是小默，你去年离家出走，是我和霓霓千辛万苦才把你找回来的。在外打工的日子你又不是没有经历过，你应该知道那样的日子并不好过，尤其是你，可能会举步维艰。就算我们目前的生活并不富裕，但是它毕竟还算安稳的。"

"就算在外边是举步维艰，就算是冻死饿死在外边，也总比我在你的这个铁锅里，像一只青蛙一样被温水一点一点地煮死好过一百倍。"

"小默，你就别说气话了。是我这段时间里没有好好待你，也没有好好照顾你，小默，千错万错都是我的错，你打我吧，你骂我吧，只要能解了你的心头之恨，你怎么惩罚我都行，只是千万千万不要抛下我和霓霓，千万千万不要再离开这个家了。好吗？"

　　向辉说着，竟不管不顾地在陈默的脸上狂吻起来，一边吻还一边絮叨着：

　　"小默，你是真要气死我吗？你是一点也不顾念我们的夫妻情分吗？还有，你真的能撇下咱们聪明伶俐的女儿霓霓吗？"

　　此刻的陈默是异常的冷静，她没有迎合丈夫向辉难得的亲热，而是使出了浑身的劲儿，将向辉一把推开，猛地站了起来，大声哭诉道：

　　"你清醒清醒吧，向辉。我太了解你了，而且，我如果再在这个家里继续待下去，迟早会拖死你的。何况，你昨晚的过激行为，已经无可辩驳地验证了你的内心对于我的厌弃到了何种程度。还有，你的家人、你的亲戚、你的同事、你的朋友、你周围所有所有认识你的人，他们对于我的所有难听的话语和鄙夷的目光迟早都会将我杀死的。"

　　这个时候的陈默早已经泣不成声了，只见她慢慢地回转过身，"扑通"一声跪倒在了向辉的面前，含糊不清地说道：

　　"求求你了，向辉，求求你，千万千万放过我。"

　　呆若木鸡的向辉，用一双极其失望的眼神无奈地看了一眼跪在面前的妻子，有气无力地说道：

　　"离婚？你休想，你这辈子都休想。"

　　向辉说完，猛地起身，拉开房门，随即愤愤而去。跪在地上的陈默，只听得"咣当"一声，那扇红褐色的防盗门将她死死地困在了这个方寸之地。

51

　　陈默心里很清楚，即使她再怎么低三下四地哀求向辉，他都是不可能和她离婚的，即便他们之间已没有了哪怕是一丝的夫妻情分。无奈之下，陈默决定故技重施——不辞而别。她不得不再一次拨通了那位热心表舅的电话，央求那位很有人脉的表舅给她重新介绍一份工作，干什么都行，就算打扫厕所她也不会嫌弃。不承想，没过几天，表舅的电话回了过来。表舅告诉她，这次还真是给她找了一个保洁的工作，就是地方有点远，在汉阳市的《女人天下》杂志社，问陈默去不去。陈默听后不禁喜出望外，忙道：

"我去我去。我去了一定好好干，绝不给表舅丢了脸面。"

陈默挂断表舅的电话之后，便开始在心里暗暗盘算自己的第二次离家出走。汉阳市距离这里百里，她打定主意将再也不会回到这个曾经温馨现如今却如同冰窖一样的小家，再也不会回到这座美丽而安静的小城，也再也不会回过头来看一眼可爱伶俐的女儿霓霓了。

粗心的向辉没有察觉出陈默的异常，他以为陈默哭闹之后便会安然无恙地继续和自己过起柴米油盐酱醋茶的平淡日子，可令向辉万万没有想到的是，自己真是低估了妻子。某一天晚上，他像平日里一样领着女儿霓霓走进家门时，才觉察出不对劲。客厅里闻不到往日饭菜的香味，餐桌上光秃秃的，整个屋子如一座死寂的城。等到向辉四下查看了之后，才猛然意识到自己的妻子陈默，又一次离家出走了。因为就在茶几最醒目的地方，放着一把他们家防盗门上的明晃晃的钥匙，家里唯一的拉杆箱也不翼而飞了。向辉顿时傻眼了，他望着一脸茫然的女儿霓霓，不禁眼眶湿润。他知道，第二次离家出走的妻子陈默，恐怕是再也找不回来了。

陈默果真称得上是一个有胆有识的女子，她在和汉阳那家杂志社的人联系上之后，便选择在一个天气阴沉的午后，拉着行李，坐上了开往汉阳的大巴车。

此刻，坐在车上的陈默，就如同一只挣脱了樊笼的小鸟那般自由，即使她未来的前途一片茫然，但是，她依然没有半分悔意，因为，此刻的她已经下定决心与自己身后那个距离她越来越远的、那个曾让她痛不欲生的小城一刀两断。

黄昏时分，陈默推着拉杆箱，背着小挎包，缓缓地走出了汉阳市长途汽车站。四下张望之后，不禁连连慨叹：

"大都市不愧是大都市，楼是这样的高，夜景是这样的美，店面一家紧挨着一家，无不彰显着大都市的繁华。"

陈默来不及吃东西，虽然她的肚子已饿得咕咕叫，她想趁着杂志社下班之前赶过去，把自己当天晚上的住宿安排好，等到明天一大早就可以穿上工作服正常上班了。这样想着，陈默随手拦了一辆出租车，直奔《女人天下》杂志社。

陈默走进杂志社的大门，看门的大叔看了一眼她的身份证，又让她填了"来客登记"，然后告诉她，她要找的李科长在三楼后勤保障科，可以先把行李放在这儿，等一会儿再过来取。

陈默向门房大叔点头致谢后，快步进了大楼，乘电梯来到了李科长的办公室。当陈默向李科长介绍完自己并说明情况之后，李科长和蔼地说道：

"啊，你的情况我都清楚，做保洁应该没有问题。关于你的工资待遇情况，我想你大概都已经清楚了，食宿免费提供。"

"谢谢李科长，我一定好好干。"

之后，陈默拿着一张李科长给她写的便条，找到了她的直接负责人，快速办理好临时入职的一切手续，并领取了两套天蓝色工作服。之后，她又去门卫那里，拎回了自己的行李和包裹，这才回到了杂志社给她安排的一间酷似小仓库的房间。这个房间虽然狭窄，好在有床、有桌、有椅子，还有一扇面朝南的玻璃窗，这样的环境对于只身在外的陈默来说，已是非常优渥的了。

屋子布置妥当以后，她和衣仰躺在自己刚刚铺好的床铺上，望着天花板，长长地舒了一口气，这下好了，那个视她如敝屣的丈夫向辉即使掘地三尺恐怕也找不到她的踪影了。唯一让她感到心痛的就是再一次绝情地撇下了年幼的女儿霓霓，她还那么小。

想到这里，陈默的眼泪又不知不觉地涌出了眼眶，她急忙用手背擦拭掉两腮的泪水，径直坐起了身子，下了床，整理了一下蓬乱的头发，然后带上房门，走出了院子，因为她实在是太饿了，她决定出去买点吃的，也正好在杂志社附近转转，熟悉一下周边的环境。

就在陈默走出杂志社大门还不到几十米，猛然看见前面不远处的一个年轻女孩，不知什么原因竟摔倒在了地上，挣扎了几次却仍没有站起来。陈默见状，顾不得多想，便赶忙跑了过去，把女孩扶着坐了起来。可是无论陈默怎么使劲，女孩就是站不起来，只是用手抚摸着一只脚的脚踝，一个劲儿地喊着"疼死了，疼死了"。陈默这才觉出事情的严重性。忙道：

"姑娘，可能是脚崴了，赶紧给家里人打个电话！"

"我家里没人，阿姨。"

"那怎么办？"

"阿姨，麻烦你帮我在路边叫个出租车。我得到医院瞧瞧。可能是骨裂了。"

"好，好。"

陈默赶紧跑到路边，很快就拦住了一辆出租车，可出租车司机看了一眼那位坐在人行道上的女孩，说他的车开不到人行道上，得让那个女孩走过来。

于是，陈默又跑到了女孩身边，将女孩的一只胳膊搭在了自己的肩头，将自己的一只臂膀环在女孩的腰间，随即使出了浑身的劲儿，硬是把女孩从地上扶了起来，并用自己的身体做了女孩的拐杖。就这样，女孩在陈默的搀扶下，一瘸一拐地坐进了路旁的出租车。女孩刚准备给车外的陈默道声谢谢，哪知这位好心的阿姨竟也顺势坐进了车里，女孩用疑惑的眼光打量着这位好心的女人说道：

"太谢谢您了，阿姨。您这是？"

"走吧，我陪你去趟医院。你刚才不是说了吗，家里没人。你一个人怎么去医院，不还得有人给你挂号交钱吗？还得有人用轮椅推着你去做检查。"

女孩听罢，忽然感动得哭了起来，她紧紧地抓住陈默的手，仿佛是抓住了汪洋大海中一叶可以救她到彼岸的小舟。

没过几分钟，两人到了就近的医院，在陈默跑前跑后一阵忙碌之后，女孩终于住进了医院的骨科病房，医生最终诊断为：踝骨裂伤，急需手术。陈默原以为只要把受伤女孩送进医院便可万事大吉全身而退了，不承想这下更麻烦了，女孩要做手术，谁来照看她？就算自己今晚当个活雷锋，把好人做到底，可她手术期间和手术之后又该怎么办？看到已经换上了病号服、安静地躺在病床上的陌生女孩，陈默说道：

"苏灿，这下好了，就等着医生给你安排手术的日子了。我也该回去了。"

陈默是在给女孩办理入院手续的时候，才知道她有这么一个明媚的名字。

"阿姨，真不好意思，让你忙活了大半天，我真不知道该怎样感谢你呢！"

"没什么的，苏灿。我也是刚到这里，我知道一个人的生活是多么的不易。"

"哦阿姨，我还没有问你，你住在哪里？叫什么名字？等我身体好了以后，我还要登门致谢呢！"

看着住院女孩一脸真诚的样子，陈默便把自己的名字和住处告诉了她。谁知女孩在获取了热心阿姨的身份信息之后颇为激动，她兴奋地说道：

"阿姨，真是巧了，我就是《女人天下》杂志社的一名记者，刚才是因为加班太晚，想出来吃点夜宵，不承想一不留神，竟摔了个大跟头，还弄了个骨裂，幸亏遇到了您。阿姨，原来咱们是一家人啊！而且我的宿舍就在你的隔壁。"

听到女孩这样说，陈默心里甭提有多么开心了，原来，自己耗费了全身力气帮助的女孩竟然是自己的同事，非但如此，这个漂亮且率真的女孩竟然住自己隔壁，哎！还确实是一家人，古书上不是常说嘛，远亲不如近邻。陈默随即在床边的一条凳子上坐了下来：

"苏灿，阿姨今晚就在这儿陪你吧。"

"可是阿姨，您明天一大早还得按时上班呢，我怕您累着。"

"没什么的，苏灿，阿姨累惯了，所以也就不觉得累了。再说我走后，整个晚上谁照顾你啊？别犟了，就这么定了，我明早赶点回去就行了。"

苏灿一看拗不过陈默，又考虑到自己目前的处境，也确实需要一个人来照顾，便笑道：

"陈阿姨，你今天刚入职，就遇到我苏灿在马路上摔倒，咱们这还真是比电视剧里的奇遇还要奇特啊。所以阿姨，你今晚能留下来陪我，我苏灿真是太幸运了。"

苏灿说着，竟止不住地抹起了眼泪。陈默见状忙道：

"说来也巧，我刚才也是溜达出来想买点吃的，不承想竟遇到了你。好了不说了，你先休息一会儿，我这就下楼去，给咱买点吃的回来，折腾了几个小时，你恐怕早就饿得前胸贴后背了。"

苏灿听后，不禁破涕为笑：

"那好吧，阿姨，咱们可说好了，您为我花的每一分钱我最后都会如数地还给您，当然，还要加上您照顾我这个伤病号的工钱。"

陈默站起身，走到了病房门口，忽又转过头，向着一脸笑靥的苏灿轻声说道：

"你这么说就见外了，咱们都是一家人了，还跟我这么客气。工钱就不必了，只要把你们编印的杂志送我几本，我也就心满意足了。"

望着热心女人渐渐离去的背影，年轻女孩苏灿不禁一脸茫然：

"怎么，一整晚都不摘掉口罩的保洁阿姨陈默，竟然对一本文学杂志有如此浓厚的兴趣？真是不可思议，不可思议。"

52

第二天天刚蒙蒙亮，陪了苏灿一整晚的陈默便起来了，与其说她早早起来，不如说她几乎整晚都没合眼。看着苏灿在那张洁白的病床上沉沉睡去，她一个人蜷在墙角的陪人躺椅上辗转难眠。她至今都想不明白，为何在昨晚遇到崴脚的女孩苏灿之时，自己能表现得那么热心而又积极，竟没有一丝一毫的顾虑。刚一开始扶她坐出租，是出于人性的本能，后来决定陪女孩一起来医院，是因为她得知受伤的女孩也是一人在外，即使到了医院还得有人帮忙，而再后来她决定当晚留在医院里照顾女孩，是因为她得知女孩竟然是她以后的同事和邻居，这样的巧合真是令陈默又惊又喜，毕竟一个人出门在外，关键的时刻能有一个人伸出援手，是可遇而不可求的事情。

于是，在快速帮着苏灿洗漱了一番，又匆匆下楼帮苏灿买来了早餐之后，陈默便急匆匆出了医院，乘坐一辆出租车，往《女人天下》杂志社赶去。临走之前，陈默对苏灿说："等我中午忙完后，再过来给你买饭。"苏灿听后忙回道："不用了陈阿姨，我问过医生，这里有很多的钟点工，到时候我可以找一个。让您跑来跑去，真是太累了。阿姨，您这么大岁数了，忙完工作后，就在宿舍里好好休息吧。"陈默点了点头说："那我有空再来看你。"苏灿听后，便笑着向走到病房门口的陈默轻轻地点了一下头。

刚一踏进自己宿舍，陈默便迅速换上了自己的工装，走进属于自己的卫生区域，拎起宽大的拖把，将整个楼道拖得干干净净，之后，她又拿起一块大大的抹布，将整个卫生间的门窗、墙壁和洗手台，擦洗得一尘不染。看着经自己的双手辛苦清扫出的整洁的环境，再看到一个个前来上班的员工，穿着得体的服装，化着淡雅的妆容，踏着光洁的地板，走在清新的楼道中，开始一天崭新的工作，陈默的心里竟然涌起一股莫名的感动与羡慕。曾几何时，她陈默又何尝不是裙裾飞扬、光彩照人地出现在幼儿园宽敞明亮的讲台上，为那群可爱的小天使而劲歌，而狂舞，而尽情彰显自己的风姿与才华？可如今呢？如今已成黄粱一梦。现在，现在不是也很好吗？逃离了不堪的环境，亦逃离了不堪的人群，还有了一份能养活自己的正经的工作，再也不用忍受来自世俗的异样眼光了，再也不用忍受来自家庭的冷漠与厌弃了。

一想到这些，陈默的心里便又生出了些许慰藉。随即，陈默又将自己工作区域的卫生情况仔仔细细地查看了一遍，感觉还算满意，这才回到了宿舍，脱掉工装，冲了一个热水澡，换上了一套纯棉睡衣，拉开被子，开始蒙头大睡。她实在是太累了，她真想一觉睡去永远别再醒来。

接下来的日子里，陈默按部就班地做着这份保洁工作，而且做得非常认真，偶尔在走廊碰到后勤科的李科长，他也会向着她微笑着点点头，还会轻声地向她说上一句："您也要注意身体。"聪明的陈默从李科长对待她的态度和语气里，明显地感觉到了大家对自己工作的认可和满意，这于她而言是一件令她开心的事情。自此，她在后来的工作中干得更有劲头了。

几天后的一天中午，陈默像往常一样利索地干完了自己的工作，换上了一身整洁的服装，直奔苏灿所在的医院，因为苏灿今天要做手术了，所以她必须在中午赶过去。去的时候，她在医院附近的花店里给苏灿买了一束娇艳欲滴的百合花。等她手捧鲜花急匆匆赶到苏灿病房的时候，苏灿已经做完了手术，正安安静静地躺在自己的病床上，一侧脚踝上裹着一圈厚厚的纱布，而一旁有一位约莫五十多岁的女人在进进出出地忙碌着。见到陈默捧着一束鲜花走了进来，苏灿慢慢扭动了一下身子，带着惊喜的笑意小声问候：

"阿姨来了，还带了这么漂亮的花儿来！快坐下歇会儿。"

一旁的女人见状，急忙接过陈默手里的百合花，顺手放在了靠窗的柜子上，又拎起一只保温瓶走了出去。苏灿忙道：

"阿姨，她就是我前些天雇来的护工，人挺好的，也挺勤快。"

陈默在床边的一个凳子上坐了下来，拉住苏灿的一只手，嗫嚅道：

"本来阿姨是想过来照顾你的，但因为我是刚刚才应聘到这里，不好意思请假，所以……"

"没什么的阿姨，您头天晚上那么热心地照顾我、陪伴我，我已经是感激不尽了，哪还敢再麻烦您？再说了，手术后一个礼拜，我就可以出院了。我们就是名副其实的邻居了。"

"那好，苏灿，等到你出院以后，阿姨天天照顾你。"

"那可真是太好了，阿姨。"

"那咱们就说定了，苏灿，等你出院的时候，阿姨来接你。"

"好啊，咱们一言为定！"

"一言为定！"

不知怎的，当陈默走出医院的大门，看着来来往往的陌生人群，她心中忽然涌起一股想要流泪的冲动。想着比自己小不了几岁的苏灿，竟口口声声喊着自己"阿姨"，她便觉得浑身不自在。可那又有什么办法呢？谁叫她陈默有着一张与自己真实年龄相差甚远的脸呢？

很快，一个星期过去了，陈默顺利地把渐已康复的苏灿从医院接回了杂志社的宿舍。在陈默很是利落地把苏灿的房间彻底地清扫了一遍之后，又将一副木质的拐杖放到了苏灿的床头，温柔地说道：

"给你这个，下床的时候小心一点，有什么需要帮助的，就给我打电话。你先睡会儿，我去干活了，中午我会按时把午饭给你送过来。"

苏灿点了点头，心里感激万分。她没想到，自己独自一人漂泊在外，竟然还能遇到如此好心的阿姨，真是太幸运了。

53

事情的发展真如苏灿预想的那样，她和隔壁陈默阿姨的相处越来越融洽，越来越和谐。就算同科室的同事们来了，也只是带来水果和礼品，寒暄上几句便匆匆离去。所以，苏灿的日常琐事便顺理成章地落在了陈默的身上。陈默不仅利用上班的空余时间，帮苏灿洗衣服、打扫房间，还承包了苏灿的一日三餐。三顿伙食，不是去职工食堂打，就是去街道的饭店里买，甚至有时候到了周末，热心的陈默还会支起自己的电磁炉，为她做一些稀罕的小吃，这些都令苏灿感激涕零。

然而，陈默之后的一些举动却常常令她十分费解。比如，陈默会把她房间里放着的一些《女人天下》的杂志借去阅读，还会把她书架上摆放的一些文学方面的书籍借去阅读，读完之后会把书和杂志再平平展展地放回原处，有时还会为某一篇精彩的文章在她面前赞叹几句，这些都令涉世未深的苏灿感觉到，她们并不像是隔着辈分的两代人，而像是一对多年未见的老朋友。但是陈默脸上的那个大口罩似乎从来就没有摘掉过，虽然她通过陈默的外形和声音推断过陈默的大致年龄，但是她干活的利索劲儿与她的谈吐，与她推测的年龄却是那般的格格不入，而原本就沉默寡言的陈默也从未在苏灿面前提及过自己的家庭与过去，每当苏灿有意无意地试探时，陈默总是很迅疾地避开这些敏感的话题，所有这些都让身为记者的苏灿，对陈默的过往产生了更多的好奇心，加之她还承担着《女人天下》杂志每一期的一个采编任务，那就是通过了解身边众多打工女性的生活，着重关注当代女性的情感历程与心路历程。而陈默不知从什么时候起，就俨然成了苏灿正在谋划的下一个采访对象。苏灿觉得，一位如此热心善良的阿姨能背井离乡，她的内心一定藏着委屈与苦楚，既然是这样的话，那我为什么不能找到一个切入点，帮帮这位阿姨呢？于是，在一个落雪的黄昏，趁着陈默给自己送来两个烤红薯的空当，苏灿拉着陈默的手，坐在了床边。

"阿姨，真是太谢谢您了。这些天里，如果没有您的照顾，我真不知道该怎么办才好！"

"傻丫头，这些都是举手之劳，有什么好谢的。"

"可是阿姨，我目前又遇到了一个难题，不知道阿姨能不能帮我？"

"什么难题？说出来听听，看我能不能出点力。"

"阿姨，您当然能帮上我了，就怕您不肯相助。"

"你先说来听听。"

"是这样的阿姨，杂志社给我安排了一个任务，采访一位身边熟识的女性，就是能代表大多数外出打工女人的一位女性，深入了解她的生活境况以及情感婚姻，表达出她的诉求与愿望，撰写成一篇完整的文稿，发表到《女人天下》杂志上。"

"这个……这个……苏灿，你这是在跟阿姨开玩笑吧？像我这样一个再普通不过的保洁员有什么好写的？再说了，你身边一定不缺那些有知识有文化且形象气质俱佳的高级白领，像我这样一位土了吧唧的老阿姨有什么可宣扬的，还是算了吧。"

"可是阿姨，我近期不是在宿舍养病吗？一直没有找到合适的人选，所以就想着找您来帮忙，何况和您相处了这么久，我渐渐发现了您身上太多与众不同的闪光点。所以阿姨，还是请您帮我这个小忙吧。"

"苏灿，其他事情都好说，唯独采访这事，无论你怎么说，我都是不会答应的。"

"阿姨，这到底是为什么？您一向是个乐于助人的热心肠啊。而且，我在文章中是不会公开您的真名的，而是用一个化名来替代，绝对确保您的个人隐私。"

说句实话，自从陈默的身体在七年前的一天发生了令人震惊的变化之后，还没有一个局外人能平心静气地听她絮絮叨叨地讲述她所遭遇的人生苦难，更没有一个人能设身处地地站在她的立场来理解她的生存处境与人格自尊。所以当苏灿开口说要采访她时，她的内心里是慌张而惊愕的，可当可爱的小妹妹苏灿再三地请求她接受她的采访时，她内心里的恐惧反倒慢慢减少了。于是，陈默尘封已久的心在苏灿的引导下慢慢地释然了，她决定把自己满肚子的苦水，向这位单纯善良的小妹苏灿和盘托出。

陈默从外衣口袋里掏出了一张自己的彩色照片，慢慢递给了靠在床头的苏灿。苏灿接过照片之后，仔细瞧了瞧，又将照片上的人和面前的陈默比对了一下，笑道：

"阿姨，这照片里的人是您吗？"

"是我以前的照片。"

"阿姨年轻的时候好漂亮啊！简直就像是一位影视演员！真的！"

这个时候，陈默又掏出了自己的身份证，递给了苏灿。苏灿在看了陈默的身份证之后，不禁大惊失色：

"阿姨，您的真实年龄才三十多岁？可是您现在怎么……"

看着苏灿惊讶的样子，陈默抬手慢慢摘掉了那个一直捂在自己脸上的大大的口罩，用一双含着泪花的眼睛直视着苏灿说：

"可是现在，我已经变成了这样。"

借着柔和的灯光，苏灿注视着陈默那张苍老得几乎变形的脸，不觉惊愕地张大了嘴巴。

54

那夜，陈默终于向同在外地漂泊的邻家女孩苏灿，痛述了自己多年来遭遇的身体变故、失业、亲人远离、世人嘲笑、家庭变故以及求生艰难等诸多心酸的往事。陈默原本就有着不凡的谈吐，加之声泪俱下的诉说，直听得苏灿浑身直冒冷汗。她没想到，与自己朝夕相处了近百天的如此好心的陈默，竟然还深藏着一个如此不为人知的秘密。陈默在花了几个小时的时间，把自己一肚子的苦水倒给了一位心地善良且值得信赖的小妹之后，内心的重压反倒减轻了许多。但说完之后，她的内心里又萌生了一点点的担忧：

"其实，小苏妹妹，我今晚和你讲述我的全部遭遇，并不是真的想让你写我，而是积压在我心头的这块石头真的是太重太重了，我如果再不把它卸下来的话，早晚是会被压死的。所以，还请你一定要替我保密，千万千万不要告诉任何人。就算你以后，从内心里瞧不起我，我也不会怪你的。"

不知从什么时候起，苏灿的眼里已盈满了晶莹的泪花。她伸出自己的双手，紧紧地攥住了陈默的一只手，动情地说道：

"其实，我是应该……我是应该叫你一声姐姐的。妹妹又怎么会嫌弃姐姐呢？"

看着坐在自己面前的苏灿一脸真诚，陈默轻声说道：

"只怕我这个另类的姐姐，会给妹妹带来麻烦。"

"姐姐说的是哪里话，你对我百般照顾，万般呵护，我感激还来不及呢。姐姐，这往后的日子啊，我们姐妹俩的心只会贴得越来越紧。"

"那就太好了。出门在外，能遇到一个体己的人，真是人生一大幸事。好了，苏妹妹，打扰了你这么长时间，我该回去了，你也需要早点休息。"

陈默说完，迅速地把自己的手从苏灿的手里抽了出来，站起身来欲离去，却被苏灿叫住了：

"陈默姐，您先别走，我忽然有了一个新的想法，是关于你的。"

陈默急切地扭过头，用一双诧异的眼睛望向苏灿：

"什么想法？"

"姐姐您听我说，我已决定就用你的真名，报道你的真实故事。非但如此，我还想动用媒体和网络的力量，呼吁社会各界爱心人士，为您开展一个'爱心捐款'活动，把捐款活动所得的资金全部用来给姐姐您做整容手术。姐姐，您觉得怎么样？"

"不行！这绝对不行！"

陈默的答复犹如一个重锤砸到地上，有力而铿锵。

"为什么？"

"这样的话，全天下的人都会知道我，都会来耻笑我，我就更无法生存了。还有，我的丈夫就会根据报道消息再次找到我，再次纠缠我，那我就再也无法过平静的生活了。何况，我的这种病是千年难遇的怪病，是咨询了几十家医院都无法治愈的疑难杂症，我在老家已经把全部的家当都贴进去了，所以，苏妹妹，你就省省心吧，不要再为我白费心思了。"

"可是陈默姐，你原本有那么一个漂亮的外貌，又有着满腹的才华，却只能以一名保洁员的身份谋生。姐姐，我真为你感到不平，姐姐，你让我于心何忍？我之所以能产生这样的想法，是想让姐姐恢复至原来美丽的模样，是想给姐姐开启另一种光明的人生。所以，还请姐姐同意我的做法。"

苏灿说着说着，又止不住流下了眼泪。

这个时候，只听"扑通"一声，满脸泪痕的陈默竟跪倒在了苏灿的床边：

"苏灿，就算姐求你了，你千万不要为我开展'爱心捐款'，姐的心早死了。别说捐款一事，就是你采用化名报道我的故事，我也不乐意。因为，我已心如止水，况且，我对目前的生存状况已经很满意了。"

陈默的一番举动，让原本满怀希望的苏灿的热情瞬间降到了冰点，她一脸诧异地看着跪在地上的陈默姐姐，看着她惊慌失措地站起来，看着她惊慌失措地走出去，又看着她惊慌失措地关上了自己的房门。

陈默回去了，苏灿知道自己今晚做了一件惊天动地的事情，那就是帮一位心地善良且历经劫难的女人，狠心地撕扯下了她护在脆弱肉身之上、用以抵挡风刀霜剑的金刚罩和铁布衫，帮她彻彻底底地撕下了多年伪装的面纱，裸露出了她滴血的灵魂，并且还原了她最本真的面目。她知道，自己的所作所为，已经深深地将陈默伤害了。

55

之后的日子里，陈默和苏灿之间的关系依然维持着表面的平和，只是没了以前的熟络，生活上虽仍相互关照，但语言交流少了许多。自从苏灿知道了陈默的苦难之后，说话就更为小心谨慎，唯恐哪一句话没说好，无意间触疼了陈默姐姐的心弦。就连满怀信心想为陈默姐姐开启"爱心援助"的想法也暂时搁浅了。

好在苏灿的身体已完全康复，她已经可以扔掉拐杖独自下床走路了。于是，在正式上班的第一天，坐在办公桌前的她，便开始琢磨起她的下一个采访目标。

这时候，她看见摆放在桌面上的一份报纸的头条上，赫然印着关于著名导演韩沙近期准备举行电影《火花》新闻发布会的报道。她将报纸拿起来，开始仔细浏览。

猛然间，她发现报纸上图片里的女人陆梦婕的长相，和陈默毁容之前的长相十分相似。不是相似，简直就像是一母同胞。难怪，在她第一眼看到陈默的照片时，竟脱口而出她简直就像是一位影视演员。这个发现令苏灿十分吃惊。吃惊过后，一种喜悦之情油然而生。既然陈默姐姐不愿接受采访，何不采访一下这位影视演员陆梦婕呢？

于是，苏灿将下一个采访目标定为陆梦婕，她不但年轻漂亮，而且演技一流，苏灿还听说陆梦婕虽然是个大腕儿，却从不骄纵张扬，反倒热衷于义演和募捐等社会公益活动。这样的演员难道不值得媒体大力报道和宣扬吗！

可是，苏灿却没有陆梦婕的任何联系方式，怎么办？正当她一筹莫展之际，忽然想起了一个人，那就是导演韩沙。记得去年刚刚入职不久，她作为媒体人参加过一次文化部门主办的交流活动，曾和韩沙有过一面之缘，还留了彼此的电话号码，且对于韩沙导演的每一部电影，她都非常关注。如果可以通过韩沙联系到陆梦婕，那岂不是事半功倍？想到这里，苏灿立即拿起手机拨通了韩沙的电话：

"韩导您好！"

"您好！"

"我是《女人天下》的苏灿。韩哥还记得我吗？"

"记得记得，当然记得。你可是咱们汉阳市首屈一指的大才女啊。"

"才女不敢当！韩哥，小妹我今天有一事相求，不知韩哥可否助我一臂之力？"

"苏小妹，有什么事你尽管说，只要我韩沙能办得到，一定鼎力相助。"

"那好韩哥，小妹我也就不拐弯抹角了。我这里有一个采访任务，被采访的对象要求在本行业里是出类拔萃的女性人物。我就突然想到了陆梦婕，韩哥您也知道，我跟她一点也不熟，如果我直接联系她，恐怕人家连见都不见我，所以韩哥……"

"哦，是这事啊！苏灿，这件事我恐怕帮不了你，因为陆梦婕她……她……她最近很忙的。你也知道，她是女演员里面最清高的一个，从不愿意接受任何一家媒体的采访。所以小妹，还望你见谅。"

听到韩沙的回复之后，苏灿刚刚燃起的希望又一次破灭了。但是她仍不死心，依然心平气和地说道：

"既然陆梦婕不愿接受采访，那我只好罢手了。韩哥，我还想约您吃个便饭，一是为您即将开拍的电影《火花》表示祝贺，二是咱们兄妹俩也好长时间没有好好聚聚了，正好也可以了解一下《火花》的进展情况，顺便为影片做一些预告或宣传什么的。您看呢，韩哥？"

"哎，我的苏小妹啊，你也太客气了！"

"就这样定了，韩哥，今天中午十二点，来香饭店，不见不散。我这就订包间。"

挂断电话之后的苏灿，一直在为自己和韩沙中午约饭的果断决定而沾沾自喜。虽然联系陆梦婕一事被韩沙拒绝，但凭着韩沙的本领，他还是可以为自己介绍来许多女性精英的。

然而，令苏灿感到诧异的是，如约而来的导演韩沙，一改往日自信潇洒的模样，一脸倦怠地坐在餐桌的旁边，脸色阴沉。

苏灿十分殷勤地沏好了茶水，递给韩沙：

"韩哥，不好意思，我大病初愈，今天就不能陪您喝酒了，小妹我以茶代酒，敬哥一杯。"

韩沙接过苏灿递过来的茶杯，和苏灿的茶杯碰了一下，一饮而尽，然后说道：

"谢谢苏小妹，还记挂着你韩哥。"

"看您说的，我能有一位大导演哥哥，那让多少人眼红心热呀！好了韩哥，您先动筷子，菜都快凉了。"

于是，苏灿与韩沙在一间清静优雅的小包间里开始了一场意义非凡的午餐。当然，这个意义非凡，不关乎她苏灿，而是关乎另一个女人——陈默。那个时候的苏灿是怎么也不会想到，自己在导演韩沙面前的一个无心之举，竟然改变了陈默的人生。

"韩哥，《火花》的剧情是什么?"

"我一时半会儿也说不清楚，回头把资料发你微信。"

"好的韩哥，那什么时候正式开拍?"

"开拍? 开拍个屁! 他们一个个的都给我撂挑子、使绊子，我是连一点点导演的威严都没有了，没有了。"

苏灿凭借着敏锐的洞察力，在和韩沙简短的话语交锋中，已明显地感觉出了导演韩沙隐藏在心中的怨气与不快。他一定是遇到一些不顺畅的事和一些令他苦恼的人了。眼见韩沙如此低迷丧气，苏灿也就把让韩沙帮她推荐一些职场女性精英作为采访对象的话题，悄无声息地咽回到了肚子里。

这时，苏灿从手提包里掏出一张彩色照片，递给了饭桌对面的韩沙。韩沙在接过照片之后，迅速地瞄了一眼，苦笑道:

"怎么? 你还想让我帮你联系陆梦婕啊?"

"看清楚，我的韩哥，她可不是陆梦婕。"

"不是陆梦婕? 那怎么，天底下竟还有如此相像的两个人?"

"这么说来，连您也觉得她们两个人长得是非常相像了? 有时候，我也在怀疑她们俩是不是失散多年的双胞胎姐妹!"

"什么意思? 请你说清楚一点。"

"韩哥，您先别着急啊，听我慢慢和您说。她叫陈默，目前正在我们杂志社做着保洁的工作。"

"保洁? 这么漂亮有气质的女人会当一名保洁?"

"韩哥，这件事啊，我还得和您从头说起。"

于是，苏灿把陈默的离奇遭遇一字不漏地诉说了一遍，导演韩沙被惊得瞠目结舌:

"天底下竟还有如此离奇惨痛之事?"

"是啊韩哥，关于陈默姐姐的事情，我可是一点也没有添油加醋。本来陈姐姐是让我给她保守秘密的，可是你说，变脸之前的她竟然和陆梦婕长得那么像，所以，我忍不住告诉您，这事儿请您保密。"

"我知道，我一定会保守秘密，也请你以后不要再告诉其他任何一个人。"

"这个我当然知道了。"

整场饭局，从开始到结束，从见面到分手，苏灿都在关注着大导演韩沙的细微情绪变化，韩沙对陈默的照片及离奇故事所表现出的吃惊与诧异，从头至尾都在苏灿的意料之中。只是她万万没有想到，就在她和韩沙吃过饭的一周后，每天与她嘘寒问暖的陈默姐姐却不声不响地不辞而别了。后来，她才听传达室门卫说，陈默已经辞职了，且不知去向。

56

毫无疑问，陈默就是在苏小妹把她的照片以及个人信息在饭桌上无意间透露给导演韩沙之后，被韩沙"掳"走的。

事情就发生在那个冬天元旦即将到来的前夕。在一个寒风刺骨的夜晚，吃完晚饭的陈默，正一个人窝在自己暖烘烘的被窝里刷着手机，忽然间，一个陌生的电话打了进来。陈默犹豫了一下，随即挂断了电话，没想到过了一会儿，那个陌生的号码又打了进来，响铃是一声接着一声。无奈之下，陈默接通了电话，电话那头传来了一个陌生男子充满磁性的声音：

"您好！请问您是陈默女士吗？"

"是的。您是？"

"那好，陈女士，请您不要问我是谁，也请您不要再多问一句话。接下来，请您务必认真听清楚我所说的每一句话。好吗？"

"可是，您到底是谁？"

"我是谁并不重要。当然，如果您非要弄清楚我是谁，那么，我可以毫不夸张地告诉您，我是可以拯救您逃离苦海的人，我是可以改变您命运走向的人。"

对方在电话那头的声音听起来是如此的有力，语气又是那般的坚定而丝毫不容置疑。

陈默心里一惊：

"可我听不懂您的意思。"

"好，那我就挑明了说。陈女士，您的情况，确切地说是您的个人遭遇，我已经了解得清清楚楚。您先不要问我是怎么知道的，我接下来要为您做的事情，就是要带您离开这儿，找一位医术最好的整容医师，全力以赴为您进行整容手术，直至恢复您当初的样貌为止。当然，所有的费用我全部承担。"

陈默再次感到震惊：

"这位先生，您还是不要和我开这种荒唐的玩笑了。"

"陈女士，我没有和您开玩笑，我说的是真的。我一定会说到做到，就看您愿不愿意配合我。"

"配合？怎么个配合法？您让我如坠云里雾里。"

"就是说，我为您找来世界上最好的整容医师，您可否心甘情愿地来接受治疗？"

"这位先生，您还是别枉费心机了，就我这病，我已经去过了外省好多的医院，也咨询过不少知名的医生，他们都说我的这个病几乎没有治愈的可能。所以……这位先生，您的好意我心领了，您不用再大费周折了。"

"陈默，您原本那么年轻，那么漂亮，怎么可以如此自暴自弃？但凡有一点点可以治愈的希望，您都要勇敢地去试一试，就算是赌一把，您也要为自己赌一个光明的未来。而现在，我愿意为您伸出一枚橄榄枝，拉您上岸。我确信我可以帮到您，请您再慎重地考虑一下，改变命运的机会只有一次，错过了就再也找不回来了。"

此时此刻的陈默，早已听清了这个神秘电话里陌生男子的来意，她明显地感觉到了对方话语中所传递的急迫与真诚。可是她转念细想，天上怎么会无缘无故地掉馅饼？何况这个打电话的男人是谁？他是纯粹地出于善念来帮助我，还是别有用心、另有企图？这些疑虑令有点动心的陈默慢慢醒悟过来，她向着电话那头的男人轻声问道：

"可是先生，这个世界上没有免费的午餐，您这般不遗余力地帮我，到底想让我为您做些什么呢？我可是一点都帮不上您的。"

"陈女士，我实话告诉您，我之所以下定决心要帮您，确实也是想让您帮帮我。但是在您还没有同意做整容手术之前，我对您是一点要求都没有的。等到您同意且做完整容手术之后，我才有可能向您提出一点小小的要求。这个要求对于您来说，并不存在多大的困难，甚至于，它会给您带来无尽的荣耀。所以，还请您不要有任何的心理负担，我不会强人所难。"

"可是先生，您让我如何相信您？"

"陈默女士，如果我向您如此真诚地伸出援手，还得不到您的信任的话，那我真为自己今晚的鲁莽行为和冲动愚蠢的想法而感到无限的悲哀了。我要怎样您才肯相信我呢？"

"您让我考虑考虑，明天早上再答复您。"

"好的，陈默女士，我会静候您的回音。不过最后，我还需再提醒您一句，机不可失，时不再来。"

"我如果去做整容手术，目前这份工作怎么办？"

"听我说陈默，如果您真的同意去做整容手术的话，杂志社保洁的工作，就直接可以辞去了。您若同意手术，可随时打电话给我，我会立刻开车来接您。请您放心，您之后的所有费用都由我承担。"

电话挂断后，陈默长舒了一口气。她下意识地看了一下时间，已经是晚上九点多钟了，她没想到，这通来自那个神秘男人的莫名其妙的电话竟然打了半个多小时。此时的她虽然已经很累了，但是却一点睡意也没有，因为这通电话使心灰意冷的陈默的内心再一次燃起了渺茫的希望。

57

　　那一晚，陈默彻夜未眠。她不知道这个男子如此大费周折地找来，到底存有怎样不可告人的目的。更令她费解的是，一个陌生的男子为何对她的事情了如指掌？又或许这个男子只是闲得无聊，拿她这个道听途说来的奇闻怪事自娱解闷罢了。可是，陈默转念一想，不对呀，从她接通电话起，那个男子所说的每一句话，都是那样的充满诚意，甚至于陈默感觉出对方竟还有一点点急切的情绪。

　　既然有人在她危难的时刻伸来了橄榄枝，她为什么不竭尽全力地抓住呢？也许这一次，还真能找到更加厉害的医生，帮她把残损的面庞恢复如初。正如那个陌生的男子在电话里所说：一切皆有可能！你不去试试，又怎么会知道成与不成？

　　这天夜里，一弯寒月斜挂在陈默寂静的窗前，倾洒着淡淡的清晖。陈默侧躺在绵软的被窝里，注视着窗前的月光一点点移去，直至消失，她的双眼已经干涩到快要枯竭了。直到凌晨五点多钟，她才疲倦地睡去。第二天一大早，她起床之后，飞快地完成了她所负责区域内的卫生，然后迫不及待地向后勤保障处负责人，说了自己想要辞职的想法。负责人听后不悦地说："您要走也行，但是您还得再干几天，等我们杂志社找到新的保洁接替您的工作以后，您才可以走人。"陈默听后说："那也行，您能放我走，我已经很感谢了。您放心，我这几天里一定好好干。"

　　返回宿舍的路上，陈默的心里有着从未有过的轻松与轻盈，她没有想到，后勤处的负责人一点也没有为难她，而且解决得如此迅速。虽然细心的陈默还是看出了后勤处李科长隐隐的不悦，但是，她已经顾不了这么多了，为了自己能重获新生，能毫无羁绊地奔赴下一个梦想，只能如此了。

刚回到宿舍，她便迫不及待地拨通了那个陌生男子的电话号码。

"喂您好！我是陈默，您昨晚和我说的那事，我想了整整一个晚上，我现在就告诉您我的决定：我愿意接受您的资助做整容手术，而且我刚才已经向杂志社提了辞职一事。他们说等到接替我的人来了，我就可以走了。"

"真是太好了陈默。你能做出这样的决定，是在我的意料之中。试问有谁不想为自己将来的命运赌上一把呢？那行，等你把那边的事处理妥当了，请立即给我打电话。"

"好的好的。我一定第一时间联系你。"

在后来的几天里，陈默虽在一声不响地搞着卫生，心里却一直是惴惴不安七上八下的，因为她不知道自己还要在这里待多久，也不知道那位素未谋面的热心男子还有没有耐心等下去，所以，她一直在焦灼中等待，又始终在等待中焦灼。即便如此，她也不敢去告诉苏小妹，哪怕是透露一点点要走的消息。因为电话里的那个男子曾特别警告过她，千万不要把这件事告诉身边的任何一个人，所以她必须装聋作哑。即使偶尔和苏灿在走廊里碰到，也仅仅是简单地打一声招呼。

好在几天之后，后勤处招聘来新的员工，接替了陈默的工作。陈默在匆忙办理完手续之后，立即拨通了那位陌生男子的电话。

"这边的事情已处理完毕。"

"好！请您到杂志社大门口对面的公交站牌等我，我三十分钟后到。"

陈默挂了电话，提起早已整理好的行李箱，急匆匆出门，来到了与神秘男子约好的公交站台处。

街上行人稀少，寒风凛冽，几片干裂的树叶被狂风使劲地吹着，不知飘到哪里才能停下。陈默觉得，那些随处飘零的树叶就像是她自己的命运，永远都不知道将会在哪一个站口停留。她下意识地整理了一下脖颈上的围巾，向着马路上过往的车辆四处张望。

不多时，一辆黑色轿车停在了陈默的面前，车窗玻璃落下的那一刻，驾车的中年男子向陈默低声说道：

"你就是陈默吧?"

通过声音，陈默听出来他就是和自己联系的陌生人。于是，她向着那位男子轻轻点了一下头。

"快上车吧，我叫韩沙。"

等到陈默刚一在副驾驶位坐定，韩沙便摇上了车窗玻璃，并且还为陈默系好了安全带。然后一脚油门，直奔闹市区而去。

这就是即将顶替影视演员陆梦婕的陈默与知名大导演韩沙的第一次见面。

车上，他们谁也没有再说一句话，因为他们经过几次的电话沟通，已经达成了共识，那就是陈默接受韩沙的资助进行整容。此时，坐在车里的陈默尚不知道，这位名叫韩沙的男人将会在她未来的人生里掀起怎样的波澜。陈默用眼睛的余光偷偷瞄了一眼身旁的韩沙，不觉心里一惊。虽说这个男子用一个大大的口罩遮住了自己的面部，但是仅看他裸露在外的眼睛、眉宇和额头，就有着一种男性独特的粗犷美。

约莫过了半个小时，韩沙的车停到了一所名曰天使美容院的大门前。韩沙随手打开了陈默的安全带:

"走吧，我这就带你去见你的整容医生。"

陈默没有起身，只是斜歪着脑袋，将窗外天使美容院的牌子看了又看，然后半信半疑地望着韩沙。

"怎么，还不相信我?"

陈默这才不好意思地笑了笑，随即下了车，跟随韩沙走进了天使美容院的大门，来到了位于二楼的美容院院长康成的办公室。

于是，陈默、韩沙与康成三个人，便因一场高难度的医疗整容手术在茫茫人海中不期而遇了。

康成检查完了陈默的身体后，把韩沙带到了自己的办公室。在屋门紧闭的院长办公室里，坐在转椅上的康成，与坐在沙发上的韩沙展开了一场激烈的对话。康成问道:

"她是谁?"

"陆梦婕。"

坐在转椅上的康成闻听此言，不禁惊慌地从转椅上站了起来，向着韩沙大声喊道：

"这怎么可能？这怎么可能？陆梦婕可是我多年来的偶像，她怎么可能变成，变成这个样子？太可怕了。"

坐在沙发上的韩沙并没有因为康成表现出来的失态而慌乱。他慢慢地站了起来，走到康成的办公桌前，从口袋里掏出来几张早已准备好的陆梦婕的彩色写真照片，放到了康成的办公桌上。

"康老弟，请你相信我，这个女人，她就是陆梦婕。你看看她以前的照片就明白了。"

满面愁容的康成拿起了桌上的照片，快速地翻看了一下，然后向着对面的韩沙发起了火：

"我当然知道这个照片上的女人是陆梦婕。可是，你带来的那个女病人，她怎么可能是陆梦婕？"

此刻的韩沙已看出了康成心里的疑惑，便走到了康成的身边，一把握住了康成的手：

"兄弟，既然陆梦婕是你多年的偶像，那么，你就应该不惜一切代价治好她的病，就算韩哥求你了。"

看着韩沙一脸真诚而又无可奈何的样子，情绪失控的康成渐渐平静了下来。他慢慢松开了韩沙的手说道：

"那好，韩哥，我答应您帮她做整容手术，但是您得告诉我，她到底是因为什么成了今天这个恐怖的样子？"

"不瞒你说老弟，她是因为意外流产。"

"意外流产？"

"是的。"

"韩哥，这种病例在咱们国内可是很少见的，即使在全世界，此种病例也是少之又少，而且，它的治愈难度非常大。"

"这个我知道。正因为如此，我才来找你这个从韩国深造回来的一流整容医师，希望你可以动用所有能调动的人脉与资源，花多少钱我都可以接受。"

韩沙说着，便从手提包里掏出了一张银行卡，递向康成道：

"老弟，这张卡里有三百万，密码是6个8，你先用着，不够了再说。"

康成见状，接过了银行卡，回道：

"那好韩哥，这张卡我就收下了，我也会咨询韩国最顶尖的美容医师。关于这场手术，我会尽快拿出方案，就怕……术后的效果会不尽如人意。因为这个手术难度是相当的大……"

"你尽管放开做你的手术，至于术后效果我已经和陆梦婕谈得十分清楚了，当然你也可以在手术之前，和她本人签订一份术前协议。"

"这个我当然知道。那好，韩哥，您的这份差事兄弟我就接下了，只是在手术之前，我要给她本人做一个全身的体检，她的身体还需要一段时间的调理，等到各项指标都恢复正常以后，我才会正式启动整容手术。整个手术难度大，时间长，您千万千万不能催我。"

"那个……一百天可以吗？或者三个月？三个月能行吗？"

"为什么？"

"不瞒你说兄弟，电影《火花》的大型讨论会就安排在明年的四月份。陆梦婕是女主，所以，康成，到那个时候，你必须还我一个漂漂亮亮的陆梦婕。"

康成打趣道：

"我说韩导啊，您今天给我安排的这个任务可是任重而道远啊。她可是万人追捧的陆梦婕啊，我可是不敢有半点的差池。反倒是您韩哥，您把我多年的青春偶像糟蹋成这个样子，就一点愧疚感都没有吗？还如此这般地给我施加压力，韩哥，您也真够狠心的。"

韩沙听罢，勉强地挤出了一点笑意，随手拍了拍康成的肩膀说：

"兄弟，等到陆梦婕完全治愈，你韩哥我是不会亏待你的。"

"这点您大可放心，我会竭尽全力的。"

"那就好，那就好，有你这句话我就放心了。那咱们就一言为定，开始准备陆梦婕的整容手术。对了康成，这件事你一定要秘密进行，绝不允许你我她之外的第四个人知道。她可是公众人物。"

"这个我懂，韩哥，您就放心地回去吧。"

韩沙举起自己的一只拳头，在康成的肩头轻轻地捶打了一下，随后拉开了办公室的房门，匆匆离去。

58

整容医师康成终究没有辜负韩沙的殷切希望，在经过一百多天的精心治疗与悉心呵护后，于第二年春天雪消冰开之时，他终于兑现了对韩沙的承诺。一位明艳艳水灵灵的大美女，宛如早春里绽放的第一朵迎春花，出现在康成与韩沙眼前。

陈默的整容手术之所以取得如此好的效果，除了康成的医术精湛之外，还在于韩沙不仅三天两头带着高档营养品来看她，且在她心情沮丧情绪烦躁的时候，和她说上一些暖心的话语来安慰她，甚至在她准备做手术的前夜，默默地坐在她的病床前，迟迟不肯离去。这一切，细心的陈默都看在了眼里，也记在了心头。虽然韩沙能下如此大的血本来为自己整容的原因尚未挑明，但是，陈默还是从心底里对韩沙充满了感激甚至是感恩的。

当康成小心翼翼地为陈默揭开缠绕在面部的层层纱布之后，韩沙不禁惊呼起来：

"哇，简直就是一个翻版的陆梦婕！康成，你的手艺真是太绝了！"

一脸欣慰的康成在听到韩沙的话语后不禁转身问道：

"什么叫翻版的陆梦婕？难道她不是陆梦婕吗？"

韩沙自知失言，急忙掩饰道："不是翻版，不是翻版，简直就是复制，哦，不，不是复制，是创新，比原版还让人惊艳的升华！"

"您真不愧是大导演，连夸赞别人都这么有水平！您先别激动，咱们还是先看看病人的反应。"

这个时候，他们两个人又把目光转回到患者的脸上。只见陈默慢慢睁开了一双迷离的眼睛，一张美艳的脸庞在早春明媚的霞光里显得那般楚楚动人！

康成从自己的工装口袋里掏出了一面小小的圆镜，递给了坐在床头的陈默。陈默犹疑的目光在韩沙和康成脸上缓缓扫过，然后颤颤巍巍地接过了康成递过来的小圆镜，又颤颤巍巍地举到了自己的面前。

啊！明镜里照见了自己曾经的容颜，像一朵开放在春风里的娇艳的桃花！

大家都以为改头换面的她会激动，会开心地笑，不承想，惊喜过度的陈默竟然一下子趴在了床上，失声痛哭起来。她的这场哭泣，仿佛把她多年来积压在心头的委屈与愤懑全部开闸泄洪般释放了出来。她知道，她终于可以趾高气扬地、不用任何遮蔽地、打扮得花枝招展地在大街上的人群中高傲地行走。她终于可以像一个正常的女人那样，不再借助任何伪装而堂堂正正地走在明媚的阳光下了。是的，她陈默终于又可以做回一个充满自信、优雅知性的女人了。

这样的结果不仅给陈默带来了天大的惊喜，更大大超出了导演韩沙的预料，当他看到陈默术后的样貌时，不禁喜出望外。他知道，自己对陈默处心积虑设定的命运走向即将轰轰烈烈地呈现在世人的面前！

终于，在一个晴朗的春日午后，韩沙开着自己那辆黑色的高档轿车，把陈默送到了一处宽敞明亮的三居室豪宅里，向着满脸诧异的陈默笑嘻嘻地说道：

"陈默你记着，从此以后，这里就是你的家了。"

"我的家？"

"是的，你的家，仅属于你一个人的家。"

又一次被惊到的陈默，用不可思议的眼神，开始慢慢审视起这处房子来。

客厅里的沙发是棕色的真皮沙发，一旁的茶几是白色大理石的，餐厅摆放的餐桌和桌柜，都属高档的红木家具，电视墙上悬挂的那款电视机足有一面墙大小，还有博古架上摆放的各种各样的摆件，无一不在体现着房屋主人的艺术品位，而最让陈默大惊失色的是，在客厅、餐厅以及走廊的墙壁上，到处悬挂着一个年轻女人青春靓丽的写真照片，而这照片上女子的相貌竟和自己如此的相似，不是相似，简直就是一模一样。陈默忽然间似乎明白了什么，她用一种迟疑但却凌厉的眼神望向韩沙：

"这是怎么回事？她是谁？"

"陆梦婕，一位影视演员。"

"您和陆梦婕的身份我已经听清楚了，韩导，但不知道我能为您做些什么？"

"是这样的，陈默。有一部即将开拍的电影名叫《火花》，我们已经筹划了许久，陆梦婕也很早就被定为影片的女主了，不仅签过了合同，而且已经向官方媒体和社会各界做了大量的宣传，可是就在去年冬天，她却跟我玩起了失踪，一声不吭地跑到了国外，那你说我这片子还拍不拍？相信你也知道，一位知名演员的介入对一部电影的票房收入起着至关紧要的作用，而且如果现在换女主，我们影视公司将赔付给投资方三千万元的违约金，这可不是个小数目，所以无论如何，我都不能走马换将。可那个陆梦婕，是一点消息也没有，正在我一筹莫展的时候，却无意间发现了你，一个和陆梦婕长得一模一样的人。所以……所以……我把你带到了天使美容院，并且帮你恢复了最初的模样。所以陈默，我想让你做的唯一一件事就是……"

"就是扮演影视演员陆梦婕？"

"是的，陈默，你真是一个绝顶聪明的女人。我这一生就喜欢和既聪明又漂亮的女人打交道。"

"可是，可是，韩导，如果您让我以陆梦婕的身份欺瞒观众，无论如何我都不会答应，因为这超出了我做人的底线和处世的原则。"

"你真的是太傻了小默，你真的是太让我失望了小默。你知道陆梦婕是谁吗？是当今影视界最当红的四小花旦之一，要风得风要雨得雨。你知道你是谁吗？你只是一个刚刚拥有了一张姣好的面孔却无人问津的平凡女子而已。"

"是的，韩导，我并不在乎我的平凡。相反，我还对自己目前的处境非常满意。"

"那就是说，你陈默无论如何都不会答应我来假扮陆梦婕了？"

"是的，韩导，除此之外，您要我做什么都可以。"

"你简直就是不可理喻，你简直就是不识抬举。难道你还想做回以前的陈默吗？看来，我真的是白费功夫了！"

韩沙开始大声地咆哮，并用一双愤怒的眼神直视着陈默。猛然间，他抓起茶几上的纸杯，向着光洁的地板使劲地摔去，茶水瞬间四散飞溅。

陈默见状，不觉心里一惊，随即站起了身，说道：

"对不起，韩导。是您给了我重生的机会，您说的让我假扮陆梦婕一事，对我来说太不可思议了，我一时半会儿还回不过神来。咱们折腾一天也真够累的，您容我再想想，容我再想想，好让我有一个充分的心理准备。"

听到陈默的口气渐渐软了下来，韩沙说话的语气也渐渐温和了许多。他向站在自己面前的陈默低声说道：

"小默，不是我说你，人生在世，谁不是为了功名利禄、富贵荣华？尊严、道德、良知，在现实面前又能值几个钱？在你容颜尽毁不见天日的那些日子里，试问有谁关注过你？试问又有哪个高尚的人为你献出一点点的爱心？全都是势利眼。而今后你要假扮的陆梦婕，可不是一般的女人，她是全民追捧的偶像。她有名有利，有受万千粉丝崇拜的无限光环，非但如此，她还拥有……"

"还拥有什么？"

"她还拥有……我的爱情。"

陈默再一次被惊吓到了，她慌乱的眼神快速从韩沙的脸上移开，低头不语。

"好了小默，我不会再为难你了。只是一个人的一生里能改变自己命运的机会并不多，而我已经为你提供了，能否把握得住，那可就看你陈默自己的选择了。好了，时间不早了，你早点休息吧，我也该回去了。再见！"

看着韩沙疲惫的身影消失在屋外黑暗的走廊，陈默随手关上了房门，然后如同一个被针扎破的气球一样，瞬间瘫软在了松软的真皮沙发里。

59

令陈默万万没有想到的是，拯救她脱离苦海的贵人韩沙，竟然会让她以假扮影视演员陆梦婕的方式来回报他，这还真让她有些骑虎难下、左右为难。

就在她坐在病房里拿着小圆镜看到自己面容的那一刻，她就在心里暗下决心，即使将来赴汤蹈火，也一定要回报韩沙给予她的这份天大的恩情，哪怕是要她陈默献出自己的生命，她也绝不会多眨一下眼睛。

可是，现如今，当韩沙让她顶替陆梦婕，闯入影视圈的时候，她却陷入了难以抉择的境地。以陈默平日做人的原则，无论如何她都不会答应韩沙的，那样做的话，岂不是和欺世盗名的强盗一样？而她的内心亦将永远背负着这个深重的罪恶。她的尊严驱使着她说，绝不容许！她的意志驱使着她说，绝不容许！她的良知也在驱使着她说，绝不容许！

此时的陈默，一遍又一遍地端详着墙壁上陆梦婕的照片，仿佛是在端详着另一个陌生的自己。

可是，我如果拂逆了韩沙的想法，那么，我所欠下韩沙的人情，恐怕是一辈子也还不起了。那么，关于韩沙的这个荒唐的提议我是否可以再慎重地考虑一下呢？如果自己同意顶替陆梦婕，不但可以报了韩沙的恩，也正好遂了韩沙的意。韩沙不是提醒过她吗，一个人一辈子可以改变命运的机会并不多，而且稍纵即逝。平凡无奇的她距离大名鼎鼎的陆梦婕仅剩一步之遥，只要她跨过去，跨过这个艰难的门槛，就可以摇身一变成为万人瞩目的女人了。韩沙不是说过吗，人生在世还不是为了功名利禄？还不是为了富贵荣华？尊严值几个钱？道德值几个钱？良知又能值几个钱？

当韩沙那振聋发聩的声音再一次在空旷的屋里重重回响的时候，陈默的内心再也平静不下来了。当想起韩沙说，陆梦婕还拥有他的爱情的时候，陈默竟不自觉地脸红心跳起来。不言而喻，陆梦婕和导演韩沙是一对热恋中的情侣，那么，当我陈默取代了陆梦婕的身份之后，是不是也就堂而皇之地拥有了韩沙的爱情呢？或者，就算韩沙不会真心喜欢上我陈默，那以后在社交场合里，我和韩沙两个人是不是还得在外人面前扮演一对热恋中的情人呢？如果是那样的话，那该是一件多么复杂而又难缠的事情。

但是，如果我一味地坚持自己做人的底线和原则，对于给予我第二次生命的贵人韩沙来说，他可能会认为我不懂得知恩图报；而对于我陈默来说，三十几年平淡无奇甚至窝囊的人生，在整容后好不容易有了大放异彩的机会，若不抓住，则更是一种浪费。那么，既然上天派人拯救了我，我为什么就不能像那些漂亮的女人一样活出自己别样的风采呢？你陈默只需对那位财大气粗的导演韩沙轻轻点一下头，所有属于陆梦婕的名利与荣誉便会唾手可得，你又何乐而不为呢？这正如一位刚刚走出沙漠的旅人忽然遇到了一条清澈的小溪，他那个时候唯一的念想就是不顾一切地飞奔过去，把自己疲惫的身体完完全全地浸泡在冰凉的泉水里，尽情地享受着大自然赏赐给他的这份清凉，那才真的是不枉自己在沙漠里苦苦忍受的所有磨难。

陈默在经历了整整一个晚上的辗转难眠、苦思冥想与内心挣扎之后，在第二天早晨，阳光洒满房间的时候，她终于抓起了手机，给韩沙打去了一个至关重要的电话：

"韩导，我想好了，我同意开始您的计划。"

"真的吗？小默，你的这个决定简直是太振奋人心了。好！太好了！你稍等，我今天下午三点去你那儿，具体情况我们见面细说。"

韩沙激动的心情早已通过手机的电波传给了电话这端的陈默。诚然，韩沙所表现出来的惊喜是在陈默的意料之中的，但是，韩沙在电话里告诉她他马上过来这一消息，却令陈默猝不及防。稍稍定神之后，陈默匆忙起身，洗漱、梳妆、更衣、吃早餐、打扫房间，待一切收拾妥当，时间已来到中午。吃过午饭，午休一个多小时后，陈默起床了。她给自己化了一个淡淡的妆，还特意穿上了一袭香槟色碎花棉布家居服，然后气定神闲地走到了阳台上，漫无目的地观赏着窗外的风景。这个时候，门铃响了。

陈默快步走到门口，随手打开了房门，首先映入她眼帘的是一束鲜艳欲滴的百合花，从百合花的后面，突然现出了一张英俊、明朗、带着笑意的中年男性的脸。

"帅呆了，酷毙了，简直无法比喻了！"

当时的陈默没搞清楚，为什么在看到韩沙的那一瞬间，她静如止水的心会微微地荡漾起来，而且在她的脑海里竟然还蹦出了那么多可爱的形容词来，简是太不可思议了。

"送给你，美丽的陈默女士。"

韩沙说着，随即将那束滴着露水的鲜花举到了陈默的面前。

陈默接过了韩沙递过来的花束，道了声谢谢，便把这位尊贵的客人让进了客厅里，招呼着韩沙在靠墙的沙发上坐下，又将手里的百合花摆放到了餐桌上，这才在韩沙对角的沙发上坐下，开始给韩沙斟茶。

"韩导，请喝茶。刚刚烧好的开水，碧螺春，第一泡。"

韩沙接过陈默递过来的茶水，轻轻地嗅了嗅，才将茶杯放到嘴边，慢慢小酌了一口：

"这个味道，还真不错。不怕你笑话，小默，我可是好久都没有这么悠闲地坐下来，陪着一个朋友慢慢地享受下午茶了。"

"我也是。"

"也许，只有在事业有成、事事如意的情况下，人品茶的心情才会更加舒畅惬意。"

从韩沙轻松的语气里，陈默不难看出他内心的喜悦与满足，甚至读出了一丝丝朦胧的暧昧气息。她急忙改变话题道：

"说吧，韩导，咱们下一步的合作什么时候开始？"

韩沙瞬间明白陈默是在有意避开他，于是回道：

"是这样的，小默，以后你就是陆梦婕了。电影《火花》的开机仪式已经定在五一前后，在三四月份，还将有一个集导演、编剧、制片人以及所有演职人员参加的大型座谈会。到时候，你将是一个举足轻重的与会人员，会上安排每个人都有一段五分钟的发言。"

"可是，韩导，我怕到时候应付不过来。因为我怕见生人，而且我没有正式学过表演。"

"没关系，你虽然没有学过表演，但是你在担任幼教时，不是也经常在讲台上给小孩子唱歌、跳舞和朗诵吗？这就说明你是有一定的表演才艺的。过几天我会给你带一些有关表演专业的网络课件和陆梦婕的几部影视作品光碟，我想，以你的禀赋与艺术悟性，是可以自学成才的。这一点，你无须顾虑，我比你更充满信心。"

"是吗？"

陈默再一次张大了惊愕的嘴巴。这个韩沙，他到底是从哪里了解到自己如此详细的职业履历，简直比福尔摩斯还福尔摩斯。

"谢谢韩导的信任，可我还是担心，担心被他们一眼就识破我这个冒牌货。"

"不会的，你陈默尽管放一百二十个心。你现在的面貌，与陆梦婕简直就如同一对双胞胎姐妹，即便是双胞胎姐妹，她们的相似度也未必能超过你们。所以，小默，你就是陆梦婕，陆梦婕就是你，是不会引起任何人怀疑的。"

"如果是这样的话，那我就放心了。"

"你到时候只需在会场上讲几句得体的话，表一下自己出演主角的决心，就万事大吉了。至于其他的琐碎之事，我会全面应付。"

"那就好，那就好。我就怕别人问到我一些棘手的问题。"

"这些我都会为你逐一解决，包括那些捕风捉影的媒体记者。"

"韩导，我还需要提前看一下电影《火花》的剧本，为发言做准备。"

"这个当然好，我已经给你带来了。"

韩沙说着，便从身旁的手提包里拿出了一份装订好的纸质打印稿，递给了一旁的陈默。

"这里有一份剧本的打印稿，还有一份签约合同。剧本你可以先放一放，等我走后你再慢慢看。你现在可以先看看签约的合同。实话告诉你，我们公司付给陆梦婕多少演出费，也同样会付给你陈默多少演出费，这个你大可放心。"

听着韩沙滔滔不绝的解说，陈默本就激动的心情愈发兴奋不已。尤其是当她看到签约合同里那个极具诱惑的演出费用金额时，她更是眼前一亮。天啊，这简直是个天文数字！陈默拿着签约合同的手在微微颤抖。

"韩导，你真是我的大救星，我该怎样报答你呢?"

"小默，只要你一心一意地扮演好陆梦婕，一心一意地把影片中的女主角饰演好，就是对我韩沙最好的报答了。"

陈默将手中的纸质资料平整地放在了面前的茶几上，然后抬起一双美丽的眼睛，感激地望着韩沙。韩沙的眼神竟一点也没有躲闪的意思，竟是那般大胆、深情，甚至有些迷离地望着一旁略带羞赧的陈默。陈默急忙躲开了韩沙那炽热的目光，不好意思地低下了头。

哪知此时的韩沙，竟一个箭步走到了陈默的面前，还没等陈默反应过来，就一把将陈默揽在了自己的怀里，又一下子吻上了陈默丰艳的红唇。这时候的陈默，只是一个劲儿地推搡着突然袭击她的恩人。然而，她越是推搡，对方的攻势越是猛烈。惊慌失措的陈默终于有了喘气的机会，她愤怒地向着韩沙喊道：

"请你不要这样韩导，算我求你了，求你了!"

可是韩沙早已意乱情迷，他一边用力将陈默揽到松软的沙发上，一边情不自禁地喃喃自语：

"小默，你真就这么绝情吗？我可是想你想得都要发疯了。陆梦婕已经享受过了我的爱情，难道你就不想拥有吗？"

陈默虽然慌乱如一只受惊的小鸟，但是她的思维却异常清晰。她知道，在韩沙的眼里，她只是充当着他曾经的恋人陆梦婕，她再次大声喊道：

"可我不是陆梦婕，不是陆梦婕。"

"从今往后，我不管你是谁，我都会全心全意地爱你。小默，请你相信我，我会像爱陆梦婕那样爱你。"

陈默不再做任何挣扎了，她静静地仰躺在宽大的沙发上，望着洁净如雪的天花板暗暗自语：

"上天啊，请饶恕一个女人可耻的贪欲与罪恶吧！因为在我的潜意识里，我竟是如此强烈地渴望着一份真挚的情感！"

至此，陈默完成了从一个备受社会歧视的破相女人到备受大众瞩目的影视演员陆梦婕的华丽转身，而她那充满机遇与挑战的演艺之路亦将随之开启！

60

回家过年的韩沙，是在正月十五元宵佳节过后的第二天晚上九点多钟回到汉阳市的。

当拎着行李箱的韩沙刚一打开陈默的房门，正在床上躺着百般无聊地刷着手机的陈默，便知道是她朝思暮想的人儿韩沙回来了，她赶忙将手机放在床头柜上，佯装起了熟睡的样子。

韩沙轻手轻脚地放好了东西，又轻手轻脚地卸掉了身上的行头，这才轻手轻脚地走进了陈默的卧室。看着一脸熟睡的陈默，韩沙慢慢地俯下身子，在陈默的脸上轻轻吻了一下，刚想抽身离开，却被假寐的陈默一把环住了脖颈，在他的脸上胡乱地亲吻起来，一边亲吻还一边笑个不停。

韩沙一边推搡着陈默一边柔声说道：

"就这么着急啊，傻瓜！等我去冲个热水澡，吃点夜宵。"

陈默娇嗔道：

"人家想你了呗！就是太想你了呗！"

"这就叫想我啊？知道我回来还假装睡着不理我，也不给我设宴接风。"

"谁让你不提前通知我，还给我来一个突然袭击，我才不管你饿不饿呢！"

陈默说着，故意扬起自己那张绯红的脸，向着面前的男人一个劲儿地撒着娇。

"好了好了，小默，我去冲澡，你就给我煮点泡面吧，看我一会儿怎么收拾你！"

韩沙随后拉开了衣柜，拿出自己的睡衣，满脸坏笑地走出了卧室。陈默见状，这才从被窝里爬起来，趿上一双棉拖鞋，不紧不慢地向着厨房走去。

韩沙的晚餐可谓过于简单，就是一包康师傅红烧牛肉面，外加一个荷包蛋，以及一个凉拌拼盘和两杯红酒。久别重逢的恋人共进晚餐，雅兴之浓自不必说。

之后，一对微醺的热恋男女，相偎相拥在松软的床头，一起观看电影《火花》。这是在韩沙飞去北京之前，陈默许给韩沙的最具有诱惑力的承诺。

当剧中人物的感情纠葛随着剧情的进展而发生突变时，陈默和韩沙的情绪也似乎被深深感染了。从头至尾，陈默就像是一只楚楚动人的小鸟，把自己的身子娇弱地倚在韩沙的怀里，而头则亲昵地斜靠在韩沙的肩膀上。

当她看到自己饰演的女主角云朵在影片中是那般美丽，塑造的人物形象又那般感人时，她为自己在影片中的出彩演技暗自惊叹的同时，也不禁为自己在现实生活中的伪装而黯然神伤。

忽然间，陈默把自己的脸贴在了韩沙的胸前，呜呜呜地低声哭泣起来。

韩沙用一只手抚摸着女人的长发，安慰道：

"又怎么了？演得那么好，与真正的陆梦婕比起来，那可是难分伯仲啊！怎么还不满足？"

"不是的，不是那样的，韩沙，我的心思你永远不懂。"

"是的，小默，在这个世界上，谁也不会真正地懂得另外一个人的所思所想，即使是最亲密无间的爱人。不过，小默，无论如何，请你千万不要忘了我们的约定。我已经大致统计了一下，《火花》的票房截至昨天已经突破五个亿了。小默，你想想，五个亿是个什么概念？"

女人没有接话，依旧呜呜呜地哭泣。

韩沙继续说道：

"就《火花》目前的发展态势，最终票房超过十个亿也说不定，比起我们最初的预想，那可是太不可思议了，小默。还有，明天下午，我安排好了下一部影片《青山作证》的座谈会。别忘了，你还将一如既往地饰演剧里的女一号。到那个时候，你将拿到天价的片酬。"

这时，女人的哭声渐渐停息了下来，她扬起一张满是泪痕的脸，向着韩沙柔声地说道：

"沙，抱着我，请你紧紧地抱着我。其实，我并不在乎咱们能赚多少钱，也并不在乎将来能不能去国外定居，沙，我只想拥有你的爱情。"

韩沙看着怀里撒娇的女人那无限的风情，不禁心生爱欲，使劲儿将她揽入怀里。

61

第二天下午三点，影片《青山作证》的座谈会如期在投资人雷烨所创建的大汉帝陵生态园林风景区内举行，各路人马依次到场。

陈默是乘坐着韩沙的座驾最后到场的。当她跟着韩沙一前一后走进会议室的时候，才发现参加这场座谈会的人，除了一些熟悉的老朋友，还有一些素不相识的面孔。陈默没有作声，只是和编剧桑妤亲昵地握了握手，向着大家礼貌地点了点头，然后在挨着周晓璇的空位上坐了下来。入座后陈默才发现，一向爱出风头的江依琳没有了踪影，不觉心生纳闷，这么重要的场合怎么会少得了她呢？

她正暗自思忖时，座谈会开始了。首先讲话的还是会议的主持人韩沙导演，他自信的表情与铿锵的话语，无不流露着内心的兴奋与喜悦：

"尊敬的雷董事长、桑妤编剧、同志们，大家下午好！"

韩沙的话音刚落，会场上便掌声四起。

"今天下午，我们在这里举行电影文学剧本《青山作证》的座谈会，旨在把我们即将拍摄的下一部影片做得更好、更精致。今天，我特意把诸位召集在一起，希望大家都能把剧本中的故事情节和当下社会所处的大背景联系起来，把剧本中的人物命运和整个时代发展的大潮流结合起来，再把自己在剧中担任的角色和剧中人物结合起来，谈谈自己对个人角色以及整个剧本的看法。希望诸位各抒己见，建言献策，齐心协力，争取把这部剧拍成中国当代影视界一流的杰作，争取拿到柏林金熊奖！"

韩沙的话音刚落，众人又是一阵议论。

"今天，我们大家最应该感谢两个人，一位是《青山作证》的作者兼编剧桑妤女士，正是因为去年拍摄了她的呕心之作《火花》，我们的收获才如此之多。那么由她原创的优秀剧本《青山作证》，更是值得我们每一个人期待。另一位就是我所敬仰的儒商、大汉帝陵生态园林的董事长雷烨先生，因为他不仅给我们的电影《火花》大胆地投入了资金，还将为我们正在研讨的影片《青山作证》继续投资。同志们，树高千尺不忘根，吃水不忘挖井人，请把最热烈的掌声送给这两位最值得感谢的人！"

韩沙话音刚落，一直坐在韩沙身边的雷烨和桑妤，开始以灿烂的微笑回应众人疾风骤雨般的掌声。

掌声渐息，韩沙继续说道：

"那么就先请咱们著名的编剧桑妤女士，为大家讲一讲她创作这部小说的初衷，然后谈一谈从小说到剧本再到搬上银幕这些不同的艺术表现形式中，演员应该注意些什么。有请。"

韩沙说完，便向一旁的桑妤很礼貌地做了一个请的手势。桑妤先是向大家微笑着点了点头，然后不紧不慢地说道：

"大家都知道，《青山作证》是一部反映新时代农村题材的作品。而我之所以要把目光聚焦到农村这片广袤的土地上，是因为我们当代中国，江山壮丽，人民豪迈，前程远大。辉煌壮丽的新时代正在呼唤着能够弘扬时代精神、体现时代高度的文学作品，而波澜壮阔的新山乡巨变为新时代文学创作提供了广阔的生活图景和丰厚的写作资源。我希望通过对基层最平凡、最普通的奉献者的书写和赞美，来展现这个伟大时代的精神风貌和恢宏气象。至于韩导让我谈谈大家在表演中应该注意的问题，说实在的，演戏，我是个门外汉，但是有一点请大家一定要切记，那就是无论你在影片中饰演的是干部还是农民，一定要把握一个点，那就是朴实无华，用最接地气的语言和最能反映人物心理的表情和动作，让文字中的人物在影像中立起来、活起来。在文学创作中有一个最基本的写作手法，叫贴着人物写。而任何门类的艺术之间都是融会贯通的，所以我也送给每位演员一句话：贴着人物演！把那些最美的、最质朴的人物形象奉献给观众，就是最大的成功！"

桑妤的发言引来一片热烈的掌声，掌声里还夹杂着几位男士的喝彩声。

"作家真不愧是作家！"

"才女真不愧是才女！"

"桑好真不愧是桑好！"

听完桑好的发言，陈默不禁又一次在心里啧啧称赞：

"好一个女作家，竟有如此宽广的心胸与超前的视野！"

紧接着，大家按照各自的座位依次发言，不仅谈了自己对所扮演的人物的理解，还发表了自己会排除一切困难，演好剧中人物，为剧组争光之类的豪言壮语，韩沙听着很是受用。轮到陈默发言的时候，韩沙却故意低下了头，开始翻阅案头的文件。只听陈默柔声说道：

"说起《青山作证》这部影片，最让我感动的是小说里主人公叶绿青的原型——女村长杨柳。记得去年冬天，我和桑好大姐去农村下基层体验生活的时候，不仅看到了山村里美丽的雪景，还接触到了许多像杨柳一样无私奉献的人。尤其是她们身上那种不计报酬、不计个人荣辱的大无畏精神，真的是太值得我们大家学习了。很荣幸，我能够担任这部剧的女主，我也在此给大家表个态，一定本色出演，不计报酬。"

不知怎的，陈默在发言的时候，竟情不自禁地落下泪来。然而，她的细微表情却没能逃得过韩沙锐利的眼睛。而她那最后一句"不计报酬"的话语，也引来了众人不解的目光。

韩沙没有接陈默的话，而是把身子转向了这场会议的中心人物雷烨：

"最后，有请大汉帝陵生态园林董事长、本部影片的投资方代表雷烨先生讲话，大家欢迎。"

这个时候，风度翩翩的雷烨先生不慌不忙地站了起来，向着还在鼓掌的人群摆了摆手，开口说道：

"首先呢，我要向韩导祝贺，向桑好祝贺，向在座的每一位演职人员祝贺，为什么呢？因为我们去年拍摄的电影《火花》获得了满堂彩，它的票房还在不断攀升，最终超过十个亿那也说不定。而且它还有望获得今年影视界的大奖，这难道不值得我们大家高兴吗？所以我们要借着《火花》

的东风乘胜追击，继续打造桑好的下一部作品《青山作证》。我坚信，通过诸位的精彩演绎和团结协作，会为中国的影视长廊再献上一部经典的作品，争取把我们国家美好的人物形象和美丽的山村风景，通过曲折的故事情节和极致的视觉效果呈现出来，以影片的方式传播到国外，让外国人也欣赏一下我们国家近年来日新月异的山村变化……这也是我想要继续投资这部影片的初衷。"

雷烨说着说着，竟不由自主地激动了起来，眼眶甚至也渐渐湿润了起来。众人见状，又一次向雷烨送去了雷鸣般的掌声。

雷烨抽了一张纸巾，拭了拭眼角的泪水，哽咽道：

"不好意思，我有点激动了，让大家见笑了，我说完了。"

韩沙见此情景，急忙圆场道：

"雷董今天是过于激动了，这也从另一个角度说明了我们今天的成功是多么的来之不易。时代是一个大熔炉，我们只有将自己融入其中，不断锤炼，不断锻打，才有可能成就一个精彩的人生。所以，同志们，我还是那句老话，不忘初心，勇毅前行，以最大的热忱、最精湛的演技，扮演好最富个性的角色，就无愧于我们的人生。同志们，相信我们下半年即将开拍的《青山作证》，一定会比《火花》更加火爆，相信我们这部剧一定会斩获国际大奖，同志们，坚信，最终的胜利一定会属于我们！"

"属于我们！"

"属于我们！"

就在众人兴高采烈、忘乎所以地击掌、呐喊与拥抱的时候，忽然，会议室紧闭的大门被一个女人"咣当"一声推开了。众人瞬间抬头，只见江依琳满脸怒容地冲到了韩沙的面前，声嘶力竭地喊道：

"韩导，我尊敬的韩大导演，这么隆重的会议怎么就没有通知我呢？是真的不想让我参演呢，还是已经有了更合适的演员顶替我？韩导，我可是刚一出道就跟着您四处奔波、风餐露宿，怎么说没我就没我了呢？我江依琳虽算不上一线演员，好歹也是跟着陆梦婕、周晓璇的名字在您的旗下合称'铁三角'来着，她们两个都有参演，为什么偏偏就没我？为什么？

韩导，无论如何您得给我一碗饭吃啊！"

江依琳说着，竟兀自当着大家的面，拽着韩沙的胳膊，娇滴滴地哭了起来。瞬间，原本踌躇满志、春风得意的韩沙被江依琳闹得极为尴尬，他使劲地甩开了江依琳的手，严肃地说道：

"江依琳，请你搞清楚一件事情，我是导演，用谁不用谁，当然是我说了算。"

"可是韩导，我想知道我到底是哪里做得不好，竟然被您淘汰出局！"

"我说江依琳啊，我看你还真是不知道自己几斤几两啊！我今天就当着所有人的面宣布：《青山作证》这部片子里，根本就没有适合你的角色。所以，你就不要再在这里胡搅蛮缠了。"

江依琳听罢，更是抬高了分贝叫嚷了起来：

"韩沙，你是不是做贼心虚啊？你是不是想一手遮天啊？韩沙，你不让我好过，你也别想好过。"

"江依琳，你在胡说什么？赶快离开这里。"

"我一点也没有胡说。韩导，那咱们就骑驴看唱本——走着瞧。"

看着江依琳悻悻地摔门而去，满脸怒气的韩沙只得向着会场里的人们摆了摆手，愤愤地说道：

"大家请回吧，今天的座谈会到此结束。"

62

晚上，韩沙跟着陈默一块儿回到了陈默的住所，两个人刚进屋，陈默便一脸诧异地问起了韩沙：

"韩导，今天会场上，那个江依琳是怎么回事？"

"什么怎么回事，难道你还看不出来吗？"

"我当然看出来是怎么回事了。可是你不是说过，将来拍摄《青山作证》的时候，要用《火花》剧组里的原班人马吗？"

陈默说着，从冰箱里拎出了两听饮料，两个人在客厅的沙发上坐了下来，一边喝着饮料，一边聊着天。

"小默，我曾经是说过这话。可是，那个江依琳，她太不让我省心了。"

"为什么呀？她不是一向都很努力吗？"

"我说小默，你这次只管演好你的戏，等着各种大奖拿到手软，等着明年到戛纳电影节上走红毯吧。至于江依琳，你最好什么也别问。"

"可是沙，你去年还在北京的时候，江依琳就为这件事求过我，说担心在下一部片子里，你会炒了她。果不其然。"

"看来那个江依琳还真是个人精，早就预感到我要炒了她。"

"可这一切到底是为了什么？韩沙，难道你不知道张鹤一直在追求她吗？你这次炒了依琳，就没有考虑一下张鹤的感受吗？你都没有看到，今天下午，当江依琳出现在会场的时候，张鹤的脸色有多难看。你就不能看在张鹤的面子上，再次起用江依琳？何况我当初还答应过江依琳，会在韩导面前为她美言几句的，看来你这次也不会给我留一点点的薄面了？"

"小默，你真是妇人之仁。你要知道，有的时候，对别人的过分慈悲就是对自己的过度残忍。"

"可是沙，你这样对待江依琳，会让整个剧组里的人都跟着寒心的。毕竟她这几年里也是跟着你风里来雨里去的。她的演技真的挺好的。"

看着陈默一副誓不罢休的样子，韩沙随即将手中的易拉罐往茶几上一放，一字一顿地说道：

"小默，我再说最后一遍，关于江依琳是否进《青山作证》剧组一事，请你以后不要再在我面前絮叨了。和这些演员打了这么久的交道，谁是什么样的人品我心里最清楚，甚至谁有朝一日会坏了我的大事，我都有所预感。所以小默，我不用江依琳，自然有我的道理。"

听完韩沙这段意味深长的话语，聪明的陈默似乎也意识到了什么。尤其是她的脑海里回想起了周晓璇曾在永安县宾馆里和她说过的有关江依琳说她的那些闲言碎语。是的，那些看似云淡风轻的闲话，似乎字字句句都有可能揭开她陈默这个冒牌货的面纱，甚至直接要了她陈默的小命。一想到这些，陈默也禁不住有点毛骨悚然了，便不得不为韩沙能有如此快刀斩乱麻之壮举而心生敬佩。与此同时，一股莫名的担忧袭上了她的心头：

"可是沙，你如此对待江依琳，我真担心她会在背地里搞出一些什么名堂来。"

"这个你大可不必担心，料她一个在影视圈里尚未立足的小丫头也翻不起什么样的大浪，小默，你就把心放到肚子里吧。"

"听你这样说，我就放心了。沙，我累了，咱们早一点休息吧，明天还要起大早背台词呢！"

就在陈默刚从沙发上站起身来，准备走开的时候，放在茶几上的手机铃声一声接着一声地响了起来，陈默瞄了一眼手机的显示屏，向韩沙说道：

"周晓璇的电话。"

韩沙急忙回道：

"她一定是来给江依琳求情的。小默，你应该知道怎么答复。"

于是，陈默犹豫地拿起了手机，并接通了电话，还没等陈默开口，电话那端就传来了周晓璇迫不及待的声音：

"梦姐，小梦姐，江依琳的事还得指望您在韩导那美言几句。小梦姐，你看咱们俩以前的感情多好啊，一块儿吃饭、一块儿逛街、一块儿美容、一块儿演戏。姐，圈内人都说我们是打不死、拆不散、分不开的'铁三角'，所以梦姐，无论如何，还请您为江依琳说上几句好话，姐姐，她现在还在为此事难过呢。"

听完周晓璇絮絮叨叨的一番话语，陈默在略微沉思了片刻之后，柔声细语地说道：

"晓璇你不要着急，听姐给你慢慢解释。这件事情依琳以前就和我说过，我总以为她的担心是多余的，谁承想韩导这次真的是痛下杀手了。我和你实话实说，我刚才还和韩导为依琳的事争论得面红耳赤呢。听了韩导的解释我也才有点释然，他说不是所有的戏份都适合咱们'铁三角'，也不是所有的角色都适合江依琳。晓璇，对于这件事情，姐只能帮到这里了。我知道，你是个重情重义的好姑娘，可是，凡事不可能都如你我所愿。晓璇，你也可以开导开导依琳去找别的导演开辟出自己的另一番天地，为什么只把目光局限在韩沙这一艘船上呢？"

"可是梦姐，依琳她现在已经痛不欲生了。"

"晓璇，依琳的事情不是你我能掌控得了的，而且韩导也已经确定了所有的人选，所以……实在抱歉。"

就在陈默准备挂断电话的时候，她清晰地听到了电话那端传来江依琳带着哭腔的喊声：

"他韩沙不让我好过，那我就得想着法子也不让他好过！"

陈默被江依琳的哭喊声吓了一大跳，急忙挂断了周晓璇的电话，两只眼睛呆望着坐在沙发上的韩沙：

"江依琳就在周晓璇那里，她哭得很伤心。"

这个时候，表情严肃的韩沙站起身来，慢慢地走到了陈默的身边，一把将有点失神的女人揽在了自己宽大的怀里，柔声说道：

"现实就是如此的残酷，弱肉强食原本就是亘古不变的丛林法则。小默，你要记着，以后千万不要再去和江依琳见面，甚至还要学会将自己那颗善良的心慢慢变得冷酷起来。只有这样，你才能永久地立于不败之地。"

陈默将自己似要散架的身子紧紧靠在了韩沙的怀里，可手里的手机却不听使唤地掉到了冰冷的水泥地板上，只听得"啪"的一声脆响，陈默感觉到整个空旷的屋子里，像有一座刺骨的冰山在层层炸裂。

63

电影《火花》的成功，无疑让陈默所顶替的陆梦婕更加名声大噪。随之而来的是无休无止的媒体采访、隔三岔五的商品代言邀约、推脱不掉的大型演出助兴等一系列的活动。这也使得陈默在获得更大名声的同时，获取了不菲收入。这些名利的双重收获，让陈默变得膨胀而飘飘然起来。因为她太享受这种被世人盛赞、被粉丝追捧、被鲜花环绕、被掌声包围的荣耀和光环了。甚至于，在纸醉金迷的日子里，她似乎已经忘记了当初那个曾给予她温暖与亲情的家，以及那个家里曾给她短暂欢乐与幸福的丈夫向辉和女儿霓霓。

然而，她不知道，就在两年前的那个秋天，当她义无反顾地再次远走他乡时，向辉的家里发生了意想不到的惨剧。儿媳妇再次出走，四处打听却杳无音讯，向辉的父亲一气之下心脏病突发，撒手人寰。向辉的母亲因过度悲伤，整日以泪洗面，哭坏了眼睛，导致视力越来越差，看什么东西都越来越模糊。

其实，就在向辉发现陈默再次离家出走的那个晚上，他也再次陷入了极度的悲伤之中。妻子在家的时候，虽然两人之间已无话可说，但毕竟这个三口之家还算存在。不管怎样，女儿还有一个能为她准备一日三餐的母亲，他向辉还有一个依旧守着家门的妻子。

可如今呢？斯人此去，音讯全无，恐怕再也找不到了，恐怕再也回不来了。那我的女儿谁来照管？我的后半生又该怎么办？还有，以妻子陈默那样的自身条件与实际情况，又如何在纷繁复杂的社会中求得生存、立定脚跟呢？恐怕连一份像样的工作都找不到。如果找不到工作，就意味着她没有生活来源，那么她的衣食住行该怎么解决？他也曾给陈默打过无数次电话，然而，电话那头总是传来服务台小姐永不变更的话语：

"对不起！您拨打的号码是空号，请查证后再拨。"

这个时候的向辉，才真真切切地意识到，妻子这次离家，是永远地离他而去了。他内心里充满了绝望，他不敢把事情的真相告诉女儿，更不敢告诉多病的父母。然而，在巴掌大的小县城里，一个人打个哈欠整条街的人都能知道。加之向辉也曾不止一次地在小区邻里间悄悄打探妻子的消息，问过的人里，有人说没看见，有人说看见她拎着箱子却不知去向，总之一无所获。他只能告诉霓霓：

"你妈妈出去打工了，出去给咱家赚钱了，赚了钱回来就可以给你和奶奶买新衣服了。你只管念好书，考好试，妈妈就高兴了。"

霓霓似信非信地点了点头，靠在爸爸的怀里低头不语。

然而，时间一长，霓霓似乎感觉到了什么，便嚷嚷着要给妈妈打电话。向辉便推三阻四地骗女儿说，你妈妈上班太忙了，没时间接咱们的电话；一会儿又说，你妈妈那儿信号不太好，电话打不通；一会儿又说，你妈妈正在街上，太吵了听不见。每一次被女儿质问的时候，向辉总是编出各种各样的理由来搪塞。直到爷爷突然离世，奶奶也因伤心过度导致眼疾加重，加之街坊邻居和周围伙伴的闲言碎语，霓霓似乎捕捉到了一些母亲离家出走的讯息。于是，在某一天晚上放学回家后，当向辉把一个热乎乎的汉堡包递到女儿手里时，女儿一反常态没有吃，而是把汉堡包随手放到了茶几上，然后扬起自己那张稚嫩的小脸，一字一顿地说道：

"爸爸，我不要吃汉堡包，我想吃妈妈给我做的水煎包。"

"听话，霓霓，今晚就先吃这个，我一会儿再给你热上一杯橙汁，好吗？"

"不！我不要！我就要吃妈妈做的水煎包和红豆粥。"

"霓霓，今天就凑合着吃吧。你看快过年了，我想再过几天，妈妈可能就会回来了。等你妈妈回来以后，你想吃什么，就让她给你做什么，好吗？"

"爸爸，你为什么还要骗我？你还要骗我到什么时候？妈妈是不是又去了很远很远的地方，我们再也找不到她了？她是不是真的不要我们了？”

本来，失去妻子的伤痛在向辉的内心已慢慢淡去，谁料想经女儿这么猛然一提，尤其是看到女儿那双含泪的眼睛、听到女儿奶声奶气的质问，他极力掩饰了很久的悲恸像决堤的洪水一样奔涌而出。一向只把泪水和苦水往自己肚子里咽的男子汉，竟忍不住在自己弱小的女儿面前落下泪来。他慢慢地蹲下身子，一把将女儿抱在怀里，低声说道：

“霓霓，你听爸爸说，妈妈不是不要我们了，她只是给咱家赚钱去了。咱们再等等，说不定她春节前就会回来的。”

“可是她为什么连咱们的电话也不接呢？爸爸，妈妈她真的不要我们了？”

“小孩子不要乱说，不是你想的那样。”

“不是我想的那样，那是什么样？爸爸，过年的时候，如果妈妈还不回家，那咱们怎么办？去年过年的时候，她都没有回来。”

向辉被女儿这突如其来的发问问蒙了。是啊，去年春节没回家，今年过年要是还不回来该怎么办？这个问题他从来没有认真想过，只是一味地深陷在妻子出走且杳无音讯的慌乱迷惘中，从未想过张贴寻人启事或者亲自出门寻找。经女儿这么一问，他随口答道：

“如果今年过年，妈妈还不回来的话，爸爸就辞去工作，带着你去找她。”

“真的？爸爸，你说的可是真的？真的要带我去找妈妈？”

“那当然了，霓霓，爸爸什么时候骗过你呀？”

“那好，咱们一言为定。”

“一言为定。”

这个时候的霓霓才破涕为笑，顺势把头亲昵地靠在向辉的怀里。向辉将汉堡包递到女儿手里，笑道：

“赶快吃呀，吃饱了好早点休息。”

霓霓接过向辉递来的汉堡包，自己没吃，而是把汉堡包递到向辉嘴边：

"爸爸先咬一口，我再吃。"

向辉被女儿贴心的举动深深打动，轻轻咬了一口，又把汉堡包推到女儿嘴边：

"好了好了，赶紧吃吧，爸爸给你热橙汁去。"

"谢谢爸爸。"

半个小时过后，父女俩匆匆吃完了一顿简单的晚餐，向辉把客厅的卫生简单清扫了一下。看着沙发里的女儿还一直呆坐着，便柔声道：

"怎么还不进屋休息？"

经向辉这么一问，霓霓竟然又一次伤心地哭了起来，她用胖嘟嘟的小手揉着红肿的眼睛说：

"我想妈妈了，爸爸，我想妈妈了。我一直都不知道，妈妈得病以前长什么样？"

听到女儿这样问，向辉先是一愣，沉思片刻后，匆匆走进卧室。没过一会儿，他便将一本精美的相册放到了女儿面前：

"来，霓霓，爸爸陪着你，咱们一起看看妈妈以前的照片，好吗？"

爸爸话音刚落，霓霓立刻停止了哭泣，很乖巧地坐在爸爸身旁。于是，父女俩认真地翻看起相册来。霓霓一边看，一边靠在父亲的臂弯里，小声惊叹道：

"妈妈好美呀！爸爸，照片里的妈妈真的好漂亮啊！"

"你不知道，你妈妈从前啊比影视演员还要漂亮呢！"

"就是的，爸爸，我也是这么认为的。"

就这样，父女俩相偎着，坐在松软的沙发里，一页一页地欣赏着相册里陈默和向辉出游以及结婚时的照片。相册里陈默那明媚的笑脸、乌黑的长发以及优美的身段所彰显出来的优雅气质，让这对相依为命的父女俩沉浸在幸福的海洋里。

然而，这般虚无缥缈的幸福却是如此短暂，短暂得如流光溢彩的烟花。

当向辉翻完相册的最后一页，慢慢站起身来准备将影集放回屋里时，女儿霓霓追问道：

"可是爸爸，妈妈以前那么漂亮，为什么……变成了后来的样子？"

向辉一时语塞。看来，七岁的女儿已经越来越懂事，也越来越会关心体谅自己的妈妈了，也许是时候告诉女儿事情的真相了。

"霓霓，你妈妈，是在生下你以后的第二天，就莫名其妙地变了模样。医院里所有的医生和护士都不明白到底是怎么回事。这些年里，为了给你妈妈看病，我们跑遍了全国所有有名的医院，可就是一点效果都没有。所以，你妈妈怕连累我们，这才偷偷地走了。"

"爸爸，你刚才不是答应我了吗，如果妈妈今年过年还不回家，你就会带着我出去找妈妈。"

"好的，爸爸答应你，如果你妈妈今年过年还不回家，爸爸一定会带着你出门，直到找到你妈妈为止。"

"太好了，爸爸。"

一脸忧郁的霓霓听到爸爸的承诺后，抑制不住满心的欢喜，一下子扑到爸爸怀里，紧紧抓住爸爸的衣襟。

"好了，霓霓，时间不早了，该休息了，明天一大早还要去上学呢。"

"好的，爸爸，您也累了一天了，咱们都睡觉吧。"

向辉把霓霓送回房间，看着女儿上床躺下，才从女儿房间出来，并帮女儿关上房门，回到了自己的卧室。劳累了一天的向辉确实已经很累了，可他却一点睡意也没有，因为相册里那位年轻靓丽的妻子，又勾起了他太多美好的回忆。他躺在床上，从相册中抽出一张他和妻子的合影照片，拿在手心里仔细端详。照片里的妻子亲昵地依偎在他身旁，甜美地笑着，眼睛里充满着无比幸福的光亮。

"小默，你在哪里？你可知道我想你，我们能走到一起是多么不容易，你怎么能说走就走？回来吧，小默，回来吧，我以后再也不让你受一点点委屈了。"向辉这样想着，忽然一股莫名的酸楚将他紧紧包围。猛然间，他把被子蒙在头上，像一头遍体鳞伤的困兽呜呜地号哭起来。

自从妻子陈默第二次不辞而别后，他已经试过各种各样找寻她的办法，只差向当地派出所报案说家人失踪了。他心里清楚，妻子陈默是和自己怄气才离家出走的，至少她不是被绑架的，对于陈默的人身安全问题，他还是比较放心的。所以刚才，当女儿霓霓满脸稚气地请求他带着她去寻找妈妈时，他便不假思索地答应了。

只是他怎么也没有想到，自己无意间答应女儿的那句"春节过后找妈妈"的话，竟影响了向辉的命运走向。

64

当下混得最惨的演员当属江依琳了。

自从被导演韩沙莫名其妙地从《青山作证》剧中淘汰出局，她就开始变得有点歇斯底里。眼见事情毫无转机的可能，一向趾高气扬的江依琳，就像一只被针尖扎破的气球，瞬间蔫了下来。

无奈之下，她又通过影视圈熟人的推荐，结识了其他几位稍有名气的导演，试图能找到合适的角色。可是，几个月过去了，她依然没有接到任何一位导演起用她的通知。即便偶尔被请去试镜，最终也会被导演以各种各样的理由委婉地拒之门外。这使得她更加惴惴不安，只能找来热心肠的周晓璇借酒消愁、倾诉愤懑。

两个年轻女孩在沙发里东倒西歪地坐着，一边喝着茶，一边吃着干果，有一搭没一搭地闲聊着。

穿着睡裙斜靠在沙发一角，满脸愁容的江依琳，不停地吃着茶几上各种各样的坚果。周晓璇见状，关切地问道：

"依琳姐，你这么毫无节制地吃下去，就不怕苗条的身材发福变形吗？这对你这个大名鼎鼎的演员来说，可是有害而无益啊。"

江依琳听了之后，微微侧起身子，端起茶几上的一杯茶水，狠狠地灌进嘴里，苦笑道：

"我说周小妹啊，你就别再埋汰你江姐姐了。你还觉得你江姐姐混得不够惨啊？什么大名鼎鼎，什么知名演员，全都是扯淡。现在啊，那么多的导演，那么多的影视公司，他们都把我江依琳排除在外，往后啊，你江姐姐我恐怕只有扫马路的份儿喽。"

"姐姐，你不必灰心丧气，毕竟你还出演了几部叫得响的影片，塑造了几个深入人心的角色。姐姐，虽然你的名气比不上梦姐姐，可你也还是有望跻身一线女演员的呀。他们凭什么不起用你？我实在想不通，这次拍摄《青山作证》，韩导为什么把你排除在外？"

"周小妹，我说你单纯你真是单纯。我以前就和你说过，现在的陆梦婕和以前的陆梦婕比起来，真的有很多值得怀疑的地方，我早就发现了这一点。还有杨旭，他在永安县拍戏的时候突然死亡，当时正好和韩沙住在一个房间里。我不就此事发了几句牢骚吗，韩沙就毫不犹豫地把我从《青山作证》剧组里赶了出来。"

江依琳说着，猛然坐直身子，直直地望向周晓璇说：

"对，周小妹，就是韩沙和陆梦婕，就是这两个人。晓璇，我越看他俩越觉得他俩有问题。所以晓璇，这一切蹊跷的怪象，都不得不令我更加怀疑，韩沙和陆梦婕之间，一定有着一个深藏不露、不可告人的天大秘密。"

江依琳的一番话，顿时让周晓璇睁大了那双清澈的眼睛。她嗫嚅道：

"依琳姐，我看你是因为事业不顺才这样猜想韩沙和梦姐姐的吧？杨旭的事情都过去这么久了，警察也没有查出什么重要的线索。还有啊，我觉得梦姐姐是个很好的人啊，她还是我们以前熟悉的那个热心的梦姐姐呀！"

"晓璇，你错了。我不是说梦姐姐不好，直觉告诉我，这个陆梦婕不是真正的陆梦婕。"

"天啊！依琳姐，你这种想法太可怕了。如果这个陆梦婕不是真正的陆梦婕，那么真正的陆梦婕去了哪里？还有，现在跟着韩导四处拍戏的又是谁呢?"

此时的江依琳被周晓璇的几句话问得一时语塞,只得无奈地回道:

"我也不知道。"

"既然不知道,依琳姐,那咱们就别再胡思乱想了,只管安心做好自己,拍好自己的戏。相信,面包会有的,一切都会有的。"

"有个屁!周晓璇,我提醒你,你以后和剧组一起外出拍戏的时候,还是对韩沙和陆梦婕多留个心眼儿,要不然的话,你就是死了都不知道自己是怎么死的。"

"依琳姐,你可别吓唬我,事情可能并没有你想象的那么可怕。韩导是个城府很深的人,我是看不透的,但是我相信梦姐姐,她一直是我崇拜的偶像。"

"那好吧,晓璇,害人之心不可有,但防人之心不可无呀。你不知道,影视圈里的水有多深,一个人为了成名,为了捞钱,是什么龌龊的事都做得出来的,简直是无所不用其极。总之,你以后注意点就是了。"

"好的,依琳姐,我会当心的。"

就在她们两人聊得正酣之时,江依琳放在茶几上的手机微信铃声响了起来。她侧身一看,是她的追求者、影星张鹤打来的,便没有接听,任由手机的铃声肆无忌惮地反复响着。此时的周晓璇也发现了张鹤的来电,便满脸堆笑地说道:

"依琳姐,赶快接电话呀,张鹤是个多么好的男孩呀!又帅气又有涵养,这几年里追求你的心意,可是始终都没有改变呀。"

"他好什么好?他有什么好的?打拼了好几年,还不是一个只会跑龙套的小配角。就他那德行,一辈子都混不出个名堂来。"

"那也说不定,依琳姐,我就蛮看好他的。他现在虽然不温不火,可他身上有一股不服输的干劲。姐姐,他很有可能就是一只价值不菲的绩优股。"

"晓璇妹妹,你的想法简直能让人笑掉大牙。既然你觉得张鹤处处都好,那你为什么不和他处对象呢?"

"依琳姐……"

江依琳的反问瞬间让周晓璇噎住了，尴尬之余，周晓璇只得端起茶几上的茶杯喝起了水。

这个时候，周晓璇的手机微信铃声也响了起来。周晓璇看到是张鹤的来电，便不慌不忙地接通了微信语音。

"哈喽，张鹤哥哥，你好！"

"你好，晓璇，我就是想问一下，你是和依琳在一起吗？她一切还好吧？"

"是的，张哥，我是和依琳姐在一起，她……她还好。"

"吓死我了，晓璇。我这几天一直打她的手机，她不是关机就是不接我的电话，我都快被她吓死了，还以为她……"

"我江依琳目前还死不了。"

微信语音里张鹤的话还没说完就被坐在一旁的江依琳截了过去。张鹤听到江依琳的声音，忙嬉笑道：

"依琳啊，你没事就好，知道你和晓璇在一起，这下我总算放心了。依琳呀，我打电话找你，就是想约你吃个饭，咱们好长时间都没有聚一聚了，我来订饭店。既然晓璇也在，那你们俩就一起来吧，正好咱们也聊聊，我还有惊喜的事情告诉你呢。"

"是吗？我真不知道你能给我带来什么样的惊喜！我如今可是一只人人喊打的过街老鼠啊！"

"依琳，你别说得那么难听好不好？咱们还是见面再说吧。晓璇，你听见了没？你和依琳一块儿来啊。我一会儿就把饭店地址和包间号发给你们。要不我一会儿开车过去接你们？"

"不用了，张哥，我们自己开车过去，现在正是堵车的高峰期。"

"那好吧，你们出门注意安全。"

微信语音挂断后，还没等周晓璇开口，江依琳便猛然起身，一脸嘲讽地笑道：

"要去你去，我可不去。周晓璇，这下好了，姐姐我给你和张鹤腾出一个约会的空间来，多好呀！"

"依琳姐，你就别拿我开玩笑了，张鹤喜欢的人可是你呀。他不是在微信里说，会给你带来一个意外的惊喜嘛！你还是如期赴约吧，姐姐，说不定张鹤真会给你一个大惊喜呢，正好缓解一下你最近郁闷的心情。所以姐姐，我就不去了，就不去当你们的电灯泡了。"

听完周晓璇的话，一脸不屑的江依琳突然发出了一串尖声怪笑，继而说道：

"既然是这样，我倒要看看他会给我江依琳带来什么样的惊喜。晓璇，你等我一会儿，等我换好衣服、化好妆，咱们一起去赴张鹤的宴，看他能给咱们端出什么样的海参和鲍鱼！"

"那好，依琳姐，我陪你去。我也要补一下妆，陪了你一个下午，脂粉和口红几乎都没了。"

大约过了三十分钟，江依琳和周晓璇便衣着鲜亮地坐在了张鹤提前订好的包间里，喝着早已泡好的茶水。一旁的张鹤则忙前忙后地张罗着，不一会儿，餐桌上便摆满了各种各样的菜肴，高脚杯里也斟上了诱人的红酒。

这个时候，只见一个服务生走了进来，将一束娇艳的鲜花递到了江依琳的面前，很有礼貌地说道：

"小姐您好！这是一位先生让我转送给您的。"

江依琳迟疑地接过了鲜花，快速地扫了一眼花瓣间的字条，又看了一眼自己对面显得有点拘谨的张鹤。等到服务生出了门，她便飞快地转过身去，将那束还带着露珠的鲜花，随手扔在了靠墙的矮柜上，然后坐回到自己的座位上，笑道：

"也不知道是哪一位多情的公子竟如此执着，我都告诉过他多少次了、不要白费感情，可他就是一根筋地坚持。好了，不说了，咱们现在开始，张鹤今儿是东道主，就先提个酒吧。"

于是，三个人不约而同地端起了酒杯。张鹤说道：

"来，为二位美女越来越漂亮干杯！"

江依琳没有接话，周晓璇忙道：

"也祝张鹤哥哥能早日进入一线影星的行列。"

张鹤听罢，急忙用眼睛的余光扫了一下江依琳的表情，又向着周晓璇咧了咧嘴。周晓璇自知失言，忙道：

"啊！张鹤哥哥，你原本就很优秀，相信你一定会遇到人生中最称心如意的另一半。"

张鹤再次示意晓璇，周晓璇忙改口道：

"那就感谢张鹤哥哥，给我们准备了这么一顿丰盛的晚宴！"

江依琳低头吃着，一声不吭，周晓璇竟一时半会儿不知道该聊些什么话题，因为她和张鹤已经是被韩沙拟用的《青山作证》剧的演员了，江依琳却被排除在外。而且刚才的几句祝酒词也很不合时宜，多多少少触碰到了江依琳敏感的神经。于是，原本快言快语的周晓璇也不再说话了，她甚至怀疑自己来参加这个晚宴是不是来错了？还好，张鹤打破了这个死气沉沉的僵局：

"依琳，你最近在忙什么呢？"

"我能忙些什么呢？还不是吃了睡、睡了吃，啃老本儿呀。"

"依琳，这样下去可不是个事呀！一天两天还可以，长期不接戏，观众是会忘了我们的。难道你还看不出来，演艺圈里的更迭有多快，每天都有新面孔。"

"我当然知道了，可是张鹤，不是我好吃懒做，也不是我好逸恶劳，而是……而是，自从被韩沙……就是那次事件后，我也私下里联系了几位稍有名气的导演，也试了几次镜，可是一直都没有回音，所以……"

"依琳，就这么点小挫折，值得你如此垂头丧气？你不是说过，当年你为了考上艺校，可是连续吃了三个月的减肥餐，足足减去了身上二十多斤的赘肉才顺利过关的。想想你当年减肥的勇气和毅力，再看看你现在这一副灰头土脸的样子，真是判若两人。来，依琳，吃肉，吃肉，把你当年减下的脂肪再补回去。还有，晓璇，来，给咱们最可爱的晓璇妹妹也来一块鲈鱼。"

张鹤说着，拿起了桌上的一双公筷，为对面两位美女，各夹了一块肥美的鱼肉。张鹤此时所表现出来的适度殷勤以及豪爽的话语，不仅巧妙地化解了饭局上的尴尬，更让周晓璇因得到关爱而顿觉心里乐开了花，原本满脸忧郁的江依琳，心中的愤懑情绪也因张鹤风趣的话语而渐渐消散了。

"张鹤，难得你还记得我当年的事情。"

"那当然了。面试的当天，我们可是打过照面的。当时你是白衣素裙。那个气质，那个气场，简直把所有人给镇住了。"

周晓璇急忙接话道：

"张哥，那时候的依琳姐，不光震住了全场，恐怕是连你的眼珠子都快震掉了吧？"

张鹤笑道：

"小孩子家懂个什么？别一天到晚胡说八道。"

周晓璇不再说话，忙低下头继续用餐。江依琳则不好意思地笑笑，面带愁容地说道：

"可是人无千日好，花无百日红呀！"

张鹤一听这话，急忙说道："依琳，我刚才不是在电话里说了，要给你一个大大的惊喜嘛！"

"那赶快说出来听听啊，张鹤哥哥！"周晓璇又在一旁敲起了边鼓。

"是这样的，依琳，我认识的一个导演，最近正在筹拍一部戒毒题材的电视剧，急需一个饰演戒毒女的演员，我便第一时间向他推荐了你，还寄去了你的一些个人简介。他看了之后，对你还是比较感兴趣的。所以就让我转告你，让你务必在三天内和他取得联系，电视剧大概有三十多集。"

"那简直太好了！依琳姐，这下子你可要成大名了，三十多集的电视剧，得有多少观众能看到你呀！"

听到张鹤带来的消息，江依琳没有表现出哪怕一点点的喜悦，一脸严肃地说道：

"就是去饰演一个下三流的戒毒女，有什么值得炫耀的？连个配角都算不上，我才不想去呢。其实张鹤，我实话告诉你，自从被韩沙淘汰以后，啊，不是，应该是在这之前，就是咱们在一起拍摄《火花》的时候，我就已经发现韩沙与陆梦婕有许多不正常的表现，所以被韩沙踢出剧组这件事，我江依琳是不会和他善罢甘休的。"

"依琳，你是不是喝高了？韩导和梦姐的情侣关系可是众所周知的呀，有什么正常不正常的呢？"

周晓璇听张鹤这么一说，便将头凑到张鹤这边，低声说道：

"不是你说的那样，张鹤哥哥，依琳姐的意思是说……是说……陆梦婕不是真正的陆梦婕，而杨旭的死可能和韩导有着千丝万缕的关系，韩导和那个……陆梦婕之间可能藏着许多不可告人的秘密。"

"怎么可能？这简直太可怕了！江依琳，这话你可不敢胡乱说，传出去那可是不得了的事。"

"张鹤，看来你还真是头脑简单四肢发达。你也不想想，杨旭的事情都过去一年多了，为什么警察还隔三岔五地去找韩沙，还不是一直心存疑虑吗？还有，去年在永安县拍戏的时候，我跟陆梦婕有过几次近距离的接触，发现现在的这个陆梦婕和以前我接触过的陆梦婕，在许多细节上有很多差异，如果不仔细观察，那是绝对发现不了的。还有晓璇，我再问你一句，当时拍戏的时候，你和陆梦婕住在一个房间里，你难道就没感觉出来这个陆梦婕有点怪怪的？"

"没有啊，依琳姐。我觉得她还是那么热心善良、善解人意，言行举止也没有什么出格的地方。"

"我说的不是这个意思，晓璇。我说的是这个陆梦婕有可能是个假的，是个替身。"

周晓璇结结巴巴地说道：

"是这样的，依琳姐，我和她住在一起的时候，并没有发现她有什么怪异的地方，只是有几次半夜的时候，我被她的喊声突然惊醒，她的嘴里在不停地喃喃自语，好像是被噩梦惊吓到了。但是我却从没听清楚她嘴里在说些什么，当我问起她的时候，她也总会用简单的几句话搪塞过去。"

江依琳一听，瞬间来了劲儿。她向着张鹤厉声说道：

"所以张鹤，你今天就应该明白了，韩沙为什么会莫名其妙地把我踢出剧组，就是因为我说了一些不该说的话，而杨旭也有可能是因为发现了不该发现的东西，才被韩导……杀人灭口！"

"啊？不可能吧？"

"有什么不可能的？在事情的真相还没有大白于天下之前，一切皆有可能。所以张鹤，我现在就在你和周晓璇面前发誓，我江依琳这辈子就算不演戏，不成名，也一定要弄清楚韩沙和那个冒牌的陆梦婕，到底在背后搞什么鬼！还有那个真正的陆梦婕到底去了哪里？"

张鹤与周晓璇都被江依琳的一番话惊吓住了，周晓璇坐在那里一动不动，张鹤理了理自己混乱的思绪，低声说道：

"依琳，咱还是做好自己，演好自己的戏为好，我会陪着你的。其他的事，自有法律去制裁。"

"不行！张鹤，你这就是窝囊废、没出息的具体表现。他韩沙都把人欺负到这个份上了，你却还要袒护他，真是让我失望透顶了！你们不支持也行，我单打独斗，非拔出萝卜带出泥不可。"

"可你有什么证据吗？"

张鹤一脸茫然地追问着江依琳。江依琳愤怒地怼道：

"你们等着瞧吧，虽然目前还没有找到他们任何的把柄，但是到时候，我一定会让你们哑口无言。"

江依琳在扔出这句战斗宣言之后，便像疯子一样从餐厅的包间跑了出去。张鹤瞬间感觉到了事情的严重性，迅速从手提包里掏出几张百元钞票放到周晓璇的面前，急切地说了一句：

"你把账结了，我去送送江依琳。"

看着江依琳和张鹤两个人一前一后离开，周晓璇的内心更加纷乱与惶恐。她不知道江依琳在今晚的饭局上，为什么要爆出这么一个惊人的消息，难道自己真的莫名其妙地陷入了一个可怕的迷局？

周晓璇抱起鲜花准备去结账，猛然看到花间的字条上赫然写着这样一句话：

"当你穿过了暴风雨，你早已不再是原来的那个你了。"

周晓璇知道，这句话是日本作家村上春树的小说《海边的卡夫卡》里的一句名言。其隐含的深厚情谊与人生哲思自不言而喻。她不禁在心里更加佩服起张鹤的博学多才来。

当她走出餐厅，走进灯火阑珊的夜色里，不知怎的，她的眼眶中竟不听使唤地涌出了两行泪水。是因为热心善良的陆梦婕扑朔迷离的身份，还是因为张鹤放在鲜花里的那句意蕴深邃的话，她不得而知。

65

如今的陈默算是彻彻底底过足了一把演员的瘾，《火花》的火爆、《青山作证》即将重磅推出，加之导演韩沙的鼎力推介与大肆宣传，"陆梦婕"极有可能受邀参加下一届国际电影节，并斩获各项国际大奖。如此可期的未来，对于陈默来说无疑是一个巨大的诱惑。凭借高额片酬和广告费用已赚得盆满钵满的陈默，早已被金钱和名利蒙住了双眼，甚至早已遮蔽住了她那颗原本澄澈的心。

然而，开心归开心，愉悦归愉悦，身上的重担却一刻也不能忘却。韩沙说过，影片《青山作证》的拍摄工作目前正在筹备期，等到国庆节以后就进入正式拍摄阶段，希望所有参演人员务必好好利用这段空闲时间，通读电影剧本熟悉影片剧情、理解剧中人物、把握人物心情，这样才不至于到了拍摄现场才临阵磨枪。当然，演职人员之间为了更好地交流学习和互动，一些私底下的小型聚会或聚餐，他还是很支持的，甚至还可以给予大伙儿财务方面的支持。但是有一点，在这个空档期里，决不能去接其他影视公司的私活。

其他人如此，陈默也不例外。她除了陪着韩沙吃饭、聊天、巫山云雨以及畅想未来以外，就是手捧着《青山作证》的剧本，一字一句地背着台词。虽然韩沙曾提出给她找一个配音演员，可陈默死活也不同意。她说："我只有自己将台词表达出来，才能在拍戏的时候全情投入，也才能把剧中人物的情感把控得更好，这样我才能和剧中的人物融为一体。更何况，我陈默的朗诵技巧本来就很不错呀！"韩沙听后也不好再说什么，在心里更加佩服起陈默在才艺方面的功力。

一天下午，韩沙因与投资方洽谈签约事宜，在短暂的午休之后便出了家门，只剩下陈默一人待在家里。陈默睡醒后百般无趣，忽然想起家里的吃食不多了，便换了衣服匆匆下楼，出了小区大门，搭乘一辆出租车直奔附近的超市而去。

五月，天气已慢慢热了起来，所以陈默此次出门没有佩戴口罩，只是戴了一副深褐色的太阳镜。就在她从超市购物出来，站在门口等候出租车的时候，忽然，从一旁的人群中跑出来一个六七岁的小女孩，向着手提塑料袋的陈默喊道：

"妈妈，妈妈，她好像就是我的妈妈！"

这个时候，一辆绿色出租车停在了陈默的身边，而陈默也恰巧听到了小女孩清脆的呼喊声，她下意识地转过身，向着小女孩呼喊的方向望去。真是不看不知道，一看吓一跳。原来，小女孩不是别人，正是她曾一度朝思暮想，如今却几乎快要淡忘的女儿向云霓。

怎么办？走还是不走？认还是不认？不对！自己早已经改头换面，霓霓又怎么会认出她来？这绝对不可能！可是，她分明看到这个小女孩，正仰着一张稚气而哀愁的小脸，嘴里喃喃道：

"妈妈，妈妈，你可是我的妈妈？"

如果说陈默在以陆梦婕的身份大红大紫以后逐渐忘却了对家人的思念，那有可能是真的；但如果说当她看到曾被自己一度抛弃的女儿突然间就这么活脱脱地站在自己的面前而不为所动，那一定是假的。可是，现在的她又能做出怎样的反应呢？而且，围观的人越来越多，更让她惊慌的是，她还在人群中看到了丈夫向辉。套在向辉身上的那件惹眼的黄色马甲，宣告着他当下的职业身份——外卖小哥。

向辉那张憔悴的面容以及流露的倦怠之态，将他苍凉悲苦的内心暴露无遗。面对如此悲情的场景，原本就多愁善感的陈默差一点就流出了伤心的泪水。然而，陈默毕竟是陈默，她在思维短暂地停滞之后，便很快清醒了过来。她现在的身份已经不是向辉的妻子和向云霓的母亲了，她早已摇身一变，成了一个被万人羡慕、受粉丝追捧的一线影视演员了。是的，如今的她，不是以前的陈默，而是现世的陆梦婕。

她急忙低下头，向着小女孩柔声说道：

"小丫头，你认错人了。我怎么可能是你的妈妈呢？"

这个时候，人群中突然传出了一个响亮的声音：

"她不是知名演员陆梦婕吗？"

"对，就是陆梦婕！"

"这个小丫头，你真是认错人了，她可是大名鼎鼎的影视演员陆梦婕。"

"她就是我的妈妈！她就是我的妈妈！"

"怎么可能？这怎么可能？"

"就是呀！这是谁家的孩子？这样的话可不敢乱说。"

"就是的，就是的。"

站在一旁的向辉，在听到围观人群的闲言碎语之后，急忙弯下腰去，用双手拽住了女儿向云霓的两只胳膊，急切地说道：

"霓霓，咱们快走吧，那不是你的妈妈。"

看到爸爸也如此劝说，向云霓忍不住伤心地哭了起来：

"我的妈妈已经两年多没有回家了，她不要我和爸爸了。"

"这位先生，请管好你的女儿吧。她真是演员陆梦婕。"

"可不是嘛，真是陆梦婕哎！"

"快！赶紧！我要和她合影！"

"我也要合影！"

眼看着自己被越来越多的看客围得水泄不通，几乎插翅难飞，陈默灵机一动，一个转身，以迅雷不及掩耳之势，钻进了一直停在她身边的出租车里，"嘭"的一声，关上了车门。

司机看到乘客上车后，直接一脚油门，车子便飞也似的驶出了熙熙攘攘的人群，只留下那对可怜的父女，被一群陌生人指指点点着。

还没等陈默说清目的地，司机便满脸堆笑地寒暄了起来：

"今天能碰到您这位'大明星'乘我的车，可真是三生有幸了。您拍摄的电影和电视剧呀，我可是从没落过一集的。咱们说好了，今天的车费免单。另外，您一会儿下车前可否在我的 T 恤衫上签上您的大名呀？还有，等您下车以后，我想和您在我的车前合影留念，不知可否赏脸呀？"

这位随和且豪爽的司机一路上只顾着自己畅快地说着，却从未观察身后"陆梦婕"的表情。等他觉察到"陆梦婕"自从上车后一直默不作声，这才扭过头去看了一眼，却只见平日里遥不可及的偶像"陆梦婕"，此刻摘掉了脸上那副深褐色的太阳镜，扭向窗外的脸上，有两行晶莹的泪水……

刚刚发生的这个混乱场景，正好被车停在马路对面的江依琳看在了眼里，虽然她看清了乘车而去的女人是陆梦婕，但是她并不清楚究竟发生了什么。于是，她满脸狐疑地向着渐渐散开的看客们快步走了过去。

乘着出租车已走到半道上的陈默，忽然对司机说道：

"师傅，麻烦你把车掉个头，开回刚才的地方。"

司机这会儿机灵了，没有过多地问话，随即掉转车头，反向开去。

等到车子路过那个超市门口时，早已不见了向辉父女俩的身影。陈默急忙说道：

"师傅，你开慢点。"

车子的速度渐渐慢了下来，陈默猛然间看见，向辉父女俩正坐在一辆与她同向而行的公交车上，透过公交车的玻璃，陈默看到了他们两个人沮丧的神情。

"跟着这辆公交车，别跟丢了。"

约莫跟踪了半个小时的时间，向辉父女俩终于在公交车的终点站下车了。陈默远远地看见向辉拖着疲倦的脚步，一手拎着一个装着小吃的塑料袋，一手牵着女儿霓霓的手，慢慢地拐进了一条叫作"向阳街"的狭窄的旧巷子里，霓霓似乎还在用一只手抹着泪水。

此情此景，不禁使陈默又一次潸然泪下。她对司机低声说道：

"原路返回吧。"

66

回到家里的陈默甭提有多狼狈与慌张了。进了门后，她就将手里拎着的那两个沉甸甸的塑料袋，胡乱地扔到了门口的地板上，一个转身，"嘭"的一声，关上了沉重的防盗门。之后，她把自己几欲倒地的身体，轻轻靠在紧闭的房门上。这个时候，她才感觉自己已经躲进了一个安全地带，这才止不住失声痛哭起来。她的哭声，慢慢地由小变大，由弱变强，直到她哭到声嘶力竭，差一点就背过气去。她沿着门壁缓缓地坐在了地板上，到后来，干脆就那么四仰八叉地躺了下去，眼神空洞地望着头顶洁白无瑕的天花板，任由泪水顺着脸颊肆意流淌。

她实在想不明白，只有七岁的女儿向云霓为什么能在熙熙攘攘的人群中一眼就认出她来？要知道，一直深刻在女儿向云霓记忆里的母亲形象，是那个五官变异的丑八怪啊！

好在女儿向云霓并没有那么执拗地认定她就是自己的母亲。

好在那些围观的人那么坚定地确信她就是陆梦婕。

好在向辉并没有认出她这个已经改头换面的妻子。

好在她陈默随机应变、快速撤离，避免了一场可怕的危机。

是的，危机。

危机已经在她的身边悄然降临。那就是，自己背井离乡一直苦苦逃避的丈夫与女儿，竟然神不知鬼不觉地来到了她所居住的城市。

怎么办？该怎么办？

父女俩的出现，无疑就像一枚没有确定爆炸时间的炸弹，不知道会在哪一天的哪一个地方，莫名其妙地炸响，而这个炸弹的威力所造成的伤害，将无法估量。

陈默转念一想，父女俩现在居住在向阳街，那是一个挤满了各种小商小贩的摊点和推车的城中村。那么，他们父女俩的生活状况与卫生条件就可想而知了。向辉以外卖小哥的身份开始谋生了，那么女儿霓霓呢？她会在这个城市上学吗？她生活得好吗？

一想到这些，原本已有点麻木的陈默，又是阵阵肝肠寸断。毕竟，那可是她在这个世界上唯一的女儿啊！为了找到她，竟落到了如此境地。

细想想超市门口那个相遇的瞬间，她当时不敢与向辉四目相对，因为她害怕，向辉会在她的目光流转中捕捉到他们过往的点滴，那后果将不堪设想。围观的看客可以怀疑一个小女孩荒唐的认知，却很难怀疑一位成年男子理性的判断。

无论怎样，绝不能让他们再找到自己，也绝不能让他们再碰到自己。可是，就算存心躲着他们，可自己已成了公众人物，总要暴露在公众面前。那怎么办？一向聪慧过人的陈默，在这一刻，竟想不出应付向辉父女俩的良策。

要不要告诉韩沙？他可是她陈默在关键时刻的擎天白玉柱、架海紫金梁，他一定会想出比她更好的办法。

不行！绝对不行！她虽然和韩沙相处了近两年的时间，虽然关系已如此亲密，但他到底是个什么样的人，她可是一点也看不清楚，只觉得韩沙是那样的光彩照人，又是那样的深不可测。所以，偶遇向辉父女俩一事，是千万不能告诉韩沙的，如果让他知道了，只有天知道他会干出什么样出格的事情。

思索再三，陈默觉得自己不能对他们父女俩的处境不闻不问、不管不顾。她何不去看望一下他们，送给他们一张银行卡，再动之以情、晓之以理，劝说他带着女儿离开汉阳回到老家好好过自己的日子？

不行！绝对不行！她如此莽撞地找上门去，不就等于承认了自己是陈默吗？如果向辉一不留神说漏嘴，不就等于把这个秘密公之于众了吗？这样一来，后果将不堪设想。更何况，以目前的境况来看，向辉并没有认出自己，以他的智商，也绝对不会想到站在他面前的陆梦婕，是由自己原本丑陋不堪的妻子陈默整容之后蜕变而成。自己想这么多真是杞人忧天！真是杯弓蛇影！

如此这般思忖之后，陈默慌乱的情绪渐渐平复了下来。窗外的夕阳早已沉下去，整个房间也渐渐暗下来，她这才感觉到自己的肚子在咕咕作响了。于是，她慢慢地从冰凉的地板上爬起来，穿上了一双软底拖鞋，摇摇晃晃地走到客厅一角的冰箱旁边，取出一听冰镇的啤酒，随着开罐的一声脆响，一股凉飕飕的气体直冲向陈默的鼻腔。长时间的伤心哭泣，陈默已是口干舌燥、饥肠辘辘。一听冰啤下肚，陈默感觉舒服了许多，然后径直走进了卫生间，"哗"的一声，水花纷纷而下，将这个苦苦挣扎在亲情与名利之间的女人，紧紧地包围在水雾里。

67

韩沙回到家的时候，已是深夜十一点钟了。他晃晃悠悠地走进客厅，斜靠在沙发上似睡非睡的陈默，瞬间感觉到一股浓浓的酒味迎面扑来，她知道是韩沙回来了。

"起来吧，小默，我知道你没有睡着。劳驾给我泡一杯热茶好吗？我有好消息告诉你。"

韩沙的话让一直沉浸在焦虑之中的陈默，瞬间有了一种踏实的感觉，就好像只要韩沙一出现，她陈默所面临的所有困难都会迎刃而解。于是，陈默慢慢坐直了身子，睡眼惺忪地看了韩沙一眼，然后站起身来，三步并作两步地走到韩沙面前，一把搂住了韩沙的脖颈，怯怯地说道：

"沙，你可回来了。快抱抱我，抱抱我。"

韩沙被陈默这突如其来的动作搞得有点莫名其妙，但依然顺势张开双臂，抱了抱陈默，随后又在陈默的肩膀上轻轻拍了两下，说道：

"这是怎么了，朗朗乾坤之下有什么好怕的？都这么大个人了，还这么腻歪！好了好了，麻烦给我倒一杯热茶，让我醒醒酒。你闻闻，我这满身的酒气，一会儿还不把你给熏死了？"

听韩沙这么一说，陈默只好识趣地松开了套在韩沙脖颈上的双臂，倒了一杯热茶，放到了早已瘫软在沙发上的韩沙面前。

陈默知道，她现在在韩沙面前必须强装镇静，无论什么话都不能多说一句，要装作没事人一样，于是，她靠在韩沙身旁轻轻坐下，顺势把一只手搭在了韩沙的肩头：

"沙，还要吃点什么吗？我今天下午去了趟超市，买回来一些现成的吃食。"

韩沙微微直起了身子，端起茶几上的那杯茶水，轻轻吹了一下漂浮在水面上的茶叶，开心地说道：

"我喝杯热茶就可以了，什么都不想吃。你不知道，今晚的酒宴上大伙儿聊得有多带劲儿！"

"哦？"

"不仅如此，我还见到了汉阳市好几位有名望的商业大鳄，这下好了，如果我们以后想拓展商业链，就不愁找不到资本雄厚的合作伙伴了。"

"哦。"

"我还有更大的喜讯要告诉你小默，你可坐稳了，可千万别从这个沙发上溜下去。"

"不至于吧？"

"你听清楚了，小默。今天下午啊，我已经和咱们《青山作证》的总制片人，也就是投资方法人代表雷烨，签订好了两份正式的投资拍摄合同。你知道投资的总金额是多少吗？五千万！五千万呢！你绝对想不到吧？连我也想不到，刚开始一直谈的是四千万，没想到今天下午在谈判桌上，雷董竟然连眼睛都不眨一下地报出了五千万的总价，在场的人都面面相觑，我都不敢相信自己的耳朵。雷董说，'我知道投资有风险，但是投资越多回报就越多，就凭《火花》的制作水平与票房收入，我就有理由相信韩沙剧组的综合实力，我就更有理由相信《青山作证》会为我们带来无法预期的更大的回报'。小默，这难道不是我今晚给你带回来的最值得庆贺的喜讯吗！"

"哦。"

兴奋过度的韩沙眼见得陈默一连用了三个毫无感情色彩的"哦"字回应了他，声音里似乎没有一点喜悦的成分，甚为诧异，便将手里的茶杯往茶几上一放，说道：

"怎么了小默，今天怎么如此'不以物喜，不以己悲'？天大的喜讯说给你，你竟然无动于衷。难道你不知道，投资金额越大，我们的制作水准和你的片酬所得就会越高？小默，如果我们后半生去国外生活，可是要花上好多好多钱的。"

陈默看着韩沙一脸的喜悦之色，一直伪装着的情绪再也无法掩饰下去，便顺势将自己的身子瘫软在了韩沙怀里，小声说道：

"我知道，这些我都明白。可是沙，我还是担心……"

这个时候，韩沙似乎明白了女人之所以表现有些异常的原因所在。他将倒在自己怀里的女人搂得更紧了：

"我已经和你说过多少回了，小默，我是你的天，是你的地，可以无所不能地保护你。你不用担心，只要谨慎小心地处事，一心一意地拍戏，就能拿下北京电影节百花奖最佳女主角奖，并向国际大奖进军。所以小默，你什么也不用担心，不用害怕，好不好？"

此刻，像一只惊弓之鸟的陈默，被韩沙的一番豪言壮语和他所描绘的锦绣前程迷得心潮澎湃。她从韩沙的怀里挣脱出来，将茶几上的水杯递到了韩沙的手上，柔声说道：

"好了，沙，你不要为我操心，我知道该怎么做了。你也忙活一整天了，再喝一点茶水，就赶紧冲澡去，早点休息。"

韩沙接过陈默手中的茶杯，一仰脖，将水喝了个精光，然后向着已站起身子的陈默坏笑道：

"劳驾陆梦婕小姐，近前搀扶老夫一把，老夫今日饮酒过量，如行走不慎致发肤受伤，以致夜半无力与夫人温存，岂不有罪乎！"

陈默听罢，不禁低头咽笑，快步走到韩沙身旁，挽起韩沙的一只胳膊，相依相偎着向卫生间走去。

68

若内心痛苦，可以告诉自己的闺蜜或者最亲密的爱人，即使别人什么也不说、什么也不做，只要释放出来，起码会使自己内心所承受的压力消解不少。然而当下，陈默所承受的内心的煎熬与苦痛，却是无法向任何一个人倾诉与告知的。她只能选择一个人默默地承受，只能选择把自己关在空旷的屋子里，要么默诵着《青山作证》里女主角的台词，要么在追剧的时候，陪着剧中的人物伤心流泪，甚或是与韩沙巫山云雨的时候，使劲地咬着韩沙的肩膀，抑或是悲怆地重复着一句不变的言语："韩沙，我恨你！韩沙，我恨你！是你把我带到了一个万劫不复的境地。"激情过后的韩沙总会一边抽着香烟，一边漫不经心地说："都这个时候了，就算你杀了我，也于事无补了。我们俩早就是一条船上的人了，谁也下不去了。所以，不管明天是波平如镜还是惊涛骇浪，我们都得使劲地往前划，绝不能扔下手中的桨。懂吗？"

这天临睡前，韩沙叮嘱道："为了《青山作证》能在国庆节后正式开机，我近期可能会很忙，可能天天都要出去应酬，就不能在家里陪你了。

不过小默，你一定要记着，我们俩已经是一个战壕里的战友，无论何时何地，你都不能提前丢盔卸甲。否则的话，我们就会前功尽弃、满盘皆输。"女人本来已睡意蒙眬，听了男人的絮叨之后，却不得不开始思索韩沙这一番意味深长的话语。

此刻，微风吹拂着丝质的窗帘轻轻晃动，仿佛是清风吹过海面后荡漾的层层涟漪，涟漪上似乎还夹杂着一股清新的花朵的香气。凝窗而望，镶嵌在遥远天际的那一弯月已悄然西斜。是啊，此时此刻，我一个漂泊女子，有良人陪伴，有明月可观，有花香入鼻，有微风拂面，能享此春风花月夜者，该是何等的愉悦与幸福！我陈默还有什么忧愁可言？还有什么放不下的困难？真是"世上本无事，庸人自扰之"，韩沙不是已经说过很多遍了吗，只要我们俩守口如瓶，任谁也别想攻破我们这道固若金汤的同盟防线。

睡吧，睡吧，合上双眼，世界就与我无关。等到明天早晨一觉醒来，又是新的一天。

没过多久，女人也在韩沙的鼾声中悄然入睡。

第二天早晨，等到陈默迷迷瞪瞪睁开眼睛的时候，发现韩沙没在床上了。她急忙起身下床，在房间里转了一圈，才确定韩沙已经外出，为他们的未来辛苦奔波去了。感动之余，睡意全消，她便匆匆洗漱一番，又匆匆用完了一份简易的早餐，然后开始一天的背台词任务。

就在她从厨房里端出一盘水果，准备走进书房的时候，她眼睛的余光无意间瞥见门缝里露出了一张纸条的一角。她快步走过去，小心翼翼地将整张纸条抽出来，快速地扫了一眼，不禁脸色大变，手里的果盘也掉落在地，各种各样的水果仿佛是被追杀的士兵，纷纷夺路而逃。

我想，聪明的读者大概已经猜到此刻的陈默遇到了怎样的麻烦。是的，是向辉，是她名存实亡的丈夫向辉跟踪到此了。纸条上的文字不长却意味深长，原文如下：

您好：

首先请您原谅我的冒昧，真的很是冒昧，因为您是大名鼎鼎的影视演员，而我只是一个最不起眼的打工仔。然而，我之所以能用这样不太地道的方式联系您，确实是有不得已的苦衷。

前一阵在超市门口，有个小女孩错把您喊成了"妈妈"，我就是那个小女孩的父亲向辉，真对不起您，我再次替我那不懂事的女儿向您道歉。

我除了向您致歉以外，还有一个实在难以启齿的不情之请，因为我那个倔强的女儿自从和您在大街上偶遇之后，竟三天两头在我面前一口咬定您就是她失散已久的亲生母亲，非吵着让我带着她来找您。为此，我不仅和她发生了激烈的争吵，甚至一度发火到狠狠地扇了她几巴掌……看着她伤心哭泣的样子，我实在是心痛不已。其实说句心里话，我的妻子和您的长相确实是非常非常的相似。所以，我现在唯一的请求，就是您给我回个短信，哪怕是很少的几个字，只要我那幼小的女儿不再为这件不着边际的事情和我怄气就行。因为她已经好些天没和我好好地说过一句话，也不好好完成作业了。所以，还请您看在一个父亲疼爱女儿的情分上，能给我们一个简单的回复，就算是我求您了，我们现租住在向阳街35号。

实在抱歉，胡言乱语写了这么多，打扰到了您原本正常的生活，还望多多包涵。

一个落魄的人

向辉敬上

当陈默看完这封从门缝里塞进来的信件后，狂躁的心渐渐平静了下来。还好，向辉只是以一个父亲的身份，向她发出了一个呼唤母爱的小小的请求。而这个请求对陈默来说，简直就是举手之劳，她只需寥寥几笔，就可以明确且轻而易举地告诉小女孩，"我以人格担保，我真的不是你的妈妈"。但她有必要这么做吗？有必要动这点恻隐之心而引火烧身吗？

可是，当她把这封信件再仔仔细细地、字斟句酌地看了三遍以后，不禁深深倒吸了一口凉气，因为她发现了向辉隐藏在信件中的深层用意。那就是，向辉表面上看似乎是为了给伤心的小丫头寻找妈妈，其实真正的目的是在巧妙地试探她陆梦婕身份的真假。要不，向辉为什么在信里请求她给他回上几个简短的文字呢？这不是在委婉地索要她的手迹吗？还有更可怕的试探就是，你如果真如女儿所说是她的亲生母亲，那么我向辉这封信件无疑就是打给你陈默的一张分量极重的感情牌。如果你是影视演员陆梦婕，那当然可以对我们的请求置之不理，可如果你就是陈默，难道就真能忍心看到你的丈夫和女儿寄人篱下而无动于衷？陈默这样想着，后背不禁一阵阵发凉。

一定是这样的，向辉之所以这么大胆地把这封如炸弹一样的纸条塞到她手里，肯定是因为她的身份已经引起了他的怀疑，要不然的话，仅凭在街头的那一次偶然相遇，他为何这般费尽心思地找到她的住所？陈默细思极恐，原来，一向敦厚老实、不善言辞的向辉竟然还有如此深不可测的心机。

思来想去，陈默仍旧不知该如何是好。给那个在人群中一眼就认出自己的女儿霓霓回个短信，这不是自投罗网吗？但什么信息也不回，对于一个公众人物来说似乎又有点不近人情，观众眼里的陆梦婕可是个出了名的爱心天使呀。更何况，那个小霓霓，可是自己的亲生女儿，她又怎么能置之不理，当作什么也没有发生一样呢？就算她对丈夫已没有了往日的情分，可无论如何，她都无法忍受自己年幼的女儿跟随着跑外卖的丈夫一起颠沛流离。从向辉父女俩那天的穿着打扮，就可以想象得出来他们的日子过得很紧巴。一想到这里，陈默眼里的泪水更多了，她感觉自己再这样毫无节制地哭下去，一定会哭瞎眼睛的。可是，又是谁逼着她走到了今天？除了韩沙的诱惑、怂恿，她自己的贪婪和欲望难道不是她一脚踩进这肮脏泥沼的催化剂与助推器？怨谁呢？真是自讨苦吃。

整个中午，陈默都处于痛苦的两难抉择之中。傍晚，陈默抓起那张写满小楷的白纸，使劲地揉在了一起，然后缓步走到卫生间的马桶旁，将那一页页纸片撕碎，全部扔入马桶里。陈默使劲地摁了一下抽水马桶的按钮，随着水花流动的声响，那些被水花浸湿的纸片，被冲到了下水道里。

陈默扭过身子，一张憔悴的脸庞，映在了梳妆台的镜子前，她慢慢地抬起双手，在自己有些干瘪的脸上使劲揉了揉。她忽然意识到，自己已经很长一段时间没有给自己的脸部做一次系统的护理了，近期是该腾出点空闲时间，去天使美容院康成医生那里走走了。

69

当陈默一脸倦怠地走进康成的办公室，康成赶忙站了起来，满脸含笑地招呼道：

"'大明星'，多日不见，怎么面带愁容？是不是我那位没心没肺的韩仁兄欺负你了？"

原本心情郁闷的陈默被康成这么一逗，轻声苦笑了一下，回道：

"康医生真是越来越会说话了，韩沙在你的眼中真是那般没心没肺吗？"

"小陆，看你一脸的不开心，跟你开个玩笑，逗你一乐而已。韩导是谁，我岂敢在你面前如此损他？"

"我听出来了，那就是你以后极有可能不会在我的面前损他，却会在别人的面前损他。"

康成将一杯水递到了陈默的面前，微微一笑说：

"看来，我只能越描越黑了，你还是先喝点水吧，过一会儿去诊疗室，给你做个系统的理疗。"

陈默接过水杯喝了一口，不再言语。不知道从什么时候起，她感觉自己和康成之间这种和谐幽默的言语交锋，就像是一对多年交好的老朋友，总是这般默契而又令人欢喜。

不多时，陈默被康成领到了一间诊疗室，还没等康成发话，陈默便一声不响地躺在了一旁的理疗床上。这些理疗的程序，陈默再清楚不过了。而康成，则很熟练地为自己面前的患者展开了一系列精细的服务。

当陈默将自己整个身体平平展展地摊在理疗床上，她感觉身体里的每一块肌肉和每一根神经，都在慢慢地松弛下来，尤其是康成医生给她的面部敷满药膏的时候，那种松弛惬意的感觉更为明显，她好久都没有过这种"浮生半日闲"的自在体验了。

陈默似乎已经从心理上对康成产生了一种强烈的依赖感。然而遗憾的是，自己假扮陆梦婕的丑事，康成还一直被蒙在鼓里。是的，为了她和韩沙美好的未来，她在康成的面前什么话都不敢说，也不能说，这个天大的秘密只能保守到死。

此时此刻，陈默的脸上已经贴满了药水浸湿的纱布，她只能紧闭着双眼。这个时候，向辉领着女儿的场景，以及向辉给他的那张纸条，就如同默片一样，在她的眼前一段一段地回放着，她越想越焦躁，越想越气愤，以至于她原本平稳的呼吸和心跳，也随之加速。陈默身体所呈现的如此细微的变化，没有逃得过康成锐利的眼睛。他急忙问道：

"小陆，你怎么了？是身体不舒服吗？"

"没有，没有，我很好。"

"不对，小陆，你一定有事，从你今天一踏进我的办公室，我就感觉你有点不对劲。"

"康医生，您就不要胡乱猜测了，我真的很好。"

"小陆，如果你遇到了麻烦事，如果你觉得我还算得上一位值得信赖的朋友，可以尽情向我倾诉，但愿我可以帮到你。"

面对观察如此敏锐的康成，陈默不敢再多说些什么，灵机一动，搪塞道：

"康医生，谢谢你的关照，还不是拍电影那一点破事，国庆节过后就要开拍了，我竟然连主角的台词都背不下来，真是不中用。"

"哦，我以为是什么大不了的事呢，惹得你如此心烦气躁。那我就只能送给你一句俗得不能再俗的话了，那就是相信自己，没有调不来的芭蕉扇，也没有翻不过去的火焰山。"

听到康成如此劝慰自己，陈默的内心不觉涌起一股暖流，明知道这是一句心灵鸡汤，但陈默听起来却还是十分的受用。然而，陈默的心里很清楚，她这次是真的遇到火焰山了，而且仅凭她的一己之力，也真的是无法调来芭蕉扇了。

"谢谢你，康医生，每次和你谈话，总会有不同的收获。"

"小陆，我再给你朗诵一段普希金的诗吧，就是那首我最喜欢的诗歌《我记得那美妙的一瞬》。"

"好的，我洗耳恭听。"

岁月如流，狂飙似的激情
驱散了往日的那些梦幻
忘不了你那甜润的声音
忘不了你那娇美的容颜

陈默听着听着，微微闭着的眼眸里竟又涌出了两行晶莹的泪水。陈默心潮起伏，她忽然感觉那诗中所念之人仿佛就是自己，而康成也仿佛是在深情地为她而朗诵。

"好了，时间到了，可以下床了。"

陈默慢慢地起身，下床，穿鞋，之后，又用手捋了捋散落在肩头的乱发，望向已经摘下手套和口罩的康成，而康成也正好望向了陈默：

"给，小陆，把这几袋中药带回去，这是我前几天专门为你向一位老中医索要的，先喝着看看。"

陈默莞尔一笑：

"真是太谢谢你了康医生。我把药钱给你吧。"

陈默说着，拿起了桌上的坤包。康成急忙阻止道：

"你就别忙活了，这些药费我都会一分不少地记到你的理疗费中，到时候自有那位韩仁兄前来结账，你就省省吧。"

陈默听罢不再坚持，接过康成手里的药袋说：

"那好，大恩不言谢。等到下一部电影上映时，给你多送一些电影票如何？"

"那我岂不是赚大了！"

两人相视着淡淡一笑，一前一后走出诊疗室。陈默快速戴上了遮阳镜，向着走廊里的康成医生很是优雅地摆了摆手，飘然离去。

就在陈默站在天使美容院门口拦下一辆出租车，疾驰而去的时候，马路对面一辆高档小轿车上，有一个打扮时髦的年轻女人，正透过来来往往的人群，目不转睛地注视着马路对面发生的一切。

此人不是别人，正是江依琳。

70

毋庸置疑，向辉确实带着女儿霓霓来到了距离老家百里之外的城市——汉阳市。

两年前，自从妻子陈默再一次不辞而别，他的父亲突发疾病不幸离世，母亲的眼疾加重，向辉的日子那叫一个惨，简直就是连头带脚都泡在苦水里了。好在女儿霓霓每年的考试成绩还算不错，多多少少给他落寞的心灵带来一点点慰藉。然而，霓霓从不曾忘记跟他说过的那句斩钉截铁的话，那就是如果这个春节，妈妈还不回家的话，就要爸爸带着她去找妈妈。果不其然，那个春节陈默依然没有回家。经过再三考虑，向辉最终决定，带着女儿霓霓一起外出寻找妻子陈默。可是世界之大、天地之广，他们父女俩到底该到哪个地方寻找才会有更大的希望与可能呢？思前想后，向辉最终选择了距离他们县城百里且享有盛誉的千年古城汉阳市。

决心一旦下定，行动必将紧跟。没过几天，向辉便毅然决然地向单位领导请了一年的长假，又把自己的姨妈接过来照顾老娘，接着，又找到女儿学校的领导，开了一份学籍证明。之后，他们父女俩便背起行囊，踏上了开往汉阳市的长途汽车。

靠着车窗而坐的小霓霓，把自己的脸紧紧地贴在了向辉的臂弯里，略带忧伤地望了望窗外飞速后移的树木，又扭过头来望着向辉说：

"爸爸，我们这次能找到妈妈吗？"

面对女儿的问话，向辉赶紧扫了一眼周围的乘客，压低了嗓音道：

"肯定能找到。"

"那太好了，我就可以是有妈妈的孩子了。"

霓霓的话不禁引起了向辉的阵阵伤感与心痛。在陈默离家出走的这两年里，年幼的霓霓是多么的乖巧而懂事，不仅学会了洗衣服、做简单的饭菜，还学会了打扫卫生、收拾屋子、整理衣柜。这次出门寻找妻子，是瞒着自己患病的母亲的，至于结果是什么，他比女儿更茫然。但是，外出找人，毕竟还有一线生机，而如果窝在家里，那就永远都看不到希望了。

到了汉阳市，向辉在距离市中心较远的向阳街找了一间小屋子住了下来。第二天早晨，安顿好霓霓之后，向辉便匆匆出门，给自己联系好了一份美团外卖的工作，接下来的几天，向辉又跑遍了附近的三四所学校，终于在距离住所两站路程的一所小学里为女儿报上了名。当天晚上，向辉为庆贺自己入职新的岗位和女儿踏入新的校园，特意领着女儿在一家川菜馆里小聚了一番。

就这样，父女俩也算过上了比较安稳的生活。向辉除了每天奔忙于繁杂的工作之外，还不忘向每家餐厅的打工人员，悄悄打听陈默的消息。凭着他的判断，以陈默的自身条件来说，最有可能接受她的就是餐厅与饭馆，而且还是让她干那种在后厨备菜、洗碗、刷盘子之类的活计。然而他跑遍了大半个汉阳市的餐馆，也没有打听到陈默的下落。正当向辉心灰意冷的时候，发生了霓霓将陆梦婕认作"妈妈"的事件。这一偶然相遇，引起了向辉的深层思考：那个美丽非凡的影视演员陆梦婕，怎么可能是他的妻子陈默呢？再说了，陈默的相貌已经到了无可救药的地步，就算有可以医治的良方，她又哪来那么多诊疗的费用？可是女儿霓霓的一番荒唐举动，也使他忍不住在心里发问：到底是女儿霓霓认错人了，还是他们在街上偶遇的那个女人就是她离家出走的妻子陈默呢？当他把那个女人的身材与样貌，在自己的脑海里仔仔细细地回想了无数遍以后，他不禁大吃一惊：陆梦婕与自己当年尚未破相的妻子陈默的长相，竟如此相似。女儿霓霓的一番话，更使他陷入了深不可测的谜团。那天从超市回家之后的霓霓，用一种极为笃定的语气向着向辉喊道："爸爸，你不知道，自从你给我看了妈妈的照片后，我每天晚上睡觉前，都会抱着妈妈的照片仔细地看，认真地看，一丝不苟地看，直到睡着为止。爸爸，你知不知道，在妈妈的左手腕上，长着一颗黄豆大小的粉色痣，就算她们俩长得一模一样，那个女演员的手腕上也绝无可能长着一颗和妈妈一模一样的粉色痣。所以爸爸，那天在街上，我仔细瞧了她，她的手腕上真的有一颗痣。爸爸，那个女人就是我的妈妈。你看，我临走前还带着妈妈的一张照片。"

霓霓说着，变戏法似的拿出了一张陈默破相前的照片，递到了向辉的眼前。向辉接过照片，端详了好一阵子，不禁眼眶湿润。这样的表情，这样的笑脸，这样阳光而自信的神态，于他来说是再熟悉不过了。细细想来，那个在大街上偶遇的女人，她身上所散发出来的气质，与陈默是多么的相似。这种奇妙的感觉不禁令向辉不寒而栗。可是，如果陈默真已经摇身一变成了时下当红演员，我又该如何靠近她呢？可是，有些事情，只要你敢想敢做，那就有可能柳暗花明又一村。于是，一个大胆得近乎荒诞的想法在向辉的脑子里渐渐萌生了。他要想尽一切办法去攀扯上那位演员，他还要想尽一切办法试探出她的真实身份。如果她真是陆梦婕，那就算是他向辉做了场荒唐的梦；如果她真是他的妻子陈默，那自己和女儿霓霓该是多么的激动与欣喜若狂啊！

于是，他经过多方打听，终于打听出了陆梦婕的详细住址。然后，他使出了浑身解数，调用了平生所学，写好了一封煞有才情的信件。在一个风清月朗的深夜，他将那封信，悄无声息地塞进了陆梦婕家的门缝里。

71

就在向辉把那封信偷偷塞进陆梦婕家的门缝以后，他每一天都过得提心吊胆、如坐针毡。他甚至一度后悔自己真不该相信了女儿霓霓的话，怀疑起当红影星陆梦婕是自己的妻子，真是一点也不着边际。有时晚上睡不着的时候，他也在想，那个女演员会不会派来几个蒙面大汉，在夜深人静时突然闯进他的小屋，不容分说地朝着他一顿拳打脚踢。是啊，谁让你不知好歹，敢去骚扰人家。可是，一个多月的时间匆匆过去了，一点回音也没有。

北方的夏季非常炎热，奔波了一天的向辉一到晚上，便烦躁不安、难以入眠。一天夜里，他光着上半身，穿着大短裤，拿着一把大蒲扇，躺在房东那张舒适的摇椅上晃晃悠悠地纳着凉，空气里缓缓吹动的丝丝凉风让他感觉舒心了许多。他望着夜色里那轮温润的弯月，想着那位美丽的嫦娥在偷吃了仙药之后无情地抛弃后羿飞天而去，不觉一阵酸楚。后羿还好，至少知道嫦娥就在那月宫里，而他向辉却实在恓惶，老婆走了好几年，竟全然不知她的去向。

向辉就这样漫无边际地胡思乱想着，不一会儿，浓浓的倦意慢慢地席卷了他的全身，很快，向辉便迷迷瞪瞪地睡着了。

恍恍惚惚间，他感觉妻子陈默身着长裙，满脸堆笑地向他飘来，在他的身旁止住了脚步，慢慢地俯下了身子，一只手轻轻摩挲了一下他燥热的身体，且把她的脸庞慢慢靠近了他的脸庞，他甚至可以闻到妻子身上散发出来的味道，这种味道于他而言是如此的陌生而又如此的熟悉，这种味道夹杂着风中的花香足以将酣睡在夏夜中的他千万次地淹没。

睡意蒙眬的向辉侧了侧身子，伸出了双臂，做了一个环抱的姿势，却没想到一下子扑了个空，险些滚落到地上。这下好了，整个人一下子清醒了过来，四下张望了一遍，才意识到自己是在房东的院子里，而刚才与妻子的邂逅，只是睡梦中偶然出现的美丽瞬间，向辉的心头顿觉拔凉拔凉的。东方已亮起了鱼肚白，于是，他拾起了落在竹椅旁边的大蒲扇，一摇一晃地进了屋。就在他关上房门准备再睡一会儿回笼觉的时候，猛一回头，竟然看见在紧靠床头的桌子上，放着一张折叠得整整齐齐的纸条，他急忙打开纸条，发现纸条里还夹带着一张银行卡，再仔细一看，纸条上还有几行打印出来的文字。向辉心里一惊，急忙低头看了起来。

> 陌生人：
>
> 　　你的便笺已看到，情况获悉。首先申明一点，我不是你要找的那个人。然，你所遭遇的来自家庭的不幸，我深表同情，特赠送一张银行卡，里面有二十万存款，密码为060606。但愿我这点微不足道的资助，能使你和你女儿的生活过得好一些。还请千万千万为我保密，且以后不要再采用这种极端的方式来打扰我的生活。

向辉飞快地浏览了一遍纸条的内容，再看了看捏在手心里的银行卡，不禁激动万分。令他万万没有想到的是，那个女人居然给他回信了，不但回信了，还给他送来了一张存有二十万元的银行卡。那么，那位于昨晚的睡梦里来到他身边的女人到底是谁？是他心心念念的结发妻子陈默呢，还是那位众星捧月的影视演员陆梦婕呢？向辉一时半会儿竟分辨不清那到底是梦境还是现实。

这个结果着实让此时此刻的向辉如坠云里雾里。没有回音，他忐忑不安；有了回音，他竟然如同一只热锅上的蚂蚁坐卧不宁。问题的关键是，那个女人，到底是谁？说她是影视演员陆梦婕吧，可她对他这个非亲非故的人何以如此慷慨解囊，赠送二十万现金？说她就是自己的妻子陈默吧，她又是如何在短短的两年多时间里，从一个丑小鸭变成白天鹅的？恐怕，能这么慷慨地送他二十万元的，也只能是他心地善良的妻子陈默。她一定是看到了他和女儿霓霓艰难困苦的处境，一定是动了身为一位母亲的恻隐之心，而且她还在便笺里说，不要再去打扰她的生活。那么，那个女人，就是想用这张二十万元的银行卡买断他们之间所有的情分。她所做的所有事情的潜台词就是：请你们尽快离开我。如此一想，向辉纷乱的思绪瞬间清晰了起来。她一定是陈默，她一定就是陈默。如果不是，为什么连便笺里的文字，都不是她亲笔所写，而是通过电脑打印出来。她之所以这么做，难道不是害怕自己会通过她的笔迹识破她的真实身份？还有更为可疑的一点就是，她竟然选择在一个漆黑的深夜悄悄地来到这里，悄无声息地做了一件如此彰显大爱的善举。作为一个公众人物，难道她不想把她的慈善公益行为到处宣扬吗？她的内心深处一定隐藏着不可告人的秘密。

"她就是妈妈，她就是妈妈。"

向辉走到女儿霓霓的小床边，看着女儿沉浸在睡梦中的肉嘟嘟的脸庞，女儿那清脆的话语，便一遍又一遍地在这个简陋的小屋里回荡了起来。那么，如果是陈默，她可曾深情地凝视过女儿流泪的脸庞？可曾徘徊在女儿孤独的床边泪水潸然？

72

确实，自从陈默拾起向辉从门缝里塞进来的那张纸条，她的心就再也无法平静下来。他们父女俩，就像是一枚生锈的铁钉，牢牢地钉在了陈默早已被名缰利锁所牵绊的致命的死穴上，动弹不得。

但陈默打定主意以不变应万变，只要她不承认，不出面澄清，就没有人能撼动她陆梦婕的身份。至此，她在这个原本属于陆梦婕的房子里，继续过着她衣食无忧的日子，继续幻想着她和韩沙一起双宿双飞到国外，开启另一种别样的生活。

然而，周晓璇的一通电话，却又给陈默渐已平复的心溅起了无数的涟漪，这涟漪随着风浪的裹挟，在一圈一圈地扩散、蔓延。

那天，韩沙因忙于电影的拍摄事宜，一大早就匆匆出了门，只留下陈默一人在家。午饭过后，陈默躺在卧室的大床上开始午休，就在她睡得正香的时候，一阵悦耳的手机铃声响起，陈默将手机拿到近处，看清是周晓璇打来的电话，便按了接通键。

还没等她问候，那边的周晓璇便迫不及待地开腔了：

"梦姐，梦姐姐，您最近可好？"

"我好着呢。咋了晓璇，有什么事吗？"

"没有没有。梦姐，既然您最近啥都好着呢，我也就不打扰您了，再见。"

"哎别！晓璇，你这么火急火燎地给我打来了电话，却又问了一些不着边际的话，到底怎么了？或者你知道了什么？听得我一头雾水。"

这个午后的电话确实让睡意蒙眬的陈默清醒了许多，从电话那头闪烁其词的话语里，她似乎也听出了别样的意味。陈默一骨碌从床上坐了起来，但当她想继续一探究竟的时候，电话那头却是长时间的沉默。陈默预感到，电话那端的周晓璇一定是听到了一些至关紧要的消息，她之所以没有立刻回答，是在努力做着极其艰难的思想斗争。

"快说呀晓璇，你是要急死姐姐呀！到底怎么了？到底发生了什么事情？"

时间仿佛在此刻凝滞了一样，周围如死亡一般寂静，电话两端的女人几乎可以听到彼此急促的呼吸声。

"晓璇，你到底怎么了？你再不开口的话，我现在就出门打车，立刻飞奔到你那边去！"

"别，姐姐，你不要太激动，其实……其实……是江依琳，她怀疑……怀疑你……"

"怀疑我什么？"

陈默猛然一个激灵，从床上蹦到了地板上，几乎顾不上穿上床边的拖鞋，便光着脚跑出了卧室。她一边接着周晓璇的电话，一边在客厅里转着圈。好在电话那头的周晓璇看不到此时此刻陈默狼狈不堪的模样。

"她怀疑您不是真正的陆梦婕。"

陈默听罢脑袋不禁"嗡"的一声，几欲碎裂。但是她强忍着怒火，平静地回道：

"晓璇，姐姐是个什么样的人，难道你还看不清楚吗？那个江依琳，她一定是因为韩沙这次炒了她，心有不甘，才会无中生有。晓璇，演好你的电影，做好你自己比什么都重要。"

"我知道的，姐姐，您千万别误会，我知道，那只是江依琳的胡乱猜忌，我和张鹤一直都是相信您的，始终都站在您这一边。姐姐，我之所以把这件事情告诉您，就是不希望别人在背后给您使刀子，更不希望您的名誉和事业受到任何的影响。姐姐，您一定要保护好自己。我能为您做的，只有这些。"

陈默还想和电话那端的周晓璇再叮咛上几句，不承想周晓璇的电话突然间挂断了。

陈默终于坐不住了。她已经明显感觉到自己已经腹背受敌。

一边是向辉父女俩的正面攻击，一边是江依琳的背后暗箭。还好，以周晓璇目前提供给她的信息来看，江依琳还属于猜忌阶段，她应该没有掌握到确切证据。怎么办？江依琳那边暂时可以装聋作哑，但向辉的信件怎么处理？本已经拿定主意按兵不动的陈默开始动摇。

陈默从酒柜里拎出了一瓶打开过的红酒和一只高脚杯，在客厅的沙发上坐了下来，开始一杯接着一杯地喝了起来。边喝边嘟囔着：

"陈默呀陈默，你到底算是个什么东西？竟然就这么死皮赖脸地占据着陆梦婕的身份和房子？你还有没有一点做人的道义和廉耻？"

牢骚过后，她又连倒了几杯红酒，开始猛灌，以至于从嘴边溢出的液体浸湿了她胸口的衣服。这个时候，陈默开始不住地干呕，她的眼里已经呛出了泪水，竟然有了昏昏欲睡、头重脚轻的感觉。随即陈默又发出了一连串的冷笑：

"陈默啊陈默，你简直就是一个十恶不赦的强盗。你厚颜无耻，你良心丧尽，你……你……你……既然已把偷梁换柱的事做了，就不要怕被世人耻笑，就让暴风雨来得更加猛烈些吧！我不怕，我什么也不怕。我仅仅是顶替了一个人的名字和身份而已，我只是换了一种方式活下来而已……"

此时的陈默，犹如一个失心疯患者般胡言乱语。不一会儿，便迷迷瞪瞪地仰躺在沙发上沉沉睡去；窗外那一缕夕阳的余晖，正好穿过窗帘的帷幔，洒在她微微泛红且溢满泪水的脸颊上。

73

一个秋日的午后，金黄的树叶在微风的吹拂下飒飒作响。一对身着长裙的漂亮母女，在铺满树叶的小径上互相追逐、嬉戏、唱歌、跳舞，直惊得树上的鸟雀扑棱棱地飞来飞去。一首名为《雪绒花》的儿歌在欢快的氛围中悠扬婉转：

雪绒花，雪绒花
每日清晨迎接我
小而白，洁而亮
向我快乐地摇晃
含苞待放的雪骨朵
也学你会开花生长

开花生长到永远

雪绒花，雪绒花

祝愿我的妈妈不离家

咦？奇怪，最后一句歌词怎么会被小云霓唱错了？

"霓霓，你怎么能把歌词改成这样？你不知道，妈妈有多爱你。"

"妈妈，你好漂亮！妈妈，原来你真的好漂亮，就和那个影视演员一样漂亮！不，其实妈妈比那个影视演员还要漂亮一百倍呢！"

"没看出来，小霓霓长大了，竟这么会夸赞自己的妈妈了。"

"妈妈，自从你走后，爸爸把你以前的照片拿给我看了，我每天晚上临睡前都要看上好几遍，有时还会把你的照片从相册里取出来，贴在脸颊上，或是抱在怀里，仿佛我就躺在妈妈的怀里一样。妈妈，你以后不要再离开我和爸爸了，好吗？"

"不行的，霓霓，你不知道，妈妈还有好多好多的事情要去做呢。"

"可是妈妈，有了我和爸爸，你的事情不是也一样可以做吗？"

"霓霓，你还太小，有些事情你根本不懂，也根本无法理解。"

"我是不懂，不懂你们大人间的一些事情。可是妈妈，爸爸他一个人太苦了，为了找你，连自己的工作都不要了……"

霓霓忽然间竟背过身去，呜呜呜地哭了起来。

陈默知道，自己已经看过了女儿，而且已经和女儿度过了一个愉快的下午，不能再待下去了，便急忙回转过身，向着模糊不清的落霞里狂奔而去。这时，从路边的树丛里，猛然间蹿出一个人来，这个人不是别人，正是陈默的丈夫向辉。说时迟那时快，只见向辉一个箭步，拦在了陈默的面前，并用一双有力的大手死死地拽住了陈默的两只臂膀，一双深陷的眼眶似乎就要淌出泪来：

"小默，不要再跑了，跟我回家吧。你不要再伪装了，我知道你就是小默。不光我，还有我们的女儿霓霓，我们都已经认出了你。只是我们不敢想象，也实在想象不出来，你怎么会变回从前的模样。小默，跟我回去吧，我们还可以开始以前的生活。"

"对不起，你认错人了，我不是你要寻找的人，我的名字也不叫陈默，请你离我远一点，要不然的话，我就叫警察了，告你骚扰诽谤。"

"你敢！小默，你告我，我还要告你呢！我告你冒名顶替，我告你欺世盗名，警察来了正好，我正求之不得呢。"

"不要再这样闹下去了，我真的不是陈默，我怎么可能是你要找的人，你还是快放我走吧，一会儿天就要黑下来了。"

"不！我是不会放开你的，小默。为了找你，我领着女儿受尽了世间的冷眼，就算你不可怜我，你总得可怜可怜我们可爱的女儿吧。"

"还请你不要再啰唆了，我已经说了一千遍一万遍，我不是你要找的那个女人。你放开我。"

陈默不想再和这个无聊的男人纠缠下去了，她只想快一点脱离这个危险的地带。于是，她使出了浑身的劲儿，把自己的一双胳膊从向辉的手里挣脱出来，撒腿就跑。余光一瞥，她看到向辉的手里，亮出了一把明晃晃的匕首，向着她猛追而来，陈默吓得魂飞魄散，乱作一团，也看不清脚下的道路，猛然间一个趔趄，竟一头栽倒了下去。

随着"扑通"一声落地的声响，昏睡在沙发上的陈默滚落到了地上。她仰躺在冰凉的地砖上，借着窗外的灯光，看清了墙上挂钟的指针正好指向了一点。凌晨一点，屋里一片死寂，韩沙应该是还没有回来，要不然的话，我怎么可能一个人孤零零地蜷缩在沙发里，做了那个既荒诞又诡谲的噩梦呢！陈默定了定神，慢慢地从地板上爬了起来，去卫生间冲凉。她一边冲凉一边追忆着梦里的一切。明明是梦，为何场景却是那般真实？女儿霓霓还是那般的聪明可爱，她演唱的歌曲《雪绒花》，依旧是那样的动听而甜美。梦里的霓霓和她在一起相处得是那样快乐，这无疑让陈默以另一种方式，重新体味了一次久违的母女情缘。那么向辉呢？梦里的他是如此的凶狠而面目狰狞，使劲儿攥着她双臂的手，如同铁钳般冰冷尖锐，难道向辉真的要杀了她不成？

难道，我真要去帮扶一把那对可怜的父女，以此来作为自己良心上的救赎?

当陈默身着一身干净的睡裙,躺回到卧室的大床上以后,她的心里有了一个大胆的决定,那就是:她要去看望一下向辉父女俩,悄悄地留给他们一张银行卡,且打消他们把她认作陆梦婕的执念。

于是,便有了后来,陈默趁着微凉的月色,悄悄溜进向辉父女租住的房间,放下银行卡和纸条,又匆匆逃离的场景。她以为,她的这个举动万无一失,即使向辉父女不离开汉阳市,他们也不会再给她带来不必要的麻烦了。可是,陈默万万没想到,她的这一善念之举,竟然给向辉引来了一场杀身之祸。

74

其实,自陈默在那个月夜里出现在向辉父女俩的住所之后,向辉就已经断定那个给他送来银行卡的女人百分之百是他的妻子陈默无疑了,虽然他一时半会儿还找不出重要的证据加以证明。可是,即便她就是陈默那又能怎样呢?以她现在的社会地位和身份,我又能奈她何?首先,她根本就不可能承认自己就是陈默;其次,她也根本不可能和我们相认,更不可能跟我们回到老家。怎么办?怎么办?原本一向厚道老实的向辉,脑子开始活泛了起来。

都说金钱就是男人的胆,现如今他向辉已经是有二十万在手的人了。即便妻子狠心不认自己和女儿,自己以后也不愁过不好日子。至于女儿霓霓那边,他可以用一段话,直接断了她的念想,那就是:"我经过多方打听,影视演员陆梦婕她真的不是你的妈妈。至于手臂上出现的那一个相同的粉红痣,只是千千万万人群中的巧合而已。再说了,你妈的模样怎么可能发生如此大的变化?你以后只管专心念书,什么也不要想,找妈妈的事情就包在你爸我一个人身上。"

果不其然，当他把想好的话说给女儿霓霓以后，女儿再也不在他面前提起那位演员了，只是情绪较之以前更加低落消沉了。而这一切，却并没有引起其父向辉的注意，因为当向辉无意间得到了那笔巨款以后，他整个人飘了起来，以至于他已经忘记了自己跑到汉阳市到底是来干什么的。至于那个送卡女人，她到底是陈默还是陆梦婕，都已无关紧要。他的当务之急，就是辞掉外卖小哥的差事，好好地休整一下，顺便在家里给上学的女儿做饭，好好改善一下伙食，也好让女儿感受一下每天放学回家，就能吃到可口饭菜的那份快乐。

很快，向辉在这个陌生的城市里开启了另一种他所谓的悠闲自在的人生。人常说，近朱者赤近墨者黑，此话一点不假。向辉和女儿租住的是城中村，半年下来，向辉不仅和街坊邻里都混成了老熟人，还结交了一些整天不务正业山吃海喝的狐朋狗友，他们只要聚到一起，不是拼酒划拳就是打牌赌博。向辉可能是因为这几年压抑太久的缘故，开始无所顾忌地释放着自己心中的郁闷，消耗着自己体内的能量，他忽然觉得，只有和这帮无所谓身份贵贱、钱财多少的无业游民混在一起推杯换盏的时候，才找回了那么一点点属于男人的尊严。

就在向辉深陷于吃喝玩赌的泥潭的时候，却被那帮他自认为讲义气的哥们儿狠狠地活捉了一把，致使向辉在很短的几天内把银行卡里的钱输了个底朝天，甚至还欠了一屁股的外债。向辉感觉自己仿佛是在一夜之间，从地狱升到了天堂，又从天堂被打到了十八层地狱，他的内心惶恐极了，从天而降的二十万现金，还没有给他和女儿带来更多的物质享受，就被他像倒豆子般毫不吝惜地倒给了赌场上那些张牙舞爪的吸血鬼。对，他们个个都是披着人皮的吸血鬼！可是，有什么办法呢？这是你咎由自取，你活该一败涂地。

是不是又到了山穷水尽的时候？

是不是又到了该卷铺盖卷走人的时候？

向辉再一次陷入了困顿之中……

当平日里那群称兄道弟的"铁哥们儿"一而再、再而三地逼着他讨要赌债的时候，向辉真的是黔驴技穷了。就算是靠着打工还钱，这又该还到猴年马月？这个时候，向辉又想到了那个被女儿霓霓认成妈妈的女人。也许她可以帮自己再度起死回生。

人，一旦活到了没脸没皮的地步，是什么见不得人的事情都能干得出来的。

但是作为一个父亲，他还不敢在渐已懂事的女儿面前表露出自己龌龊的一面，他极力掩饰着自己的惊慌，暗暗等待着一个合适的机会上演一出狗急跳墙的戏，好为濒临绝境的自己赌出一线微茫的生机。

75

自从陈默背着韩沙自作主张把那张二十万元的银行卡偷送给向辉以后，这一个多月下来，她再也没有受到过向辉父女的干扰，她忐忑的心便渐渐平静了下来。加之电影《青山作证》的拍摄工作正在紧锣密鼓地筹划着，陈默便将所有的精力与心思投入其中。

一天下午，《青山作证》剧组的所有演职人员，在韩沙的安排下召开了第二次研讨会。会场上的人各抒己见，气氛空前高涨，尤其是韩沙说到每个人的薪酬，除了签约的数额以外，还会根据票房收入给大家发放数额不等的奖金时，所有在场的人更是欢呼雀跃，就差一哄而上把韩沙抬起来抛向空中了。当然，陈默也身在其中，她感受到了这群为同一梦想而聚在一起的陌生人为自己的事业努力拼搏的激情。

散会后，桑妤微笑着向她走来：

"小梦，好久没见到你了，感觉你今天的精神状态不是很好。怎么了？"

"没事没事，可能是因为入戏太深了，一时半会儿还没有从角色里走出来，难得桑姐关心我，真的很感谢。"

看到桑妤这般热情地和自己打招呼，陈默也赶紧迎了上去，和桑妤友好地拥抱了一下，随之松开。

"小梦，你是这几年里与我合作最为默契的演员之一，我一直认为你是鱼龙混杂的演艺圈里一股难得的清流。所以小梦，继续加油，姐姐看好你！如果真遇到不愉快的事，千万别憋在心里，记着告诉姐姐，说不定姐姐能帮上你。"

听着桑妤一番热心肠的话，陈默冰冷的心温软了起来。她紧紧拉着桑妤的手，动情地说道：

"谢谢桑姐。无论何时何地，姐姐的话总是这般的温暖人心。桑姐放心，我一定会把这部剧演得更好，也不枉咱们去年冬天在阳红镇日夜的辛苦付出。而且，在我心里，我早就把姐姐当成我的良师益友了，如果真有过不去的坎儿，我一定会去找姐姐这位人生智者的。"

桑妤听后不好意思地笑笑说：

"难得小妹如此高看我，有你这样的话，我就放心了。还有，剧组国庆节后拍摄《青山作证》，我就不跟剧组去了，你要照顾好自己。"

"桑姐是要开始写下一部长篇巨著了吗？真令人敬佩！"

"谁让我这辈子就是玩文字爬格子的命！一个作家，当她拼到了最后的最后，留给这个世界的只能是她的思想，其他的都是浮云。"

"姐姐怎么忽然就悲观起来了？"

"没什么没什么，只是随便发两句感慨而已。小梦，记着姐姐送给你的一句话，人活一辈子，不管别人说什么，只管做最好的自己。再见！"

桑妤说完后，松开陈默的手，转身飘然远去，只留下陈默一个人呆呆地站在原地。

此时，天色已渐渐暗了下来，远处高楼大厦的霓虹灯已渐次亮起，周围一片沉寂。陈默忽然想起韩沙早已在会前告诉过自己，开完会后他还要和几位制作人员小聚一下，让她一个人先打车回家。于是，她一边慢慢地朝着家的方向迈步，一边细细思忖编剧桑好刚才和她说的那些语重心长的话。

"人活一辈子，不管别人说什么，只管做最好的自己。"

桑好的这句话，也许是随口而出，却让陈默听后如芒在背，心虚的陈默竟担心起桑好意有所指。但转念一想，也不尽然，因为她知道桑好是一个两耳不闻窗外事，一心只作精品书的文坛独行侠，她是无心去打探关心旁人的一些传闻八卦的，更不会拿到别人面前当一些谈资。

那句话，纯属一位热心的大姐的激励之言。

这样想着，陈默的内心渐渐安稳了下来，于是她把思绪又转入了对影片《青山作证》人物的把控中。

快到小区门口，陈默才觉出饥饿。于是，她在尚未打烊的餐馆里打包了一份简单的蛋炒饭，匆匆上楼。

就在陈默拖着倦怠的身体进门后，正欲关门的时候，忽然间，一个高大的人影也紧跟着陈默闪进了屋内。待陈默看清了来人，不禁大吃一惊。因为来者不是别人，正是她既想摆脱又无法摆脱的丈夫向辉。那一刻，陈默才觉出自己的演技是多么的拙劣和可笑。她一时乱了阵脚，本能的反应竟是先轻轻关上房门，然后向着深夜里的不速之客低声问道：

"你来干什么？"

也就是她的这一拙劣反应，彻彻底底暴露了她的真实身份与内心的恐慌。向辉是个聪明人，那句只有熟人之间才可能有的质问语，使他更加确定他今晚出此下策的目的必达无疑。

"怎么？'大明星'，您上一次送给我一张二十万的银行卡，我就不能登门感谢一番了？"

陈默强压住内心的惊慌，随手将携带的东西一股脑儿放到了玄关处，笑道：

"那只是举手之劳，我只是看着那个没有妈妈的小丫头可怜，感谢就不必了。"

"可无功不受禄啊，怎么说，我们爷儿俩这笔钱用得还是心里不踏实啊！虽然我知道您是'大明星'、慈善家。"

向辉说着，竟伸长了脖子朝着客厅四下扫视了一遍，丝毫没有要离开的意思。陈默似乎也觉出了向辉的反常之举，她决定立刻结束这场危险的会面，随即厉声说道：

"那好，我已收到了你的谢意，你可以走了。"

陈默说着，快速走了两步，拉开了房门，很礼貌地做了一个"请"的手势。

"哦，还有，我给你那张银行卡，已经是仁至义尽了，还请你以后不要再打扰我的生活。这一点，我想我已经和你说得很明白了。"

眼看着女演员下了逐客令，向辉急忙上前，将房门重重地关上，转过身来，向着面前美艳高贵的女人尴尬地笑笑说：

"其实……其实……我今晚大着胆子来找您，还有一事相求。您如果不帮我的话，那我可能就真的是死无葬身之地了。"

陈默暗自吃惊，她不知道在这短短的几个月里，向辉父女俩到底经历了怎样可怕的遭遇。

"又怎么了？"

"其实……也没什么的，就是……就是……打麻将输了，把那张卡里的钱……都输光了，还欠下了赌债……"

"怎么可以这样？"

当陈默再一次当着向辉的面，有些失态地、极尽气恼地发出这一声狂吼时，连她自己都分辨不清此刻的她到底是演员陆梦婕还是向辉的结发妻子陈默了。几秒钟之后，她镇静了下来说：

"我以为你是一个安分守己、勤劳本分的人，我也看到你和女儿的日子过得着实寒酸，所以才大发善心帮扶于你，没想到，没想到，你竟然这么快就沾染上了赌博的恶习，让我怎么说你好呢？"

"其实……你就……好人做到底，送佛送西。您看可否再给我资助个一百万，我就再也不来叨扰您了，咋样？"

"什么？你这不是在敲竹杠吗？再说了，我原本就不欠你的人情，之前资助你，只是觉得那个失去妈妈的小女孩实在可怜。我警告你，做人不能太过分、太贪婪。"

"我过分？我贪婪？比起您，我看这简直就是小巫见大巫。何况一百万对于您来说那简直就是九牛一毛的事。"

"绝对不可能！请你赶快离开这里，如果你再继续纠缠，我就报警了。"

陈默觉得，此时此刻，站在她面前的向辉早已不是她记忆中那个既敦厚又善良的男人了，而是一个丢掉了廉耻与自尊，既贪婪又龌龊的流氓混混。于是，她便想用报警的方式来警示向辉趁早离开。但向辉眼瞅着面前的女人不为所动，终于亮出了自己的撒手锏：

"就算您叫来公安局长我也不怕，如果您把汉阳市所有的媒体都请来那就更精彩了。虽然我不知道您是怎样一步一步地变成了陆梦婕，可我们之间好像还有着非同一般的关系，不知您可否还记得？"

"住口！"

陈默大声呵斥向辉，及时制止了他的胡言乱语。

"你到底想干什么？"

女人的激烈反应，让向辉再一次确认了面前的女人就是自己离家出走两年的妻子陈默。

"我到底想干什么？这还需要我说吗？我要钱，我急需钱，大把大把的钱！有了钱，我就可以还上赌债了，也就可以领着女儿回到老家去，过上衣食无忧的好日子了。"

"这可是你说的真心话？绝不反悔？"

"绝不反悔！"

"那好，我答应给你一百万，可你必须遵守承诺，离开汉阳市。但是现在不行，你得给我几天时间，我得到银行办理转账业务。"

向辉想了一会儿道：

"我需要您给我现金。"

"不行，至少现在不行，就算是去银行取钱，也得到天亮了再说。何况那么大的一笔业务，还得和银行提前预约。你先回去，等我的消息。"

看着一脸无奈又一脸真诚的漂亮女人，向辉说道：

"那好吧，我就等着你的消息。"

向辉说着，望了女人一眼，随着"哐当"的关门声，他颓废的身影消失在了漆黑的走廊里。

屋内的女人惊慌失措，她慌乱地踢掉了脚上的高跟鞋，又慌乱地奔向卫生间。伴随着水流的哗哗声的，是一个女人悲怆、凄凉、撕心裂肺的哭声。

76

这天晚上，韩沙回到家里的时候已经是十一点多钟了。

当他洗漱完毕，轻手轻脚地来到陈默的卧室时，只见女人正侧着身子背对着门，一动不动地躺在被窝里。凭着男人的直觉，女人一定还没有睡着。韩沙轻声问道：

"怎么了，你家官人劳累了整整一天，回到家里也不见你嘘寒问暖，难道连一个笑脸都懒得给我吗？"

女人蜷缩的身子微微动了一下，还是没有言语。

男人见状，忙挨着女人的身子坐在了床边，一只手放在了女人的额头：

"小默，你怎么了？是抱怨我回来晚了没有陪你吗？你看看，我这么拼命，还不是为了我们的将来？"

女人还是没有说话，只是将脖颈处的被子向上拉了拉，躲在被子里轻轻抽泣起来。

韩沙见状快速地钻进了被窝里，将女人一把揽在了自己的怀里，急切地问道：

"怎么了？小默，到底出什么事了？"

见到韩沙对自己百般关怀，陈默止不住抬高了哭腔。她把自己的脸紧紧地依偎在韩沙的胸前，悲戚地说了一句：

"沙，我真的不想活了。"

听陈默这么一说，韩沙不禁大吃一惊，他不知道在他疲于奔波忙于开机准备的这一段时间里，疏于照顾的陈默到底经历了什么，惹得她如此伤心难过。

"小默，你快说呀，遇到什么麻烦了？"

在韩沙的再三追问下，陈默和盘托出：

"向辉和女儿来到汉阳了，而且认出了我。"

"认出了你能怎样？只要你死不承认，他能有什么办法？再说了，他们又怎么可能有和你相遇的机会？"

"看来当初我还是心软做错了。"

"怎么了小默，难道你已经和他们见过面了？"

"何止是见过面，我还送给向辉一张二十万元的银行卡。"

"你简直是疯了！"

韩沙闻听此言，竟猛地一把将陈默从自己的怀里推了出去，厉声说道：

"你怎么会如此感情用事，做出这般愚蠢的事情来？"

"沙，我确实是感情用事了，因为我在大街上看到他们父女俩可怜的样子，我的心就像刀割一样疼。其实，我当时一直伪装得很好，直到看到向辉塞进屋里的纸条以后，我才动了恻隐之心，才去他们租住的屋子，留下了一张二十万元的银行卡。"

"之后，向辉又来敲诈勒索你了？"

"是的，沙，我原以为事情就结束了，谁知他又找上门来，和我交涉了很长时间，说只要这次一次性给他一百万现金，他就带着女儿回到老家，安安心心地过日子，再也不会来骚扰我。"

"是吗？小默，你真是太天真了！你就那么相信他？你还真想再给他一百万？"

"沙，我现在真的很矛盾，也一直在为此事纠结。他们父女俩的存在，对我来说，简直就像是一块巨大的石头，压得我喘不过气来。"

"需要我出面解决吗？"

"不，不需要。沙，为了息事宁人，我还是决定再给向辉一百万，我一直认为，向辉的本性并不坏。再说了，他们父女俩的日子也真够艰难的，向辉为了找我，连工作都辞了。"

陈默说着说着，竟又忍不住小声地抽泣起来。

韩沙一脸凝重，他没有理会一旁伤心难过的女人，而是将身子靠在了松软的床头上，慢条斯理地点燃了一支烟，一口一口慢慢地吸着。

"那好吧，既然你已经决定了，那就按照你的想法去做吧，我也不好再干涉。"

陈默听韩沙这么一说，烦躁的情绪似乎平缓了许多，便将自己的脸慢慢地靠在了韩沙的胸前，柔声说道：

"沙，我想，经过向辉这最后一次折腾，他很快就会回到老家了，我们也就再也不会有后顾之忧了。"

"是吗？你就这么了解人心吗？"

"我相信，向辉的本质并不坏。"

"但愿如此。"

韩沙僵硬的表情与生硬的语气让女人感到了一丝的不安，她随即将自己的一只手臂环过了韩沙的胸口，娇声说道：

"沙，抱抱我，不要那么冷漠好不好？给我一点力量，好不好？"

韩沙怎能抵挡得了陈默如此的亲昵，看着怀里陈默那张灿若桃花的脸，他将手里的烟头放进了一旁的烟灰缸里，随后掐灭了烟蒂，一个转身，将女人揽在怀里，深情地吻了下去。

一番云雨过后，两个人都已筋疲力尽，极为慵懒地躺在床上休憩着，约莫过了一刻钟之后，韩沙将身子转向陈默，一字一板地说道：

"其实小默，我今晚回来，是有一个天大的惊喜要告诉你的。我凭借咱们的电影《火花》，斩获了今年的百花奖最佳导演奖，而你也凭借着出色表演，斩获了百花奖最佳女主角奖。我也是刚刚才得知了这个喜讯的。"

一度萎靡不振的陈默瞬间来了精神，她一脸惊诧地望着韩沙问道：

"这是真的吗？你不会是为了哄我开心骗我的吧？"

"当然是真的了，你现在就可以上网查询。网上可都炸开锅了。"

听韩沙这么一说，陈默这才深信不疑。她将红唇贴近韩沙的耳畔轻声说：

"沙，谢谢你给我带来了这么一个激动人心的消息，遇到你，我真是太幸运了。"

韩沙伸出一只手，温柔地捋了捋陈默的长发，轻声说道：

"还有，两周后，我们俩要飞趟北京，去参加今年百花奖的颁奖典礼。到时候我会陪着你。"

"那简直是太好了，沙，你真棒！"

"所以小默，你一定要处理好向辉的事情，别给我们留下任何麻烦。"

"那是一定的，你要相信我。"

"我相信你的善良，却无法相信多变的人性。"

"好了好了，沙，咱们休息吧，我已经很累了。"

于是，两个人熄灯安眠。

日子日复一日地向前推进着，而陈默因为有了百花奖最佳女主角桂冠的荣耀，做起任何事情来，都觉得脚底生风，浑身自在轻盈。那一段时间里，陈默与韩沙两个人一直沉浸在斩获大奖的喜悦里，因为这两个奖项的获得，将给他们二人带来不可估量的前景与未来。

陈默没有忘记对向辉的承诺，就在她和韩沙即将飞往北京的前夕，她急匆匆地去了就近的银行，取出了一百万元现金，联系了向辉，在近郊一条光线昏暗的小巷子里，两个人快速地完成了交接，便匆匆分手。转身的刹那，她分明听到向辉嘴里突然冒出一句意味深长的话：

"这下子身价又要倍增了，都荣获百花奖了，真是前途无量啊！"

沿着小巷踽踽独行的陈默，在听到向辉那句话语后，不禁打了一个大大的趔趄，险些撞到一旁的墙上。

77

来到北京参加百花奖颁奖典礼的韩沙与"陆梦婕"，可谓抢足了镜头，也出尽了风头。因为电影《火花》的一夜爆红，导演韩沙与主演"陆梦婕"备受瞩目与关注。在颁奖典礼的会场上，几乎有一半的大腕儿与知名演员，都满脸含笑地与他俩握手寒暄，似乎只有他俩才是当天典礼上最靓丽的主角。韩沙因为经常来京办事，很多人都认识他，他们便像老朋友一般天南海北地聊了起来。而陈默就显得拘谨了许多，有几个年轻的女演员看到她后，很是礼貌地迎上前去，亲切地喊她"小梦姐"，陈默知道这些同行应该都是与陆梦婕相熟的好朋友，但她不太关注同行的作品，也不太记得同行的名字，所以面对问候，她只得报以淡淡的微笑，说上一句"您好"或者"您真漂亮"的话语。

当主持人宣读了本届百花奖最佳女主角获得者陆梦婕的名字时，陈默的心开始怦怦狂跳，如果不是她使劲按压着自己的胸口，她真怕那颗在胸腔的心，会一不留神蹦到地面上。她定了定神，捋了一下肩头的长发，迈着优雅、淡定的步伐，缓缓地走到了颁奖典礼的舞台上。

当一支欢快悠扬的乐曲响起，当众多五颜六色的聚光灯聚焦在舞台的中央，当陈默将手中的证书与奖杯高高举起，当无数的摄影机、摄像机的镜头对着颁奖台射出耀眼的光芒，陈默再一次深深地迷醉在这场豪华的盛宴里。她在心里不止一次地默念：

"我赢了！我赌赢了！这场豪赌，它赠予了我很多，也让我失去了很多。可是人生在世，谁不是在得到与失去的煎熬里苦苦挣扎？今天的一切来之不易，我应该倍加珍惜。感谢上苍，感谢命运，让我以'陆梦婕'的名字获得重生！"

陈默怀抱着红艳艳的证书及金灿灿的奖杯，在一片海浪般的掌声中走下颁奖台，重新坐回到座位上。她如一个乖巧的小女生那样，安安静静地坐着，与邻座的同行不敢多说一句话，只是目不转睛地看着颁奖台上的人员如走马灯似的来来往往。其间，她看到了站在聚光灯下的韩沙是那般的帅气而丰神俊朗，他举起奖杯时那个灿烂的微笑更加迷人，一种欣喜的、自豪的神情定格在了陈默的眼眸里。

好不容易挨到了颁奖典礼结束，韩沙急匆匆穿过拥挤的人群，来到了陈默的身旁，向着陈默使了一个眼色，陈默会意，便跟在韩沙的身后飞也似的逃出了颁奖典礼的会场。

北京的晚秋格外清冷，尤其是刚从热闹的会场出来，就更加感受到了秋夜的寒凉。陈默在韩沙的搀扶下，快速钻进了一辆停在他们身旁的出租车，车子在灯火通明的街巷里转了几圈，便稳稳地停在了他们下榻的酒店大门口。两人来到房间，脱去外套，换上拖鞋，打开空调的暖风，这才在属于他们两个人的私密空间里放松下来。

韩沙慵懒地坐在窗前的小沙发里，打开电视，陈默则小鸟依人般坐进了韩沙的怀里，一只手揽过韩沙的脖颈，一只手在韩沙的脸上摩挲。

"沙，今晚的你真是帅极了，站在舞台上，我都不敢认你了。祝贺你！韩导！"

"你才靓丽呢，简直就是美若天仙！与你相恋，我韩沙这辈子真是值了！小默，我们是该喝杯庆功酒了。"

"哦！我太粗心了，竟然忘了准备消夜。"

正说着，房间的门铃响了起来，两人相视一笑，先后站起，韩沙快步来到门口，一把拉开了房门。只见一位身着工服打着领结的男性侍者，推着一辆摆放着鲜花、红酒和西餐的推车，缓缓地走了进来。侍者向着屋内的两个人微笑着点了一下头，这才将车上的物品一件一件地摆放到了窗前的那张茶几上，然后向着两个人微笑着说道：

"二位请慢用，很高兴为二位效劳。"

侍者说完，便推着小推车，很有礼貌地退出了房间。

一脸惊喜的陈默快步来到了韩沙的面前，抓住了韩沙的双手，娇嗔道：

"你真好！这么有心，考虑得如此周到，我真是自愧不如。"

"不用难为情，咱们两个人，有一个人操心就 OK 了，你只负责拍戏、领奖就 OK 了。"

"那怎么行？有些事情可是需要我们女人来张罗的，比如今晚的消夜。"

"好了好了，不用自责了。你不饿吗？我可饿了，今晚在台上感觉就像当了一个晚上的傀儡！"

陈默闻言，便不再撒娇，随即拉着韩沙的手，两人先后落座，陈默倒好红酒，摆好了刀叉，于是，一场温馨而又甜蜜的庆功宴，就在这个远离故乡的灯火阑珊的秋夜里开始了。

酒酣之后，韩沙沉沉睡去，而陈默却翻来覆去地睡不着，便又拿起了床头柜上的手机，打开了新闻 APP，而映入她眼帘的第一条信息，使她惊恐万分，那条信息的内容是这样的：

> 在汉阳市郊区一家废弃的汽车回收站里，有路人发现了一具尸体。据警方报道：死者，男，30 岁左右，浑身伤处多为利器划破，毙命伤为利器刺中胸口所致。经法医鉴定，死者死亡时间大约在 72 小时之前。尸体至今无人认领，案情在进一步追查中。

陈默看完那条信息后不禁浑身发冷、手脚发颤，因为她一眼就认出来，那张照片中血肉模糊的死者不是别人，正是她的丈夫向辉。

"向辉死了？向辉死了？他死了？怎么可能？沙，韩沙，快醒醒，快醒醒，向辉死了！"

女人一边惊慌失措地尖叫着，一边坐直了身子，使劲摇晃着男人的肩膀。

"怎么了？谁死了？"

韩沙无精打采地打了一个哈欠，慢条斯理地问道。

"向辉……向辉……他死了……"

韩沙这回听得一清二楚，但是他仍然是一副漠不关心的表情：

"是他啊？这有什么好大惊小怪的！是不是被债主追债殴打致死，或是遭流氓抢劫丧命？"

"韩沙，都到什么时候了，你还有心思分析这些个问题？快，赶紧给我预订明天一早的机票，我明天就要飞回汉阳市。"

韩沙一听这话，猛地从被窝里一骨碌爬了起来，向着坐在身旁的陈默厉声呵斥道：

"你简直就是不可理喻！小默，我的祖宗姑奶奶，你快醒醒吧！你是谁？他向辉又是谁？他是你的什么人？你又是他的什么人？你明天飞回去，是去认领尸体，还是安葬亡夫？"

"我只是觉得霓霓好可怜，她还那么小……"

"这个你就不必担心了，对于找不到父母的小孩，民政局的工作人员会想办法，将孩子送到就近的孤儿院。"

陈默用一双失神且哀怨的眼睛，死死地注视着韩沙的脸庞，不禁泪如雨下。韩沙见状，很是深情地把女人揽进了自己的怀里，低声说道：

"好了好了，不要再伤心难过了，这样会哭坏你的身子，早点睡吧。我们不是已经约好了北京七日游吗？故宫长城圆明园，天坛香山颐和园，这些可都是你这半年里心心念念、絮絮叨叨、吵着闹着要来的景点啊！不休息好，明天怎么有劲儿登长城？快睡吧，我都累死了。"

陈默实在拗不过男人的再三劝说，便顺势和韩沙一起躺了下去，韩沙将被子的一角往女人的肩头掖了掖，随即又鼾声四起。

陈默怎么可能睡得着？向辉死了，他究竟是怎么死的？被谁杀死的？女儿又该怎么办？她一定会伤心得哭死！就算是明天她赶回了汉阳，她又能怎样？只是一想到自己年幼的女儿，在遭遇亲生母亲离家出走的凄惨之后，又要直面亲生父亲死亡的噩耗，这对于一个年仅八岁的小女孩来说，实在是太过悲惨了。

陈默心如刀绞。她抓起枕巾的一角，使劲地咬在了自己的嘴里，不让自己撕心裂肺的号哭发出一点点声音。

78

陈默不知道自己是如何熬到天亮的。瞅着双眼红肿、一身倦怠的陈默，韩沙动了怜香惜玉之心，瞬间改变了主意，说："赶紧收拾行李，去机场，回汉阳。"

当飞机穿越长长的跑道离开地面腾空而起的那一瞬间，陈默的身子紧紧靠住韩沙的肩膀，她的双手紧紧地拽住韩沙的一只胳膊，即使她极力地屏住呼吸、按压住胸膛，还是感觉自己的心脏几乎就要跳出来。直到中午时分，飞机落地的那一刻，陈默悬着的那颗心才着实放了下来。

韩沙揽着陈默，一路护送着回了家。进屋之后，陈默脱掉身上厚重的衣物，快步走进卧室，一下子瘫软在了松软的床上。韩沙急忙跟了进去，关切地说道：

"你先歇会儿，我去楼下打包几份饭菜回来。告诉我，你想吃什么？"

"吃什么都可以的，你随便买点儿。"

韩沙正欲转身，陈默撑起身子，望着韩沙又冒出来一句话：

"顺带关注一下那个案情的进展以及霓霓的下落。"

"这个我知道，还需要你再叮嘱吗？"

韩沙出门之后，陈默又独自伤心难过起来。不管怎么说，毕竟，自己与向辉曾有过刻骨铭心的亲密时光，以及一段平实安逸的欢乐岁月；毕竟，自己是霓霓的母亲，而他是霓霓的父亲。现如今，他为了寻找离家出走的她却稀里糊涂地客死异乡。

约莫过了半个小时，韩沙提着饭菜与水果回来了。陈默坐在沙发上，看着摆在茶几上的几样简单的吃食，脸色煞白且表情木讷。韩沙从饮水机里接了两杯热水，给陈默递去一杯，说道：

"快喝点热水，开始吃饭。"

"有啥消息吗？"

"哦，我刚才听到了街头巷尾的一些闲言碎语。说是案情如今还是毫无头绪，警察局初步判断是因赌博欠债被仇家追杀而亡，而死者的妻子几年前就离家出走，至今下落不明，老家好像也没有什么人了，正在本地上小学的女儿无人照管，有可能被当地民政局送到郊外的一所孤儿院。"

"孤儿院？"

"郊外好像是有一所孤儿院，就是那个方舟孤儿院。听说陆梦婕就是在那里长大的。"

"也不知道那里的环境好不好。"

"小默，咱们还是先吃饭吧，这件事以后再说。"

韩沙说着，便拿起筷子，狼吞虎咽地吃了起来。陈默见韩沙吃得津津有味，也有了饥肠辘辘之感，便拿起筷子，开始进食。

午餐的时间虽然不长，却显得尤为别扭，其间谁也不说一句话。韩沙吃得是风卷残云，三下五除二便将一整盒白米饭扒拉完了。再看陈默，用筷子在饭盒里一筷头一筷头地戳着，甚至有些米粒被她漫不经心地撒落到了茶几上。其实现在，就算是在她的面前摆上一桌丰美的盛宴，她陈默又如何咽得下去？

对于韩沙而言，向辉只是一个和他毫无关联的陌生人，他的离世就如同一只蚂蚁的消逝般微不足道。而对于陈默而言，她又怎么可能无动于衷？怎么可能心安理得？又怎么可能毫无愧意？

终于，一顿并不愉快的午餐结束了。

韩沙很有眼色，在收拾完了茶几上的残羹剩饭之后，便将憔悴不堪的陈默搀扶进了卧室，又为躺下的陈默掖好了被子。

"这些天，你一定要养好身子，为接下来的工作做好准备。食材、水果我都买好了，放在了冰箱里，够你吃几天了。《青山作证》即将开机，我这几天会很忙，就不常来了，有事发信息给我，好吗？"

韩沙说着，慢慢地俯下了身子，在陈默的脸颊上轻轻地吻了一下，说道：

"这些天，你一定要养好身子，为接下来的工作做好准备。别忘了，嵯峨山里的第一场冬雪还在恭候着我们的美女大驾光临呢！"

韩沙说完，微笑着转身走出了卧室。

陈默仰躺在舒适的被窝里，两眼直勾勾地盯着头顶雪白的天花板，思绪一片茫然。恍恍惚惚间，她仿佛感觉到她的灵魂已倏忽出窍，只剩下她沉重的躯体，置身于一座四四方方、冰冰凉凉的白色坟墓里。

79

一周的时间在陈默既担心又害怕的情绪中艰难地熬了过去。自从回到汉阳市以后，韩沙就再也没来陪陈默了。是不是遇到了什么棘手的难题？即便人不来，连个短信也没有。陈默纳闷之余，决定打起精神，去韩沙的住所转转。这样想着，陈默没有提前告知韩沙，收拾完毕，便匆匆出门了。

等到陈默兴冲冲来到韩沙的住所，打开房门的一瞬间，她不觉心里一沉。因为映入她眼帘的场景是一片狼藉，令她不忍直视。只见茶几上堆满了方便面盒和各种零食袋，烟灰缸里塞满了烟蒂，茶几旁几十个空啤酒瓶东倒西歪，沙发上胡乱堆放着一些分不清是干净的还是已经穿脏的衣物，地板上落满了一层厚厚的尘土，一踏上去，就会立刻显现出清晰可见的鞋印，整个房间散发着一股发馊的腐烂的臭味。顿时，一股无名的怒火涌上陈默的全身，她很是不悦地把买来的果蔬的袋子往地上一扔，连鞋子都没换，挨个儿打开了房间的窗户。之后，走到入户门处，将脱下来的衣帽挂在了一旁的衣钩上，换上一双家居拖鞋，又拿了一个碎花围裙系在了身上，开始打扫卫生。

她实在是想不出来，一个在世人面前丰神俊朗的男人，自己的家里何以如此邋遢？又或者，他这些天没去见我，是遇到了什么降不服打不死的女妖精？还是遇到了过不去的火焰山？她一边麻利地搞着屋子里的卫生，一边飞速地猜想着韩沙近期可能遇到的麻烦事。

就在陈默清扫客厅地板的过程中，从沙发的底座下，扫出了一支沾满了灰尘的录音笔。男人真是粗心，竟然连这么重要的东西，都能丢到一个偏僻的角落里。陈默这样想着，随手放下了笤帚，将录音笔上的灰尘擦拭干净之后，放到了茶几上，然后又拿起笤帚，继续收拾起来。经过一个多小时的忙碌，整个屋子焕然一新。陈默摘掉了围裙，又把自己的脸和双手清洗了一番，这才长吁短叹地仰躺在了沙发上，此时陈默觉得自己宛若一位从天而降的田螺姑娘。

休憩片刻之后，韩沙依然没有回来，而窗外的夜色已经浓重。这时，陈默的视线被茶几上那支泛着光泽的录音笔吸引，一种猎奇的心理占据了陈默的内心，于是，陈默坐直了身子，打开了录音笔。

随即，里面传出来一男一女两个人清晰的对话：

"韩导，您看我这几年里，一直都跟着您走南闯北风餐露宿的，您就不能看在我辛苦努力的份儿上，让我也当上一回女一吗？"

"依琳，这都到什么时候了，《火花》马上就要开机了，所有演员的人选也都已确定好了，你还是踏踏实实演好你的女二号吧。"

"韩导，难道在您心里，我的演技永远都比不上您的心尖尖陆梦婕吗？难道，您不认为年轻漂亮的我比起她来更有得天独厚的优势吗？韩导……"

陈默听出来了，是韩沙和江依琳的对话。她也听出来了，江依琳的言语里已明显露出了挑逗的意味。

"依琳，话可不能这么说，人家陆梦婕能有今天的荣耀，那是人家一步一个脚印地拼出来的。你的火候还欠那么一点，再好好磨砺上几年，才可能会有大火的时候。"

"行了韩导，您还是拿这些心灵鸡汤，去骗那些刚刚走上社会的小女生吧。现在的演艺圈啊，都内卷成什么样了？您大导演难道没有我江依琳看得清楚？"

"内卷成什么样了？"

"韩导，您如果真听不懂的话，那我就现场表演给您吧。"

突然间，录音笔里没有了说话声，只听到一阵忽轻忽重的摩擦声。猛然间，韩沙那严厉又铿锵的话语，从录音笔里传了出来：

"江依琳，你想干什么？请你离我远一点，你把我韩沙当作什么人了？"

"韩导，您就答应我吧，我是真心喜欢您，也想借您的力，让自己更上一层楼。"

紧接着，又是一阵含糊不清的声响。此刻，一直静坐在沙发上的陈默，身子不由自主地颤抖起来。她隐约感到，两人正进行着一场微妙的情感交锋。

"江依琳，请你赶快穿好衣服。你这样做，只会让我更加看不起你。"

"可是韩导，我真的真的好想出名啊！就请您……请您成全我吧！"

陈默听得清清楚楚，江依琳的语气里似乎还夹杂着低低的抽泣声。韩沙厉声说道：

"依琳，你怎么还不清醒？难道只有通过出卖自己的色相才能达成目的吗？你为什么就不想着凭借自己高超的演技和丰富的学养，来成就自己未来的辉煌呢？你还是回去冷静地想一想吧，《火花》即将开拍了，找准自己的位置，演好自己的角色。"

"可是韩导，陆梦婕她……到底好在哪里？"

这个时候，陈默听见了女人高跟鞋的声音，好像是有人走了进来。

"江依琳，韩沙，你们俩干的好事，是把我陆梦婕当聋子还是当瞎子了？"

陈默的心已经提到了嗓子眼，几乎就要蹦出来。根据录音笔里传出的对话，陈默已推测出了当时正在上演的剧情：江依琳因急于上位而诱惑韩沙，这场闹剧虽未得逞，却恰巧被刚刚进门的陆梦婕撞了个正着。虽然韩沙在江依琳的频频进攻之下并没有"缴械投降"，但衣衫不整的江依琳一定让韩沙的正牌女友陆梦婕产生了深深的误会。

录音笔里传出了一个女人哭泣着跑出屋的声音，紧接着的是一个男人和一个女人无休无止的争吵与谩骂，随着吵闹声愈来愈大，甚至还传来了两个人扭打在一起的声音。陈默只模模糊糊地听到韩沙在不停地喊着：

"小梦，你听我解释，我们什么也没有发生。真的什么也没有发生。"

然后是陆梦婕几近发疯似的哭号：

"韩沙，你真是个拈花惹草的伪君子，你真是伤透了我的心！"

陡然间，只听得"咣当"一声，紧接着传来陆梦婕一声凄厉的惨叫，随之而来的是韩沙慌乱的呼喊：

"小梦，小梦，你怎么了？快醒醒啊，别吓唬我呀！"

听到这里，陈默猛地站了起来，她已经猜到当时发生了什么，只是她还不敢相信那个可怕的结果。她把录音笔紧紧地攥在了手里，又忐忑不安地坐了下来，继续倾听。

沉默，长久的沉默，时间仿佛在此刻凝滞了下来。不知过了多长时间，录音笔里才传出了韩沙断断续续的哀叹声：

"小梦，怎么可能……是这样？怎么会是这样？我没有想要杀你呀？只是稍稍用了点力，你怎么就……死了？怎么就死了呢？"

猜测被证实，陈默拿着录音笔的手和整个身体在沙发上使劲地颤抖着，瞬间，两行泪从陈默的脸颊滚滚而下。

这突如其来的真相，如同晴天霹雳，又似汹涌的海啸，让陈默彻底蒙了。这个世界怎么了？原来，陆梦婕是被韩沙杀死的！那么我呢？我从头到尾到底在扮演着一个什么样的角色？是陆梦婕的替身？一个已经死去的女人的替身？她已经死去三年多了，而我却顶替着她，自以为得意地活着？我到底陷入了一个何等可怕的怪圈里？韩沙到底在导演着一场怎样诡谲又可怕的人生之戏？我该怎么办？我该怎么办？

满眼含泪的陈默再一次瘫软在了软绵绵的沙发里，身心俱疲的她已经没有一丝力气了。

陈默望了一眼放在餐桌上的蔬菜和水果，原本打算搞完卫生再做一顿晚餐，但现在，她一点心情都没有，不想给韩沙发信息，更不想在这个曾发生凶杀案的地方多待一分钟。她不知道如果真的面对那个杀人的凶犯，自己还能说些什么。

于是，她慌乱地将那个藏匿着韩沙杀人罪证的录音笔塞进了自己的坤包，然后像一只被猎人追赶的惊慌失措的兔子，从这个阴森森的地方匆匆逃离了出去。

深夜时分，喝得酩酊大醉的陈默，摇摇晃晃地回到了自己的住所。当她在梳妆台前看到自己憔悴的面容，她感觉自己就像是一朵在狂风中凋零的苍白的梨花。

她甚至都不敢走进卧室，去睡那张陆梦婕曾经睡过的床，她像一只受伤的小狗，蜷卧在客厅的沙发里。当她眯起眼睛，斜睨着墙上陆梦婕那些大幅的彩照时，不禁心如刀绞。她知道，比起那个早已香消玉殒的陆梦婕，自己才是一个地地道道的孤魂野鬼。

80

几天过去了，陈默依旧看不到韩沙的身影，只接到了他发来的信息：

"谢谢你小默，竟然还来我这边了，不仅帮我搞了卫生，还带来了那么多好吃的东西，真是难为你了。我近期实在是忙得脱不开身，你就在家里好好休息，养好身体再说。"

读着韩沙发过来的不痛不痒的信息，陈默真不知道该怎么回他，只要一想到那个可怕的录音笔，她的后背便会一阵阵地发凉，尤其是当她知道了陆梦婕的死因，而自己仍然在冒用着她的名字享受着本不属于自己的一切时，她内心的羞愧与煎熬就会不断地增加。"从事态的发展来看，陆梦婕的死亡纯属韩沙的无心之举、失手所为，但是无论怎样，韩沙的行为已经构成了刑事案件，应当受到法律的严惩。那么，我该怎么办呢？我明明知道陆梦婕含冤而死却知情不报，从法律和道义上讲，我是不是也成了韩沙这个杀人犯的帮凶或同谋呢？我该如何是好呢？"

此时，她忽然想起了女诗人林徽因的一段诗：

> 你若拥我入怀，疼我入骨，护我周全
> 我愿意蒙上双眼，不去分辨你是人是鬼
> 你待我真心或敷衍，我心如明镜
> 我只为我的喜欢装傻一程
> 我与春天皆过客，你携秋水揽星河
> 三生有幸遇见你，纵使悲凉，也是情

陈默在心里一遍又一遍地默念着林徽因的这段诗句，不觉泪眼婆娑。既然如此，那就让我为了我们的命运共同体不被打破再装傻一回吧。这样想着，陈默原本纷乱如麻的心又慢慢地平静了下来。

想到再过几天就要去郊县拍摄电影《青山作证》了，陈默决定去一趟美容院，让康成帮自己把整个面部好好地护理一番，再顺便帮她带些外出需用的膏药。

于是，陈默选择了一个阳光明媚的午后，走进了天使美容院康成医师的办公室。

"小陆，你可是好长一段时间都没有过来了，看气色还不错！"

康成在见到陈默的第一眼时，便露出了一副喜笑颜开的表情。

"不瞒您说，康医生，近期情况确实不错。就是又要外出拍戏了，在我临走之前，还想麻烦您给我做一次全面的护理，顺便再带些外出需用的膏药。"

"冬天快到了，还要外出呀？"

"那有什么办法，艺术需要嘛！韩导说了，我们不仅需要北方空旷的田野，更需要那皓皓莽莽的雪。所以，我们必须赶在这个冬天拍雪景去。"

康成听罢，微笑着站了起来说：

"你们艺术家的这种职业操守，真是太令我佩服了。走，去诊疗室，我马上就给你做全面护理。"

随即，陈默跟着康成来到了整洁的诊疗室。康成很是熟练地换上了一套一次性隔离衣，陈默则仰躺在了屋子中间的诊疗床上，微微闭上了双眼，只等着康成医生把调好的药水，依次涂在她的面部。

康成的手法娴熟老练，来回按压的指法虽用力，陈默却没感觉到丝毫疼痛，反倒颇为享受。说来也怪，躺在康成的面前，陈默虽然是一位双目紧闭的患者，可是她却依稀感到自己内心的闸门好像在这一刻全部打开而毫不设防，仿佛是在面对一个多年未见的故友，这样的感觉已经产生了无数次，只是她闭口不提。

"小陆，恭喜你斩获了百花奖，同时预祝你们的下一部电影《青山作证》同样能火爆全国。"

陈默没有回答，只是微微地抿了抿嘴唇，将想要说的话又咽了回去。

"怎么，还不满足吗？钱要赚多少才够呢？"

"啊，不是的，康医生，不是因为钱……"

"那是因为什么呀？小陆，说句实话，你眼里的任何一丝哀怨都逃不过我的眼睛。"

康成的话仿佛是一枚银针，瞬间刺痛了女人坚如壁垒的心房。陈默想要流泪，却使劲将即将涌出的泪水逼了回去。

康成摘下手套，在靠墙角的一把椅子上坐了下来，因为第一轮药水已经涂完。

"康医生，虽然我拥有了诸多荣誉，可我的内心却时常感到不安……尤其是在您的面前。"

"我的面前？"

"是的，康医生。您的光明磊落总会让我感到羞愧难言。"

"小陆，你说这样的话，就更让我费解了。"

"康成……其实……你不懂……"

不知怎的，陈默竟情不自禁地叫出了康成的名字。这是她第一次壮着胆子叫出他的名字。

"康成，你只是看到了演员们光鲜亮丽的表面，却看不到他们尔虞我诈的内心。"

"正所谓'清者自清浊者自浊'，说的就是这个意思。"

康成说着，再一次起身，拿了另一种药膏，来到了陈默的身旁，为她开始第二轮的面部护理。

"可是康成，我感觉我已经陷入了一个可怕的泥潭里，深不见底。"

"小陆，我觉得一个影星最吸引人的魅力，在于她对于世间万物具有一种悲悯情怀以及对于外界诱惑具有一定的抵御能力，同时她还能够不断强化自己的内心，抗衡一切侵蚀自己的风霜雪雨。不是吗？"

"是的康成，你的话真是说到了我的心里，只是目前的我修行不够，还是如此的不堪一击。"

"好了好了，都已是取得了这么多荣誉的知名演员了，何来这么多哀哀怨怨？还是闭目养神吧。"

陈默听了康成的话语，不再言语了。

康成医生做完第二轮护肤之后，取掉了一次性手套和口罩。

"好了，你可以起来洗脸了。"

陈默慢慢悠悠地从诊疗床上下来，在水池边清洗了一下自己的脸部，穿上大衣，戴上帽子口罩，然后拎起两大包早已备好的膏药，和康成轻轻握了握手，意味深长地道了声"多谢"，随即转身，匆匆离去。

81

走出天使美容院，陈默拦下一辆出租车，刚准备闭目养神，坤包里的手机响起清脆的来电铃声，她实在懒得接，便将手伸进包里挂掉，可没过几分钟，讨厌的电话铃声又响了起来，陈默这才扭动身子，拿出包里的手机，接通了电话。谁知电话刚一接通，便传来了周晓璇火急火燎的呼喊声：

"梦姐，小梦姐，您现在在哪里呀？大事不好了！"

一听到周晓璇这一声炸雷似的报告，陈默用余光瞅了瞅前排的司机，低声说道：

"晓璇，我现在在外边，不方便接听你的电话，等我回家后再和你联系。"

陈默说完，迅速挂断了电话，一股不祥的预感瞬间弥漫了她的全身。凭着第六感，她猜想即将开机的电影《青山作证》有可能出现状况了。因为这些天，她一直都没有韩沙的消息，更无从知晓《青山作证》的进展情况。韩沙不来见她，想必是自觉没脸见她了。如果真是那样的话，整个剧组就会陷入瘫痪状态，所有参演人员都将无事可做……

然而，事情的结果却大出陈默之所料。她三步并作两步，飞也似的回到了屋里，来不及坐下便取出手机，调出了周晓璇的名字，随即拨了出去：

"晓璇，到底发生了什么事？"

"姐，小梦姐，是韩导，他刚才召开了《青山作证》动员大会，所有的演职人员都到齐了，就差您……我不知道您知道不？"

"啊？我一点都不知道，韩沙没有告诉我呀。"

"难怪啊！姐姐，您是没有来，可是江依琳她……她却到场了。非但如此，她还取代了您在影片中的角色，被韩导定为剧里的女一号……姐姐，这到底是怎么一回事？"

周晓璇这一串机关枪似的话语，对陈默来说无异于是五雷轰顶，她"扑通"一声瘫软在了客厅的沙发上，大脑里一片空白。

"小梦姐，您怎么了？您没事吧？我还以为韩导征求过您的意见了呢？小梦姐，到底发生了什么事？韩导竟然做出了如此绝情的事情！"

"我也不知道，我也不知道，到底是怎么回事？"

"姐姐，要不我一会儿去您那陪陪您吧？"

"不用了，晓璇，演好你的戏就行。"

"那好吧，小梦姐，您一定要挺住呀！不管怎么说，您是大牌演员，往后机会多得是。"

"你不用担心我，晓璇，只管做好自己就行。"

"姐姐，那江依琳，她哪有您演技好啊！真不知道韩导是怎么想的！哦，我想起来了，江依琳好像和我说过一些关于韩导的事情，还说她掌握了韩沙的什么把柄。姐姐，这会不会和韩导让江依琳顶替您的角色有关系呢？姐姐，这些只是我的猜测，您还是多留点心的好。"

又是江依琳！陆梦婕的死跟她脱不了干系。若不是她急功近利，为了取代陆梦婕在《火花》中的角色去诱惑韩沙，怎会招来陆梦婕对韩沙的误会而起争执招致殒命？这一次，她费尽周折，终于成功取代了我，看来江依琳的手段不容小觑。上一次她利用美色设套没有成功，而这一次，她究竟知道了韩沙的什么事情呢？韩沙误杀陆梦婕的录音笔被我误打误撞拿到手了，而韩沙和陆梦婕发生争执的时候，江依琳可是已经离开那个房子了，她江依琳无论如何都不会想到真正的陆梦婕已死，更不会想到，我只是一个冒名顶替的假的陆梦婕。至少到目前为止，她也仅停留于怀疑。可是，她又是如何让韩沙替换掉了我在剧中的女主角呢？而且整件事情从头到尾，我竟然毫不知情！

那么，这样看来，韩沙近期的所有异常表现也有迹可循了。她知道，她必须要约见韩沙了，而且是现在，立刻，马上。

于是，陈默拨通了韩沙的电话，几乎没说一句礼节性的话，直接发号施令：

"你现在立刻过来，我有事。"

"我也正准备去你那里负荆请罪呢。"

"你还知道有罪啊？"

"好了好了，你先别生气，我处理完手头的事情马上就过去，顺便给你再带点吃的。"

听着韩沙这番话，陈默似乎都能看到他在电话那头嬉皮笑脸的样子，陈默真想隔空扇他几个巴掌，然而，她没有再回应，"啪"的一声挂断了电话。

韩沙早已预感到山雨欲来风满楼了，他和身边的几位合作者拱手道别之后，便匆匆下楼进入地下停车场，启动车子疾驰而去。

82

当韩沙开着自己的座驾快速行驶在霓虹绚烂的街市上时，不禁心潮起伏，感慨万千。前些日子发生的事情就像惊悚电影的默片一样，在他的脑海里一幕一幕循环播放。

在一间咖啡馆包厢里，韩沙看着对面早已等候着他的江依琳，不耐烦地说道：

"说吧，约我来这里到底有什么事？"

江依琳露出一个狡黠的怪笑，将桌面上一杯冒着热气的咖啡推到韩沙面前：

"先喝点吧，放松一下，加糖的。"

韩沙很是绅士地用汤匙搅拌了一下杯子里的咖啡，然后端起杯子，慢慢地呷了一口，望着江依琳说道：

"你今天约我不仅仅是喝一杯咖啡这么简单吧？"

"韩导真不愧是韩导，总是洞若观火。"

"江依琳，你还是别拍马屁了，有什么事就快点说，我可没空和你在这里浪费时间。《青山作证》这部剧马上就要开机了。"

江依琳一听这话，不禁直视着韩沙的眼睛，诡秘地笑道：

"先别急嘛韩导，我知道《青山作证》这部剧马上就要开机了，我江依琳今天约您来，就是有个不情之请，那就是，我想出演《青山作证》的女一号叶绿青！"

韩沙闻言，不禁微微一笑：

"江依琳，我真不知道你是哪里来的勇气和自信，敢和我叫板。让你演叶绿青，那陆梦婕怎么办？何况……"

"何况我已经被您淘汰出局了。可是韩导，您可别忘了，我为什么就这么不明不白地被您给炒了，背后真正的原因，只有您韩导心里最清楚。"

韩沙端着咖啡杯的手轻轻晃动了一下，慢慢地呷了一口咖啡之后，直视着江依琳的双眼，反问道：

"我清楚什么？江依琳，你不要无中生有，我不想起用你，完全是因为你在演技上不思进取、资质平平。我是导演，我可以起用任何一个人，也可以随时换掉任何一个人，我并没有和你签下永久的契约。"

"是的，韩导，我们是没有签下永久的契约。但是，为什么您却能让一个长相酷似陆梦婕的女人，顶着陆梦婕的身份和名字，借用着陆梦婕的名气和地位，在社会上欺世盗名，在演艺圈里欺行霸市？韩导，关于这件事情，您能不能帮我解释一下？"

韩沙心里一怔，将杯子放到了桌上，用一双凌厉的眼睛直视着对面这个不简单的女人。是的，这个女人不简单。

"江依琳，你胡说什么！你怎么可以编出这么荒诞的故事？你这样的人身攻击是会惹来大麻烦的！"

"韩导，我都是一个被您踢出局的人了，其他影视公司的导演好像也对我不怎么感冒，您说我还会怕惹事吗？韩导，您也知道，今天晚上，我之所以能把您这么大的人物约到这里，就已经有了必赢的把握和信心。"

"江依琳，你到底想干什么？"

韩沙被激怒了，他猛地从座位上站起来，两眼怒视着江依琳。

江依琳也毫不示弱地站了起来，与韩沙四目相对。

"我想干什么？我想让你换掉那个假扮陆梦婕的冒牌货，由我来出演《青山作证》的女一叶绿青。"

面对着这个深不可测的女人，韩沙一时竟无言以对，因为他知道，目前江依琳抖出来的这些猛料足以让他身败名裂。他不敢肯定江依琳的手中是已经掌握了一些有关陈默的信息，还是仅仅停留在怀疑的阶段，想在他这里诈出真相。这样想着，韩沙渐渐稳住了阵脚，扶了扶眼镜框，尴尬地笑笑说：

"依琳，你不觉得你今天和我的谈话很可笑吗？真搞不懂你的底气从何而来？"

江依琳见状，急忙跨过两人中间那条窄窄的桌子，伸出自己的一双玉手，拽了拽韩导的衣袖，诡笑道：

"原来，韩导竟是这样的气量。我看您还是先坐下来定定神，我给您看更加精彩的东西。"

江依琳将妖娆的身体斜靠在座椅的靠背上，很是优雅地跷起了二郎腿，轻轻摇晃着。旋即，她从身旁的坤包里取出一个信封，递给了韩沙。

"还请韩大导演慢慢欣赏。"

韩沙一脸疑惑地接过信封，随即打开，几张照片从里面滑出。韩沙急忙拿起来，一张一张地看过去，不禁眉头紧锁。因为这几张照片里的都是同一个女人，那就是陈默。虽然女人把自己的面部包得严严实实，但韩沙一眼就能认出那是陈默，而且身后竟然是天使美容院的背景。更让韩沙心惊肉跳的是一张在大街上抓拍的照片，陈默和一个男人面面相觑，似乎还有一个七八岁样子的小女孩夹在人群中，却看不清女孩的脸。韩沙吃惊不小，他真是没有想到，这个江依琳是怎么处心积虑地弄来了这些让他惴惴不安的照片。但一向城府极深的他却没有流露出一丝惊慌，而是若无其事地将手里的照片往桌上一扔，故作镇静地说道：

"江依琳，你怎么这么无聊。我真是搞不懂，你拿来这些乱七八糟的照片给我看，是什么意思？"

江依琳仍然是一副懒洋洋的样子看着韩沙：

"我的韩大导演，您的眼力不至于这么差劲吧？难道您就不能充分发挥一下您作为一名导演的丰富想象力，想象一下这个女人背后深不可测、离奇曲折甚至是不可告人的秘密？"

江依琳放肆的言语和傲慢的神态再一次激怒了韩沙，他迅速从座位上站起来说道：

"江依琳，你以为你拿来陆梦婕几张模糊不清的照片，就能给我整出事来？你想错了江依琳，我告诉你，我对你今天的谈话很不感兴趣，告辞。"

韩沙说完，迅疾起身，转身欲走。江依琳见状，不紧不慢地说道：

"她不是陆梦婕，她只是一个长相酷似陆梦婕的已婚妇女而已，而且经常去天使美容院整容护肤。照片上的那个男人，还有那个小女孩，就是她的丈夫和女儿，我曾经亲眼看见那个小女孩，当众喊了她好几声妈妈。还有韩导，在去永安县拍摄《火花》的时候，我就已经发现她有许多与陆梦婕截然不同的地方。所以韩导，我不相信您这样一位与她朝夕相处的恋人，会对她的底细一无所知？虽然我现在还没有足够的证据来证明她不是真正的陆梦婕，就如同我现在还不知道真正的陆梦婕身在何处一样，但是有一点我可以肯定，她就是一个彻彻底底的冒牌货。"

"江依琳你……"

韩沙拉起门把的手瞬间垂了下来，他慢慢地转过身，一脸惊愕地看着江依琳说道：

"江依琳，你还知道什么？"

"我还知道照片上的那个男人，好像在前一阵莫名其妙地被人给杀死了，那个无辜的小女孩已被民政局送到了孤儿院，而杀人凶手至今仍逍遥法外。韩导，这些事情该不会和您有什么牵连吧？"

韩沙这一次吃惊不小，他又慢慢地坐回到了座位上。

"江依琳，你不要信口雌黄，不要无中生有。什么叫和我有牵连？我连那个男人是谁都不知道，真是无稽之谈。"

"韩导，你可别忘了，杨旭的离奇死亡。"

"江依琳，你到底想干什么？我已经说过八百遍了，杨旭的死纯属意外，意外，懂吗？那是他突发心梗，与我半毛钱的关系都没有。还有照片上的那个男人，我跟他有何怨何仇？啊？我连他姓甚名谁都不知道。所以江依琳，你就别在这儿继续八卦了。"

"韩沙，我看你真是不见棺材不掉泪，不到黄河不死心。总之一句话，我现在唯一的要求就是要出演《青山作证》里的女一号叶绿青，你换也得换，不换也得换。韩沙，请你搞清楚，我现在不是在乞求你。"

"依琳依琳，你看这事闹的，怎么可以把事情闹到这步田地呢？咱们兄妹之间，有话好说，有话好说。"

"韩导这么说，那还真称得上是识时务者为俊杰了。"

"要不然的话，你出演女二号。突然换掉女一号，外界会怎么猜想，投资方的违约金谁来付？还有陆梦婕那边我也不好说呀！这影片的前期宣传都已经发布出去了。"

"我可管不了那么多。韩导，至于那个女人到底是谁、真正的陆梦婕是死是活、那个陌生的男人是被谁杀死的，都与我江依琳毫不相干。我现在唯一的要求就是出演叶绿青，你没有听明白吗？当然，您如果实在为难的话，我现在就可以打一个电话，相信不到十五分钟的时间，坐在您对面的将不会是我江依琳，而是警察了。"

韩沙听罢，额头竟冒出大颗的汗珠。他不由自主地将身子往江依琳那边靠了靠，说道：

"别别……依琳，易怒伤肝，尤其是你们这些美女演员。虽然你今晚和我说了一大堆云里雾里不着边际的事，但关于你刚才提出的出演《青山作证》女一号叶绿青一事，哥答应你，答应你，好吗？"

江依琳听罢，不觉喜形于色。她端起桌上的咖啡杯，向着韩沙轻声软语：

"韩哥，感谢您在今晚圆了我江依琳一个久违的心愿，我终于可以出任主角了。来，韩哥，小妹我就以这杯咖啡代酒，敬您一杯，但愿我们合作愉快，更愿我们的《青山作证》比《火花》还要火爆。"

此刻的韩沙感觉自己狼狈极了，他睁着一双血红的眼睛，盯着眼前这位心机叵测的漂亮女人，将手中的杯子与江依琳的杯子轻轻相撞。他知道，饮下这杯加糖的咖啡，比起饮下潘金莲灌给武大郎的那杯毒鸩更为苦涩。因为，从今以后，他的整个身家性命将会被这个叫江依琳的女人死死地拿捏在手里。

83

韩沙像一只斗败的公鸡那般垂头丧气地开着车子，此时此刻，他的心情已糟糕透顶，一边是陈默满含怨气的召唤，一边是江依琳急不可耐的逼迫，他感觉自己的身体正被这两个女人往不同的方向使劲地拖拽，俨然古代刑罚里的车裂，直扯得他撕心裂肺地疼。然而，更令他毛骨悚然的，是他和那个陌生男子向辉之间那场你死我活的搏斗。

记得那是他和陈默准备去北京领奖前的一个深夜，就是陈默给向辉送去一百万元现金的那天晚上，他也曾尾随而去。究其原因，一是他为陈默的人身安全担心；二是他想看看那个向辉到底是个什么样的人，竟如此肆无忌惮地敲诈勒索。而陈默又是一个心地过于善良且不擅长辨识人心的单纯女人，所以他瞒着陈默，对陈默与向辉的会面进行了全程跟踪。

他们两人见面的地点是一个废弃已久的汽车回收站。韩沙躲在一堆废弃的汽车轮胎后面，借着远处忽明忽暗的路灯，只能看到两个人模糊不清的轮廓。然而，他们两个人的谈话却被韩沙听得一清二楚。是男人先开的口：

"你来了，钱呢？"

"钱我当然带来了。"

"你真好，真是说到做到。"

"不过，向辉，你可是个大男人，大男人得说话算话。"

"这个我知道，那是一定的。"

这个时候，韩沙看见陈默将一个鼓鼓囊囊的大袋子递到了男人的手里，男人迫不及待地接了过去。

"你真是个善良的人，有了这一大笔钱，我就可以和女儿脱离苦海，过上好日子了。"

"那就好，有你这句话我就放心了。处理完事以后，请带上女儿赶紧离开这个是非之地，回到老家安安心心地过日子去。不要再让女儿出来找她的妈妈了……"

陈默说到这里，竟止不住哽咽了起来。

"那……那……霓霓要是还一直追问她的妈妈呢？"

"你就告诉她，她的妈妈已经死了……已经死了，不要再找了……不要再找了……"

"那好！我这就回去收拾东西，等到还清了赌债，办完了霓霓的退学手续，就带她回老家去。不过，我还听说你这次又斩获什么百花奖了，真是前途无量啊，祝贺你！"

"祝贺就不必了，你以后别再来烦我就谢天谢地了。"

陈默说完扭头便走，瘦弱的身影跟跟跄跄地消失在了茫茫的黑夜里。向辉见状，也不追赶，怀里抱着那个塞满现金的袋子，一摇一晃地往回走。

这个时候，韩沙紧走几步跟在了男人的身后，突然，他挥起一根木棍向着向辉的头部直击过去，向辉"哎哟"一声，随即倒地。

受伤后的向辉并没有晕厥，意识还算清醒，他捂着流血的额头，颤巍巍地问道：

"你是谁？与我有何怨何仇？"

"我是谁并不重要，重要的是你今晚必须死。"

"为什么？我到底和你有何仇恨，非要置我于死地？"

"你问得太多了，兄弟。总之一句话，那就是你对陆梦婕的敲诈勒索太过贪得无厌了。"

"啊！我知道了，她之所以……能成为今天的陆梦婕，都是经你……经你一手炮制而成的！原来，你才是真正的幕后黑手！"

"什么叫'幕后黑手'？应该说是我拯救了她，为她开启了一条铺满鲜花的星光大道。难道你们一家子不应该感谢我吗？"

"我已经答应她，再也不来纠缠她，再也不来干扰她的生活了。"

"你能做到吗？对于人心的险恶以及人性的贪婪，我比谁都看得清楚，尤其是像你这样毫无底线的勒索者。"

"啊！我猜出来了，你就是导演韩沙。我在报纸上看到过……关于你们两个人的报道。是你……是你……抢走了我的小默。你这个强盗，你这个……披着羊皮的……狼……"

向辉说着，竟放下了怀里的袋子，顺手从身底下摸出了半截砖块，强撑着身子，向想要杀死自己的韩沙直扑过去，因为他知道，今晚的他已羊入虎口，如不反击只有死去。

已杀红了眼的韩沙又如何忍受得了向辉向他发起的正面攻击，便抡起了手里的木棍，与向辉拼命地厮打在一起，直到向辉的胸口被一把明晃晃的匕首刺中而应声倒地，没有了气息，韩沙这才快速起身，拎起向辉身旁那只塞满了现金的袋子，仓皇离去。

汽车依旧在霓虹闪烁的大街上疾驰着，座驾上的韩沙早已是泪湿眼眶。他不知道，自己是怎么一步一步陷入今天这种绝境的；他更不知道，自己是怎么从一个心怀坦荡、心底无私的有建树的艺术人才变成了今日这个没有人性的杀人狂魔的。是的，自从他所挚爱的陆梦婕，因与江依琳的一场误会而被误伤身亡，他韩沙就已经陷入了万劫不复的境地，他惊慌失措、无计可施，为了保全自己的地位与前途，他只得趁着夜深人静，偷偷处理掉了陆梦婕的尸体。陆梦婕平白无故地在人间蒸发，除了他自己要向投资方赔付高额的违约金外，还会严重影响到影片《火花》的票房，而且迟早会引起社会的怀疑。就算他去警局里自首，也得被判个无期徒刑之类的刑罚。如此这般，他韩沙辛辛苦苦打拼出来的天下连同他韩沙的小命不都一次性交代了吗！正在他一筹莫展、无计可施之际，那位叫苏灿的女记者，竟如及时雨般把陈默推到了他的眼前。于是，一个移花接木的计谋便在韩沙的脑海里大胆地生成了。虽然要把变脸后的陈默变成破相前的陆梦婕，是一件非常艰难的事情，可是，韩沙别无选择。至于高额的医美费用，对于导演韩沙来说仅仅是九牛一毛；至于能否找到技艺精湛的整容师，那更是不在话下，因为前不久刚从韩国学成归来的美容师康成，就是一位与他颇为熟识的美容界天才。《火花》开拍的日子在一天天逼近，于是韩沙便迅速地找到了陈默，将她秘密地带到了天使美容院康成的面前。

于是，这场由韩沙一手策划的破相女子陈默冒充影视演员陆梦婕的荒诞大戏正式拉开了序幕。韩沙曾一度深深地自豪于自己这场高明的谋划中，因为在这场博弈中，他不仅保全了自己的性命，还收获了那份来自陈默的比陆梦婕更为炽烈的浪漫爱情。

然而，事情发展到最后还是出乎了韩沙的预谋之外。因为陈默的丈夫向辉带着女儿霓霓找上门来了，对于向辉无底洞般的敲诈，韩沙已忍无可忍，他必须为他和陈默光辉的未来着想，不能让任何一个局外人窥视到他们之间的秘密。所以，他对向辉痛下杀手，他相信，只有死人才不会开口说话。

他以为他做得天衣无缝，他以为他做得万无一失，却还是被好事的江依琳捕捉到了蛛丝马迹，甚至还用照片保留下了一些可怕的证据。这些证据足以让他韩沙身败名裂。

84

深夜十一点钟，韩沙终于拖着疲惫的身躯，回到了陈默的住处，如同一只残损的小船终于靠在了岸边。

一切皆如韩沙所预想的那样，客厅里灯光明亮，宛若白昼。陈默身上披着一袭红色的毛毯，端坐在沙发上，面带怒色，剑拔弩张。韩沙见状，急忙放下手里的提包，脱掉外套，换上拖鞋，快步来到陈默身边，紧挨着陈默坐下，并抓起陈默的一只手，嬉皮笑脸地说道：

"你怎么了，生这么大的闷气？这半夜三更的，还不去睡觉？"

"韩导，你简直就是明知故问！那个江依琳，她……她……你为什么让她替换了我？"

看到面前的陈默如此愤怒，韩沙定了定神，说道：

"小默，不就是因为江依琳顶替你的叶绿青一事吗？你至于发这么大的火吗？再说了，女一号也不能让你一个人长期霸占着不让贤啊？何况你在影视界里大姐大的地位可以说是无人能撼动的了。而且，我们影视公司也要不断地扶持新人，栽培新生力量嘛！"

韩沙说完后，没有再去看陈默的反应，而是站起身来，径直走到餐厅，从冰箱里取出一瓶啤酒，"嘭"的一声，拉开了环儿，边走边大口地喝着。回到客厅，韩沙把啤酒往茶几上一放，又坐回到沙发上，眯起眼睛观察着陈默的表情变化。

"可是沙，我和你是什么关系？她江依琳和你是什么关系？何况你不是已经当着整个剧组人员的面说过，再也不会起用江依琳了吗？更何况我还要凭借这部《青山作证》，再一次展示我的表演实力与演艺才华……"

陈默说着，竟止不住伤心地哭了起来，她一下子扑倒在韩沙面前，伏在韩沙的膝盖上，一双泪眼凝望着韩沙的面庞：

"沙，你不会这么快就忘记了，忘记了我们的约定了吧？沙，难道你不知道出演《青山作证》的女一对于我来说有多么重要吗？难道你忘了，去年冬天，我和桑好顶着刺骨的北风，冒着纷飞的大雪，在那个小镇上体验生活所经受的艰辛吗？沙，这样一来，我以前为叶绿青这个角色所做出的一切努力不是都付诸东流了吗？沙，你不觉得你这样做，对我来说，实在是太过残忍和绝情了吗？"

陈默说完，一下瘫软在韩沙的脚下。看着眼前的陈默已经哭成了一朵含泪带雨的梨花，韩沙不禁心生疼惜之情，只得向陈默实情相告：

"小默，还请你体谅一下我的苦衷。你不知道，我已经被江依琳拿捏得死死的，如果我不同意换掉你，她就有可能将我们之间的事情告发出去，到那时候，我们只能身败名裂。因为她断定你是个假的陆梦婕，就差去警察局里提供线索了。"

"沙，怪不得这些天里，你一直都不来见我，怪不得这些天里你把自己的生活搞得一塌糊涂，原来，你是真的遇到大麻烦了。你为什么不早告诉我，告诉我你的难处？"

"其实小默，你不知道，我承受的心理压力不知比你要大出多少倍，但是我作为一个男人，再多的委屈、再多的泪水也只能偷偷地埋藏在心里。小默，你不知道，当江依琳把那些照片甩到我面前和我谈判说，要出演叶绿青的时候，我整个人都蒙了，所以小默，我只能忍痛割爱牺牲掉你，为此，我向投资方赔付了近三千万元的违约金。"

韩沙边说着话，边抽出一张纸巾，拭了拭眼眶里涌出的泪水。

"什么照片？"

"就是你们一家三口在大街上偶遇的照片。这个江依琳，真是老谋深算。"

陈默听罢，忙直起身子，紧挨着韩沙坐在沙发上，将自己的头很是亲昵地埋在韩沙的怀里，温柔地攥紧韩沙的手，不无怜爱地说道：

"为什么不早一点告诉我用江依琳替换掉我的真正原因？让我好一阵

伤心难过啊！"

韩沙听罢，很是温情地抚摸着女人那一头乌黑柔顺的头发，轻声说道：

"小默，我始终认为你是一个冰雪聪明的女人，我想我的一些反常的举动，就算我没有告诉你，你恐怕也能猜个八九不离十。再说了，江依琳是个什么样的女人，你还不清楚？追名逐利不择手段，谋财上位暗下黑手。我起用她，也只是权宜之计。所以小默，你就别再耿耿于怀了，还是安下心来幻想一下我们的约定吧。"

闻听此言，陈默竟一下子从韩沙的怀里挣脱出来，坐直了身子，直视着韩沙的眼睛大喊道：

"不，沙，我的心一点也平静不下来！沙，你不知道，自从我知道了陆梦婕的真正去处，我的心再也无法平静下来。沙，这些天以来，我就觉得，我的胸口就像是压着一块巨大的石头，它压得我喘不过气来，它几乎要压死我了……"

女人说着，眼眶里又涌出了晶莹的泪水，声音几度哽咽。韩沙惊愕地问道：

"你说什么？什么陆梦婕的去处？她在哪里？小默，我不是和你说过，陆梦婕去国外度假了。"

"沙，你就别再骗我了，也不要再欺骗你自己了。陆梦婕到底是死是活，我已经知道得清清楚楚。"

"什么是死是活？小默，你没有发烧吧？简直是胡言乱语。"

看着一脸茫然的韩沙，陈默不紧不慢地站起身，从沙发一角的坐垫下，取出一支录音笔，在韩沙的面前轻轻摇晃着。

"沙，你恐怕还没见过这个东西吧？这是我上一次去你那边房子里打扫卫生的时候，从沙发底下扫出来的，我已经听过里面的录音了，要不要我给你也放一下？"

还没等韩沙表态，陈默便打开了录音笔的开关，随即，韩沙与江依琳的对话，以及韩沙与陆梦婕的厮打场面，都通过这支小小的录音笔完完全地呈现了出来。韩沙听罢，从沙发上站起身子，满脸惊愕地望着陈默，仿佛站在他面前的陈默是一个陌生人。因为他万万没有想到，陈默除了和他纠缠江依琳顶替一事，竟然还爆出了陆梦婕死亡真相这一惊天秘密，真是一波未平一波又起。

"小默……你……你怎么会有这样一支录音笔？这个不是我的，这是怎么一回事？"

"这应该是江依琳带去你那里诱惑你，想留下证据从而要挟你的，不承想，却因为陆梦婕的到来，惊慌之下把它丢在了你那里，正好被你和陆梦婕在扭打的时候，给蹭到了沙发的底座下面。"

"肯定是这样的，因为这支录音笔我从没有见过。小默，把它交给我吧，或者，咱们销毁了它。"

韩沙向陈默伸出了一只手，用祈求的眼神看向陈默。

"不能的，沙！不能销毁它……可是亲爱的沙，你让我怎么办？我实在是支撑不下去了……"

陈默一边带着哭腔诉说着，一边慢慢地跪倒在客厅的地板上，用一双手紧紧捂住自己的脸。韩沙愤愤地说道：

"那个可恶的江依琳，她是一个多么诡计多端的女人，从《火花》时起，她就给我设下陷阱，想取代陆梦婕，没承想弄巧成拙，直接导致了陆梦婕的殒命。这一次的《青山作证》，又千方百计弄到了你的照片从而上位女主角叶绿青。"

"韩沙，你就别再责怪别人了。我丢了女主角那倒没什么，可陆梦婕，她丢的是一条命，一条命啊……韩沙……"

陈默一边哭诉着，一边用自己的头撞着坚硬的地板。韩沙一时乱了阵脚，快步走到女人的跟前，"扑通"一声跪了下来，将女人的头揽在自己的胸前，说道：

"小默，你不会告发我的，是吧？我们两个人可是一条绳上的蚂蚱，一荣俱荣，一损俱损。所以小默，你必须守口如瓶，至少她江依琳目前还不清楚陆梦婕的真实去向……何况她江依琳现在，唯一想达到的目的，就是出演《青山作证》里的叶绿青，她的这个心愿我已经帮她了却了，所以小默，咱们俩能否长远，完全取决于你。"

陈默忽然紧紧抓住了韩沙的两只手，激动地说道：

"沙，就算我不告发你，就算警察还没有查到你，可你每天晚上能睡得安稳吗？你的内心就从没有受到一点点良知的谴责吗？那陆梦婕可是你曾深深爱过的人啊！"

"小默，这几年，我一直都活在深深的自责和忏悔之中。陆梦婕的死，是一个意外，一场误会，我本无心杀伯仁，但伯仁却因我而死。你懂吗？懂吗？"

韩沙使劲摇晃着陈默的手臂，陈默声嘶力竭地喊道：

"我不懂！我什么都不懂！我知道自己错了，错在听从了你的安排，完成了你的计划，帮你瞒天过海，助纣为虐。"

"好啊，陈默，你真是得了便宜还卖乖。你不想想自己当初那个丑陋不堪的样子，要不是我韩沙出手相助，你现在连一堆垃圾都不如。"

"是的，我是连一堆垃圾都不如，可那时的我却心怀坦荡。哪像现在这样猥琐龌龊、提心吊胆！"

"小默，我看你这次是真的犯傻了，难道你一点都不珍惜我们之间的情感吗？你把我送进监狱，对你有什么好处？你可别忘了，是我拯救了你，是我给予了你享用不尽的名利。"

"是的，韩沙，这一点我心里非常清楚。当我刚刚整完容之后，我确实异想天开过，确实想入非非过，我甚至觉得所有的名利和地位于我来说，都是唾手可得的事情。我曾一度沉迷于世人的追捧和你给予我的浓烈的爱情里。可是……经过了这些天的冷静反思，我越来越觉出自己的卑鄙和无耻。沙，我已经很累了，我恳求你，去警察局自首吧。"

"可是小默，想要掩盖一个谎言，就需要用一百个谎言来弥补。你可知道，我的身上不光背负着陆梦婕一个人的性命，还背负着另一个男人的性命，而这个男人，就是你的丈夫向辉。"

韩沙的这一句话，如同一个晴空霹雳，瞬间，陈默只觉得天旋地转，她几乎晕死在坚硬的地板上。迷迷糊糊之间，她仿佛看到一个面目狰狞的男人，从她的手里拿走了那支有着天大秘密的录音笔，然后，又死拉硬拽地把她带到了卧室的大床上，继而靠在她的身边躺了下来，不紧不慢地说道：

"就算你告发了我，你也得陪着我吃牢饭。虽然我是个杀人不眨眼的狂魔，而你窝藏罪犯又冒名顶替，作为帮凶，你同样要负刑事责任。所以，小默，还是多想想我们的约定吧！"

半梦半醒之中的陈默，眼泪止不住地流淌。她的嘴里一个劲儿地嘀咕着：

"就算陆梦婕是你误伤的，可是，你为什么连向辉也不放过？为什么？为什么？"

"为什么？就因为你太善良了，就因为他向辉太贪心了。你不知道，人的贪欲一旦毫无底线地膨胀起来，它的杀伤力简直无法预估。你不灭了他，总有一天，他会把我们一起推到断头台上去的。懂吗？"

"我不懂，我不懂，我什么都不懂。"

陈默声嘶力竭地哭喊着。猛然间，她伸开了双臂，使出了全身的力气，将毫无防备的韩沙一下子推到了床下，并大声哭喊着：

"你走，你滚，我不要你躺在我的身边。你简直就是一个恶魔，一个豺狼，你太令我失望了……这一切都是我的错……是我鬼迷心窍，是我罪该万死……"

韩沙久久地注视着床上那个几近疯狂的女人，倍感无奈，只得从衣橱里拉出一床铺盖卷，灰溜溜地睡到了客厅的沙发上。他没有将卧室的房门关严实，因为他不敢远离，生怕情绪激动的陈默再搞出什么不堪设想的乱子。

陈默撕心裂肺，寸断肝肠。她实在想不起来，自己是怎么被韩沙这只恶狼一步一步引入迷途并陷入深渊的，但她清清楚楚地意识到，自己的世界末日即将来临。

85

当陈默第二天睡醒的时候，太阳已经升得老高了，强烈的光线透过玻璃和轻柔的纱帘，照得她久久睁不开眼睛。她使劲地揉了揉有点胀痛的脸，迷迷瞪瞪地下了床，向卫生间奔去，却发现昨晚与她舌战了半夜的韩沙早已不知去向。等到她洗漱完毕，望向镜子时，才发现今日的自己没有了往日的神韵，颧骨高耸，脸色蜡黄，眼窝深陷，嘴唇淡紫，女人不禁黯然神伤，又止不住潸然泪下。

陈默决定，吃过午餐后，去趟天使美容院。令陈默至今也理不清、道不明的是，为什么每一次在她心情特别郁闷的时候，总是会莫名其妙地想要到天使美容院，想要急切地见到康成？

当她迫不及待地走进康成的办公室时，衣着笔挺的康成正端坐在办公桌前，专心致志地浏览着电脑网页。陈默便很是礼貌地打了一声招呼，康成抬起头来，面带微笑地站起了身：

"这么冷的天，需不需要先喝一杯热茶再开始理疗呢？"

"谢谢！不需要，开始吧。"

"那好，咱们现在就去诊疗室。"

于是，康成带着陈默一前一后走进了隔壁的诊疗室。屋子还是以前的那间屋子，床还是以前的那张床，为她理疗的医生还是以前的那位医生，可陈默今天躺在床上的心情却是万般酸楚。就是因为这个手艺了得的医生，才使得我顶替陆梦婕这一计划得以实施，以至于连累了向辉白白送命……

陈默双目紧闭地躺在诊疗床上，一动不动，内心却是翻江倒海。康成一袭白衣，一丝不苟地为陈默调制着敷面的药泥。

"小陆，是不是快要去山里拍摄《青山作证》了？"

"不用去了，康医生。我已经被……被别的演员取代了。"

"为什么呀？出什么事了？"

"没什么的，没什么。是我自己……"

陈默说着，竟忍不住哽咽了起来。面对康成的询问，陈默一时半会儿竟不知道该怎么回答。

"怎么了小陆，今天的状态看上去不是很好。"

"是吗？"

"是的，不光是来自身体的，还有来自精神的。"

"是吗？"

"是的。我的目光可以透过你的眼神而直击你的内心。"

"啊？"

陈默的身子轻轻晃动了一下。

"那康医生可真够厉害的，目光可以抵得过 X 光机了？"

"倒没有那么神奇。只是能通过观察一个人的眼神感觉其情绪。仅此而已。"

"那么康医生，你从我的眼神里读到了什么？"

"极度的惶恐与无助，极度的自傲与自卑，还有想要飞翔却无法飞翔，想要挣脱却又无法挣脱。"

"康医生，您的断语并不高明。因为这样冠冕堂皇的话适用于大多数人。"

"是的，小陆，你说得很对，这话确实不高明。但是此时此刻，它却非常适合你。因为从你第一次坐到我的面前，那惊慌失措的表情里，我就已经料想到了你复杂的背景，加之这两年之久的相处，你的表现更是让我心神不宁。"

"复杂背景？心神不宁？"康成如此意味深长的话，不禁让陈默的心里再起波澜。

"看来，你对我是非常了解了？"

"哪里，只是直觉而已。"

"那康医生不妨说说看？"

"好了，你还是先平复一下狂躁的心绪，抛却一切的压力与烦恼，做好理疗再说。"

随即，两个人都不再言语了。陈默静静地躺在床上一动不动，而康成则轻快地移动着双手，为陈默的脸部一点一点地涂抹着一层又一层的药膏。

"时间过得真慢！"

陈默在心里默默念叨着。

以前她每次来康医生这里做护理，都巴不得理疗的程序多一点，再多一点，这样的话，她和康医生待在一起的时间就能长一些，而他们之间的语言交流也就会多一些。是的，她喜欢和康医生待在一起，哪怕不说一句话，默默地感受着对方似曾熟悉的温暖的气息，也是一种享受。可是今天，她却极力地想让这场理疗快点结束，因为她觉得自己肮脏的心灵不配享受眼前这位有着高贵灵魂的康成医生的医疗服务。

"其实康医生，我感觉自己一点都不配在你这里享受这么好的待遇，真的，一点都不配。"

"小陆，你怎么忽然间多虑起来了？想必是我多嘴了。"

"康医生不必自责，是我自己自作自受，跟你一点关系也没有。"

"不知我能帮到你什么？"

"康医生，和你相处了这么久，我一直都没有告诉你，其实我根本就不是……不是陆梦婕，真正的陆梦婕已经不在……不在人世了……"

陈默说着，竟忍不住失声痛哭起来，整个身子也随着抽泣，一起一伏地微微颤动。

然而，当陈默将这个天大的秘密告诉康成的时候，康成并没有表现出太大的惊讶和诧异，而是用一种特别平和的语气不紧不慢地回道：

"我知道，从你第一次被韩沙带到我面前的时候，我就已经开始怀疑你不是真正的陆梦婕。随着后来的不断接触，我更有理由判定，你不是真正的陆梦婕，你只是一个长相酷似陆梦婕且有着良好表演艺术才能的女人。”

这会儿轮到陈默大惊失色了：

“为什么？你何以有如此判断？”

“这个……我以后会慢慢告诉你。”

“可是康医生，就是因为你帮我做的一次整容，让我陷进了韩沙精心设计的圈套，而韩沙也因此制造了一出又一出的人间悲剧……”

“如此说来，我康成似乎也成了你们的帮凶？一开始，当韩沙告诉我，要把你整成陆梦婕的样子时，我并没有多想。我唯一能想到的就是，他因为太爱陆梦婕而无法忘掉，所以才让我帮他制造出另一个全新的陆梦婕，以慰藉他的相思之苦。谁承想，竟惹出了麻烦事……”

“康医生，您倒还好，只是在毫不知情的情况下帮我改变了样貌。可我呢？是明知山有虎，偏向虎山行，继而一错再错，越陷越深。事到如今，我真的不知道该何去何从。”

康成为陈默做完了所有的理疗程序后，摘下了口罩和手套，若有所思地在一旁的转椅上坐了下来。他望着躺在床上的陈默，一字一板地说道：

“你是不是有着不得已的苦衷？”

“我被纸醉金迷的生活蒙上了双眼，被名缰利锁绊住了双脚，以至于遍体鳞伤，却还要依傍着韩沙那棵大树苟活于世。”

“其实你完全可以，可以放弃一些虚无缥缈的东西，找回以前的自己。”

“如果可以，我是多么想回到从前，哪怕面相丑陋，哪怕遭人笑话。”

女人说着，竟伸出自己的手，在敷满了药水的脸上胡乱地抓挠着，一边抓还一边喊：

“都是因为这张脸，都是因为这张脸，它让我生不如死……”

康成眼疾手快，急忙起身，紧紧抓住了陈默的双手，厉声说道：

“你想毁了你自己吗？难道你就不想一想孤儿院里的向云霓？”

“你……你怎么……知道的？”

正处于狂躁不安之中的陈默，被康成医生的话语惊到，她用一双惶恐的眼睛直勾勾地盯着康成，不再挣扎。康成忙道：

"哦，光顾着和你说话，药膏的时间都超时了。我看你还是先下床把脸上的药渍好好清洗一下吧。"

"你有一些事情瞒着我？"

"等你清洗完了，到我办公室坐一会儿，喝点热茶，再说会儿话。好吗？"

女人很是听话地点了点头，然后慢慢起身下床，走到洗手池边。康成默默地站在一旁仔细地观察着她的一举一动，生怕她有个闪失。

清洗完脸的陈默稍稍整理了一下凌乱的头发，便和康成来到了隔壁的办公室，康成沏了两杯红茶，递给女人一杯，自己端上一杯，然后两人在沙发上相对而坐。陈默小酌一口后，便向康成问道：

"康医生，你刚才……怎么会提到……向云霓？"

"哦，你说她呀，那是我前一阵去方舟孤儿院做慈善的时候，孤儿院的院长文慧大姐告诉我的。文慧大姐说，那个小女孩极其聪明却又极其孤僻，和谁也不说话，即使她有意地去亲近小女孩，小女孩也不理不睬，只是盯着一张照片，一直喊着'妈妈'。等到文慧大姐把那张照片拿到手里仔细端详的时候，不禁大为震惊。因为照片里的女人不是别人，而是当红影视演员陆梦婕。文慧大姐百思不得其解，问那个女孩，女孩啥也不说，于是，文慧大姐就把那张照片用手机偷偷地拍了下来拿给我看。你知道吗？我刚一看到那张照片，就立马断定，照片里的那个女人不是陆梦婕，而是你。"

当一个深藏已久的秘密在某一天，被一层一层慢慢剥开，毫无神秘感可言的时候，积聚在守密人内心里的压力似乎也就慢慢地减轻了许多。当康成在这个时候，把向云霓这个"小炸弹"扔到陈默面前的时候，陈默的内心似乎并没有掀起多大的波澜。因为她知道，真相总有一天会被揭穿。只是她没有想到，拆穿她这一秘密的人不是警察，而是为她整容的医生。康成继续说道：

"当我发现这一秘密的时候，我并没有在文慧大姐面前拆穿，而是搪塞她说，这一定是那个小女孩念母心切认错人了。可文慧大姐却说，其实她也觉得怪怪的。以前的每个月末，陆梦婕都会以做慈善的名义为他们孤儿院捐款，雷打不动的每月三千。可这两年以来，也不知道是什么原因，他们院里再也没有收到陆梦婕转来的慈善基金了。以前她还偶尔去孤儿院里和大家伙儿聚聚，现在却连个人影都瞧不见了。所以，我就更加肯定，你就是向云霓的妈妈。到现在为止，我并不知道我所追捧的偶像陆梦婕她身在何处。"

听着康成娓娓道来，陈默的眼中涌出了热泪。

"陆梦婕她真的是个品格高尚的人。在她面前，我只有自惭形秽的份儿。康医生，你是从什么时候起发现我是假扮的陆梦婕？"

"我是谁？是整容医生，一个人可以模仿另一个人的皮相、面相和骨相，却永远都无法模仿一个人的气质，不是吗？"

面对康成对于自己和陆梦婕的分析，陈默简直是无地自容。原以为自己把戏演得无懈可击，不承想刚一开始就被康成一眼看穿，只是人家为她留了薄面，不忍戳破而已。想到这里，陈默不禁慢慢地垂下了头。

"康成，谢谢你，谢谢你！"

女人慢慢地站起了身，用一双红肿的眼睛望着康成，轻声说道：

"在我心里，你永远都是一个正直的君子，就像是一束明媚的阳光。很遗憾，在你面前，我却无心成了一个卑鄙的小人。我该走了，去做我应该做的事了。"

此刻的康成也缓缓地站了起来，用自己的一双大手紧紧地握住了陈默的手，语重心长地说道：

"不要忘记我刚才说的话，只有你自己才可以做你灵魂的摆渡人，何去何从全都由你操控。记着，名利只是身外之物，一个人只有守住了自己最本真的、最美好的初心，才可以做一个无愧于天地的人。"

"我知道了，康成，我知道自己该怎么做。"

女人说完，拎起茶几上的坤包，并没有像往日一样给自己的脸上蒙一个大大的口罩，而是甩了甩身后瀑布般的秀发，昂了昂刚刚护理过的面庞，迈着轻快的步伐，向着长长的走廊疾步而去。

此时，静静的走廊里传来康成带有磁性的男中音：

灵魂现在开始苏醒
你又出现在我的眼前
有如昙花一现的幻影
有如纯洁至美的天仙

86

陈默独自一人在偌大的房间里来回走动着。韩沙带领着演职团队去寒冷的西北农村拍戏了，这是那个心地单纯又善良的周晓璇临走之前在电话里告诉她的，除此之外，周晓璇还劝慰她道：

"其实梦姐，您也不用伤心难过，江依琳只是取代您拍一部片子而已，她并没有夺取韩导的爱呀！梦姐姐，我还一直期待着参加您和韩导的婚礼呢！"

陈默听后，不禁在电话这边哑然失笑：

"好妹妹，你真是与姐姐贴心贴肺的好妹妹，只可惜姐姐帮不上你什么。好妹妹，好好做人，好好拍戏，总会有出人头地的一天！"

"谢姐姐！拍完戏后，我回到汉阳市要做的第一件事，就是约上姐姐吃大餐！"

挂断电话，陈默的心里瞬间涌过了一阵暖流。不知怎的，每当看到周晓璇的身影或者听到她的声音，陈默的心头总会产生一种莫名的感动，因为这个女孩子太干净了，在这个鱼龙混杂的演艺圈里，周晓璇不巴结逢迎，不谄媚权贵，犹如一朵清新淡雅的芙蓉花，兀自开放在无人的山涧，散发着自己淡淡的花香。转而再想想自己这一路走来，都干了些什么事啊？自己下一步该何去何从？难道她要陪着韩沙在这条罪恶之路上继续狂奔，直至粉身碎骨吗？不！绝不！

这个时候，手机的短信铃声轻轻响了起来。陈默打开一看，是韩沙发来的消息：

> 亲爱的，请原谅我的不辞而别，因走时匆忙，未来得及和你相聚，还望见谅。我们已于昨天晚上平安抵达阳红镇，就是那个有着美丽嵯峨山的小城。还记得去年冬天，我们坐在车里一起观看山中落雪的情景吗？真是美极了，美得动人心魄！亲爱的，我知道你忍受了太多的委屈，也背负了太多的压力，但是人生在世，有时候总要负重前行。所以亲爱的，为我们祈福吧，期待我们早日杀青归来，期待我们的约定早日兑现。爱你的大魔头韩沙。

如果是往日里的某一个时刻，陈默收到来自韩沙的满含深情与思念的问候时，她一定会感动得稀里哗啦。可是今天，她却是一点心动的感觉都没有了，更不用说什么感动之类的情愫了。

"去你的韩沙！"

"去你的约定！"

陈默在心里愤愤地喊过之后，穿上一件红色长呢大衣，拉起一旁早已装好的行李箱，然后开门而去。

是的，离开这间房子，离开这间原本并不属于自己的房子。她要重新寻找出路。

出了小区的大门，陈默随手拦了一辆出租车，然后向着此次出行的目的地——方舟孤儿院驶去。

出租车穿过繁华的市区，最终停在方舟孤儿院门前。陈默正欲付费，转而一想，说道：

"麻烦你在门口稍等一会儿，我进去办点事，马上就出来。我会给你按时间计费的。"

陈默说罢，拎起了身旁的一袋干果，起身下车，径直向孤儿院大门口走去，看门的大叔已笑眯眯地迎了出来：

"您好啊！您可是有好几年都没有到我们孤儿院来了，大家都可想您了。前几天，文慧院长还和大伙儿提到您呢！说您人长得漂亮，心眼好，对我们孤儿院的孩子啊，那就更好了。这不，说着说着您就来了。走，我带您去文院长办公室。"

陈默没有想到，刚一进门就被门卫大叔的热情和亲切感染得暖意融融。她忙笑着回道：

"不用了，大叔，您忙您的，我自己去就行。"

"那好，那好。"

门卫大叔目送着陈默渐渐走远，这才又转身回到了自己的门房里。陈默根据标识，找到了文慧院长的办公室。她抬起一只手，轻轻敲响了门。

没过几秒钟，办公室的门就开了，开门的是一位戴着眼镜、发髻高绾、腰板直挺、目光犀利且美丽端庄的高个子女人，年龄在六十岁左右。当她打开房门的那一瞬间，不禁惊呼道：

"啊，小陆！你怎么来了？快……快进来……"

陈默断定，眼前的这个人就是这所孤儿院的院长文慧了。她一边和文院长握手，一边轻声说道：

"文院长，这几年，我实在是太忙，以至于都没有时间来这里看望您和孩子们了，实在是抱歉。"

"哪里哪里，你真是客气了。你给予了我们孤儿院多大的帮助呀！前几天，大伙儿还在一起念叨着你的好呢！你快坐下，我给你倒杯水……"

"不用麻烦了，大姐，我还有事，车还停在门口呢。"

陈默说着，从坤包里拿出了一张银行卡，递给了面前的文慧。

"大姐，这张卡里有一百万元，是我捐给咱方舟孤儿院的，也算是这几年里，我亏欠你们的……"

文慧见状，满怀感激地说道：

"小陆啊，你这些年可没少帮我们呀！我们咋好意思再接受你这么多的馈赠呢？小陆，你这几年一直没有来，我想你大概是遇到了些麻烦事，所以，你的心意我领了，你还是把这个卡收回吧。"

见文慧执意不肯接受，陈默继续说道：

"大姐，你这样说，真是见外了。这几年，我确实遇到了一些麻烦，可现在都已经过去了。所以大姐，还请你成全我的这一份善念。"

"既然是这样，那好，小陆，你稍等一会儿，我把办公室主任叫过来，给你拍张捐款的照片，再在咱们《汉阳日报》的都市快讯里发个头条，给你也宣传宣传。"

"可千万别……大姐，那样的话，我就真的是无地自容了。"

"那好吧，大姐我就恭敬不如从命了，我会把这笔钱合理规划，用到改善孩子们的伙食和冬天的取暖设施上。"

文慧边说着，边用双手接过了"陆梦婕"递过来的那张一百万元的银行卡，连声道谢。

"不过大姐，咱这里是不是新来了一个小女孩，名叫……向云霓……"

"哦，她呀，她是一个非常聪明却又古怪的孩子。刚进来的那些天里，和谁也不说一句话，后来啊，多亏了康成医生，他也经常来这里给孩子们送东西，这一来二去啊，偏就和向云霓熟了起来。所以啊，那个小女孩也就慢慢地和伙伴们玩了起来，偶尔也会和他们一起唱那首《雪绒花》。她的歌声很动听，也很感人。"

"《雪绒花》？"

"是的，《雪绒花》。"

"那她现在？"

"啊，她现在应该是和孩子们一起在操场上上体育课。"

"体育课？"

"是的。我们这里虽然是孤儿院，但是对孩子们的培养却和正规学校差不多，虽然我们这里的老师未必有其他学校老师的名气大，但是每一位老师都有极好的素养和强烈的责任心。"

"这一切还不是您文院长管理有方！"

"小陆，你就别埋汰你大姐了。咱们国家对孤儿院、养老院和福利院等一些社会福利事业机构的关注和支持的力度是非常大的，没有国家的支持，哪有我文慧的施展之地？"

"其实大姐，您的职业真让我羡慕。因为我以前就非常喜欢小孩子……"说到这里，两个女人对望了一眼，舒心地笑了起来。

"哦，小陆，你刚才不是说那个新来的女孩向云霓吗？你是想要去看望那个女孩吗？走啊，我带你去。"

"大姐，我还是不去了，您不是说她正在上体育课吗？我就不去打扰她了。大姐，麻烦您把这包小吃转送给她好吗？车子还在门口等我呢。"

文慧院长听罢，便不再挽留，边握着陈默的手边说道：

"那当然可以了，你就放心吧，我一定亲自送给向云霓。"

文慧院长说着，便将陈默送到了办公室外的走廊里，微笑着挥手道别，忽然又想起了什么，忙说道：

"哦，前几天康医生过来的时候，还向我提出想做向云霓的监护人呢！"

"哦？是吗？康医生真是个胸怀大爱的人！"

"是的。就是因为有太多像康医生这样的热心人，我们这里的孩子才能时时感觉到家人般的温暖和亲情！"

陈默没有接话，只是向着文慧院长深深地鞠了一躬，然后转身离去。

待陈默下得楼来，感到了异常的寒冷，冷风中还夹杂着片片柳絮般的雪花，雪花飘落得越来越快，越来越密，只一会儿的时间，地上已经落了一层薄薄的雪。

路过操场，远远地，陈默看见一位年轻漂亮的老师，正领着一群小孩子玩着老鹰捉小鸡的游戏。那位女老师扮演的是一只老母鸡，身后依次跟着十几个年岁相仿的男孩和女孩，再仔细瞧去，她的女儿向云霓则是老鹰的扮演者，她身上穿着一件大红色风衣，在白色雪花的映衬下，是那般明亮而耀眼。当她的身体随着那群"小鸡们"的来回躲闪而来回移动时，她身上的那件红色外衣如同一团熊熊燃烧的火焰，映衬着那张稚嫩而俊秀的脸。

雪越下越大，大到已经看不清"老鹰"和"小鸡们"的脸，只能模模糊糊地看见许多的人影在飞快地晃动，只能听得到孩子们银铃般清脆的嬉笑声。

还是不去打扰她的好！还是不要打破这难得的、奢侈的和谐与浪漫，霓霓能走到这一步，该是逾越了多少无法想象的心理障碍与情感裂痕。

陈默的眼泪止不住流淌了下来，她没有拿出纸巾擦拭，而是任泪水无声地流着。

等到她走出了方舟孤儿院的大门，依稀听见一个小女孩，又唱起了《雪绒花》，那仿佛被天使亲吻过的嗓音宛转悠扬，悦耳动听，穿透漫天飞舞的雪花，向着她的耳畔徐徐飘来……

"霓霓，再等等，我亲爱的女儿，请再等一等，妈妈很快就会接你回家了。"

坐在车上的陈默，望着窗外精灵般飞舞的雪花，心底发出了这几句无声却铿锵的呐喊。

女儿能如此这般欢快地和伙伴们融在一起，多亏了默默付出的康成啊！

"康成，你如此不计报酬地为我付出，我该拿什么还你呢？"

瞬间，陈默觉得自己被一条叫作幸福的河流紧紧包围。

87

北方的冬天，天黑得特别早，下午五点时分，夜幕已经悄悄降临，街市两边的霓虹灯骤然亮起，与雪花交相辉映，煞是美丽。

陈默下了出租车，走进一家早已预订好的酒店里。进屋后，她脱掉大衣，随即将整个身子瘫倒在了松软的大床上。

小憩了约三十分钟之后，陈默轻轻起了身，用热水壶烧上水，然后取出一块面包，开始了一人的简易消夜。

消夜过后，陈默重又躺到了床上，开始慢慢回忆起下午去方舟孤儿院看望女儿向云霓的场面，不禁潸然泪下。她无法想象，两年前的那个深秋，当女儿满心欢喜地回到家里，却发现自己的母亲再一次无缘无故地消失，她该有多么的伤心和无助啊？她更无法想象，在某一天清晨，当有人告诉她，"你的爸爸被人莫名其妙地杀死了"，她又该有多么的痛心和绝望啊？她幼小稚嫩的心灵何以能承受如此沉重而巨大的打击？

这个时候，陈默的思绪一片混乱。她时而想着霓霓向她奔跑的样子，时而想到向辉要杀她的样子，时而想起韩沙威逼她的样子，时而又想到康成为她朗诵普希金诗歌的样子，最后，她又想起了那位颇具文化修为又兼具仁爱之心的桑好大姐。和她的人生相比，自己活得简直连一条狗都不如！

也不知到了深夜几点钟，陈默迷迷瞪瞪地睡着了。她已经想好了，她有件重要的事情要去办理，那是她在经历了千般纠结、万般挣扎后，最终决定的——全力以赴将杀人狂魔韩沙送上断头台，从而减轻自己的罪孽。

第二天天刚蒙蒙亮，陈默便起床，洗漱。在酒店的餐厅里快速地用了早餐之后，陈默坐上出租车，直奔汉阳市警察局而去。

　　然而，令陈默万万没有想到的是，她竟然在警察局碰见了记者苏灿。就在两个人对望的那一刹那，彼此都禁不住惊诧了起来。

　　陈默的惊诧源于，没想到她当年被韩沙偷偷接走后，竟然能和苏小妹在汉阳市警察局里遇见；而苏灿的惊诧是源于，她没想到会在警察局遇见她心心念念的偶像陆梦婕。

　　坐在办公桌边正在做着笔录的一位警察向苏灿说道：

　　"苏记者，你可以走了，我们向你了解的情况已经问完了，谢谢你的配合。"

　　"可是，可是，我还没有……"

　　"没有什么？你刚才不是已经都讲清楚了，住在你隔壁的那位保洁陈默，后来已不知去向了吗？"

　　"可是警官，你看我今天来，刚好偶遇了我的偶像陆梦婕女士，我一直想给她做个专访，就是苦于无缘相见。这不，今儿个正好碰见了，我能不能和她打个招呼，握握手，或者和她说上几句话呢？"

　　苏灿一脸微笑，并很是敏锐地观察着陆梦婕的反应。

　　陈默没等警官开口，便忙向着苏灿伸出了一只手：

　　"你好！苏记者，很高兴在这里遇到你！"

　　陈默说着，很是大方地向着苏灿伸出了手。苏灿见状，一副喜不自胜的样子，兴冲冲地握住了陈默的手，欣欣然道：

　　"见到您真是三生有幸！我真是太高兴、太激动了！陆姐姐，您可是我一直想要约见和采访的人。陆姐姐，我的职业是一名杂志社记者，想为您撰写一篇报道，不知可否赏脸？我随时都有时间。"

　　苏灿一边握着陈默的手，一边激动地说着。

　　"好的，苏记者，我接受你的采访。只是……还请你在警察局附近的那家茶庄等我一会儿，等我和警察把我这边的一些情况说清楚了，我就过去见你。好吗？"

　　"那当然是再好不过了！陆姐姐，谢谢您。那我先过去订个包间。"

　　苏灿说完，满含笑意地走出了警察局。

看着苏灿俏丽的身影消失在门外，一股酸楚瞬间溢满了陈默的心头。是的，就是那个女孩，那个和她一样在外打工漂泊无依无靠的女孩，曾和她相依为命，度过了一段亲如手足、情同姐妹的快乐时光。而刚才，她认出了她是她的苏小妹，可她并没有认出她就是当年住在她隔壁的那位丑陋不堪的陈姐姐。

记得有位作家说过，人生就像是一个圆圈，走着走着，就有可能和当年与你不辞而别、分道扬镳的人在下一段路口再一次重逢。就像她陈默一样，离家出走、改头换面、享尽名利、看尽繁华之后，最终又从终点走到了起点。

"陆女士您好，您请坐。不知您今儿来这里有何事要处理？"

陈默环视了一下办公室里的几位警察，在身后的一张椅子上坐下来，然后问道：

"请问哪位是负责向辉被杀案的警官？我有重要情况反映。"

坐在陈默对面的警官说：

"我就是负责这个案子的警察，我叫岳锋。您说吧，小龙，做好笔录。"

于是，一场关于陈默破相、离家出走、改头换面、假冒影星、意外发现陆梦婕死亡真相以及韩沙杀害向辉等一系列错综复杂的离奇事件与命案，都在陈默抽丝剥茧般的陈述中逐一展现。

"原来你不是陆梦婕？"

"原来你就是向辉离家出走的妻子？"

"原来你就是刚才苏记者口中提到的那个陈默？"

……

面对着警察们的疑惑，陈默一个劲儿地点头，算是回应。

岳峰开口说话了：

"那么这位女士，我现在可以称呼您陈默女士吗？"

"当然可以，陈默原本就是我的真实姓名。"

"那好，陈默女士，如您所说，这场扑朔迷离的连环杀人案是韩沙一人所为？"

"是的。"

"你刚才所说，韩沙误杀陆梦婕的证据是藏在一支录音笔里，那么这支录音笔现在哪里？"

"录音笔被韩沙拿走了。"

"那么你说你的丈夫向辉也是被韩沙所杀，你是道听途说还是亲眼所见？"

"我没有看见，是韩沙和我在一次争吵中无意间说漏嘴的。"

"那么，你可知道陆梦婕的尸体藏在哪儿？"

"这个……没听韩沙说过。"

"那好，陈默女士，您今天给我们提供的证据，对我们侦破此案意义重大。真是太谢谢您了！"

"警察同志，像我这样……像我这样冒名顶替别人的名字和身份的人，会不会……也要判刑啊？"

岳警官站起身，走到陈默的身边，平和地说道："陈默女士，冒名顶替确实属于违法行为，而利用他人名字与身份非法攫取钱财，则属于诈骗性质的犯罪行为，有可能会判刑。陆梦婕死亡一案，我们会进一步追查，而你冒用他人身份骗取钱财一事，我们也会形成书面材料提交检察院，等待检察院那边最终判决。"

陈默听后，心里禁不住一阵酸楚。是啊，终于尘埃落定了，终于要为自己愚蠢而贪婪的行为付出代价了。也好，这样的话，总比以前那样躲躲藏藏窝窝囊囊地活着好得多。

于是她又低声地问了一句："那眼下还需要我做些什么，才能减轻我的罪过？"

"暂时不需要，陈女士。你现在可以回去等候检察院的传票，当然，我们也会把你检举揭发韩沙和坦白自己过错的行为，写进移交材料里，这样的话有可能会减免你的罪行。"

陈默闻听此言，不禁面露一丝喜色，忙道："那就太感谢你们了！我都不知道该说些什么才好。"

岳警官用一种温和的语气说道："我们只是在履行公安应尽的职责。你最应该感谢的人是你自己。只是以后，千万别再做这么糊涂的事了。"

陈默与岳警官轻轻握手之后，便匆匆走出了警察局。

88

就在陈默坐在警察局里，向着警察们滔滔不绝地陈述着韩沙的种种罪行的时候，苏灿早已喜出望外地坐在了警察局附近一家装修典雅的茶庄里。她不仅点上了一桌干果，还特意点了一款上好的红茶。看着浅褐色的茶水在酒精炉的加热下缓缓地冒着热气，苏灿的心里别提有多快意了。要知道，采访陆梦婕，可是她工作生涯里一直梦寐以求的事情。

眼看着半个小时过去了，陆梦婕还没有来，于是苏灿便百无聊赖地玩起了手机，忽然，屏幕上跳出了一个熟悉的名字——韩沙，苏灿一下子来了精神，毫不犹豫地拨通了韩沙的手机号码，电话接通后，还没等对方开口，苏灿急忙笑道：

"哈喽！韩大导演，您猜我是谁呀？"

"您能是谁呀？不就是那个写下了'去年一滴相思泪，今年方流到嘴边'的苏小妹吗？"

苏灿一听，在电话这边止不住咯咯地笑了起来：

"还是韩导有才，把你小妹我夸得都能上天了！"

"如果是那样的话，我以后还是使劲儿地损你吧！"

"那可使不得！韩大哥，您现在忙什么呢？"

"能忙什么？还不是在干自己的老本行，拍戏！苏小妹，你在哪里呀？怎么忽然想起给我打电话呢？有什么事吗？"

"韩大哥，你猜我刚才在警察局里遇到谁了？"

"遇到谁了？"

"遇到我的偶像陆梦婕了！"

"什么？陆梦婕？你没看错人吧？"

"是陆梦婕！韩大哥，我可是她最忠实的拥趸，怎么会不认识她？刚才呀，她不仅和我握了手，还和我说了话，而且呀，她还答应一会儿要接受我的采访呢！韩大哥，您绝对想不到吧？我也是万万没有想到。韩大哥，我现在就在警察局附近的一个茶庄里，等着陆梦婕的到来。"

坐在茶庄里的苏灿，只顾着自己在电话这边唠唠叨叨地说着，却不知电话那端的韩沙在什么时候已挂断了电话。

苏灿一脸疑惑地将手机放回了面前的桌子上，端起茶壶，给自己的茶碗里续上了水。

就在苏灿疑惑不解的时候，包间的门开了，"陆梦婕"翩然而至。苏灿满脸堆笑，起身相迎：

"陆姐姐您好！"

陈默没有言语，只是向着苏灿微微点了一下头，算是回应，便在一旁的椅子上坐了下来。苏灿急忙给"陆梦婕"面前的茶碗里倒上了热茶，笑吟吟地说道：

"陆姐姐先喝点热茶，暖暖身子，我们过一会儿再开始。"

陈默也不客气，端起茶杯一饮而尽，苏灿又倒了一杯，陈默又一饮而尽，因为她刚才在警察局里一口气没歇一口水没喝地交代了那么多的事情，实在是太渴了。看着她连喝了三杯茶之后，苏灿将一盘巴旦木放到了她的面前：

"姐姐再吃点东西，垫一垫。等咱们的采访结束了，我请姐姐吃大餐。在我们的采访还没有正式开始之前，我想先郑重地向姐姐介绍一下我自己。我叫……"

"苏灿。"

"是一家杂志社的……"

"记者。"

"那家杂志社叫……"

"《女人天下》。"

看着陆梦婕对自己的情况了如指掌，苏灿不好意思地笑了笑说：

"陆姐姐，原想着我是您忠实的粉丝，没想到姐姐对我也略知一二。"

"其实苏灿，我们原本就有过交情的。我们曾经……曾经度过一段患难与共的时光。"

"是吗？可是，我一点也想不起来了呀？我感觉，就在今天遇到您之前，我从没有和您有过交集呀？"

苏灿一边说着，一边用一只手使劲地挠着自己的太阳穴，露出一脸的狐疑。陈默继续说道：

"苏灿，如果你准备好了，我们的采访正式开始。接下来，我会把我的故事一五一十地讲给你听，你用心记，或者用录音机都可以，只是在我讲述的过程中，最好不要打断我。好吗？"

"好的好的，陆姐姐，一切都听您的。"

苏灿说着，快速地准备好了录音的工具，将身子坐得笔直，目不转睛地注视着陆梦婕的脸庞，开始静心地聆听。

"苏小妹，我并不是陆梦婕。其实我是你的陈默姐。"

"啊？陈默姐？你是陈默姐？"

苏灿闻听此言，不禁大惊失色。她猛地从椅子上站起来，诧异地望着陈默。

"是的，苏灿，你不用惊慌，我的确是你的陈默姐。"

苏灿的惊慌依然没有消除，只是说话的声音稍微稳定了下来：

"可是，陈默姐姐，你怎么会？怎么会摇身一变成了陆梦婕？"

"苏灿，你的这个问题问得真好！这也是我今天之所以答应接受你的采访，想要告诉你的整个事件的重要原因。好了小妹，不要再惊诧了，听我慢慢地给你道来。"

于是，陈默又当着记者苏灿的面，把自己因生育小孩破相、离家出走、偶遇韩沙、得到韩沙赞助、整容、假冒陆梦婕一事，如竹筒倒豆子一般一件不落地讲述了一遍。苏灿听得是目瞪口呆。

"真是不可思议啊，简直是太不可思议了。陆梦婕去哪儿了？她就没有找过您的茬吗？"

提起陆梦婕，陈默的眼泪瞬间涌了出来。

"小妹，其实陆梦婕她……她早已香消玉殒了。我也是后来才知道的，我当初答应韩沙完成计划的时候，他只是告诉我说陆梦婕没有职业操守，给他撂了挑子，跑去国外度假，让我帮他救场子。要不然的话，我怎么会做出这种见不得人的腌臜事？"

陈默说着说着，又开始抹起了眼泪。苏灿惊呼道：

"姐姐，我想起来了，我曾经因为想要采访陆梦婕而找过韩沙，他那天的情绪极为沮丧，说他不能帮我联系到陆梦婕，还搪塞我说陆梦婕绝不会接受记者的采访。看来那个时候，陆梦婕已经身遭不测了。还有姐姐，我那天也是出于好奇，还把你的一张照片……一张非常漂亮的照片，拿给韩沙看过，他看到您照片的第一眼，就像触了电似的，还向我打听了您的信息……陈姐姐……原来……"

"小妹，原来是你，是你在韩沙面前暴露了我的信息。我那时就非常纳闷，人家一个大导演，怎么会无缘无故地找到我，而且还给我投资了那么一大笔钱做整容手术？"

"怪不得，怪不得你会莫名其妙地从杂志社消失，大家伙儿谁也不知道您去了哪里。原来……"

"原来是为虎作伥去了……"

"姐姐其实也不用过分自责，你刚才到警察局去，是不是就是坦白你冒名顶替一事？"

"我今天去警察局主要是举报韩沙。是他，害死了陆梦婕，是他，杀死了我丈夫向辉……"

陈默说着，止不住"哇"的一声哭出声来……苏灿听罢，不禁毛骨悚然。

"姐姐您说什么？韩沙的身上竟背负着两条人命？"

"是的，陆梦婕的死因是我无意间在一支录音笔里得知的。向辉的死因是他那个时候已经认出了我，韩沙怕事情败露就起了杀心。"

"啊？大事不好了姐姐。我刚才，就在一个小时之前，还和韩沙通了电话，我还告诉他，我在警察局偶遇了您，您还答应了接受我的采访。姐姐，看来我是无心之间给那个杀人恶魔韩沙通风报信了，怎么办？"

"快！给警察局打电话，就说韩沙可能要逃去国外了，派人去机场。"

苏灿以迅雷不及掩耳之势，拨通了警察局的电话，并如实汇报了情况。

电话挂断后，苏灿快步绕到陈默的面前，与陈默紧紧地拥抱在了一起。

"陈默姐姐，这几年，您受委屈了，我可是一直都没有忘记姐姐呀。"

"苏小妹，姐姐也没忘记你。只是囿于名利，真是惭愧啊……"

两个女人，两个曾在一起同甘苦共患难的女人，心终于紧紧地靠拢在了一起。陈默稍稍调整了一下情绪，轻声说道：

"好妹妹，姐姐还有一个重要的事情，要请你帮忙，我想麻烦你以'真假陆梦婕'为题，以我的真实经历，写一篇报道。要加进去我本人对所做一切的深深忏悔。小妹，我要让这个事件大白于天下。"

"好的姐姐，您的意思我听懂了。您放心，您的这个心愿我一定会尽力帮您完成。"

"那就太好了！小妹，时间不早了，我们也该回去了。"

"好的姐姐，我们一路回去。"

于是，两个靓丽的年轻女人，手挽着手、肩并着肩，脚步有力而铿锵地走在汉阳市街道上。

89

和苏灿分手后的陈默，一边怀着惴惴不安的心情，等待着检察院的通知，一边把自己的东西，蚂蚁搬家般搬离了那个原本不属于自己的豪宅。是的，无论怎样，即使她最终被判刑入狱她也无怨无悔，毕竟，作为一个社会中人，总要为自己的罪过买单。当她终于躺在了自己舒适的床上，望着头顶一尘不染的天花板，不禁泪流满面。原来，一个人只有把自己的肉身栖息到属于自己的空间里，她骚动的灵魂才会长久地安放下来，也才会觉得无限的宁静与满足。可为何？当我有了真真正在属于自己的房子，却要面临着漫无天日的牢狱之灾？只是眼下，可怜了我那在孤儿院里孤苦伶仃的女儿。

正在这时，她从电视上看到了韩沙被警察从机场抓获的消息，紧接着，她又从当天的报纸上，读到了苏灿所写的标题为《真假陆梦婕》的文章，那篇文章就发表在《汉阳日报》最醒目的头版头条上。她知道，整个汉阳市，甚至可以说是整个娱乐圈，已经被这两条爆炸性新闻炸得地动山摇！

当陈默用心看完苏灿写的这篇《真假陆梦婕》的文章，不禁思绪万千、热泪盈眶。

"这起事件终于大白于天下了，我终于可以卸下伪装，我终于可以呼吸一下清新的空气了，终于可以重新使用自己原来的名字陈默了。这是一件多么令人激动不已的事情！"

陈默觉得自己的心情从没有像此刻这样轻松愉悦。她真想向着窗外的天空大喊几声，大叫几声，以此来宣泄这几年积攒在胸口的幽怨与愤懑，同时也以此来庆贺自己良知的觉醒与灵魂的重生！

这个时候，门外传来了几声敲门声。陈默面带疑惑地走到门口，打开了房门。不承想，一大捧娇艳欲滴的玫瑰花首先映入了陈默的眼帘，当玫瑰花渐渐移开，康成一张俊朗而阳光的脸露了出来。陈默不禁惊呼道：

"啊？康成？怎么会是你？"

"怎么不会是我？"

康成走进了屋子，陈默随手关上了房门，向康成笑着问道：

"你怎么知道我的住处？"

康成神秘一笑，说道：

"要想找到你，总会有办法。给，送给你的鲜花，还请你笑纳。"

康成一边说着，一边将手里的鲜花递向陈默。陈默望着这一大捧带着露珠的玫瑰，两颊不禁泛起了红晕：

"康医生，不知您今天唱的是哪一出啊？"

哪知康成专注地看着陈默，一字一板地说道：

"陈默，我之所以在今天来看你，是因为我看到了《汉阳日报》上那篇《真假陆梦婕》的文章。我首先祝贺你的新生，然后为你的勇气点赞！"

陈默微笑着将玫瑰接了过去，随口夸道：

"真是香气袭人啊！"

随即又将目光转向康成，说：

"真是太谢谢你了，康成。来，快请坐，我给你泡茶喝。"

陈默将那束飘着芳香的鲜花放到了身旁的柜子上，望向康成。康成却纹丝不动地站在原地，一双深邃的眼睛里饱含着深情。

"小默，有个秘密我要郑重其事地告诉你，我就是十年前坐在你的身后，经常为你朗诵普希金的诗歌，且一直暗恋着你却不敢向你表白的那个其貌不扬的傻男孩杜康……"

陈默听罢，吃惊不已。原以为自己的经历已够离奇、够狗血，没想到，为自己整形的医师竟然是高中时代一直暗恋着自己的男同学杜康！怪不得每当他给自己朗诵普希金的抒情诗时，都有一种似曾相识、往日重现的感觉。可是不对呀，当年的杜康相较于如今的康成，可是没有一丁点儿的帅气俊美可言啊？他怎么可能是杜康？

看着陈默一脸的疑云，康成说道：

"其实小默，在我正式做整容医师之前，我的面部也是做过整容手术的。我出了一场车祸，导致面部严重受损，所以，我就去了韩国，遇到了我的医美导师，他不仅把我的相貌完全变了样，而且还把他的毕生所学，毫不保留地传授给了我。所以今天，我才有足够的能力和把握，为你的脸部动刀子。我并不知道韩沙的计谋如此之深，在将你变成陆梦婕的背后，竟然包藏着如此险恶的用心，这是我始料不及的。"

陈默听完康成的讲述，不禁如梦初醒。原来康成从一开始就认出了自己，只可惜，自己却从没有想到康成就是她高中时代的暗恋者杜康。

此刻的陈默似乎也为康成送来的那束美丽的玫瑰花找到了答案。

"原来，他还暗恋着我。"陈默的眼里早已盈满了泪水，她走到康成的面前，紧紧地握住了康成的手，喃喃地说道：

"康成，谢谢你！这么多年过去了，你还记得我……"

"小默，这些年里，我从来都没有忘记过你。因为，你给我留下的印象实在是太深太深了……"

"其实康成，我真的非常喜欢听你朗诵普希金的诗……"

"那好，小默，我现在就给你朗诵那首诗歌的最后一段。"

我的心儿啊，欢喜如狂
只因那一切又徐徐重现
有了神性，有了灵感
有了生命、眼泪和爱恋

康成朗诵完，兴奋异常，为自己这场苦苦守候了十年的单相思即将开出花朵而情难自已。他微笑着伸开双臂，将陈默紧紧地抱在了怀里。

哪知这个时候的陈默，好像想起了什么，一把将康成推开，无助地说道："康成，韩沙落网了。"

"我知道。"

"可我？可我？有可能……有可能还要坐牢的。"

康成一听这话，非但没有惊讶，反而更加淡定。他再一次把女人揽进了怀里："别怕，小默。无论多久，我都会等着你。还有霓霓，我每周都会去看望她……"

陈默听后，如同一个热恋中的少女，把自己的头深深地埋在了康成的臂弯，泪如雨下。

90

这天中午，陈默步履缓慢地走进了位于汉阳市郊外的看守所。她是来探监的。

当她坐在看守所的接待室里，隔着栅栏看到了蓬头垢面、两眼无神的韩沙时，不禁落下泪来。韩沙在看到陈默的那一瞬间，好像有些话想要说出口，却又强压着怒气咽了回去。陈默用一双泪眼注视了韩沙几秒钟之后，终于哭出了声音：

"沙，对不起！"

"小默，你真傻，真的好傻！我们就只差那么一点点就赌赢了，结果……唉！"

"沙，都什么时候了，你怎么还执迷不悟？就算我不检举，警察局最后也会将你绳之以法。"

"小默，我何尝不想做一个堂堂正正的人？只是陆梦婕的意外身亡，还有你假冒陆梦婕之后的名利双收，以及向辉的偶然出现，都是我始料不及的，所以我只能一步一步地往下走，那时的我已经被名利蒙住了双眼，唯恐被谁拆穿了我们的秘密。包括杨旭……"

"杨旭?"

"是的，杨旭。他曾在我面前说起过你不像他以前认识的陆姐之类的话，但我并没有杀他，而是我在发现他心梗发作之时的犹豫不定，拖延了他拿到救心丸的最佳时间……"

"这和直接杀死他有何区别?"

"因为那时，我已经深深地爱上了你……只要能够保护你，我可以干尽天底下一切丧尽天良的事……"

陈默一字一板地说道：

"韩沙，你给予我的这份爱太过沉重而且鲜血淋漓，我实在承受不起……即使后来，我已经爱上了你，可我的良心却不容许我继续沉沦下去。"

隔着冰冷的栅栏，陈默含着泪水向着韩沙深深地鞠了一躬，然后说道：

"你多保重……我走了……"

话音刚落，陈默飞也似的向着接待室的门外慌乱逃去。

这天午后，陈默接到了来自检察院的电话。

"陈默女士，你好！经本院深入调查，查明你存在冒名顶替陆梦婕身份并实施诈骗的罪行。在连环命案调查过程中，鉴于你并未参与谋杀行为，且积极检举相关线索，为案件侦破作出一定贡献，同时考虑到你长期从事慈善事业，存在酌情从轻情节。依据《中华人民共和国刑法》中关于诈骗罪的相关规定，结合你近年来实施诈骗所获取的非法收入金额，以及综合考量你的立功表现、慈善义举等因素，本院依法作出如下判决：上缴违法所得，处以50万元罚款，并在法定量刑幅度内对刑罚予以减免。请你在接到本通知之日起一周内，前往本院缴纳罚款并办理相关手续。若逾期未履行，本院将依法采取强制执行措施，并视情节轻重，对拒不执行行为追究相应法律责任。"

这个消息令陈默激动不已，她拿着电话的手不听使唤地抖动着，她真想打电话给康成，又担心影响了他的正常工作。正在犹豫不决之际，她的手机铃声响了起来，当她从手机屏幕上看清楚是桑好的名字后，没有去接听，因为她实在是没有勇气和那位才华横溢的大才女对话，尤其是当她冒名顶替陆梦婕一事在全世界炸开以后，她更觉得自己没有资格和大编剧交往了。

就在陈默惴惴不安的时候，手机又响起了微信的提示音。打开一看，是桑好发过来的，内文如下：

小妹近好！

你的事情大姐已全部知晓，甚为惊讶。其实小妹，在和你几次深度的交往中，我已经对你的真实身份产生过不止一次的怀疑，但是出于对你人格尊严与出众才艺的尊重，我一直闭口不谈。因为姐姐已经打心底里喜欢上了你，只是没有想到韩沙竟然是那样一个人面兽心的人，好在他已经被抓捕归案了。而小妹你那篇昭告天下的文章，也足以证明你仍然是一个心存善念、良知未泯的人。所以，在我的心里，你依然还是桑姐的好妹妹。如看到信息，请尽快给姐姐回话，有要事相求。

看完信息的陈默心头一热，一股暖流瞬间涌遍了周身，令她万万没有想到的是，这位响当当的文艺大腕儿竟然在自己身败名裂的时候还能想起自己，真让她有点受宠若惊了。于是陈默不再多想，抓起手机，找到了桑好的电话号码，回拨了过去。

"喂，桑姐，您好！您刚才来电，我正在忙着……所以没有……"

"没事没事，小妹。现在大姐有一事相求，不知小妹你能否应允？"

"桑姐客气了，有事请说，还什么求不求的。"

"那好小妹，你听着，现在韩沙已经进监狱了，有可能被执行死刑。而他们正在拍摄的《青山作证》也将随之搁浅了……我绝不能让《青山作证》就这么隐入尘埃，它可是我创作两年、修改一年、改编一年，才辛辛苦苦诞生的作品，所以，我决定自己扛大旗，做导演，继续拍摄。"

"您自己？这个能行吗？"

"怎么不行？我当年在进修编剧专业的时候，也顺便学习了一些导演的技能，再加上这几年在拍摄现场的耳濡目染，我觉得自己完全有信心把自己的文学作品搬上银幕。关于这一点，我已经和投资方的雷董事长沟通过了，他也完全相信我有这个能力拍好这部片子。"

"如果真是这样的话，那就再好不过了，桑姐，就可以继续沿用原班人马了。"

"不是的，小妹，你先听姐说完。对于韩沙这次在演职人员的选用上，我是颇有微词的，尤其是用江依琳换掉了你。当时韩沙一意孤行，我也是开拍之后才知晓，所以小妹，姐姐决定重新起用你。"

"不！桑姐，这绝对不行，我只是一个假扮陆梦婕的冒牌货，我出演女一号，可是绝对要砸了你的牌子。姐姐，我这一次是说什么也不会出场的。"

"可是陈默，你的演技也不比陆梦婕差多少，何况那个江依琳，她本身就心术不正，凭着惯用的伎俩拿下韩沙而上位，你桑姐我可不惯着她。所以陈默，无论如何还得请你出山，助桑姐一臂之力。"

"可是桑姐，我真的已经没有勇气再去拍戏了，更不想再踏进娱乐圈了。姐姐，当我决定让苏灿以《真假陆梦婕》的文章在《汉阳日报》曝光一切的时候，我就已经想好了。所以姐姐，还请你能体谅一下小妹的苦衷。"

"既然如此，那好吧。桑姐我也只能另寻他人了。"

"不过桑姐，我想给您推荐一位新秀，来担纲《青山作证》的女一号，不知您可否考虑？"

"那敢情好啊！哪一位新人，说来听听？"

"桑姐，就是韩导旗下的那位年轻的女演员，名叫周晓璇。这次好像原定是在《青山作证》里演一个配角，在《火花》里也和我搭过戏，演技真不赖，你应该见过她。"

"哦，我想起来了，就是那位相貌清纯、长着一双会说话的大眼睛的女孩？演技确实不错。"

"桑姐，晓璇她不光演技好，人品更是没的说。所以啊，还请桑姐能给咱新秀一个机会，大胆起用新人，推出新人。可好？"

"那好陈默，谢谢你，你的意见我会慎重考虑。不过陈默，当年和我一起去阳红镇，体验女主叶绿青生活的人可是你呀，我就担心晓璇她年纪轻轻……"

"桑姐，这个问题我觉得您大可不必担心，晓璇是一个非常有上进心而且能吃苦的女孩子。另外，关于对女主叶绿青的形象的把控和表情的拿捏，我也会和周晓璇私下里交流的。"

"好嘞！陈默，打扰了你这么长时间，真是抱歉。陈默，听姐姐一句劝，过去的事情，就让它过去吧。抬起头，挺起胸，堂堂正正做人，踏踏实实做事。你依然会是一位很了不起的女性。"

"谢谢桑姐的鼓励，我会的。《火花》里支教山区献爱心的女主人公云朵，还有《青山作证》里带领着乡亲们一起致富的女村长叶绿青，她们心怀大爱的行为时时刻刻都感染着我，激励着我……"

"那是一定的。我们在文学作品和影视作品中塑造了那么多伟大而光辉的人物形象，就是期望他们身上的思想精神对我们现实生活中的人起到教化和引领的作用，好了，我就不打扰你了陈默。再见！"

"再见！"

当陈默还想着和电话那头的桑妤再聊点什么话题的时候，对方却快速地挂断了电话，陈默的心里不觉产生了一丝丝惆怅，因为她忽然觉得，只有和品行端正的人在一起讨论人生才会体味出生活的意趣；也只有和思想深邃的人在一起交流思想才能寻找到心灵的归程。这是一种何等奇妙而又幸福的感觉！

同时，她的心里又开始洋溢着另一种无边的喜悦。因为她心里一直仰慕和钦佩的才女姐姐桑妤终于执掌帅印，开始做导演，筹拍由她自己改编的电影文学剧本《青山作证》了，而且她还给桑好推荐了自己最看好的新秀演员周晓璇出演女一号，如果这个建议能被桑好接纳，如果周晓璇能担此重任一炮而红，那么她陈默也不枉为电影事业的发展作出了自己一点微不足道的贡献。这样想着，陈默坐在了一张松软的沙发上，拿起手机拨通了周晓璇的电话。

当陈默把这个喜讯告知周晓璇之后，电话那头的女孩甭提有多开心了，陈默听得出来，周晓璇的声音里似乎还带着哭腔：

"姐姐，您真是我的好姐姐，我一定登门拜访，向您学习，绝不辜负您的厚望！"

和周晓璇通完话后，陈默又急不可耐地拨通了康成的电话：

"康成，我不用坐牢了，刚才检察院告知我，不用坐牢了，只需要缴纳一部分罚款即可。"

"那真是太好了，太好了！小默，如果不是因为在忙工作，我恨不得立马飞到你的身边为你庆贺……"

"不用不用，康成，你先忙你的，等我去检察院办理完所有手续，我们再见也不迟。"

"那好那好。要不到时我陪你去检察院吧？"

"不用不用，我自己一个人就可以。一人做事一人当。"

"那好，我们回见。"

"回见！"

挂断电话，陈默如同一个犯了错误之后又向老师递交了检讨书一样如释重负，她端起了桌上的一杯清水，缓缓地走到了窗口，望向窗外。西天那一抹灿烂的余晖正染红整片天空……

91

当陈默以一种平静的心情在检察院里办理完了一切的罚款手续与相关事宜，又以一种轻快的步伐回到自己的小屋之后，年轻的电影演员周晓璇和张鹤，手里拎着大包小包的礼品，便来到了她的家门口。就在陈默打开屋门的刹那，门外的两个人都禁不住低下了羞愧的头。还是周晓璇反应敏捷，一把把张鹤拉进了屋里，将带来的礼物放在了客厅的一角，笑嘻嘻道：

"陈姐姐好！"

陈默一脸窘态地说道：

"你们俩这是？……"

周晓璇微笑着看了一眼张鹤，张鹤忙道：

"陈姐姐，是这样的，我们俩今儿个相约着一块儿来看您，主要有两方面的意思。这第一呢，就是要当面向您表示感谢，感谢您向桑导推荐了周晓璇来主演电影《青山作证》里的女一号叶绿青，昨天已经和桑导签了合同。"

陈默听罢，一下子抓住了周晓璇的一只手，兴奋地说道：

"太好了，真是太好了！晓璇，你一定要珍惜这个难得的机会，尽情展示自己的演技水平。"

"那是一定的，陈姐姐。我还有一个消息要告诉您，那就是……"

周晓璇说到这里，忽然停顿了一下，用一双灵动的眼眸看了看张鹤，又望着陈默的眼睛开心地说道：

"我和张鹤恋爱了。"

陈默闻听此言，更是笑逐颜开。她使劲儿地将两个年轻人的手攥在了自己的手里，语重心长地说道：

"这真是一个天大的喜讯，真好！姐姐我真是太高兴、太激动了……那……姐姐等着喝你们的喜酒……"

陈默说着，竟忍不住落下了泪。

张鹤见状，忙微笑道：

"陈姐，我再一次感谢您把晓璇调教得这么优秀。我今天的另一项任务就是把晓璇送到您这里，让她再好好地、全面地、深刻地接受一下陈姐您在演艺方面的指导，塑造好女主叶绿青，也不枉您的大力推荐和桑导的大胆起用。"

"那敢情好啊！晓璇能有此心正合我意，我巴不得和她切磋技艺呢！"

"那就好，那就好。晓璇，那你就向陈姐好好请教学习吧，我先走了。结束后通知我一声，我好请二位吃大餐！"

"走吧走吧，别再啰唆了。"

周晓璇嬉笑着把男友张鹤给撵出了门，然后微笑着向陈默说道：

"姐姐，咱们开始吧。"

"别着急，我先给咱俩把茶水泡上。我说晓璇啊，你这次可藏得够深的呀，什么时候把张鹤给拿下了？"

"其实姐姐，这几年里，我一直都挺看好张鹤的，可是人家一直在追求着江依琳，从不多看我一眼。但我不死心，一直默默地关注着他的动向，也一直默默地关心着他的生活。前一阵，就是韩沙的罪行暴露之后，大伙儿才知道她江依琳也是间接导致陆梦婕死亡的因素之一，也才知道她为了上位主角，曾三番五次对韩沙进行威逼利诱，而她的成名之路亦在圈子里传得沸沸扬扬。所以，张鹤才会把目光转到我的身上……所以我们就开始……"

"开始恋爱了！"

见周晓璇停顿了一下，陈默快速地补了一句。两个人不约而同地对望了一眼，相视而笑。

说话间，陈默将泡好的两杯热茶和一盘洗好的水果放在了客厅的茶几上，两人相对而坐，促膝长谈，开始了一场关于演艺技能提升及人物心理刻画的深层交流。望着这位坐在自己身旁虚心求教、刻苦钻研且被自己强烈推荐，即将出演电影主角的年轻演员周晓璇，一种骄傲感与自豪感悄悄溢满了陈默的脸庞。

是的，从周晓璇不甘人后的拼搏精神，她似乎看到了自己年轻时候的影子。

桑好果真厉害！仅短短的几天时间就把韩沙团队原来的演职人员，重新进行组装调配，二次挥师北上杀进阳红，仅用一个多月的时间，就把整个片子拍摄完成，真不愧是一位既能写又能编还能导的全能人才！

春节前夕，陈默收到了桑好寄回来的《青山作证》的拷贝版，当她静静地观看完了影片之后，不禁在心中默默称赞周晓璇在影片中的出色表演，在观影期间，她甚至多次流下了动情的泪水。

"是的，周晓璇成功了！"这也是桑好给她的微信里发来的最简洁的溢美之词。

就在她一个人沉浸在影片《青山作证》成功的喜悦之中，门外传来了清脆的敲门声，陈默揉着红肿的眼睛开门一看，不禁心里一热：

"康成，你来了，快进来，你的身上怎么落了那么多的雪花？下雪了？"

"是啊，小默，快过年了，我给你带了些年货过来。"

陈默接过东西微笑道：

"真是辛苦你了，跑了这么远的路。"

"这有什么，为自己心爱的女人，就是跑再远的路，冒再大的雪，都是幸福的。"

陈默一听这话，随即羞红了脸，说道：

"你坐呀，我给你泡茶喝。"

"不用了小默，外面的雪景可美了，你穿上外套，陪我一起去赏雪景吧。"

"那好，你稍等，我换下衣服。"

几分钟后，陈默穿戴完毕，两个人边说边笑着来到了大街上。

雪越下越大，越下越大，没过几分钟，陈默的肩头就落满了一层薄薄的雪，白色的雪花在红色外衣的衬托下尤为耀眼。

康成笑道：

"怎么，这么冷的天，也不戴上口罩？"

陈默将冻得有点发红的脸儿往上一扬，大声说道：

"我才不呢！我就是想让别人看到我，看到我陈默最为真实的容颜！"

康成听后露出一脸赞许的表情。

说话间，他们两个人来到了一辆轿车前。康成从衣兜里掏出钥匙，向着陈默说道：

"上车吧，我带你去一个地方。"

待两个人都在车上坐定之后，康成即刻发动了引擎，车子便开始在飘着雪花的天幕下缓缓行进。陈默扭头望着康成问道：

"咱们这是要去哪里呀？"

"当然是去方舟孤儿院，接那位既聪明又漂亮的小女孩向云霓回家过年呀！"

陈默听罢，两行热泪忍不住从眼眶中轻轻滑落。原来，在这个世界上还有一位对自己如此关爱有加的男人！在她的心里，她又何尝不是天天想着要接那个小丫头回家呢？

"谢谢你，康成！只是我……"

"小默，我现在并不需要你的答复。我只是在做着我此生最想做的事，关爱着我此生最想关爱的人。"

"我是说……我以前……以前的我……"

"小默，过去的事情就不要再提了，谁的人生注定是一帆风顺呢？小默，你更应该往前看，就像当下网络里的一句流行语：你的人生你做主！"

两个人都不再言语。康成一心一意地开着车子，而陈默则将自己的身子靠在靠背上，目不转睛地望着窗外银白的雪花如柳絮般纷纷扬扬地飘洒下来。

车子越行越远，渐渐消失在了无垠的天际之间……而那首流传了多年的经典歌曲《雪绒花》，也似乎正被一个小女孩婉转地唱起，那银铃般的歌声仿佛穿越了山川、河流、草原和湖泊，跟着这洁白的雪花在高远的天空下轻轻回荡……